mare

Owen Booth

DIE
WIRKLICH WAHREN
ABENTEUER
UND AUSSERORDENTLICHEN
LEHRJAHRE
DES TEUFELSKERLS
DANIEL
BONES

Aus dem Englischen
von Ulrike Wasel
und Klaus Timmermann

mare

Die Originalausgabe erschien 2020 unter dem Titel
The All True Adventures (and Rare Education)
of the Daredevil Daniel Bones
bei 4th Estate, HarperCollinsPublishers, London.

1. Auflage 2023
© 2023 by mareverlag, Hamburg
Lektorat Lisa Fabian, Hamburg
Typografie Iris Farnschläder, mareverlag
Schrift Stempel Garamond
Druck und Bindung CPI books, Germany
ISBN 978-3-86648-663-8

www.mare.de

Für Gav

INHALT

BUCH 1

BUCH 2

BUCH 3

BUCH 1

Was mit unserer Mutter geschah

Unser Vater ist ein brutaler Mann, wie alle Väter, damit sollte ich wohl beginnen.

Er entstammt einer langen vergifteten Linie von armen Kämpfern, mal von Kriegen verdorben und mal von deren Ausbleiben, wobei die Schrecken jeder Generation in einem fort an die jeweils nächste weitergegeben werden. Der alte Herr selbst, der jetzt Mitte dreißig ist und noch nie eine Schlacht erlebt hat, führt stattdessen Krieg gegen sein eigenes Leben, wobei diejenigen, die ihm am nächsten stehen – also hauptsächlich mein kleiner Bruder und ich –, die Rolle seiner Feinde einnehmen.

Unser Vater, gut einen Meter achtzig groß und fast genauso breit, trinkt jeden Tag und alles, was er in die Finger kriegt, und im Jahr 188- hat er seine Fäuste und Füße und den bulligen Kopf, schon solange wir zurückdenken können, dafür benutzt, uns in Angst und Schrecken zu versetzen.

Von kolossalem Selbstmitleid erfüllt, weint er im Schlaf um alles, was er erlitten, und alles, was er verloren hat.

Wenn unser Vater uns überhaupt etwas erzählt, dann die Geschichte, dass unsere Mutter entweder am Fieber oder an Krebs gestorben ist, dahingerafft, als sie meinen Bruder noch stillte und ich gerade erst drei oder vier Jahre alt war. Falls das stimmt, müssen alle Erinnerungen, die ich an sie gehabt haben mag, aus mir herausgeprügelt worden sein, denn ich bin nicht mal in der Lage, mir ihr Gesicht vorzustellen.

Von der Geschichte gibt es noch andere Versionen, die in unserem Dorf hinter vorgehaltener Hand erzählt werden. Ihnen zufolge starb unsere Mutter bei der Entbindung, oder sie wurde einige Wochen später von einem Pferd totgetrampelt oder stürzte von einem Karren oder einem Boot oder wurde nach der Niederkunft von einer so großen Traurigkeit erfasst, dass sie sich das Leben nahm, indem sie beim Gezeitenwechsel hinaus in die Salzmarsch ging. Oder, schlimmer noch, sie traf die vernünftige Entscheidung, sich selbst zu retten, und verließ uns, lief davon, um sich eine bessere Familie zu suchen, mit besseren Söhnen und Töchtern, als wir es sind.

Und wir, mein Bruder und ich, scheuen nicht mal vor der Mutmaßung zurück, dass unsere Mutter vielleicht ein noch finstereres Schicksal ereilt hat, und zwar durch die Hand unseres Vaters.

Nichts davon würde uns wundern. Wir leben gewissermaßen am Rande des Marschlandes, am äußersten Ende einer schmalen Landzunge am Ende einer etwas breiteren Landzunge, an der Mündung des Flusses D., und niemand in unserem Dorf schafft es je bis in ein reifes oder gar überreifes hohes Alter. Schon das Erreichen eines mittleren Alters gilt als beachtliche Leistung. Die Menschen ertrinken oder sterben an Unterkühlung oder am Fieber oder an Schwindsucht oder an einem Stück Fleisch, das ihnen im Halse stecken bleibt, oder am Suff oder durch Blitzschlag oder durch die Hand ihrer Freunde und Nachbarn. In einem Winter erfror die Hälfte des Dorfes innerhalb einer Woche, und als der Frühling kam, konnte sich kaum noch jemand an die Namen der Toten erinnern.

Alles, was wir, unser Vater, mein Bruder und ich, auf dieser Welt besitzen, befindet sich in einer ehemaligen Schmiede, die nur aus einem Raum besteht und dessen einziges Fenster halb mit Lumpen und Papier zugestopft ist. Dort schlafen und essen wir drei, und unser Vater verdient etwas Geld damit, Netze und Räder und kaputte Möbel und andere Sachen zu reparieren. Davor ist ein kleiner Garten, in dem ich gegen den salzigen Schlamm und die Seeluft ankämpfe, um Gemüse anzubauen, sowie ein Pferch für ein einsames Schwein und ein winziger Streifen Strand, der bei Flut gerade breit genug ist, um mit einem Ruderboot anzulegen. Bei Ebbe gibt es nur den tückischen, stinkenden Schlamm und schließlich die Austernbänke dahinter.

Die anderen Häuser des Dorfes stehen aufgereiht entlang der vierhundert Meter langen Landzunge, die auf beiden Seiten von Gezeitengewässern begrenzt wird, ehe sie auf Festland trifft (das auf den nächsten acht Kilometern so tief liegt, dass es manchmal, vor allem während der Springtiden, kaum noch von dem Ästuar zu unterscheiden ist). Es sind die Häuser von Austernzüchtern und Fischern und Kleinbauern und Salinenarbeitern und Männern, die Schmiergeld annehmen, damit sie über manches hinwegsehen, und von Männern, die eine Kombination all dieser Dinge sind, wenn und soweit es nötig ist. Es gibt außerdem eine Schule für ihre Kinder, bis sie zehn Jahre alt sind, und eine Kirche für die Errettung ihrer Seelen und ein Gasthaus für alles, was dazwischen liegt.

Im Frühling segeln die Austernzüchter nach Jersey, um Saataustern zu fangen und sie zur Zucht in die hiesigen Bänke draußen vor dem Watt zu bringen, im Sommer wird nachts in Ruderbooten Schmuggelware an Land gebracht, und den Rest des Jahres klammern wir uns an das unsichere Land und werden gelegentlich von Stürmen fortgespült, aber so ist unser Leben.

Ich bin entweder fünfzehn oder sechzehn Jahre alt und verdiene seit drei Jahren meinen Lebensunterhalt als Handwerkslehrling, Austernzüchter und Fischergehilfe sowie als Koch und Putzmann und mittwochs als Reisender den Fluss hinauf

13

zum Wochenmarkt und obendrein als Helfer für alle Fälle. Ich bin gesund und aufgeweckt und schlau und gewitzt, kann fast alles, was in die Werkstatt kommt, neu bauen oder reparieren, weiß, wie man ein Schwein schlachtet und einen Garten anlegt und ein Boot steuert und einen Fisch fängt, und meine Erfahrungen mit dem anderen Geschlecht beschränken sich auf ein paar unbedeutende Experimente mit einigen der leichtfertigeren, älteren Mädchen im Dorf, darunter auch Susan die Pfarrerstochter, in die ich die meiste Zeit verliebt bin.

Ich bin groß für mein Alter und habe zwei gute blaue Augen und kann lesen und schreiben, und solange ich zurückdenken kann, war ich Mutter und Vater für meinen kleinen Bruder und auch größtenteils für mich selbst, da sich sonst niemand je freiwillig für die Aufgabe gemeldet hat.

Zukunftsaussichten

Als mein Bruder zum ersten Mal wegläuft, ist er sechs Jahre alt. Nachdem ich ihn eine Nacht und einen Tag lang gesucht habe, finde ich ihn versteckt in einem kaputten Kahn acht Kilometer flussaufwärts, und als ich ihn nach Hause bringe, verprügelt mein Vater ihn so schlimm, dass er eine Woche lang nicht mehr aus dem Bett aufstehen kann. Das nächste Mal bleibt er drei Tage weg, kommt sonnenverbrannt und halb verdurstet zurück, die Lippen weiß gebleicht vom Salz, und er will nicht verraten, wo er gewesen ist. Von da an verschwindet er so regelmäßig, dass kein Wort mehr darüber verloren wird, doch die Bestrafungen, die ihn anschließend unweigerlich erwarten, haben bloß weitere Fluchten zur Folge.

Im Laufe der Jahre verbringt mein Bruder mindestens eine Nacht in sämtlichen Wäldchen, umgedrehten Booten, Verschlägen, Fischerhütten, Scheunen, Kuhställen und verlassenen Kirchen und auf jedem Friedhof des Countys. Und jedes Mal läuft es darauf hinaus, dass ich hinterher seine Wunden verbinde, die Blutergüsse bepudere, ihm das Blut aus den Augen wasche und ihn frage, warum er nicht damit aufhört, worauf er antwortet: »Weil ich nicht will, dass er *gewinnt* ...«

Jeden Sonntagmorgen schwitzt unser Vater zusammen mit all den anderen Sündern seinen Samstagabendsuff in der Kirche aus. Sonntagnachmittags legt er sich wieder ins Bett, und ich fahre mit meinem Bruder in unserem kleinen Boot raus und bringe ihm bei, was ich über Gezeiten und Wetter und Tiere weiß und was ich alles gelernt habe, und wir spielen das immer gleiche Märchen unserer Flucht durch.

»Was, wenn wir einfach immer weiterrudern, bis nach Holland?«, fragt er. »Die würden uns für tot halten und gar nicht erst nach uns suchen. Und wir könnten dann leben wie Fürsten und Könige.«

Und ich erwidere: »Aber wir können kein Holländisch ...«

Trotzdem lasse ich uns jedes Mal ein bisschen weiter hinaustreiben, vorbei an den Sand- und Austernbänken, lasse uns in der Strömung dahingleiten, die uns in eine bessere Zukunft tragen könnte, und erlaube meinem Bruder, noch ein paar Minuten länger zu hoffen, bevor ich das Boot schließlich wieder wende, weil ich mir wie immer der Wirklichkeit der Welt bewusst bin, und auch, weil ich ein Feigling bin.

Mein Bruder ist zehn und damit in seinem letzten Schuljahr. Er kann lange Balladen auswendig aufsagen und einen Apfel so naturgetreu malen, dass man ihn am liebsten vom Papier pflücken würde. Dank der besonderen Aufmerksamkeit der Pfarrersgattin ist er sehr gut in Englisch und Mathematik und Geografie und anderen Fächern, die ebenfalls niemandem im Umkreis von achtzig Kilometern irgendwas nützen. Am Ende des Sommers wird er anfangen zu arbeiten und alles andere vergessen müssen. Er besitzt: Schuhe, eine Winterjacke, Stifte, zwei Messer und drei Bleisoldaten, die er in einer Nische hinter der Pritsche aufbewahrt, auf der wir schlafen.

Mit fünfzehn oder sechzehn gehe ich abends meist allein spazieren oder bin unter dem Fenster von Susan der Pfarrerstochter zu finden, wenn mein Bruder schläft, unser Vater unten im Pub ist und die Welt wenigstens für ein paar Stunden rechtschaffen und ehrlich scheint. Ich besitze: Schuhe, Jacke, ein im Marschland gefundenes Döbereiner-Feuerzeug, um Zigaretten anzuzünden, und ein verrostetes Medaillon (ebenfalls im Marschland gefunden), das sich nicht öffnen lässt.

»Und was dann?«, fragt Susan die Pfarrerstochter, gibt mir die Zigarette zurück und stützt die Unterarme wieder auf das Fensterbrett.

»Und dann leben wir wie Fürsten und Könige«, sage ich.

»Und ich bin dabei dann wohl die Königin, was?«

»Wenn du mit uns kommst.«

Draußen im Marschland schreit eine Eule. Irgendwo oben ist ein Mond hinter dunklen, marmorierten Wolken.

»Wenn ich mitkomme, will ich Präsidentin sein.«

»Dann heirate mich.«

»Du bist zu jung für mich«, sagt die alte Susan (sechzehn). »Außerdem hast du keine Zukunftsaussichten.«

»Hier bei uns hat keiner Zukunftsaussichten. Du auch nicht.«

»Tja, lass mich noch mal an der Zigarette ziehen«, sagt sie, und dann, nachdem sie tief inhaliert und die Augen verdreht hat, als würde sie gleich in Ohnmacht fallen, sagt sie: »Meine Güte, was bist du für ein feiner und stattlicher junger Mann, Daniel Bones, und ich muss gestehen, schon allein der Gedanke an deine Hände auf meinem Körper ...«, ehe sie von niedlichem Lachen und Husten übermannt wird, woraufhin ihr Vater von irgendwo im Haus etwas ruft und ich sicherheitshalber Reißaus nehme.

Und dann gehe ich wieder zurück, vorbei an den schlafenden Häusern und dem schwarzen Gewässer irgendwo da draußen, und ich finde meinen Bruder tief und fest schlafend in der Dunkelheit der Hütte, seine Bleisoldaten in beiden Fäusten, und ich lege mich dazu, nehme ihn in den Arm und ziehe seinen Kopf auf meine Brust und liege im Dunkeln wach, warte auf die Geräusche unseres heimkehrenden Vaters und die nächste Apokalypse.

Wie meinem Bruder
der Arm gebrochen wurde

Selbst Scheusale haben gewisse Fähigkeiten. Der Blick fürs Detail und die Zartheit, die unser Vater bei seinem Handwerk an den Tag legt, könnten einem das Herz brechen. Wenn man ihn bei der Arbeit sieht, sieht man den Mann, der er hätte sein können.

Ein von ihm repariertes Rad oder ein Stuhl oder ein Schmuckkästchen sind allem Anschein nach besser als je zuvor. Fugen sind fester und bündiger, Speichen gerader, Scharniere bewegen sich leichter. Tragisch für ihn ist, dass nichts davon notwendig ist. *Ganz gut* würde vollkommen ausreichen, besonders hier, am Rand der Welt, wo selbst die allerbeste Reparatur den bereits angerichteten Schaden niemals ganz beheben kann.

Der einzige Besitz unseres Vaters, abgesehen von seinen Werkzeugen, ist das Modell eines hölzernen Segelboots, das er aus irgendeinem Wrack oder einer Zwangsvollstreckung gerettet und repariert hat und das wir nicht anrühren dürfen. Er liebt dieses Boot heiß und innig, putzt und poliert es alle paar Monate, befasst sich mit den winzigen Feinheiten von Segeln und Takelage und Aufbauten.

Am Ostersonntag, als nach drei Tagen Regen warmes Aprilwetter von Süden heranweht und die Strömungen in zwei unterschiedliche Richtungen aus dem Ästuar fließen, nimmt mein Bruder das Boot, während mein Vater in der Kirche ist und ich Besorgungen mache, und – er wird nie sagen, ob aus Versehen oder mit Absicht, aber Sie werden so Ihre Vermutungen haben – zerschmettert es auf dem Boden.

Ich habe oft genug mit Fäusten und Ringergriffen und Steinen und Holzstöcken gegen meinen Bruder gekämpft, um zu wissen, dass er ein willensstarker Gegner ist, doch selbst mich verblüfft, wie erbittert er sich wehrt, als unser brüllender, todunglücklicher Vater versucht, ihn vor den Augen fast des ganzen belustigten Dorfes die Landzunge rauf und runter zu prügeln. Der Kampf scheint Stunden zu dauern.

Erst als der verzweifelte Junge schließlich sein Messer in die Brust des Scheusals stößt, woraufhin unser Vater über seinem Knie den Arm seines Sohnes bricht, findet die Sache ein Ende.

Danach bleibt es mir überlassen, meinen Bruder auf einen Leiterwagen zu packen und zum Arzt zu karren, der zu Hause ist und, da der Wochentag mit dem Buchstaben »g« endet, ebenfalls betrunken ist, aber dennoch den Knochen ganz passabel richtet, sodass wir nach wenigen Stunden wieder zurück sind. Während unserer Abwesenheit zieht unser Vater das Messer, das in ihm steckt, heraus, geht nach Hause und macht sich daran, alles zu zerstören, was in unserem Haus noch nicht ruiniert ist, wozu auch gehört, dass er auf unser Bett pinkelt. Dann begibt er sich wieder zum Pub, aber nicht ohne zuvor die Bleisoldaten meines Bruders auf dem Amboss platt zu hämmern, und erst als mein Bruder diese Entdeckung macht, lässt er seinen Tränen freien Lauf.

Nachdem mein Bruder an dem Abend endlich mithilfe einer beträchtlichen Menge Rum eingeschlafen ist, sitze ich am Rande des Ästuars und wäge meine nicht vorhandenen Möglichkeiten ab. Der Himmel schimmert noch in der Dämmerung, und auf der reglosen Oberfläche des Wassers spiegelt sich die gewaltige Kuppel von Sternen, die einer nach dem anderen erscheinen, und lässt mich in eine bessere Welt als diese hinabstarren.

Bis auf das Zwitschern der Vögel draußen in der Marsch ist alles still, und ich spiele mit dem Gedanken, unseren Vater zu vergiften oder zu ertränken oder sonst meinen Bruder und mich, und überlege noch, welches die größere Sünde wäre, als ich den würzigen Duft von Zigarrenrauch wahrnehme, der über das Wasser treibt, und die Umrisse von etwas bemerke, das aussieht wie ein Seehund, der den Fluss heraufkommt. Aber für einen Seehund wühlt dieses Etwas die Oberfläche zu sehr auf, und schon bald zerreißen die anlaufenden Wellen das perfekte Bild des Universums, das ich betrachtet habe.

Als das Etwas näher kommt, erkenne ich, dass es tatsächlich ein Mensch ist, aber er schwimmt nicht, sondern gleitet wie in einem sehr niedrigen Eskimokajak dahin. Er liegt flach auf dem Rücken im Wasser in einer Art aufgepumptem Anzug, hat nur den Kopf angehoben und bewegt sich mithilfe eines kurzen Doppelpaddels vorwärts. Dabei zieht er eine kleine Trage aus Segeltuch, in der vermutlich seine Habseligkeiten oder seine Ausrüstung verstaut sind, an einem mehrere Meter langen Tau hinter sich her.

»Ahoi!«, ruft der Mann und schreckt mich aus meiner staunenden Verwunderung auf. »Ist das hier der Fluss W.?«

»Nein«, rufe ich zurück, »der W. ist drei Kilometer weiter da runter. Das hier ist der D.«

Er ist beileibe nicht der Erste, der diesen Fehler macht – und sagt laut: »Gottverdammt!« –, kommt aber dennoch unaufgefordert näher und landet dicht neben der Anlegestelle, was mir einen besseren Blick auf den seltsamen Gummianzug ermöglicht, der ihn von Kopf bis Fuß bedeckt und mithilfe von verschiedenen Gurten und Schnallen gesichert wird. Ein Schlauch dicht an seinem Mund scheint dafür gedacht, die Schwimmhilfe mit Luft gefüllt zu halten, wenngleich derzeit eine Zigarre zwischen den Zähnen des Mannes klemmt.

»Ist gefährlich, so kurz vor der Dunkelheit hier im Wasser unterwegs zu sein«, sage ich möglichst lässig, aber aus dem Bedürfnis heraus, in dieser Situation eine gewisse Autorität geltend zu machen. »Ein Frachtkahn oder ein Austernboot könnte über Sie drüberfahren und es nicht mal merken.«

»Und wieso«, entgegnet er mit einem seltsamen Akzent, der nicht bloß auf die Zigarre in seinem Mund zurückzuführen ist, »sollte so spät noch ein Frachtkahn oder ein Austernboot unterwegs sein?«

»Vielleicht, weil die keine normale Fracht oder Austern geladen haben. Jedenfalls wären Sie gut beraten, sich eine Positionsleuchte zuzulegen.«

»Da könntest du recht haben. Und wie mache ich das am besten, deiner Meinung nach?«

»Eine Laterne an einer Stange, die Sie da an Ihrem linken Fuß befestigen. So wie an Ihrem rechten Bein eine Hülle für das zurzeit eingeholte Segel festgeschnallt ist. Müsste leicht anzufertigen sein, meiner Meinung nach.«

Und ich sage das mit Stolz, will klarmachen, wer auf diesem kleinen Fleckchen Strand und dieser unbedeutenden Landzunge zu Hause ist, und halte unverfroren seinem Blick stand, als er mich – wie ich jetzt bemerke – taxiert.

»Bist du ein guter Schwimmer, Junge?«

»Nicht der beste und nicht der schlechteste.«

»Aber du kannst schwimmen?«

Und ich sage: »Natürlich, wie eine Ente. Wäre auch schwierig, hier aufzuwachsen und nicht schwimmen zu können.«

»Und doch«, sagt er, »ist es eine bei Seemännern verpönte Kunst, denn sie behaupten, diese Fähigkeit zögere im Falle eines Schiffbruchs oder eines Sturzes von Bord nur die Akzeptanz des Todes hinaus. Denn *wohin* in all dieser leeren Unendlichkeit solle man denn schwimmen?«

Ich werde mich schon bald an diese schwülstige und lächerliche Art zu reden gewöhnen, werde sogar Gefallen daran finden, wenn sie mit all ihren Feinheiten angewendet wird, um ebenso zu unterhalten wie zu verwirren, aber dennoch …

»Hier gibt's keine Seemänner«, sage ich, »bloß Austernzüchter, und die hab ich noch nie auf offener See züchten sehen.«

»Ganz recht. Was bist du doch für ein aufgeweckter Junge.«

Und mit diesen Worten kommt er an Land, legt sein Paddel weg und rappelt sich mit meiner Hilfe auf die Beine. Wasser strömt aus sämtlichen Falten des Gummianzugs, als er meine Hand mit seiner gummibehandschuhten schüttelt.

»Wo könnte ein fremdländischer Reisender in dieser Gegend wohl einen Platz zum Schlafen finden?«, fragt er.

Zwangsrekrutiert

Und das ist natürlich der berühmte Captain Clarke B., entweder aus den Vereinigten Staaten oder aus Irland, je nachdem, wessen Geschichte über seine Herkunft man glaubt, und von dessen Heldentaten selbst wir so fernab von der Zivilisation schon gehört haben.

Der verwegene Captain Clarke B., tollkühner Erfinder des lebensrettenden aufblasbaren Anzugs, den Sie im vorherigen Kapitel kennengelernt haben, der Mann, der nur wenige Monate zuvor mitten in einem Sturm an der Westküste Irlands an Land schwamm, nachdem er seine Erfindung bereits auf den großen Flüssen des amerikanischen Kontinents demonstriert hatte, und der sich jetzt auf einer Werbetour über die europäischen Wasserwege befindet.

Der charmante Captain Clarke B., der zu der kleinen Menschenmenge spricht, die sich am nächsten Morgen auf dem matschigen, mit Austernschalen übersäten Boden vor dem Gasthaus versammelt hat (nachdem er Little Pete, den Sohn des Gastwirts, in ein halbes Dutzend Nachbardörfer geschickt hatte, um seine Ankunft bei uns bekannt zu machen), und über die bereits Gerüchte im Umlauf sind, vor allem, dass er die vorangegangene Nacht entweder mit der Frau des Gastwirts oder dessen Tochter oder beiden im Bett verbracht hat, was viel dazu beiträgt, uns einfache Dorfmenschen für ihn einzunehmen, noch bevor er seine Rede überhaupt beginnt.

Über einen Meter achtzig groß, Ende dreißig und noch recht stattlich, mit einer seltsam hellen Stimme, beginnt er: »Ladys und Gentlemen dieser schönen Gemeinde.« Die Luft ist noch so kalt, dass sie einen frostigen Biss hat und der Matsch unter unseren Füßen knirscht. »Ich habe die mächtigen Ströme Missouri und Mississippi und Rio Grande durchschwommen. Ich habe riesige Ozeane überquert und Fliegende Fische und Wale gesehen, die im Morgengrauen aus den Tiefen des Pazifiks auftauchten« – an dieser Stelle ooht und aaht das Publikum –, »ich habe Furcht einflößende Stromschnellen und gewaltige Wasserfälle überwunden, bewahrt nur durch die Wirksamkeit meines patentierten lebensrettenden Anzugs« – er deutet auf seine Erfindung, die an einem Rahmen aufgehängt neben ihm steht, woraufhin wir alle wissend nicken –, »und gerade letzte Woche bin ich eigenhändig die gesamte Themse von ihrer Quelle bis zu diesem Ort am äußersten Rande des Meeres hinabgeschwommen ...«

An dieser Stelle schweigt er kurz, damit die Leute begreifen, dass er über sie redet, über uns, über unser kleines Dorf. Ich wechsele einen Blick mit Susan der Pfarrerstochter. Ein kurzer, wärmender Applaus brandet auf.

»... und in drei Tagen« – er hält eine Ausgabe der Londoner Zeitung mit einem Bild von ihm hoch, im Rückblick wahrscheinlich eine bezahlte Anzeige – »werde ich den Versuch unternehmen, den tückischen Ärmelkanal zu durchqueren und an der Küste Frankreichs an Land zu gehen!«

Bei der Erwähnung des historischen Feindes ertönt ein ganzer Chor von Buhrufen, der den Captain vorübergehend aus dem Konzept bringt. Dann fängt er sich wieder und beginnt mit dem Teil seines Auftritts, in dem er darüber spricht, dass er, obgleich selbst unbedeutend, nicht umsonst gelebt haben wird, falls er durch seine wissenschaftliche Arbeit das Leben anderer

– Fischer, Matrosen, tapfere Angehörige der Royal Navy – retten kann, indem sie sich die in seinem Anzug enthaltene Technologie zu eigen machen, und uns auffordert, darüber nachzudenken, was wir zu den uns nahestehenden Menschen sagen würden, die das Meer im Laufe der Jahre geraubt hat, wenn wir die Chance hätten, ihnen zu erklären, warum wir die Gelegenheit ungenutzt ließen, andere wie sie zu retten, indem wir eine Münze in den Hut werfen, *der just in diesem Moment herumgeht* ...

Tja, selbst mein Vater, der grimmige alte Armbrecher, greift an diesem Punkt in seine Tasche. Giant Pete der Gastwirt versucht, dem Captain gleich mehrere Scheine in die Hände zu drücken, während seine Tochter schüchtern lächelt und mit der Schuhspitze über den Boden schabt und seine Frau nirgends zu sehen ist. Und dann kommt der Clou.

»Aber wer unter euch würde mir bei diesem Abenteuer beistehen?«, ruft der Captain, und wir alle stutzen und sagen »Wa...?«

Und dann landen die Augen des Captains auf mir, genau wie er es die ganze Zeit vorhatte, und er zeigt auf mich, sorgt dafür, dass alle mich sehen.

»Was ist mit Ihnen, Sir?«

Ich?

»Ein kräftiger junger Mann, der mit mir über den wilden Kontinent reist, um mich bei meiner lebensrettenden Arbeit zu unterstützen und den Namen seines Dorfes in die entferntesten Winkel der Zivilisation zu tragen – und einen Lohn dafür bezahlt bekommt, natürlich!«

»Natürlich!«, rufen alle.

In die Enge getrieben, blicke ich mich um, halte nach meinem Bruder Ausschau, kann seine Augen nirgends finden, bemerke stattdessen die bewundernden Blicke meiner ehemaligen

Klassenkameraden, die erhobene und skeptische Augenbraue von Susan der Pfarrerstochter. Und dann tritt Giant Pete der Gastwirt vor und wirft seine gewaltigen Arme um mich.

»Er sagt Ja«, ruft er. »Natürlich sagt er Ja!«, und plötzlich werde ich von den Händen meiner Freunde und Nachbarn hochgehoben und getragen, über die Menge und durch die Tür des Gasthauses gereicht, wo man mich auf die Theke legt – und *da* ist dann die Frau des Gastwirts, die, das muss erwähnt werden, eindeutig strahlt, und sie zapft schon das erste von vielen Gläsern Bier, die an diesem Vormittag in mich hineingeschüttet werden –, und somit ist mein fabelhaftes schreckliches Schicksal besiegelt.

Als ich Stunden später wieder zu mir komme, liege ich irgendwo mitten im Marschland, das Gesicht in einem Bett aus Queller, mit der dumpfen Erinnerung daran, dass es zuvor an den warmen Busen von mehr als einer Frau aus dem Dorf gedrückt war, und mein Bruder sitzt ein paar Meter von mir entfernt auf dem rissigen Schlamm, den geschienten Arm quer auf den Knien. Es ist schon spät, und die Flut kommt.

»Du bist berühmt«, sagt er.

»Das war nicht meine Absicht«, antworte ich.

»Bist du aber trotzdem.«

»Ich lass dich nachkommen«, sage ich und rappele mich auf. Weit hinten in der Marsch steigt das Wasser rasch an. »Sobald ich genug Geld hab. Eine andere Lösung fällt mir in unserer Lage nicht ein.«

»Lass mich jetzt mitkommen.«

»Es wird kein Jahr dauern.«

»Du weißt, dass ich so lange nicht durchhalte.«

»Kinder können alles durchhalten. Das wissen wir beide.«

Er lacht, finster. »Ha!«, dann reibt er sich die Augen, wischt seine Nase am Ärmel ab. Schnieft.

»Ein Jahr«, sagt er. »Ehrenwort.«
»Ein Jahr«, lautet meine Antwort.
Aber natürlich kommt es anders.

Abschiede

Und so werden in den folgenden Tagen Pläne gemacht, und Captain Clarke B. hält mir Vorträge über die Wichtigkeit der Lebensrettung auf See und erzählt Geschichten über seine früheren Husarenstücke, und Landkarten des Kontinents werden auf den Tischen im Gasthaus ausgebreitet, und man lässt gebührende Sorgfalt walten, indem ich beispielsweise mein Können als Schwimmer und meine Geschicklichkeit im Umgang mit Booten und meine navigatorischen Fertigkeiten unter Beweis stellen muss.

Unser Vater hält sich größtenteils von meinem Bruder und mir fern, da er die meiste Zeit im Pub ist.

Am Tag unserer Abfahrt ist mein Bruder trotz seines gebrochenen Arms früh auf den Beinen und nirgendwo zu finden, also mache ich einen Spaziergang durchs Dorf, um dem Ort meinen Respekt zu zollen, grüße hier und da Leute, indem ich meine Mütze ziehe. Am Ende der Straße sehe ich Susan die Pfarrerstochter in ihrem besten Kleid auf der Eingangstreppe des Pfarrhauses sitzen und mit einer Hand die Augen gegen die Morgensonne abschirmen.

»Ich vögele Joseph Parsons«, ist das Erste, was sie zu mir sagt. »Ich dachte, das solltest du wissen.«

»Wirst du ihn heiraten?«, frage ich.

»Ich glaub nicht«, sagt sie. »Ich vögele auch seinen Bruder Jeremiah.«

»Ist das der, der angeblich Fledermäuse mit der bloßen Hand aus der Luft fangen kann?«

»Ich hab gesehen, wie er das macht.«

»Das ist eine seltene Gabe. Du könntest es sehr viel schlechter treffen.«

»Also«, sagt sie, »es war schön, dich zu kennen, Daniel. Viel Glück auf all deinen Abenteuern.«

»Ebenso, Susan«, sage ich und meine das auch ehrlich, und dann schütteln wir uns die Hände, und das war's.

Den Rest des Vormittags verbringe ich damit, meine letzten Angelegenheiten zu erledigen. Ich jäte Unkraut im Garten und ernte drei Reihen frühe Radieschen, verabschiede mich von dem Schwein, das kein großes Interesse an meinen hochfliegenden Plänen zeigt. Ich fahre mit dem Boot das Ästuar rauf und runter, um nach meinem Bruder zu suchen, höre, dass man ihn zwei Dörfer weiter gesehen hat und dann noch mal zwei Dörfer weiter. Schließlich gebe ich auf und fahre zurück, stelle mir vor, wie er irgendwo da draußen herumläuft, Unfug anstellt und neue Legenden für sich schreibt. Ich segele unseren Fluss hoch, ziehe das Boot auf unseren Strand und verabschiede mich auch von diesen beiden.

Gegen Mittag finde ich meinen Vater, nicht nüchtern, an der Theke im Gasthaus. Nachdem ich die Verantwortung für den Garten und das Schwein bereits an meinen Bruder übergeben habe, fällt mir nichts mehr ein, was ich mit dem alten Herrn besprechen müsste. Während ich von der Tür aus seinen breiten Rücken anstarre, durchforsche ich mein Inneres nach irgendeiner erkennbaren Gemütsregung, kann aber nicht benennen, was oder ob ich überhaupt etwas fühle. Ich will gerade wieder gehen, als er, ohne sich umzudrehen, sagt: »Du wirst nicht zurückkommen.«

Ich warte, bis er weiterredet.

»Ihr wart immer die Kinder eurer Mutter, alle beide«, sagt er schließlich, offenbar zu niemand Speziellem. »Keiner von euch hat mir je eine Chance gegeben.«

Und da ist dann doch eine Gemütsregung, plötzlich so kolossal und tief, dass sie droht, mich und vielleicht den halben Pub und die Landschaft drum herum mit zu verschlingen.

»Wenn du ihm noch ein Mal was tust …«, sage ich und beende den Satz nicht, zum Teil, weil ich hoffe, dass er dann bedrohlicher klingt, aber in Wahrheit auch, weil ich keine Ahnung habe, was ich noch sagen könnte, da ich keine große Erfahrung darin habe, Drohungen auszustoßen.

Daraufhin dreht er sich endlich um und mustert mich mit seinen roten Scheusalaugen, leert sein Bier, während er meinen Blick festhält.

»Dann was?«

Doch in dem Moment wird draußen der große Mann höchstselbst lärmend in einer Kutsche vorgefahren, die ihm irgendein lokaler Würdenträger geliehen hat und die sogar von vier Pferden gezogen wird, mit der Ausrüstung unseres tapferen Captains sicher auf dem Dach verstaut. Er kommt in den Pub und schlägt mir mit einer behandschuhten Hand auf die Schulter – »Wenn ich mir diesen vortrefflichen jungen Mann ausleihen dürfte …« – und bugsiert mich nach draußen, und das ist das letzte Mal, dass ich meinen Vater sehe, tot oder lebendig.

»Bereit, mein Junge?«

»Mein Bruder …«, setze ich an, will den Cap noch mal fragen, ob und warum wir ihn nicht mitnehmen können, tu's aber nicht. Dieser Mann hat von Grafen und Herzögen und Königen europäischer Länder Empfehlungsschreiben, die wir benutzen werden, um unsere Reise durch den Kontinent abzusichern. Wer bin ich, ein Feigling aus einem Dorf am Rande der Welt, dass ich Forderungen an jemanden stelle, der von Aristokraten gefördert wird, ganz gleich, in welcher angespannten Lage er sich derzeit befindet?

Captain Clarke B., der unser Dorfgasthaus zum Ausgangspunkt seiner Unternehmung gemacht hat – wobei die Nähe von Ehefrau und Tochter des Gastwirts ebenso eine Rolle spielte wie die Möglichkeit, die unser kleiner Fluss ihm bot, letzte Änderungen an seiner Ausrüstung vorzunehmen –, spricht ein paar Abschiedsworte für uns, und es gibt Reden und außerdem ein von der Pfarrersfrau und ihren jungen Schülern bemaltes Spruchband, das uns Erfolg und gute Reise wünscht. Ich erkenne in den gleichmäßigen Schnörkeln der Buchstaben die Handschrift meines fehlenden Bruders und greife in meiner Tasche nach dem deformierten Bleisoldaten, den er mir feierlich mit auf die Reise gegeben hat (ich wiederum habe ihm das verrostete Medaillon geschenkt, von dem ich weiß, dass er es immer bewundert hat), während ich herumgereicht werde, um mich von Leuten zu verabschieden, die ich innerhalb von drei Monaten vergessen werde.

Ein bissiger Wind weht übers Wasser, als wir aufbrechen, doch der Himmel ist nicht bemerkenswert, eine niedrige graue, geschlossene Wolke über der endlosen Marsch, so weit das Auge reicht, und so früh im Jahr gibt es nur ein paar vereinzelte Farbkleckse in der Landschaft, und die nächsten paar Stunden sitzen wir in der rollenden Kutsche, rauchen und betrachten beide den flachen Horizont, der Captain seltsam still in seinem Soldatenmantel, und ich hoffe wohl noch immer, irgendwo da draußen die Gestalt meines Bruders zu entdecken, wie er rennend versucht, uns einzuholen, und ich spüre das gewaltige Gewicht meines schlechten Gewissens wie eine Ankerkette an meinem feigen Herzen zerren, bis die mir bekannte Welt hinter uns verschwindet und ich die Orientierung verliere und auf etwas zuschwimme, das ich weder sehen noch verstehen kann.

Alles, was ich auf der Welt habe

Unsere Fahrt in die Hauptstadt dauert fast den ganzen Nachmittag, und als wir schließlich ankommen, bin ich durchgeschüttelt und schon halb erschöpft, aber auch so erstaunt über die Dinge, die ich erblicke, dass ich mich neugierig aus dem Fenster lehne, die großen Gebäude und die bemalten Schilder und den Verkehr und die Unmenge von Menschen begaffe. Vor allem verwirrt mich das Fehlen eines Horizonts.

Unser Gepäck, das auf dem Dach der Kutsche verstaut ist, umfasst:

- ein faltbares Segeltuchboot oder Dingi, das mit etwas Mühe auf einer Schulter getragen werden kann, aber groß genug ist für ein Besatzungsmitglied (mich) plus Vorräte und Ausrüstung und ein einziehbares Segel, das bei Bedarf zur Anwendung kommt
- einen zusammengerollten lebensrettenden Gummianzug mit Paddel
- Zubehör für Reparaturen in einer Militärtasche aus Segeltuch
- einen Pappkarton voll Broschüren und Handzetteln mit Lobeshymnen auf die Großtaten des Captains und Informationen für potenzielle Investoren
- eine weitere Segeltuchtasche mit den verschiedenen Uniformen des Captains, einschließlich eines kompletten Fracks mit Schuhen.

Ich für meinen Teil habe die Kleidung, die ich am Körper trage, und in meiner Tasche Rasierzeug, das mir der Reverend Pritchard, Susans Vater, geschenkt hat.

Kurz vor Ende unserer Fahrt hat Captain B. sich einen riesigen weißen Pelzmantel übergezogen, der, wie ich vermute, von einem Eisbären stammen muss und die Blicke von einigen Leuten auf sich zieht, als wir am Droschkenstand vor dem Bahnhof halten und er aus der Kutsche steigt. Er rauscht in das gewaltige Bahnhofsgebäude, während ich mithilfe des Kutschers mühsam unser Gepäck ablade und es nacheinander in die große, lärmgeschwängerte Abfahrtshalle schleppe, wo ich den Cap wiederfinde, der allein und offenbar kurzzeitig verwirrt mit den Augen die zahllosen dahinhastenden Reisenden absucht, wahrscheinlich mehr Menschen, als ich in meinem ganzen bisherigen Leben gesehen habe.

Schließlich sieht der Captain einen mageren Mann in einem zu großen Mantel und mit Melone auf dem Kopf rasch näher kommen – »Ah, da ist ja unser Mann, Mcinerney« –, der alsbald bei uns ist, dem Cap die Hand schüttelt und sich dabei umschaut.

»Es hat ...«, sagt dieser Mcinerney mit leiser Stimme, während er mich misstrauisch beäugt, »*Komplikationen* gegeben.«

»Was für Komplikationen?«, fragt Captain Clarke B. »Das ist mein Lehrling, Daniel Bones. Sie können in seiner Gegenwart so offen und ehrlich reden wie mit mir.«

»Was ist aus dem Letzten geworden?«, sagt Mcinerney.

»Ist jetzt egal.«

Der Mann starrt mich noch einen Moment länger an, ehe er die Achseln zuckt.

»Komplikationen mit einem der Werbeverträge«, sagt er. »Das heißt, wir haben ihn verloren. Und damit auch das Geld. Und die Suite im Bahnhofshotel. Und die Zugfahrkarten.« An dieser Stelle hält er inne, damit der Captain das alles verarbeiten kann. »Und so weiter.«

»Verstehe«, sagt der Captain und presst sehr lange einen Finger ans Kinn, so fest, dass eine Druckstelle zurückbleibt.

Ich muss zugeben, dass ich, um die Situation voll und ganz zu begreifen, zu sehr abgelenkt bin sowohl von dem prachtvollen Deckengewölbe des Bahnhofs, das aus Eisen und Glas besteht und das Erste seiner Art ist, das ich je gesehen habe, als auch von den wabernden Dampfwolken und den quietschenden Zugrädern und dem Gepfeife und dergleichen mehr und daher auch nicht ganz verstehe, wieso wir unsere Ausrüstung in der Obhut der Gepäckaufbewahrung lassen und uns in die Bar des Bahnhofshotels begeben, wo ich von den glänzenden Tischplatten und der Theke aus Zinn und den anderen wohlhabenden Gästen gleichermaßen beeindruckt bin und wo zwischen dem Captain und diesem Mann bei ein paar Gläsern Bier ein Plan ausgeheckt wird.

Kurz darauf werden Hände geschüttelt, Mcinerney verabschiedet sich, und der Captain scheint plötzlich das gesamte Gewicht der Welt auf den Schultern zu tragen. Wenige Minuten später werden wir beide von einem Gehrock tragenden Angehörigen des Hotelpersonals aufgefordert, den Fahrstuhl – *den Fahrstuhl!* – zu einem der höchsten Stockwerke des Hotels zu nehmen, wo der Captain an eine bestimmte Tür klopft und wir warten. Der Captain wendet sich mir zu und hebt einen behandschuhten Finger an die Lippen, und ich nicke.

Schließlich wird die Tür von einer gut gekleideten, reich aussehenden Frau geöffnet – jedenfalls für mich reich aussehend wegen ihrer Haltung und des Schmucks um ihren Hals und so weiter –, die älter als der Captain ist und seufzt, als sie den bedrückten Cap erblickt.

»Clarke«, sagt sie ausdruckslos.

»Eleanor.«

»Immer noch ›Mrs Ravenwood‹.«

»Selbstverständlich.«

»Was ist aus dem Letzten geworden?«, sagt sie und deutet mit dem Kinn auf mich.

Ohne auf die Frage einzugehen, sagt er: »Darf ich eintreten?« Sie überlegt ein paar Sekunden, bevor sie nickt und dem Captain die Tür aufhält, der ihr in das Zimmer folgt und zu mir sagt: »Du wartest lieber hier«, als er die Tür schließt und – so hört es sich zumindest an – hinter sich verriegelt.

Also warte ich vielleicht eine gute Stunde neben der Tür, während immer mal wieder Hotelgäste aus anderen Zimmern entlang des Flurs kommen oder sie betreten, und ich stehe da und versuche, unbekümmert zu wirken, obwohl ich höher über dem Meeresspiegel bin als je zuvor, und ich frage mich, was ich noch alles erleben werde, bevor dieser Tag endet, und merke schließlich, wie hungrig ich bin, weil ich seit dem Frühstück nichts mehr gegessen habe.

Endlich öffnet sich die Tür wieder, und ein kleinlauter und etwas derangiert aussehender Cap kommt aus dem Zimmer, ehe er sich mir zuwendet und munter fragt: »Daniel, hast du vielleicht ein bisschen eigenes Geld?«

Und so geben wir alles, was ich auf der Welt habe, nämlich die Summe, die eine von Giant Pete dem Gastwirt zu meinen Ehren veranstaltete Sammlung eingebracht hat, für zwei Fahrkarten dritter Klasse im letzten Zug nach Dover aus, in den wir zusammen mit unserem Gepäck und einer großen Masse anderer Leute gequetscht werden, für die der Anblick des Captains in seinem Eisbärenfell während der lauten und unbequemen Fahrt durch die dunkle Landschaft von Kent überaus unterhaltsam ist, bevor wir schließlich mitten in der Nacht den leeren, geschlossenen Bahnhof von Dover erreichen.

Die Überfahrt

Der große Tag beginnt um fünf Uhr im frühmorgendlichen feuchten Halbdunkel, als der Captain mich auf meinem Platz am Strand wach rüttelt, wo ich in meine Jacke gehüllt während der letzten paar Stunden versucht habe zu schlafen. Gemeinsam schleifen wir unsere Ausrüstung über den nassen Kies zurück zum Bahnhof, wo der Captain in seinen Gummianzug steigt und offenbar die Schaffner überredet, uns in den einlaufenden Morgenzug von London nach Paris steigen zu lassen – der Zug, den wir ursprünglich hätten nehmen sollen –, sodass wir die eine Station bis zum Admiralty-Pier mitfahren können, wo die Passagiere nach Frankreich für die Überfahrt aussteigen und wo wir hoffentlich noch erwartet werden.

Und tatsächlich steht draußen auf dem Admiralty-Pier ein Empfangskomitee. Als wir aus dem Zug steigen, ist da eine Menge von Zuschauenden und bedeutsamen Leuten mit Schirmen und Zeitungsjournalisten mit schwarzen Hüten und Mänteln zum Schutz vor dem schwachen Regen, und der Captain bleibt stehen und reckt die Arme in die Luft und sieht in seinem Pelzmantel über dem Gummianzug wahrlich imposant aus. Es gibt eine kleine Bühne und ein leicht durchnässtes Spruchband, das den »Furchtlosen Froschmann« ankündigt und seine vielen Abenteuer preist – ich nehme zur Kenntnis, dass wenigstens *etwas* im Voraus erfolgreich organisiert wurde –, und als der Cap die Bühne besteigt, spielt eine Blaskapelle, bei der er sich bedankt, bevor er größtenteils dieselbe Rede vom Stapel lässt, die er in unserem Dorf gehalten hat, bis hin zu dem Hut, der herumgeht und in den die versammelten Presseleute nicht viel hineintun.

Während ich das Segeltuchboot mit dem Segel sorgfältig zusammenbaue und dabei die kleinen Veränderungen des Himmels im Auge behalte, posiert der Captain für Fotos in seiner lebensrettenden Montur, lobt deren zahlreiche Vorzüge, liefert der Presse und potenziellen Investoren griffige Sätze über »unser großes Abenteuer« und »das Wohl der gesamten Menschheit«, schüttelt die Hände von Würdenträgern und bezaubert deren Gattinnen. Mehr als eine junge Frau wirft sich in seine Arme und muss hysterisch weinend von ihm weggezogen werden. Dann trage ich das Boot mit der Hilfe von zwei jungen Burschen die Stufen hinunter zum Hafen, gefolgt vom Cap selbst, der ein letztes Mal winkt, bevor er mit seinem Paddel ins Wasser steigt, und wir legen ab, und als wir uns von der Ufermauer entfernen, bringen die Heckwellen einiger hoher Schiffe mein leichtes Boot beinahe zum Kentern, ehe ich mich an seine ungewohnte Handhabung gewöhne.

Der Tag ist noch wolkenverhangen, als der Captain mich an einem zehn Meter langen Tau hinter sich her aus dem Hafen zieht, und das Wasser ist grün und dunkel, mit einem schmutzigen weißen Schaum darauf. Im Kanal sind mehr Schiffe unterwegs, als ich je gesehen habe. Boote jeder Größe begleiten uns, von Dampfern und Klippern und Kreuzfahrtschiffen über Fischkutter und Schleppkähne und Dingis bis hin zu einigen gepanzerten Kriegsschiffen, die immer mal wieder ohrenbetäubende Breitseiten abfeuern, die Kanonen sicher Richtung Frankreich gerichtet. Auf den ersten zwei Seemeilen außerhalb des Hafens sind schon drei mit Zuschauern überladene Ruderboote im Seegang gekentert. Angehörige der Weltpresse beobachten unsere Fahrt von Liegestühlen auf dem Deck eines Raddampfers aus, prosten uns mit Cocktails zu, während Feiernde auf Vergnügungsschiffen Raketen abschießen und mein kleines Boot fast versenken, weil sie viel zu nahe kommen, wenn sie versuchen, die Zigarren des Captains anzuzünden.

Was Captain Clarke B. angeht, so nimmt er die Aufmerksamkeit weitestgehend gut gelaunt hin, da er in jeder nur erdenklichen Hinsicht in seinem Element ist. Alle paar Seemeilen verlangsamt er seine Paddelschläge, stärkt sich mit einem Brandy, raucht und winkt dem Publikum zu, während ich längsseits zu ihm gehe, um ihn mit sonstigem Proviant zu versorgen, und so vergehen die ersten Stunden des Tages.

Am Nachmittag haben wir die Mitte des Kanals erreicht, und die Strömung läuft jetzt gegen den Wind, sodass das Meer kabbelig und die Dünung stärker wird. Ich kann sehen, dass sogar auf den größeren Schiffen manche unerfahrenen Passagiere seekrank werden, und ich muss Wasser aus meinem Boot schöpfen, das, wie jetzt offensichtlich wird, nicht für die offene See gebaut ist. Der Captain ruft noch immer »Hurra!« und »Ho!«, um besonders kräftige Paddelschläge zu untermalen, doch seine Worte werden vom Wind verweht, und wir erleben eine brenzlige Stunde oder länger, in der ich mir den Luxus gönne, die Bereitwilligkeit zu bedauern, mit der ich mich auf diese Reise eingelassen habe, ehe die Bedingungen sich endlich wieder bessern.

Dann, als die Strömung es wieder gut mit uns meint, haben wir eine recht leichte Fahrt in Richtung des Leuchtturms von Cap Gris-Nez an der französischen Küste, und schließlich durchbricht hinter uns eine frühe Abendsonne die Wolkendecke und setzt den Himmel in Brand, als wir den Strand erreichen, wo eine kleine Menschenmenge versammelt ist, um dem Captain zu gratulieren, und wo sogar ein Streichquartett aufspielt, während ich aus dem Boot klettere und der Cap dem örtlichen Bürgermeister die Hand schüttelt, und als ich die neue Sprache höre und meinen langen Schatten auf den Sand fallen sehe, begreife ich, dass wir tatsächlich den neuen Kontinent betreten haben.

Schon bald werden wir in irgendeine Kutsche verfrachtet und über Landstraßen, gesäumt von hohen Hecken und hübschen Stein-Cottages, zu einem Haus gefahren, wie ich prächtiger noch keins gesehen habe. Es gehört dem Bürgermeister und hat ein Spitzdach und Fensterläden, und dort wird offenbar entschieden, dass ich im Obstgarten nächtigen werde, um unsere Ausrüstung zu bewachen, was mir nur recht ist. Der Captain, dessen Aufmerksamkeit von dem Bürgermeister und dessen Frau in Anspruch genommen wird, schüttelt mir kurz die Hand, ehe er im Haus verschwindet und es mir überlässt, unser Gepäck abzuladen und mein Lager für die Nacht aufzuschlagen.

Und so bereite ich mir nach einem einsamen Abendessen aus Brot und Käse eine Schlafstelle. Von der anderen Seite des Obstgartens aus beäugt mich dabei eine einzelne französische Kuh, zu der ich »'n Abend« sage, ehe ich mir klarmache, dass sie wahrscheinlich meine Sprache nicht versteht. Trotzdem freue ich mich über die Gesellschaft und muss an mein Schwein und meinen Bruder daheim denken, tausend Kilometer weit weg, während ich daliege und zuschaue, wie die Fledermäuse über mir durch die Luft jagen und hinter ihnen die Millionen von fremden Sternen am ausländischen Himmel hängen, und ich schlafe erst nach sehr langer Zeit ein.

Das Allerwichtigste

Dieselbe Kuh weckt mich früh am nächsten Morgen, indem sie mir sanft durchs Gesicht leckt, und dann schauen wir beide eine Zeit lang zu, wie die Sonne über den kahlen Apfelbaumzweigen und meiner ganzen neuen Welt aufgeht.

Auf der Straße vor dem Haus sind bereits Bauern und Händler unterwegs, und ich erkenne die Geräusche und Gerüche eines Markttages. Nachdem ich mein übrig gebliebenes Brot und den restlichen Käse aufgegessen habe, wasche ich mich in dem Wassertrog und kämme mir die Haare und gehe um das Haus herum, wo ich mir an der Küchentür durch Lächeln und Gesten eine Tasse starken Kaffee vom Hauspersonal erbettele.

Dann gehe ich zum Tor, trinke meinen Kaffee und beobachte das Treiben der Marktleute, bis Captain Clarke B. sich zu mir gesellt, gekleidet wie für einen Tag beim Pferderennen, eine Zigarre bereits zwischen den Lippen.

»Auf Frankreich«, sage ich, hebe meine Tasse, und er legt mir eine Hand auf die Schulter.

»Und dann die ganze Welt«, sagt er, und so bleiben wir etwa eine Minute lang stehen, denken über unseren Platz in alldem nach, ehe wir für eine Fahrt durch die Stadt und weitere Verpflichtungen erneut in die offene Kutsche des Bürgermeisters verfrachtet werden.

Während ich im Laufe des Tages das seltsame Aussehen fremdländischer Hecken und Bäume und Schaufenster und die

Formen der Briefkästen und Gehwege in mich aufsauge, wird deutlich, dass die Interessen dieses Bürgermeisters sich nicht auf Lokalpolitik beschränken. Wir besichtigen unter anderem einen kleinen Steinbruch am Rande der Stadt und eine Zahnpastafabrik und ein Eisenbahnbauprojekt und einen Fleischpastetenhersteller, während der Bürgermeister auf Französisch Reden schwingt und der Cap förmlich an seinen Lippen hängt.

Ich bekomme das meiste gar nicht richtig mit und genieße die französische Sonne in meinem Gesicht und all die neuen Dinge, die ich sehe, bis wir schließlich wieder auf dem Marktplatz ankommen, wo der Captain auftreten wird.

Doch statt einer Bühne gibt es nur eine kleine Bude mitten auf dem belebten Markt, und es wird rasch klar, dass der Cap gegen den Lärm und die Farben und Gerüche der anderen Stände antreten soll, die Hühnchen und Lammleber und riesige Kohlköpfe und Würste und Ochsenzungen und Käse und Pferdefleisch und Kaninchen und grobe Stoffe und Schweineschwänze feilbieten.

»Vielleicht vorher ein Glas Wasser?«, bittet unser Captain, nachdem er sich die Szene angeschaut hat. »Oder Wein?«

»Sobald Sie fertig sind«, erwidert der Bürgermeister mit Nachdruck auf Englisch.

»Sie haben recht.«

Und so beginnt der Cap seinen Vortrag, wobei der Diener des Bürgermeisters für ihn übersetzt, aber es liegt nicht an den Worten, sondern eher an der Darbietung, dass sein Auftritt zum Erfolg wird.

Zuerst bittet der Captain den Übersetzer, eine scheinbar beliebige Frau, die in der Nähe einkauft, heranzuholen, um sie dann zu fragen: »Ist Ihnen, *Madame*, der entsetzliche Preis bewusst, der von den tapferen jungen Männern in der herausragenden Marine Ihres Landes tagtäglich bezahlt wird, um Ihre

Freiheit zu verteidigen?« Und ein unwahrscheinlicher Zufall will es, dass just diese Frau *gerade letztes Jahr einen tapferen Sohn auf See verloren hat*, woraufhin der Captain verlangt, sie solle das Fleisch, das sie kaufen wollte, geschenkt bekommen (was den beschämten Metzger nicht gerade erfreut, aber wie kann er Nein sagen, wenn alle Augen sich auf ihn richten?), ehe unser Cap auf die Knie sinkt und dieser feinen Frau für die Dienste ihres Sohnes dankt.

Dann werden weitere Menschen wahllos aus der Menge gegriffen, und alle erzählen sie unter dem wachsenden Interesse der anderen Marktkunden ihre eigenen traurigen Geschichten von Verlust, bevor der demütige Captain Clarke B. auf sich selbst zu sprechen kommt.

»Aber wer bin ich«, fragt er die Marktbesucher, »dass ich diese guten Menschen dazu bringe, ihr Herzeleid in aller Öffentlichkeit neu zu durchleben?«

Es ist offensichtlich, dass niemand das beantworten kann.

»Ich bin niemand«, erklärt der Captain, »bloß ein Diener, der versucht, seinen bescheidenen Beitrag zu leisten, um etwas zu verändern und vielleicht ein Leben zu retten. Ein Niemand, der sich auf der Suche nach wissenschaftlich bewiesenen Wahrheiten in Wasserfälle und gewaltige Meere gestürzt, der mit Seeungeheuern und feindlichen Flotten gekämpft hat. Ein Niemand« – und an dieser Stelle versagt seine Stimme fast, so überwältigt ist der Mann von seiner eigenen Bedeutungslosigkeit angesichts der großartigen Arbeit, die er leistet –, »der Sie bitten möchte, sich einen Moment Zeit zu nehmen, um sich diesen lebensrettenden Anzug anzuschauen und einige Worte über die hervorragende Reinigungskraft von LeClercs patentiertem Enzian-Zahnpulver anzuhören …«

Am Abend lädt uns der Bürgermeister in das teuerste Restaurant der Stadt ein, wofür ich mir – da ich überhaupt noch nie in irgendeinem Restaurant war – etwas Passendes zum Anziehen vom Sohn des Bürgermeisters leihen muss, einem blassen, trübsinnigen Jungen von achtzehn Jahren. Man weist mir einen Platz zwischen dem Sohn des Bürgermeisters und dem Captain zu, der wiederum neben der Frau des Bürgermeisters sitzt, einer imposanten Dame, etwa zehn oder fünfzehn Jahre älter als der Cap, die den prächtigsten Schmuck trägt, den ich je gesehen habe, und während des gesamten Abends die volle Aufmerksamkeit des charmanten Clarke B. und sein bestes gebrochenes Französisch genießt.

Irgendwann während des Essens, als die Frau Bürgermeisterin sich kurz entschuldigt hat, sieht der Captain mich an und fragt: »Hast du heute die vielen Menschen gesehen, Daniel?«, was ich bejahe.

»Und gestern am Strand? Und stimmst du mir zu, dass sie alle irgendwann wahrscheinlich Bier trinken und Pasteten essen und sich die Zähne putzen?«

»Ich glaube schon, ja«, sage ich. »Das scheint mir eine unbestreitbare Tatsache.«

»Somit kann also nicht nur der Bürgermeister Werbung für seine geschäftlichen Interessen machen, sondern auch die ganze Stadt«, erklärt der Cap weiter, »und die örtlichen Geschäftsleute verdienen ebenfalls Geld dabei, und er wird entsprechend von ihnen belohnt, und alle sind glücklich.«

»Stimmt«, sage ich, weil ich aufgeweckt bin. Aber so aufgeweckt dann doch nicht.

»Du wirst außergewöhnliche Dinge sehen und eine vorzügliche Ausbildung erhalten, mein Junge«, sagt der Captain zu mir, wobei er sich so nah an mich heranbeugt, dass ich den Wein in seinem Atem rieche, »aber vergiss nie das Allerwichtigste unserer Reise.«

»Die lebensrettenden Eigenschaften des Anzugs?«, sage ich.

»Das Publikum«, entgegnet er. »Wie zum Beispiel unsere Frau Bürgermeisterin. Denke immer daran, dass wir ihnen zu Diensten sind. Wenn sie nicht glücklich sind, können wir nicht das bekommen, was wir wollen.«

»Und was wollen wir?«

Er sieht mich an und blinzelt, als hätte er die Frage nicht verstanden.

»Hast du gesehen, was für eine dicke Halskette sie trägt?«, fragt er. »Die allein würde unsere Arbeit ein Jahr lang finanzieren.«

Am Ende des Abends werden wir zu einem Spaziergang in der Frühlingsluft aufgefordert, und der Bürgermeister, seine Frau, der mürrische Sohn, der Captain und ich schlendern am Fluss entlang, während der Captain unseren Gastgebern seine weiteren Pläne erläutert. Als wir stehen bleiben, um über das Geländer gelehnt den dunklen, schnell fließenden Fluss auf seinem Weg Richtung Meer zu betrachten, blicke ich flussaufwärts, benommen von dem französischen Wein.

Ich drehe mir eine Zigarette, frage mich, wo in der Aufregung der letzten paar Tage mein Feuerzeug abgeblieben ist, und der Sohn des Bürgermeisters beugt sich mit einem brennenden Streichholz vor, woraufhin ich »Mörci« sage und ihm den Tabak reiche.

»Ich hasse dieses Drecksloch von Stadt«, sagt er zu meiner Überraschung auf Englisch, während er sich auch eine Zigarette dreht. »Hier kannst du nichts machen außer versuchen, Mädchen zu vögeln und Gedichte zu schreiben. Und die Mädchen mögen mich sowieso nicht.«

»Das ist mein erster Tag hier im Land«, sage ich.

»Du solltest nach Paris gehen«, sagt er. »Da ist jeder ein Dichter. Dichter oder Bankräuber. Alles andere ist reine Zeitverschwendung.«

Da ich nicht weiß, was ich darauf antworten soll, schweige ich.

Dann sagt er: »Also, versucht dein Freund wirklich, meine Mutter direkt vor der Nase meines Vaters zu bumsen?«

In der Nacht wird der Captain dazu verbannt, mit der Kuh und mir im Obstgarten zu schlafen, und am nächsten Tag sind wir schon wieder unterwegs, bevor der Morgen anbricht.

Die Autobiografie von
Captain Clarke B. – Erster Teil

Der Legende nach«, sagt Captain Clarke B., »wuchs ich am Ufer des Flusses O. oder des M. oder des S. auf, wo ich meine Kindheit *mehr im Wasser als an Land* verbrachte. Im Alter von fünf Jahren hatte ich bereits die athletischen Fähigkeiten entwickelt, die mir Ruhm und Reichtum einbringen sollten, und schon bald zeigte sich meine angeborene Abenteuerlust, als ich mit acht Jahren auf einem Kohlekahn von zu Hause floh und fünf Wochen später mit einer frisch adoptierten Schwester und einem zahmen Alligator zurückkehrte.

Mit vierzehn ging ich zur Marine«, sagt Captain Clarke B. »Aufgrund meines muskulösen Körpers und meiner imposanten Statur konnte ich der Rekrutierungsstelle leicht weismachen, ich wäre älter, als ich war. So diente ich während des Bürgerkriegs mit Auszeichnung auf einem Dampfer und fertigte während dieser Zeit bereits die ersten Entwürfe für meinen lebensrettenden Anzug an. Nachdem ich ungerechterweise vor ein Kriegsgericht gestellt worden war, weil mein Name in einem Scheidungsfall erwähnt wurde, brachten mich mein militärischer Sachverstand und die Notwendigkeit eines Broterwerbs dazu, sowohl im Deutsch-Französischen Krieg zu kämpfen als auch im Salpeterkrieg zwischen Bolivien und Chile sowie in der Marine von Benito Juárez gegen die französische Invasion Mexikos, ehe ich meine Karriere als Abenteurer und Weltreisender begann.

Die Berichte über meine Heldentaten auf dem Wasser sind allseits bekannt«, sagt Captain Clarke B., »ebenso wie die Geschichten meiner zahlreichen Liebesabenteuer mit Prinzessinnen und reichen Erbinnen und schönen Damen der feinen Gesellschaft. Ich habe so manches Duell bestritten, um die Ehre einer Frau zu verteidigen, und bin zahllosen anderen in den wilden Gegenden dieser Welt zu Hilfe geeilt, fand aber bis zum heutigen Tage nicht die Eine, die meinen ungestümen Geist zähmen und in mir den Wunsch wecken konnte, von meinen Abenteuern auszuruhen und mein Reiseleben zu beenden.

Außerdem«, sagt Captain Clarke B., »solange meine lebensrettende Erfindung nicht von den Flotten dieser Welt für den allgemeinen Gebrauch übernommen worden ist, erachte ich es als meine ehrenvolle Aufgabe, weiterzuarbeiten, um sie weltweit bekannt zu machen.

Ich habe gesehen, wie Männer getötet wurden«, sagt Captain Clarke B., »durch Granatbeschuss und Kugeln und Feuer und Schädelverletzungen bei Explosionen und Sepsis und Erhängen und Blutverlust nach Amputationen und Schock und Haibisse und wieder und wieder und wieder durch Ertrinken. Ich selbst habe Schiffbruch und Torpedotreffer und Scharfschützenfeuer und Hinterhalte und Nahkämpfe und Angriffe von Haien und Seelöwen und Zitteraalen und Klapperschlangen sowie zwei Monate in einem mexikanischen Gefängnis überstanden, bis ich mich schließlich fragen musste, was das Besondere an mir war, das mich immer wieder überleben ließ.

Ich bin mit Präsidenten und Königen befreundet«, sagt Captain Clarke B., »und ich fühle mich ebenso wohl in feinen Kreisen wie im Umgang mit den einfachsten Arbeitern. Im Alter werde ich wahrscheinlich die vielen Orden tragen, die mir von den Oberhäuptern großer Nationen verliehen wurden, und in dunkel getäfelten Räumen Zigarren rauchen. Vor drei Uhr nachmittags werde ich keinen Alkohol trinken. Auf Porträtfotos werde ich einen Soldatenmantel oder Pelz über einem weißen Hemd mit Fliege tragen. Ich werde die Spitzen meines Schnurrbarts wachsen und mein Haar links scheiteln. Ich werde Vergnügungsparks eröffnen und eine Vielzahl von wasserbezogenen Fahrgeschäften patentieren lassen.

Und bei all meinen Abenteuern werde ich gelernt haben«, sagt Captain Clarke B., »dass das Schicksal eines Mannes nur durch die Grenzen seiner Vorstellungskraft bestimmt wird. Dass wir die Welt Tag für Tag mit jedem Gedanken und jeder Tat aufs Neue gestalten. Dass uns nur die Begrenztheit unserer Träume und unseres Willens einschränken kann.

So wahr Gott mein Zeuge ist«, sagt Captain Clarke B., »vertraue ich auf die Kraft der Entschlossenheit des Einzelnen, um die großartigste aller möglichen Zukünfte zu gestalten.«

So aufgezeichnet von Daniel Bones, Frankreich – Belgien – Holland, April/Mai 188-.

Eine Ausbildung

Ungefähr einen Monat lang befahren wir dann die Wasserwege Nordfrankreichs und der sogenannten Niederlande, reisen auf Kanälen und Flüssen von Stadt zu Stadt, durchqueren Sümpfe und den einen oder anderen See, wobei der Captain in seinem lebensrettenden Anzug paddelt und ich ihm in dem faltbaren Boot folge, angetrieben durch Ruder und Segel, die Augen staunend auf die neue Welt gerichtet.

Anfangs wundere ich mich darüber, dass sich unsere Reise erheblich improvisierter gestaltet, als ich erwartet hatte, denn wir treten ungeladen bei landwirtschaftlichen Ausstellungen auf, bei Einweihungen von Brücken und Fabriken, auf Tanzfesten, gelegentlich auf Hochzeiten und sogar zwei Geburtstagsfeiern, ebenso wie auf Märkten und Kundgebungen und während besonderer Festtage und überhaupt überall, wo man uns lässt. Tatsächlich werden wir das eine oder andere Mal verjagt, noch bevor wir Gelegenheit haben, unser Gepäck auszupacken. Anscheinend hat sich die Kunde von unserer Reise doch noch nicht sehr weit auf dem Kontinent herumgesprochen.

In den paar Städten, in denen unsere Ankunft ausnahmsweise angekündigt ist, gibt es meistens eine Marktbude oder eine kleine Bühne, die vom Cap für seine Ansprache genutzt werden kann, die stets die Präsentation des Anzugs und seiner lebensrettenden Eigenschaften beinhaltet, Schilderungen der Abenteuer des Captains sowie jedwede zuvor mit unseren

Geldgebern vereinbarte lobende Erwähnung oder Werbung für irgendwelche Erzeugnisse.

Danach zeigt der Captain zur Unterhaltung der kleinen, aber dankbaren Zuschauermengen Kunststücke und andere Darbietungen auf dem Wasser, darunter das Rauchen von Zigarren, das Abschießen von Raketen und das Vollführen einer Reihe von Rollen unter Wasser, bei denen unser Mann so lange die Luft anhält, dass Frauen in Ohnmacht fallen, ehe er sich triumphierend wieder aufrichtet, worauf höflich applaudiert wird, während ich mit dem Hut die spärlichen Reihen der Zuschauer abschreite.

Anschließend folgen manchmal andere Veranstaltungen, auf denen der Captain von der Lokalpresse interviewt wird oder man ihn zu Plauderstündchen mit der feinen Gesellschaft der Stadt einlädt, wo der Cap vorgestellt wird, um den Wohlstand und die gesellschaftlichen Beziehungen und den Reichtum irgendeines Unternehmers oder Großgrundbesitzers – oder, was häufig vorkommt, seiner hingerissenen Frau – zu demonstrieren, wobei mir meist die Aufgabe zufällt, mich um unsere Ausrüstung zu kümmern und, so gut ich kann, mit den Einheimischen zu reden, indem ich die paar Wendungen benutze, die ich inzwischen aufgeschnappt habe, darunter *bonjour* und *combinaison plongée* und *argent* und *l'homme grenouille* und *les pauvres marins perdus en mer.*

Allüberall begegnen wir staunenden Kahnführern und Bauern und Fischern, die den Cap und seinen Anzug verwundert anstarren und zweifellos dazu beitragen, dass sich unser Abenteuer herumspricht. Wir erschrecken Pferde und Kühe, werden von Hunden Flussufer und Treidelpfade entlang verfolgt, stören heimliche Liebespaare und erfreuen schwimmende Kinder. In kleinen und großen Städten säumen Menschen die Brücken, um unsere Ankunft zu beobachten, und häufig werden wir wie Berühmtheiten begrüßt. Weiter entfernt von den Knotenpunkten der Zivilisation behandelt man uns mit Argwohn, denn der Anzug des Captains und sein gebrochenes Französisch genügen, um einige Leute davon zu überzeugen, dass wir wahrscheinlich Spione sind. Häufig ist der Cap gezwungen, seine Empfehlungsschreiben vorzuzeigen, damit wir einer drohenden Festnahme entgehen.

Wenn wir auf eher handfeste Hindernisse wie Schleusen und Wehre stoßen, transportieren wir das Boot, heben es unter den belustigten Blicken der Leute und umringt von aufgeregten Kindern aus dem Wasser, um es zu der nächsten geeigneten Stelle auf der anderen Seite des Hindernisses zu tragen, die nie weiter als höchstens ein paar Hundert Meter entfernt ist und von wo aus wir unsere Fahrt dann fortsetzen.

Ich gewöhne mich schnell an die Härten des Lebens auf dem Wasser, bekomme neue Schwielen an den Handflächen und zudem einen muskulösen Rücken. Wasser ist das ideale Transportmittel, und meine Tage im Boot sind größtenteils unproblematisch, nur das Wetter und die Gefahr, von Kohlekähnen überfahren zu werden, stellen mich immer wieder vor Herausforderungen. Ich habe Zeit, über die Welt und ihre Geheimnisse nachzudenken und mich an Erlebnisse in meiner Jugend zu erinnern, die jetzt scheinbar einem völlig anderen Leben angehören, habe Zeit, Briefe an meinen Bruder zu schreiben, in denen ich schildere, was ich gesehen und gefühlt habe, Zeit, die Gegend mit all ihren unterschiedlichen Landschafts- und Architekturstilen zu betrachten oder neben dem Cap herzusegeln und über sein Leben und seine Meinung zu den Dingen zu plaudern.

Dabei erfahre ich, dass Captain Clarke B. sich als Kapitalist und als Mann der modernen Welt und der Wissenschaft und des Fortschritts und als Verfechter von Frauenrechten und größtenteils als Republikaner versteht, trotz seiner engen persönlichen Beziehungen zu vielen Angehörigen des kontinentalen Adels, dass er zudem an die Gleichheit zwischen den Rassen glaubt und – nachdem er viele Religionen der Welt studiert hat – an das Weiterleben des Geistes nach dem Tode: »Doch wer kann schon sagen, in welcher Form?«

Ich stelle fest, dass er jeden Tag mit einer Reihe von esoterischen Übungen beginnt, die den Blutkreislauf und die Sauerstoffsättigung des Gehirns fördern sollen, dass er die Wichtigkeit von ausgewogener Ernährung und regelmäßigem Stuhlgang betont, und ich meinerseits beeindrucke den Captain mit meiner Geschicklichkeit auf dem Wasser und meiner Fähigkeit, auf Marktplätzen das beste Obst und Gemüse zu entdecken, und indem ich ihm zeige, wie man Forellen und andere Fische fängt, die wir uns häufig zum Abendessen an Flussufern braten. Der Captain stellt nur wenige Fragen zu meinem eigenen Leben, und ich erlaube mir, ihm noch weniger zu erzählen.

Nachts schlafen wir auf Wiesen und in Wäldern und an Ufern oder, wenn unsere Gastgeber dafür sorgen, in Hotels (dazu später mehr) oder Gasthöfen oder Privathäusern. Und jeden Tag erwachen wir bei Sonnenschein oder Regen oder Nebel oder Sturm, bei warmem oder kaltem Wetter und Vorhersagen, die Besseres oder Schlimmeres verheißen, und gehen trotzdem wieder aufs Wasser.

Und obwohl nicht immer klar ist, zumindest mir nicht, wie genau das alles uns dem letztendlichen Ziel, Leben auf See zu retten, näher bringen soll, oder auch, wann ich endlich meinen versprochenen Lohn bekomme, erhalte ich doch eine Ausbildung, und einstweilen genügt mir das.

Ein vornehmer Müßiggänger

An dem Tag, als wir G. erreichen, ruht ein gespenstischer Nebel über dem Kanal, und die Stadt scheint verlassen. Die dunklen Steinwände der mittelalterlichen Gebäude, die aus dem Nebel aufragen, wirken wie die Mauern und Zinnen von Spukschlössern. Die feuchte Luft dämpft den Klang unserer Paddelschläge so sehr, dass wir die Wachen an der Zollschranke überraschen und eine halbe Stunde lang mit ihnen debattieren müssen, bevor sie den Schlagbaum heben und uns durchlassen. Auf den grauen Kopfsteinpflasterstraßen und Plätzen dahinter sind die Menschen immer nur kurz schemenhaft zu sehen.

Im Grand Hotel, wo wir nächtigen werden, staune ich über die uniformierten Träger, die der Captain Pagen nennt, und die elegant gekleideten Gäste in der marmornen Hotelhalle und die bereits gemachten Betten in unserem Zimmer und die Aussicht auf ein Bad und auch auf das Frühstück am nächsten Morgen.

»Unsere Gläubiger sind sehr großzügige Männer«, erklärt der Cap mir, »wenngleich nicht ohne Fehl und Tadel.«

Am Empfang übergibt man mir einen Brief von meinem Bruder, der folgendermaßen lautet:

Lieber Daniel,

hier regnet es. Nächsten oder übernächsten Monat soll ich eine Lehre als Austernzüchter anfangen. Ich hab Helen Dunning geküsst und bin eine ganze Woche abgehauen. Ha! Wie ist das Wetter da drüben? Ich werde Mrs Pritchard bitten, das hier für mich abzuschicken.

Dein Bruder Will

Ich lese ihn noch mal von vorn, versuche, die Welt hinter diesen Zeilen heraufzubeschwören, mir vorzustellen, wie ich mit meinem Bruder zusammen bin, und frage mich, wo er in diesem Moment wohl gerade ist.

Am Abend essen wir im Hotelrestaurant, und der Captain sagt mir, dass ich in der Stadt vorsichtig sein soll und welche unterschiedlichen Gestalten und Figuren, darunter Taschendiebe und Anarchisten, ich meiden muss, und er erzählt mir einige Geschichten über Duelle und Schießereien, deren Zeuge er im amerikanischen Westen wurde, und wie man einen Mann von einem galoppierenden Pferd schießt und andere nützliche Dinge.

Am nächsten Morgen haben wir ein Treffen in der Kathedrale der Stadt, wo wir in einer der Nischen auf die Männer des Caps warten. An den steinernen Mauern hängen realistische Gemälde von Königen und Königinnen und mit Darstellungen von Adam und Eva und anderen Figuren aus der Bibel und vielen, die ich nicht kenne, darunter zahlreiche kaum bekleidete Frauen. Es gibt auch Gemälde von Schlachten und Kriegen, und der Captain und ich stehen vor einem solchen, als drei Männer in Anzügen und Mänteln sich zu uns gesellen.

»Seltsam«, sagt deren Anführer mit Blick auf die Szene, »dass die Menschen seit Tausenden von Jahren um dieses kleine Stück Europa kämpfen.«

»Und das dem Vernehmen nach auch weiterhin tun werden«, fügt der beflissene Captain hinzu. »Sie werden ja wohl gehört haben, dass die deutsche Marine oben im Norden manövriert?«

»Und da kommen natürlich Sie ins Spiel«, sagt der Mann in einem skeptischen Tonfall. »Fünf Jahre sind eine lange Zeit, um darauf zu warten, dass sich unsere Investition auszahlt, Clarke.«

»Ich bin sicher, Männer mit Weitblick, wie Sie es sind, erkennen den Wert von –«

»Und du, Junge?«, fragt der Mann und sieht mich an. »Was hältst du von dem geschätzten Captain und seiner Erfindung? Würdest du es für klug halten, dein Geld auf ihn zu setzen?«

»Ich denke, der Captain ist ein großer Mann«, sage ich, »und sein Gummianzug ist eines der technischen Wunder unserer Zeit.«

»Fürwahr«, sagt der Mann. »Nun denn, deine Loyalität soll belohnt werden. Clarke, geben Sie ihm ein bisschen Geld und den Tag frei. Wir haben viel zu besprechen.«

Und so drückt mir der Captain widerwillig ein paar Münzen in die Hand, und ich bin von meinen Aufgaben entbunden, sodass ich den trüben Nachmittag fast wie ein vornehmer Müßiggänger verbringen kann, indem ich durch die Stadt spaziere und die vielen Glockentürme und Kirchen und Brücken und die bunt gestrichenen Häuser mit den stufenförmigen Dächern bewundere. Ich erlaube mir auch, in einigen der dunkel getäfelten Schenken mit Blick auf die Kanäle ein paar einheimische Biere zu trinken, und schaue dem Regen zu, der aufs Wasser fällt, und lese den Brief meines Bruders wieder und wieder.

Es ist spät am Abend, und ich bin einigermaßen betrunken, als der Cap mich in der winzigen Schenke am Wasser findet, wo ich versuche, einer Dirne – die kein Wort von dem versteht, was ich sage, aber geduldiges Verständnis für meine Wehmut zeigt – von meiner Heimat, unserer Reise und meinem Bruder zu erzählen. Der tapfere Captain B. entwindet mich den Aufmerksamkeiten der Dame und führt mich mit dem mahnenden Hinweis auf eine frühmorgendliche Vorstellung am nächsten Tag zurück zu unserem Hotel.

In der Nacht, als wir die Gaslampen ausgemacht haben und in unseren Betten liegen, höre ich die Stimme des Captains in der Dunkelheit.

»Du wirst diese Gemälde in der Kathedrale bemerkt haben«, sagt er. »Die Frauen und so weiter.«

Ich gestehe, dass ich sie bemerkt habe, denn sie waren kaum zu übersehen.

»Daniel, um deiner Gesundheit und Seelenruhe willen«, spricht der Captain weiter, »möchte ich dir dringend raten, die Gedanken zu verwerfen, die womöglich durch diese Bilder geweckt wurden.«

Ich erzähle ihm nicht von den Gedanken, die Susan die Pfarrerstochter und einige andere ältere Mädchen im Dorf bei mir geweckt haben, oder dass wir diese Gedanken manchmal in die Tat umsetzten. Trotz alledem bin ich zumindest streng genommen noch Jungfrau. Also liege ich stattdessen dort in der Dunkelheit, versuche, reine Gedanken zu denken, und lausche dem streng kontrollierten Atem des Captains, bis wir beide einschlafen.

Am Morgen der Vorführung sind wir schon in der Dämmerung auf den Beinen, und ich leide unter Kopfschmerzen, als wir an einem leeren steinernen Lagerhaus ankommen, das an einem unbenutzten Kai steht. Drinnen warten etwa zwanzig bis dreißig Männer vieler Nationalitäten, allesamt schwitzend und mit säuerlichem Atem aufgrund von Reisen oder Intrigen oder mangelndem Schlaf, die einander – und uns – argwöhnisch beäugen.

Ich spüre die Ahnung von Gewalt in der Luft, die ungesunde Erwartung von Aggression, und erkenne, dass ich sie in den letzten Wochen schon fast vermisst habe. Hinten im Raum wartet eine Gruppe junger Mädchen – jedenfalls sind sie jünger als ich – mit nervösen oder ausdruckslosen Mienen auf das Ende der Veranstaltung. Ein paar von ihnen haben blaue Flecken oder Blutergüsse um die Augen, die nur schlecht überschminkt sind.

Und dann kommen unsere Männer von gestern in der Kathedrale, begrüßen einige ihrer Gäste mit Händedruck und Zigarren und steifen Umarmungen, beugen sich nah genug zu anderen, um sich im Flüsterton zu unterhalten, und nicken dem kleinlauten Captain zu, dem ich erst in seinen Anzug und dann die Leiter hinter dem Gebäude hinunter in das kalte schwarze Wasser des Kanals helfe.

Mit zurückhaltendem Interesse verfolgt das Publikum die Demonstration der verschiedenen Verwendungsmöglichkeiten des Anzugs, darunter – und die ist für mich neu – das Anbringen eines Unterwassersprengkörpers oder einer Mine (deaktiviert und völlig sicher, wie uns der Cap versichert) am Fundament des Gebäudes. Tatsächlich scheint die ganze Vorführung mehr auf Krieg und die abstoßenden Einsatzmöglichkeiten der Erfindung von Captain Clarke B. ausgerichtet zu sein als darauf, Leben zu retten.

Am Ende der Vorstellung kommt es zu einem Zwischenfall, als einer der Zuschauer vortritt, einen Fuß auf den Kopf des Captains stellt, der gerade aus dem Kanal klettern will, und ihn wieder unter Wasser drückt. Dies wiederholt sich vier oder fünf Mal zur wachsenden Belustigung des Publikums und Verärgerung des Captains. Ich schaue zu unserem Geldgeber hinüber, der die Situation offenbar eine Weile genießt, bis er seinen zwei Männern befiehlt, den prustenden Abenteurer aus dem Wasser zu ziehen.

Es folgen ein kurzer Wortwechsel zwischen meinem Arbeitgeber und seinen Gläubigern und dann etliche vertrauliche Gespräche, bei denen der triefende Cap persönlich einigen ausgewählten Gästen vorgestellt wird, ehe wir wieder aus dem Gebäude hinausgeführt werden, unsere Schuldigkeit getan. Auf dem Weg nach draußen sieht mich eines der jungen Mädchen mit einem verzweifelten Gesichtsausdruck an, den ich gut kenne und auf den ich nicht angemessen reagieren kann.

Während der Captain in der Gasse hinter dem Lagerhaus aus seinem Gummianzug steigt, sagt er wie zu sich selbst: »Es ist wirklich eine Schande, aber was will man machen?«

Ich habe keine Ahnung, was ich ihm darauf antworten soll.

Die Berühmte Witwe Timmermans

Als der Frühling in den Sommer übergeht, sind wir seit über sechs Wochen unterwegs, und in dem riesigen zurückgewonnenen Sumpfland, wo auf der Karte zu sehen ist, wie der Fluss Rh. sich Hunderte Male verzweigt, bevor er das Meer erreicht, singen Abermillionen Frösche Tag und Nacht.

Wir sehen: Kanäle voller Kähne auf dem Weg Richtung Meer und größere Schiffe, die flussaufwärts fahren, beladen mit unendlich vielen Gütern und Rohstoffen und anderen Handelswaren, sowie Menschen, die vom Land in die Städte und Häfen und zu den Chancen jenseits davon unterwegs sind.

Wir sehen: gewaltige Entwässerungsprojekte, angetrieben von Windmühlen, die größer sind als alle, die ich aus England kenne, mit kilometerweit neuem Land, das sich langsam aus dem Meer erhebt, als würde es fast vor unseren Augen Zentimeter für Zentimeter aus der Tiefe gehievt.

Wir sehen: Wanderausstellungen und Volksfeste und Märkte und politische Kundgebungen mit exotischen Tieren und Gesang und Spruchbändern und Vorführungen und anwachsende Lager von umherziehenden oder protestierenden Arbeitern vor jeder kleineren und größeren Stadt.

Und überall ein hoher blauer Himmel mit Wolken wie Schlachtschiffe, die mich an daheim erinnern.

Es gibt auch schlimmere Dinge.

In A. bricht ein Ozeandampfer mit eisernem Schiffsrumpf langsam durch eine Seeschleuse und schiebt sich auf eine Reihe Arbeiterhütten zu, nachdem bereits fünf Männer bei dem Unfall getötet wurden, der das unaufhaltsame Schiff in Bewegung setzte, und nichts auf der Welt kann eine weitere Katastrophe verhindern, es bleibt nur noch die Flucht.

Ein Bauernhaus brennt am Rande von W., und die Bauernfamilie sitzt mit all ihren Habseligkeiten, darunter ein Bettgestell aus Messing, am Straßenrand und schaut zu, wie das Gebäude ein Raub der Flammen wird.

Eine umgekippte Pferdetram außerhalb von S., die Folge einer Kollision mit einer kleineren, schnelleren Kutsche, etliche Fahrgäste, die noch benommen auf dem Pflaster oder Bürgersteig sitzen, mit gebrochenen Armen und verbundenen Köpfen, ihr Gepäck auf der Straße verstreut, während die in ihrem Geschirr verhedderten Pferde eins nach dem anderen erschossen werden.

Dann und wann fragt mich der Captain, ob mich dieser oder jener Anblick sehr erschüttert, doch ich erkläre ihm, dass Verletzungen und Tod nichts Neues für mich sind – und, ehrlich gesagt, meistens fühle ich mich an Massenstrandungen von Walen oder Delfinen oder Quallen nach einem Sturm erinnert. Der Captain seinerseits bleibt auf Abstand und sieht eindeutig so aus, als hätte er etwas gegessen, das ihm nicht bekommt.

Und wir sind auf dem Weg zu der Berühmten Witwe Timmermans.

Die Südholländer sind, wie wir feststellen, ein pfiffiges, nicht sonderlich begeisterungsfähiges Völkchen, und folglich machen wir weniger Vorstellungen als gedacht, während wir in ihrer Gegend sind. Wenn wir doch mal auftreten, ist das Publikum kleiner als sonst, und die fehlenden Einnahmen reißen schon bald ein Loch in die Finanzplanung des Captains. Nach ein paar hungrig verbrachten Nächten fange ich an, meine Markteinkäufe durch kleinere Diebstähle aufzustocken, und bin schon bald versiert darin, Hühner aus Hinterhöfen am Kanal zu stibitzen, eine Praxis, die ich beibehalte, bis ich eines Abends um ein Haar von einer Kugel getroffen werde, während ich hektisch im Schutze der Dunkelheit vom Tatort wegpaddele.

In der Nähe des Hafens von R. schließen wir uns ein paar Tage lang einem Zirkus an, der sich wiederum einem großen fortdauernden Arbeiterfest angeschlossen hat, das auf einem ausgedienten Polder oder entwässerten, von Deichen umgebenen Feld am Rande der Stadt stattfindet, wo Zelte aufgebaut worden sind und Bühnen und Informationstische und Buden, die warmes Essen anbieten, an denen wir uns frohen Herzens bedienen, und es wird viel über die internationale Notlage des Arbeiters geredet, und mitreißende Lieder und Gedichte werden von leidenschaftlichen jungen Männern vorgetragen, und es wird Geld gesammelt, um streikende Hafenarbeiter und deren Familien zu unterstützen.

»Und was ist mit der Notlage derer, die auf See verschollen sind?«, sagt der Cap und lockt eine kleine Zuschauerschar für seine eigenen Vorführungen an.

Während einer Nachmittagsvorstellung des Captains bricht ein Tumult in dem Zeltlager aus, »Vermutlich provoziert von Anarchisten oder von bezahlten Agitatoren oder als Arbeiter getarnten Polizisten oder einer Kombination aller drei Gruppen«, wie der Cap später erklärt. Es beginnt mit einem inszenierten Faustkampf, der dann rasch in eine Massenschlägerei ausartet, bei der Knüppel zerbrochen und Flaschen geschleudert und Feuer gelegt werden, woraufhin die berittene Polizei, die ein paar Polder weiter auf genau diese Gelegenheit gewartet hat, das Lager im gestreckten Galopp stürmt, Frauen und

Kinder und überhaupt alle, die nicht rechtzeitig aus dem Weg springen können, niedertrampelt, ohne viel gegen die Brände zu unternehmen, die schnell die meisten Zelte auf unserer von Menschen geschaffenen Insel zerstören. Ich selbst gerate beinahe unter die Hufe eines Pferdes, werde jedoch von einer jungen Frau, die ich auf einer der früheren Lyriklesungen gesehen habe, im letzten Moment am Arm beiseitegerissen, doch ehe ich ihr danken kann, treibt uns die panische Menge auseinander.

Es beginnt eine wilde Verfolgungsjagd über die Polder in die umgebenden Straßen mit viel Blutvergießen und eingeschlagenen Köpfen, ganz zu schweigen von der Massenflucht der ausgebrochenen Zirkustiere, zu denen auch ein räudiger Löwe zählt, der die letzten zwanzig Jahre mit Alkohol ruhiggestellt worden ist und dem es gelingt, seine Freiheit fünf Stunden lang auszukosten, bevor er bei dem Versuch, in eine nahe gelegene Kneipe einzudringen, erschossen wird.

Unterdessen versuchen der Cap und ich, über das Netzwerk aus zahllosen Kanälen und Entwässerungsgräben zu entkommen, paddeln tief im Wasser liegend, während unsere Ausrüstung vor uns hertreibt, und sind schon fast in sicherer Entfernung, als uns ein Bauer entdeckt und vermutlich für ein oder zwei Gulden an die Obrigkeit ausliefert.

Folglich verbringen wir eine Nacht im örtlichen Gefängnis, während der ich, da ich kaum etwas von dem verstehe, was die Obrigkeit zu mir sagt, fest davon überzeugt bin, dass mich die Deportation nach Hause oder Schlimmeres erwartet. Erträglich gemacht werden die beengten und sonderbaren Verhältnisse nur durch die muntere Gesellschaft unserer vermeintlichen Mitverschwörer, die davon ausgehen, dass der Cap und ich ebenfalls Angehörige der international geknechteten Arbeiterklasse sind, und freudig ihr Wasser und Brot mit uns teilen. Ich bleibe bis zum Morgengrauen wach und überlege, was ich bei meinem Prozess sagen werde, versuche mir vorzustellen, was ich hätte anders machen können, und frage mich, wie ich an die Großzügigkeit des Richters, des Rechtssystems, der Geschworenen appellieren kann.

Daher bin ich einigermaßen verwundert, als ich gemeinsam mit dem noch ganz verschlafenen Captain Clarke B. gleich am nächsten Morgen aus der Haft entlassen werde und man uns beide höflich hinaus auf die ruhige Straße führt, wo eine flotte neue Kutsche mit offener Tür auf uns wartet, unser Gepäck bereits auf dem Dach verstaut.

Der Cap, allem Anschein nach gewöhnt an diese Art von Behandlung, steigt ein, ohne Fragen zu stellen, und als ich ihm folge, sitzt uns eine gut gekleidete und auffällig selbstbewusst wirkende Frau mittleren Alters in einer Wolke des herrlichsten Parfüms, das ich je gerochen habe, gegenüber.

»Hallo, Hase«, sagt sie zu dem Captain, ehe sie sich vorbeugt und die Arme um ihn schlingt und ihn fest auf den Mund küsst.

Die Berühmte Witwe Timmermans.

Wie ich Fahrrad fahren lernte

Das Haus der Berühmten Witwe Timmermans – *eines* ihrer Häuser, sie hat noch weitere Anwesen in Frankeich und London und Niederländisch-Ostindien – ist ein schönes weißes Holzgebäude in einem stillen, baumbestandenen Ort südlich von D., das wir nach einer kurzen Kutschfahrt erreichen, während der unsere Retterin und der Captain kaum die Hände voneinander lassen können.

Ich werde in die große Küche geschickt, wo die Haushälterin mich an einem Tisch Platz nehmen lässt, der mit Aufschnitt und Käse und Obst überladen ist, und mir sagt, ich solle mich satt essen, was ich begeistert tue, während die beiden Turteltauben eilig die Treppe hinauf verschwinden. Etwa eine Stunde später esse ich immer noch, als die zwei wieder herunterkommen, beide in exotisch aussehenden seidenen Morgenröcken und kaum etwas anderem, und sich zu mir an den Tisch setzen.

»Danke für deine Geduld«, sagt die Berühmte Witwe Timmermans zu mir, die eine Scheibe Brot dick mit Marmelade bestreicht, während ich versuche, nicht in den Spalt in ihrem lockeren Morgenrock zu starren. Dann fügt sie zur Erklärung hinzu: »Mein Vermögen erlaubt mir gewisse Freiheiten, an die ich mittlerweile sehr gewöhnt bin. Es hat sich erwiesen, dass man nahezu alles tun kann, was man will, sobald man ein gewisses Maß an Reichtum erreicht hat.«

»Es tut mir leid, dass Sie Ihren Mann verloren haben«, sage ich, weil mir nichts Besseres einfällt.

»Das muss es nicht«, antwortet sie. »Es ist lange her. Und das Geschäft ist heute hundertmal mehr wert als unter seiner Leitung.«

»Und da hast du's«, sagt der Cap, offensichtlich eine Diskussion fortführend, an der ich nicht teilgenommen habe. »Es war ausschließlich dein persönlicher Weitblick, der die Gelegenheit geschaffen hat, um –«

»Belehr du mich nicht über den Kapitalismus, Clarke«, sagt die Witwe. »Ich bin Holländerin. Wir haben ihn erfunden. Die *historische Situation* hat die Gelegenheit geschaffen, nicht ich. Ich habe lediglich die Gunst der Stunde genutzt. Ich werde liebend gern alles der Revolution überlassen, wenn es so weit ist.«

»Und was wird dann mit deinen Freiheiten?«, fragt er.

»*Dann* brauche ich kein Vermögen mehr, um in Bezug auf mein Geschlecht oder wen und wie ich liebe oder irgendwas anderes frei zu sein«, sagt sie, und dann wendet sie sich an mich. »Ist das nicht das Entscheidende, Daniel?«

Ich schaue sie beide an.

»Ja?«, sage ich.

»Der gefällt mir«, sagt die Witwe und zeigt mit ihrem Messer auf mich. »Er ist schlau.«

Den Rest des Tages verbringen wir in der Stadt als Gäste der Berühmten Witwe Timmermans. Der Captain und ich werden in zwei Kaufhäusern neu eingekleidet und anschließend zum Mittagessen eingeladen. Danach geht es in ein örtliches Museum, dem die Witwe den Anbau eines neuen Flügels finanziert und eine Ausstellung mit Kunst aus dem Land Japan, die wir uns exklusiv anschauen dürfen. Passenderweise gibt es viele Gemälde von Wellen.

Wohin wir auch gehen, überall überschlagen sich Verkäufer

und Kellner und Museumskuratoren, um dafür zu sorgen, dass wir die beste Bedienung, den besten Tisch, die beste Aufmerksamkeit bekommen. Eingedenk der Summen, die an diesem Tag für uns ausgegeben werden, frage ich die Witwe, wie lange sie schon in das Vorhaben des Caps investiert.

»Ha!«, lacht sie. »Ich als Investorin. Ja klar.«

Tatsächlich bekommen wir einen raschen Überblick über die Geschäftsinteressen der Witwe, als einer ihrer leitenden Angestellten später am Nachmittag zu uns stößt und von den jüngsten Entwicklungen auf dem afrikanischen Kontinent berichtet, um ihr schließlich eine mögliche Überseereise nahezulegen, worauf die Witwe murrt: »Das wird allmählich zur Gewohnheit.«

Am Abend essen wir erneut im Haus der Witwe, und das Gespräch kommt auf unsere Zukunftspläne und die drohende Herausforderung des Rh. mit all seinen Gefahren, darunter die Gewaltigen Fälle.

»Aber das ist doch das Hauptanliegen unserer Reise, was, Dan?«, sagt der Cap an einer Stelle und prostet mir zu. Er hat mich noch nie Dan genannt, deshalb nehme ich diesen Moment und bewahre ihn dicht an meinem Herzen. Dann legt die Witwe ihre Hand auf die des Captains, und es ist offensichtlich, dass seine Aufmerksamkeit wieder oben verlangt wird.

Man zeigt mir mein eigenes Zimmer, das neben dem Bett ein Regalbrett hat, auf das ich den Bleisoldaten meines Bruders lege, und einen hölzernen Fensterladen mit Querlatten und Kunstwerke wie die in dem Museum, und ich schlafe vielleicht zum ersten Mal in meinem Leben die ganze Nacht lang tief und fest.

Am Morgen ziehe ich mich an und schlendere nach draußen in den Garten hinter dem Haus, um das Gefühl des nassen Grases unter meinen nackten Füßen und den Gesang der

Vögel zu genießen. Neben der Remise entdecke ich ein neues Fahrrad und versuche, damit zu fahren, falle aber immer wieder hin, bevor die Witwe persönlich, gerade aufgestanden und in Nachthemd und Morgenrock, aus dem Haus und mir zu Hilfe kommt, mir erklärt, wie ich lenken soll, und den Sattel zwischen meinen Beinen mit einer Hand festhält, bis ich das Gleichgewicht finde. Nach ein paar Runden um den Hof habe ich den Dreh raus.

»Du lernst schnell«, sagt die beeindruckte Witwe, und ich bestätige, dass das stimmt. Sie mustert mich eine Weile.

»Zwischen Clarke und mir gibt es keine Illusionen«, sagt sie.

»Ich verstehe«, sage ich.

»Da bin ich mir nicht so sicher. Ich meine, dass unsere Beziehung sehr einfach und pragmatisch ist. Für einen Mann seines Alters hat er sehr viel Durchhaltevermögen, und er versteht es, meine Segel zu füllen. Das ist alles. Ich muss ihm nicht vertrauen, und das kommt uns beiden entgegen. Bei euch zwei sind die Dinge komplizierter. Und ich rate dir, vorsichtig zu sein.«

Ich würde gern behaupten, dass ich die Mahnung der Witwe in diesem Moment ernst nehme und somit auf alles vorbereitet bin, was später kommt, dass ich für den Fall einer Katastrophe eigene Strategien und Pläne ausarbeite und einen Vorrat an Hoffnung und Energie anlege, der mir weiterhilft, als alles andere verloren ist. Doch in Wahrheit fahre ich im nächsten Moment schon wieder Kreise im Hof, die Warnung vorläufig vergessen, strampele mit steigendem Selbstvertrauen schneller und schneller, mit dem Wind, der mir jetzt durch die Haare weht, und dem wachsenden Gefühl, dass ich unbesiegbar bin.

Und so stolpere ich achtlos weiter in meine fabelhafte Zukunft, die kommt, ob ich sie sehe oder nicht, und die ich so oder so werde in Angriff nehmen müssen.

Ein Wettrennen

An dem Tag vor unserer geplanten Weiterreise macht die Berühmte Witwe Timmermans mit uns einen Ausflug zum Strand, der etwa eine Stunde mit der Kutsche entfernt ist. Während der Fahrt wird hauptsächlich über Politik und Geschäfte und die Kommende Revolution diskutiert. Ein paarmal sehe ich, dass der Captain aus dem Fenster starrt, als wäre er in Gedanken schon bei der bevorstehenden Reise und könne unseren Aufbruch kaum noch erwarten.

Die kleine Stadt am Meer ist friedlich und sauber, mit bunt gestrichenen Häusern hinter weißen Lattenzäunen und Pferdetrams auf den Straßen und gut gekleideten Spaziergängern auf der Strandpromenade, wo die Witwe uns allen Eishörnchen kauft und mich fragt, wie ich mein Eis und auch die Stadt finde. Ich antworte, dass mir alles sehr gut gefällt, und erwähne die auffällige Sauberkeit überall und dass der Ort irgendwas an sich hat, das ich nicht genau benennen kann.

»Es gibt hier keine Armen«, sagt der Cap eine Spur zu säuerlich, und die Witwe wirft ihm einen strengen Blick zu, aber genau das ist es. Dennoch erinnert sie ihn nicht daran, dass wir in Kleidung herumstehen und herumlaufen, die sie uns gekauft hat. Und natürlich erinnere auch ich ihn nicht daran.

Am Strand selbst sind Hunderte Strandkörbe mit Blick aufs Meer aufgestellt, und außerdem gibt es weiße Zelte und Wagen mit weißen Rädern, in denen Badewillige ihre Schwimmsachen anziehen können. Hier und da haben Maler Staffeleien aufgebaut, um die bemerkenswerten Freizeitszenen und den endlosen Himmel darüber einzufangen, als wäre das Ganze nur zum Vergnügen für uns wenige Begünstigte arrangiert worden. Erst als ich den Strand hinunterschaue, sehe ich etwa acht hundert Meter entfernt die auf den Sand gezogenen Fischerboote und Männer mit Netzen und die allgemeine alltägliche Geschäftigkeit der Stadt, und ich begreife, dass mir dieses harte Meer letztlich doch bekannt ist, auch wenn ich es nicht mehr wiedererkenne. Ich blicke zum Horizont und versuche, mir meinen Bruder vorzustellen und was er gerade dort hinter der Krümmung der Erde macht, hundert oder eine Million Seemeilen weit weg, und wie ich ihm das alles erklären könnte, und ich frage mich, ob auch er zu mir herüberschaut und dasselbe denkt.

Als der Captain und ich in unseren neuen gestreiften Badeanzügen aus dem Zelt auftauchen, sagt die Witwe, die sich auch umgezogen hat und jetzt ein züchtiges schwarzes Badekostüm trägt: »Donnerwetter, schau sich einer euch beide an«, und plötzlich spüre ich deutlich ihren intensiven Blick und bin nicht unstolz auf die neue muskulöse Form meines Körpers in dem engen Wollanzug.

Ich bemerke auch, dass das Gesicht des Captains sich für einen Moment verdunkelt, ehe er mir auf die Schulter klopft und erklärt, wir beide sollten schwimmen gehen. »Nur bis zu der Boje da und wieder zurück, was meinst du, mein Junge? Schafft ein kräftiger Bursche wie du doch mit Leichtigkeit, oder?«

Tatsächlich ist die Entfernung gut bewältigbar, höchstens zweihundert Meter vom Strand aus, und so stimme ich zu, und kurz darauf sind wir im Wasser, und als wir uns mit gemächlichen Armzügen auf die Boje zubewegen, wird mir klar, dass wir zum ersten Mal gemeinsam schwimmen. Doch sobald wir die Brandung hinter uns gelassen haben, beschleunigt der Captain plötzlich das Tempo, und ich muss mich anstrengen, um mitzuhalten, was Clarke B. anscheinend nur noch weiter anspornt, schneller zu werden, und ich bin gezwungen, meine Bemühungen zu verdoppeln, nur damit ich auf gleicher Höhe mit ihm bleibe. Ich versuche, den Blick des Captains aufzufangen, um abzuschätzen, was hier gespielt wird, aber er hat den Kopf jetzt gesenkt, hebt das Gesicht nur bei jedem dritten oder vierten Armzug aus dem Wasser. Seine kraftvollen Schultern pflügen durch die Wellen, und ich muss es ihm gleichtun oder zurückfallen.

Als wir die Boje erreichen und sie beide gleichzeitig mit der Hand berühren, sind wir außer Atem, und meine Muskeln verkrampfen sich aus Protest. Wir schwimmen auf der Stelle, halten uns ein paar Minuten an dem schwankenden Eisengerippe fest, und keiner von uns sagt etwas, während wir versuchen, unsere Energien neu aufzubauen. Ich kann die Witwe am Strand sehen und frage mich, ob sie unsere Vorführung bis dahin beobachtet hat.

Und dann, als hätten der Captain und ich uns wortlos verständigt, starten wir erneut, schwimmen zügig zurück Richtung Strand, und wieder tue ich verdammt noch mal mein Bestes, damit er nicht davonzieht, und es sieht so aus, als würden wir genau gleichzeitig ankommen – meine jugendliche Energie und Begeisterung ebenso stark wie die Erfahrung und überlegene Willenskraft des Captains –, falls wir nicht beide vorher vor Entkräftung untergehen.

Doch je näher wir dem Strand kommen, desto mehr meine ich, einen winzigen Vorsprung herauszuholen, trotz der Schmerzen in Lunge und Armen und Beinen, und ich erlaube mir den Gedanken, dass ich den Mann vielleicht sogar besiegen kann. Doch genau in dem Moment schlägt der Cap mit einem

Arm schwungvoll zur Seite und trifft mich mitten ins Gesicht, wodurch er mir fast die Nase bricht und mich obendrein beinahe ersäuft.

Bis ich wieder klar denken kann und mir das Blut aus den Augen gewischt habe und wieder anfange zu schwimmen, ist der Mann selbst, der nicht angehalten oder sich auch nur umgeschaut hat, schon fast am Strand. Als ich aus den Wellen getaumelt komme, beginnt er zu klatschen, ruft scheinbar ehrlich gemeint »Bravo!« und erklärt: »Ich hatte schon Sorge, ich müsste noch mal zurückschwimmen und dich retten.«

Nach einem Blick in mein lädiertes Gesicht reicht mir die Witwe ein Taschentuch, und ich betupfe missmutig meine Wunden, während sich der siegreiche Captain Clarke B. mit zur Schau getragener Arglosigkeit abtrocknet.

Am Abend essen wir in dem neu erbauten Hotel mit Meerblick, wo wir den besten Tisch des Hauses bekommen und ich mit meinem blutunterlaufenen und verquollenen Gesicht die staunenden Blicke der anderen Gäste genieße, die uns drei neidisch betrachten. Außerdem erfreue ich mich heimlich an dem anhaltenden Gezänk zwischen dem Cap und unserer Gastgeberin, das sich hauptsächlich darum dreht, ob Privateigentum unantastbar ist und ob revolutionäre Zwecke die Mittel heiligen, und um andere Dinge, die ich nicht verstehe.

Wir haben gerade die Phase im Verlauf des Abends erreicht, die sich offenbar regelmäßig zwischen den beiden abspielt, wenn sie zu viel getrunken haben, in der die Witwe dem geschätzten Captain vorwirft, er versuche, sie zu beschwatzen – ausgerechnet sie! Er, wie immer unfähig, nicht in sein altes Muster zu verfallen! –, als wir alle den wild dreinblickenden jungen Mann in einer schäbigen Jacke bemerken, der auf unseren Tisch zukommt und irgendwas auf Holländisch schreit, und sowohl der Cap als auch ich springen instinktiv auf und stellen uns zwischen den Fremden und sein mutmaßliches Ziel.

Die Witwe zieht ungerührt eine Augenbraue hoch, legt ihre Gabel aus der Hand und spricht den offensichtlich aufgewühlten Herrn in ihrer gemeinsamen Landessprache an, beschäftigt ihn lange genug, dass die Hotelführung einschreiten und ihn, der inzwischen mitleiderregend resigniert wirkt, nach draußen schaffen kann.

Dann steht sie auf und verbeugt sich leicht schwankend tief vor den übrigen neugierigen Gästen, ehe sie wieder Platz nimmt.

»Ein Missverständnis«, sagt sie knapp als Erklärung zu dem Captain und mir, und dann nimmt sie ihre Diskussion mit dem Cap wieder auf.

Daher erwähne ich nicht, dass ich den Mann an diesem Tag schon zweimal gesehen habe, wie er uns sowohl in der Stadt verfolgte als auch am Strand. Und ich halte ebenfalls den Mund, als ich keine halbe Stunde später, nachdem ich mich vom Tisch entfernt habe, um die Toilette aufzusuchen, im Vorbeigehen bemerke, wie der Kutscher der Witwe demselben Mann in der Hotelhalle einen braunen Umschlag übergibt.

Später am Abend betrachte ich den Captain und die Witwe, wie sie auf dem Rückweg zum Haus in der Kutsche ihren Rausch ausschlafen. Auf ihre benommen aneinandergelegten Köpfe fällt gelegentlich das Licht der Mondsichel, die uns begleitet, während wir durch das dunkle Land rollen. Nur für einen Moment erlaube ich mir die Frage, wie anders mein Leben hätte sein können, wenn diese seltsamen und wunderbaren Menschen meine Eltern gewesen wären, und was sie für mich empfunden hätten und wer ich infolgedessen geworden wäre. Und dann denke ich an meinen Bruder und begrabe meine Gefühle hinsichtlich allem anderen.

Erst als ein kräftigeres Licht aus irgendeinem Gasthaus hereinfällt, merke ich, dass die Witwe die Augen offen hat und mich die ganze Zeit schweigend mit einem Gesichtsausdruck beobachtet hat, den ich nicht deuten kann.

Als wir am nächsten Morgen aufwachen, ist sie geschäftlich verreist, und so brechen wir in Richtung der deutschen Grenze auf, ohne uns zu verabschieden.

Grenzen

Ein Brief von meinem Bruder, den ich auf dem Postamt der deutschen Stadt W. abhole:

> Lieber Dan,
> wie ist Europa so? Ich hoffe, gut.
> Unser Vater hat das gemacht, was er immer macht, und jetzt hat er wegen Prügelei im Gasthof Hausverbot und außerdem ein blaues Auge. Ich hab prompt den Preis dafür bezahlt, aber ich hab mich ganz gut gewehrt, glaube ich.
> Und Helen Dunning sagt, sie liebt mich, aber ich glaube, der geht's bloß um Dein altes Medaillon.
> Wie viele Sprachen sprechen die da drüben? Das soll ich Dich von Davey Cooper fragen.
> Dein Bruder Will

Ein Brief von mir an meinen Bruder:

> Lieber Will,
> danke für Deinen ausgezeichneten Brief! Bestell Helen Dunning schöne Grüße.
> Ich weiß nicht, wie viele Sprachen es in Europa gibt, aber jedes Mal, wenn wir in ein neues Land kommen, müssen wir wieder die Wörter für bestimmte Sachen lernen. In Deutschland ist der Captain der »Furchtlose Froschmann« und wir

sind »Leben retten auf See«. In Holland waren wir »Levens redden op zee«, und er war der »Onverschrokken Kikvorsman«. Ich weiß noch nicht, was wir in anderen Ländern sein werden, weil der Captain mir nicht alle Einzelheiten über unsere Reise erzählt hat.

Heute Abend lagern wir am Ufer des Rh., nahe der deutschen Stadt W. Wenn das Wetter gut ist, macht es Spaß, im Freien zu schlafen, aber wenn nicht, sehr viel weniger, aber der Cap meint, wir müssen unser Geld für Notzeiten sparen, deshalb geben wir nicht viel für Übernachtungen aus, wenn wir es vermeiden können. Wir halten abwechselnd Wache, um nicht von Räubern überrascht zu werden, die es hier genauso gibt wie bei uns zu Hause.

Will, der Cap ist ein außergewöhnlicher Mann, und ich lerne viel von ihm über Wissenschaft und Philosophie und Geschichte und noch vieles andere. Wir haben erstaunliche Dinge gesehen und werden wohl noch viele mehr erleben. Es ist seltsam, Grenzen zu überqueren und zu sehen, wie unterschiedlich die Menschen leben, und ich begreife, wie groß die Welt ist, aber auch, dass die Menschen überall gleich sind.

Ich vermisse Dich und freue mich schon darauf, mit Dir zusammen durch die Welt zu reisen.

Dein Bruder

Dan

Wissenschaftler und Erfinder

Der Rh. ist ein dreckiger Fluss, und wir befahren ihn nun schon seit einer Woche, arbeiten uns langsam stromaufwärts. Falls es einen Schmelzofen der europäischen Industrie gibt, dann ist er es, sagt der Cap.

Jede Stadt, die wir passieren, hat noch mehr und größere Fabriken als die vorherige, riesige Gebäude, die die steilen Böschungen entlang des mächtigen Flusses hinaufklettern, ihre rauchenden Schornsteine wie Wälder aus gigantischen Bäumen, nur dass sie kein Laub, sondern schwarzen Ruß über alles verteilen. Die Ufer sind geschlossene Wände aus Booten, die Ladung aufnehmen oder entladen werden, und manchmal ist das Wasser mit dickem Schaum bedeckt, und von den Schlachthöfen treiben die aufgedunsenen Kadaver von Kühen und Schweinen und gelegentlich noch Schlimmeres flussabwärts. Als wir an D. vorbeikommen, ist dort kurz zuvor eine Fabrik explodiert, und mindestens hundert Leichen unter Sacktuch liegen aufgereiht am Kai. Andernorts sieht man jeden Morgen die Lebenden in langen Warteschlangen vor den Fabriktoren anstehen, weil sie dieselbe gefährliche Arbeit unbedingt weiter verrichten wollen.

Der Captain und ich schlafen in Absteigen oder in halb versunkenen, herrenlosen Kähnen, und wenn wir morgens aufwachen, sind wir mit einem feinen gelben Staub bedeckt, und der Chemiegestank ist allgegenwärtig. Dennoch bleibt der Optimismus des Caps ungetrübt, und wir sind auf dem Weg zu der

Universität von C., wo der geschätzte Captain Clarke B. nach jahrelangen Bemühungen endlich zu einer Vorführung seiner Arbeit eingeladen ist.

»Die besten Leute, Dan«, erklärt er stolz. »Wissenschaftler und Erfinder wie wir selbst, die unsere Arbeit zu würdigen wissen werden.«

Froh, dass der Captain mich in seine Überlegung mitein-schließt, versuche ich, den Anblick der Hölle zu ignorieren, die wir durchqueren, obwohl ich einen trockenen Husten bekom-men habe und meine Haut juckt.

Tatsächlich gehen wir fast zugrunde, ehe wir Gelegenheit haben, uns vorzustellen. An dem Tag, als wir an der Universität erwartet werden, hängt ein merkwürdiger grüner Nebel in der Luft, der im Laufe des Vormittags immer dichter wird, sodass wir schon bald weder das Ufer noch den Fluss sehen können und ich gezwungen bin, mir mit tränenden Augen das Taschen-tuch der Witwe vor den Mund zu binden, um überhaupt noch atmen zu können.

Als es immer beschwerlicher wird, mein Paddel durchs Was-ser zu ziehen, fällt mir auf, dass die gesamte Oberfläche des Flusses mit dahintreibenden toten Fischen und anderen Ge-schöpfen vom Grunde des Flusses bedeckt ist. Ich rufe dem Cap eine Warnung zu, doch da er tiefer im Wasser liegt, hat er die Situation bereits erkannt, und es fällt ihm offensichtlich schwer, seinen Kopf über die widerliche Brühe zu recken. Während ich mich tiefer ins Boot ducke, um der erstickenden grünen Luft zu entgehen, verschwimmt meine Sicht mehr und mehr, und ich frage mich schon, ob mein letztes Stündlein geschlagen hat und wie lange es wohl dauern wird, bis sich der Boden des Segel-tuchbootes und bald darauf mein eigener Körper auflösen.

Und ich merke auch, dass die Strömung uns zurückträgt. Der Captain hält sich jetzt an der Seitenwand meines Bootes fest und versucht, uns in die Richtung zu steuern, wo er das Ufer vermutet – schiebt sich dabei förmlich über die Flut toter Fischleiber –, während ich weiterpaddele und wir beide kurz davor sind, das Bewusstsein zu verlieren, bis wir wie durch ein Wunder gegen einen morschen Holzsteg stoßen und festen Boden erreichen.

Wir bleiben um Atem ringend am Fuß der steilen, schlammigen Uferböschung liegen, und als sich der Nebel lichtet, schauen wir den Hang hinauf und erblicken die prachtvollen hohen Türme des Universitätsgebäudes, das über uns aufragt.

»Die Stätte der Gelehrsamkeit!«, erklärt Captain Clarke B. triumphierend, bevor er den Kopf zur Seite dreht und sich übergibt.

Erst nach gut zehn Minuten kommen wir allmählich wieder zu Sinnen und brauchen weitere zwanzig Minuten, um unsere ganze Ausrüstung den rutschigen Hang hinaufzuschleifen, und wir bieten einen fürchterlich stinkenden Anblick, als wir endlich oben ankommen, wo uns ein schöner junger Mann in Robe und mit hohem Stehkragen erwartet, der unseren mühseligen Aufstieg offenbar beobachtet hat.

»Ein Engel!«, erkläre ich und sinke auf die Knie, noch immer halb betäubt von den Dämpfen des Flusses.

»Captain Clarke B., nehme ich an?«, sagt der junge Mann mit einem starken Akzent, ohne mich zur Kenntnis zu nehmen, und der Captain steht auf, zupft seinen Gummianzug zurecht und wischt einen Flusskrebs weg, der sich hartnäckig an die Kopfhaube klammerte. Er reckt die Brust vor und sagt: »Kein anderer.«

»Braucht Ihr Diener Hilfe ... damit?«, sagt unser neuer Freund und zeigt auf das halb zusammengeklappte Boot. »Wir könnten jemanden kommen lassen.«

»Bitte, nur keine Umstände«, antwortet der Captain. »Das

ist mein Gehilfe, Mr Daniel Bones, und er ist ebenso stark, wie er schlau ist.«

»Wie Sie meinen.« Er mustert mich mit seinem finsteren germanischen Blick und scheint nicht sonderlich beeindruckt. »Nun denn: Bitte folgen Sie mir.«

Wir drei marschieren zu dem mittelalterlichen Gebäude, wo wir das Boot bei einem Pförtner lassen und der Captain sich einen Eimer Wasser über den Kopf schüttet, um den Anzug abzuspülen, und dann dürfen wir die Universität durch einen überdachten Kreuzgang betreten, der einen schönen Garten voller Kirschbäume umläuft.

Wir kommen durch etliche hallende Flure mit zahlreichen Glasvitrinen, in denen ausgestopfte exotische Tiere, darunter bunt gefiederte Vögel und Krokodile und Affen und Schlangen und andere, die ich nicht kenne, in Dioramen ausgestellt sind, die ihre natürlichen Lebensräume darstellen. In anderen Schaukästen sind Skelette oder Rekonstruktionen von Rieseneidechsen zwischen fremdartig aussehenden Bäumen und Pflanzen vor gemalten Kulissen, die ausbrechende Vulkane und brodelnde Himmel zeigen, und der Cap bleibt stehen, um sie zu bewundern.

»Die Komododrachen des Südpazifiks, wenn ich mich nicht irre«, sagt er.

Unser Gastgeber sieht erst den Captain an, dann wieder die Kreaturen in dem Kasten. »Diese Untiere sind seit mehreren Millionen Jahren ausgestorben«, sagt er.

»Nein«, widerspricht Captain Clarke B., »das ist ein weitverbreiteter Irrglaube, denn sie sind überaus real. Ich habe schon Erzählungen gehört, dass sie Menschen fressen.«

Ich bemerke einen anderen Schaukasten, der lebensechte Männer- und Frauengestalten in traditioneller Kleidung aus der ganzen Welt enthält, darunter Eskimos aus dem Norden und Afrikaner und Chinesen, und da ich schon von dergleichen gehört habe, frage ich, ob die Gestalten aus Wachs sind.

»Das sind echte Exemplare, die wir von unseren wissenschaftlichen Expeditionen mitgebracht haben«, sagt unser Gastgeber sichtlich gekränkt. »Von unseren Experten konserviert.«

»Das sind Menschen?«, frage ich entsetzt.

»Nein. Das sind *Exemplare*. Haben Sie Schwierigkeiten, Ihre eigene Sprache zu verstehen?«

In dem kreisrunden Hörsaal, wo der Cap seinen Vortrag halten soll, wird er weiteren Robe tragenden Akademikern vorgestellt, während ich weitestgehend unbemerkt Broschüren und Landkarten für die Vorführung auspacke. Der feuchte, grün gefliese Raum fühlt sich an, als hätte er seit hundert Jahren kein Tageslicht mehr gesehen. Der Captain, offensichtlich selig und in seinem Element, diskutiert wissenschaftliche und philosophische Fragen mit seinen Standesgenossen, und unsere Gastgeber lachen viel, und dann ist der Moment gekommen, dass der Cap die Bühne betritt und die Zuhörer ihre Plätze einnehmen und mein Mentor über seine Reisen und seine wichtige Arbeit und seinen anhaltenden Bedarf an Fördermitteln redet.

Und ab da läuft alles irgendwie schief.

Zuerst unterbrechen ihn etliche Professoren und Studenten mit Zwischenfragen, wollen zum Beispiel wissen, wer die Ergebnisse des Captains begutachtet hat oder was er von den Arbeiten bestimmter bekannter Philosophen hält und so weiter. Der Cap gibt sich redlich Mühe, das alles tapfer zu parieren, doch selbst ich erkenne, dass manche seiner Antworten vage und ausweichend sind und die Fragen mit der Absicht gestellt werden, ihn aufs Glatteis zu führen. Dann gibt es irgendwelche Scherze auf Kosten des Caps, die auf Deutsch gerufen und mit großem Gelächter und Applaus quittiert werden. Und schließlich läuft alles aus dem Ruder, als das Publikum plötzlich skandiert: »Walross! Walross! Her mit dem Walross!«

Zehn Hausmeister der Universität sind nötig, um einen riesigen Glastank in den Hörsaal zu bugsieren. In dem Tank, der fast randhoch mit dreckigem Wasser gefüllt ist, starrt ein uraltes räudiges Walross, offensichtlich fast verhungert und von etlichen Hautkrankheiten befallen, mit verschleimten, halb blinden Augen durch die Glasscheiben. Es hat nur einen Hauer.

Zum ersten Mal scheint es Captain Clarke B. die Sprache zu verschlagen. Er blickt zwischen Walross und Publikum hin und her, sucht nach einer Erklärung. Abgesehen von dem Schnaufen und Röcheln des armen asthmatischen Tiers herrscht plötzlich Totenstille.

Dann steht einer auf und ruft: »Rein in den Tank zum Kampf mit dem Walross!«, und die übrigen Zuhörer skandieren: »Walrosskampf! Walrosskampf!«

Einen Moment lang denke ich fast, dass der Cap sich darauf einlässt, dass er in den Tank steigen und versuchen wird, die erbärmliche Kreatur zu töten. Die beiden, der berühmte Captain Clarke B. und diese uralte, mottenzerfressene Abnormität, sehen einander an und scheinen in einem Moment des Wiedererkennens vereint.

Doch schließlich sagt der Cap leise, gebrochen: »Ich kann nicht mit dem Walross kämpfen.«

Woraufhin das Tier einen ungeheuren, triumphierenden Furz von sich gibt, der eine Kaskade von Blasen an die Wasseroberfläche schickt und den Hörsaal mit einem widerlichen Gestank erfüllt, und wie aufs Stichwort beginnt das Publikum, den Captain mit einem Hagel von Büchern zu bewerfen.

Erst später, als wir niedergeschlagen zusammengepackt haben und zurück zum Tor eskortiert werden, frage ich unseren engelgleichen Begleiter: »Warum?«

Er mustert mich einen Moment kühl, ehe er antwortet: »Du kommst hierher, bist völlig unwissend und bittest auch noch um *Geld*? Du armer kleiner Narr.«

Und diese Kränkung meiner Person scheint für den Cap, der jede Zumutung des heutigen Tages mit unendlicher Geduld durchgestanden hat, das Fass zum Überlaufen zu bringen, denn er holt aus und streckt meinen Beleidiger mit einem mustergültigen Faustschlag nieder, eine Tat, für die ich ihn unwillkürlich liebe.

»So, wenn Sie uns jetzt entschuldigen würden«, sagt Captain Clarke B. zu seinem auf dem Boden liegenden Opfer, »mein Gehilfe und ich müssen uns auf den Weg machen.«

Und das tun wir dann auch.

Was einen Mann ausmacht

Wie als Wiedergutmachung für unsere Demütigung an der Universität von C. beginnt als Nächstes der Teil unserer Reise, den ich in den Briefen an meinen Bruder Will als den idyllischsten beschreiben werde, denn unsere Route führt uns endlich fort von den Schrecken des Niederrh- und zu jenem Abschnitt des Flusses, der als Mittelrh- bekannt ist.

Hier durchschneidet der Strom ein Gebirge, an dessen Hänge sich zahlreiche steile Weinberge klammern, zudem gibt es senkrechte Klippen, auf denen großartige Burgen thronen. Da mein bisheriges Leben sich fast ausschließlich in der Horizontalen abspielte, bin ich von dieser neuen Landschaft ungemein beeindruckt, nicht zuletzt deshalb, weil der Gesamteindruck an die Märchen erinnert, die uns die Frau des Pfarrers in meiner Schulzeit nahebrachte.

In den ersten Tagen auf diesem neuen Abschnitt des Flusses versuchen der Captain und ich, stromaufwärts zu paddeln, doch die Strömung des Wassers, das durch das enge Tal rauscht, ist so stark, dass wir uns abends kaum ein paar Kilometer von der Stelle fortbewegt haben, an der wir im Morgengrauen aufgebrochen sind, obwohl uns die Anstrengung erschöpft hat. Hinzu kommt, dass wir mehr als einmal um Haaresbreite von einem der großen Vergnügungsdampfer überfahren werden, die auf diesem Teil des Flusses in großer Zahl unterwegs sind.

Schließlich kommt dem Cap die Idee, unsere Taktik zu ändern, und eines Abends vereinbart er nach reichlichem Alkoholgenuss in einer Kneipe am Fluss mit dem viel gereisten Kapitän eines dieser Vergnügungsschiffe, eines Raddampfers, dass wir ein paar Dutzend Kilometer stromaufwärts mitreisen dürfen, wenn wir dafür unseren Teil zur Unterhaltung an Bord beitragen.

»Sie und der Junge zusammen?«, fragt dieser alte Seebär, der in seinen vierzig Jahren auf See schon zahllose Plaudereien mit Matrosen aus aller Herren Länder geführt hat und folglich an die acht Sprachen beherrscht.

»Wir sind ein Paar«, sagt Captain Clarke B. stolz und schlägt seine Hand auf meine.

»Mag sein, aber was für ein Paar?«

Und so wird ausgehandelt, dass es zusätzlich zu unseren fest eingeplanten Auftritten in Städten entlang des Flusses Vorträge an Bord und Vorführungen von Captain Clarke B. und seinem Zuverlässigen und Tüchtigen Gehilfen für die interessierten Touristen geben wird, um deren täglichen Ablauf aus Weinproben und Schlossbesichtigungen und Verkostung von einheimischen Spezialitäten mit sowohl spannender als auch lehrreicher Kost zu bereichern.

»Denn wann erwachen wir wirklich zum Leben«, sagt der Cap in jener ersten milden Nacht zu mir, als wir bis in die frühen Morgenstunden auf Deck Zigaretten und Zigarren rauchen und zusehen, wie die Spiegelungen der Lichter vom gegenüberliegenden Ufer auf der dunklen Wasseroberfläche glitzern, »wenn nicht vor einem Publikum?«

Tatsächlich erweist sich diese Vereinbarung in doppelter Hinsicht für uns als gewinnbringend, denn nach jedem seiner Vorträge kann mich der Cap mit seinem weit gereisten Hut herumschicken, um Geld für unsere wichtige Arbeit zu sammeln – »Helfen Sie, Leben auf See zu retten!«, und so weiter, bitte ich die Leute –, und darüber hinaus gewinnt er selbst an den Kartentischen des Schiffes fast jeden Abend beträchtliche Summen von den angehenden Dichtern und trägen englischen Lords und Söhnen und Töchtern des Landadels, die den Großteil unserer Kundschaft ausmachen.

Und anscheinend ist es auch nicht unter unserer Würde, gelegentlich weitere private Zuwendungen von reisenden reichen Witwen und anderen vermögenden Frauen anzunehmen.

Auf diese Weise, indem wir von Schiff zu Schiff wechseln, um unser Glück nicht zu sehr herauszufordern, bewegen wir uns allmählich in südlicher Richtung, auf unseren Zielort und unsere Bestimmung zu.

Ich gestehe, ich bin beglückt, als der Captain mich das erste Mal als seinen Adoptivsohn vorstellt und eine Thomas-Cook-Reisegruppe von gefängnisreformierenden, christlichen Ladys aus Manchester beeindruckt, indem er ihnen erklärt, er habe mich aus einem kriminellen Leben voller Gewalt errettet, das unweigerlich am Galgen geendet hätte, und mein Weg führe seitdem stetig nach oben.

Die Gruppe nimmt uns vorübergehend unter ihre Fittiche, und wir werden zu ihren Fremdenführern, begleiten ihre täglichen Ausflüge ins Umland, auf denen der Cap und ich versuchen, in einer Fantasiesprache aus Französisch und Deutsch mit der Bevölkerung zu kommunizieren, und Namen für einheimische Vögel und Blumen erfinden, die uns unbekannt sind.

Auf langen nachmittäglichen Weinbergtouren begeistert der Captain unser Publikum mit Erzählungen über unsere Reise und die Gefahren, die vor uns liegen, einschließlich des schrecklichen Rh.falls, wo er vorhat, die erste erfolgreiche Überwindung des Wasserfalls zu wagen – »Nicht von ungefähr ist diese spezielle geologische Besonderheit besser bekannt als ›der Witwenmacher‹!«, was Luftschnappen, Schaudern, Ohnmachten und so weiter zur Folge hat –, während ich Geschichten über meine Kindheit erfinde, damit mein früheres Leben noch schlimmer klingt, als es tatsächlich war.

Ich berichte von meinen ersten Jahren in Leibeigenschaft und von den entsetzlichen, fast unglaublichen Misshandlungen durch eine ostenglische Verbrecherbande, von den Schusswechseln mit der Küstenwache und den zahlreichen Banküberfällen in Essex, Suffolk und Norfolk, von meinem Einsatz als Einbrecher, den berühmten ungelösten Morden, an denen ich vielleicht beteiligt war oder auch nicht, und von der Gewitztheit und dem Mut des Caps, der mir zur Freiheit verhalf, indem er den grässlichen Anführer der Bande zu einem Wettkampf in Bibelfestigkeit herausforderte.

Das führt dazu, dass ich nicht nur an so manchen drallen Busen gedrückt werde, sondern auch mehr Spenden für unsere Sache einbringe, und gemeinsam scheinen der Captain und ich zu einem erfolgreichen Duo zu werden.

Am Ende einer weiteren langen Nacht am Kartentisch, wo der Captain einer frischen Gruppe begieriger junger Leute aus reichen Familien Geld abgenommen hat, lädt er mich ein, mit ihm gemeinsam auf dem Achterdeck des vor Anker liegenden Schiffs die Morgendämmerung zu beobachten. Über uns lässt die aufgehende Sonne die ersten Berggipfel golden aufleuchten, und Gänse fliegen tief über das stille, ruhige Wasser, und ich bin wieder einmal überwältigt von der Schönheit dieser Landschaft.

»Was macht einen Mann aus?«, sinniert der Captain, die Arme auf die Reling gestützt. Da ich mit einem seiner üblichen weitschweifigen Vorträge rechne, sage ich nichts, bis klar wird, dass er auf meine Antwort wartet.

»Leistung?«, schlage ich vor. »Reichtum? Respekt?«

»Entschlossenheit«, sagt der Cap. »Was uns Männer ausmacht, ist die Kraft unseres Willens, Daniel. Unsere Bereitschaft, das zu tun, von dem andere glauben, es kann nicht getan werden. Die Kraft, die ich gleich am ersten Tag in *dir* erkannt habe, als du versuchtest, dieser Verbrecherbande zu entkommen.«

»Aber das –«

»Und dank dieser Kraft bist du jetzt so weit, dass du lernen kannst, den Anzug zu tragen, das weiß ich.«

»Den Anzug?«, sage ich.

»Genau den«, lächelt der Cap.

»Aber ... den *Anzug*?«

»So ist es«, sagt Captain Clarke B. »Musst du mich noch ein drittes Mal fragen, damit du es glaubst?«

»Nein, Sir«, sage ich, plötzlich besorgt, er könnte sein Angebot zurückziehen.

»Ausgezeichnet. Und da dem so ist: Geh schlafen. Wir fangen morgen an. Oder genauer gesagt heute. Und bis dahin habe ich eine Verabredung mit einer jungen reichen Erbin.«

Und damit geht er, und ich bleibe allein an der Reling stehen, schaue zu, wie die Welt erwacht, und lausche auf das Treiben unter Deck, wo die Tagschicht in der Schiffsküche ihre Arbeit beginnt, und denke über den Mann nach, der ich werden werde – und frage mich auch, was wohl aus dem Jungen wird, den ich jetzt zurücklasse.

Der Anzug Also

Als ich den Anzug das erste Mal ausprobiere, werde ich fast ein Opfer der Tiefe, ehe ich überhaupt richtig anfange. Es ist ein herrlicher Morgen, und eine kleine Menschenmenge hat sich versammelt, um bei meinem Unterricht zuzusehen, und ich bin auf dem Grund des Flusses.

Es gibt Fische da unten und ein grünliches Licht. Es ist nicht gänzlich unangenehm.

»Lass dich treiben, Daniel!«, schreit der Cap vom Schiffsdeck, von wo er mich mit dem Tau, das unter meinen Armen verknotet ist, an die Oberfläche zieht. »Überlass dem Anzug die Arbeit. Wenn du versuchst zu schwimmen, gehst du unter.«

Wir wiederholen diesen Vorgang einige Male, ehe mein Körper, nachdem ich genug Flusswasser geschluckt habe, um einen Wal zu sättigen, entweder aufgibt oder allmählich begreift und sich den Erfordernissen des Anzugs anpasst, und plötzlich habe ich den Dreh raus.

Als Träger des Anzugs bewegt man sich mit den Füßen voran, den Rücken durchgedrückt und die Knöchel zusammengehalten durch einen Bügelmechanismus – den der Captain auf meinen Vorschlag hin übernommen hat, um eine Vorrichtung zu schaffen, an der sich nötigenfalls ein kleines Segel befestigen lässt. Steuerung und Antrieb erfolgen mittels des kurzen Doppelpaddels, und die meiste Zeit muss man den Kopf anheben, um nach vorne schauen zu können.

Innerhalb der dicken Gummihaube des Anzugs herrscht fast vollkommene Stille. Man hört nur das Geräusch des eigenen Atems und das Plätschern von Wasser. Manchmal spüre ich einen Fisch oder ein anderes Geschöpf an mir entlangstreifen oder einen Stoß, wenn ich den Steinen im Uferbereich zu nahe komme. Als ich die ersten paar Male mit dem Anzug herumpaddele, bin ich froh, dass der Captain darauf besteht, mich mit einem Tau zu sichern, das rasch eingeholt werden kann, wenn ich vom Kurs abtreibe oder zu weit zurückfalle.

Der Anzug passt mir nahezu wie angegossen, und mir fällt erneut auf, wie ähnlich mein Körper in den letzten Monaten dem des Caps geworden ist. Ich liege auf dem Rücken, sehe die Wolken über den steilen Klippenwänden am blauen Himmel dahintreiben, sehe die Vögel hoch über mir kreisen, die anscheinend ebenso interessiert sind wie ich und herausfinden wollen, was für ein Ding ich wohl bin.

Da ich außer Paddeln und gelegentlichen Kurskorrekturen wenig zu tun habe, gerate ich ins Nachdenken über philosophische Fragen, wie zum Beispiel das Wesen der Seele und die Bedeutung der Planeten- und Sternenbahnen und ob unser Charakter schon bei der Geburt festgelegt ist oder durch Erfahrungen entsteht – und ich beginne zu begreifen, wieso und warum Captain Clarke B. der Mann ist, der er ist.

Es scheint, als würde man in der seltsamen Umarmung des Gummianzugs fast eine Auflösung der eigenen Persönlichkeit und aller damit verbundenen nichtigen Sorge erleben. Meine Ängste, Hoffnungen und Träume scheinen zu jemand anderem zu gehören und werden von etwas verdrängt, das ich am ehesten als ein großes Gefühl der Verbundenheit mit der Landschaft beschreiben kann – eine Kameradschaft mit jedem Baum, jedem Felsen, jedem Geschöpf darin, mit jedem Wassertropfen und überhaupt der gesamten Natur.

Ich frage mich, was ich mit meinem bisherigen Leben angefangen habe und wie ich in der Lage war, so viel davon zu vergeuden.

Am Ende jenes ersten Tages bin ich auf dem Wasser bereits glücklicher, als ich es je irgendwo anders war. Ich begreife, dass ich am liebsten nie mehr an Land zurückkehren würde, und wenn ich dort bin, habe ich nur den einen Wunsch, wieder draußen auf dem Wasser zu sein. Da ich versprochen habe, nie ohne die ausdrückliche Erlaubnis des Caps und nur unter seiner Aufsicht mit dem Anzug rauszufahren, tigere ich jeden Morgen nach dem Aufwachen auf Deck hin und her, bis er endlich aufsteht. Danach verbringt er den Tag zufrieden in einem Liegestuhl auf dem Achterdeck, raucht Zigarren in der Sonne und ruft aufmunternde Sätze – »Genau so, mein Junge!« und »Du hast den Dreh raus!« und »Jetzt Vorsicht mit dem Paddel!« –, während ich versuche, mit dem Schiff mitzuhalten.

Ich übe Rollen unter Wasser und Sprünge, für die ich mithilfe des Paddels abtauche und mich dann von der Auftriebskraft förmlich aus dem Wasser katapultieren lasse, und das Bewältigen von Stromschnellen und tückischen Strömungen und das Abschießen von Leuchtgeschossen und ein paar publikumswirksame Kunststückchen wie Getränke einschenken und Zigaretten drehen, während ich auf dem Wasser schaukele, und ich lerne schnell und bin schon bald überaus geschickt.

Der Cap fängt an, mich in seine nachmittäglichen und frühabendlichen Vorstellungen einzubauen, bei denen ich die Wirkungsweise des Anzugs demonstriere, während er Erläuterungen dazu liefert. Dabei ist er formell gekleidet, was die Darbietungen unserer Meinung nach eleganter und theatralischer wirken lässt und unseren Zuschauern zweifelsohne gefällt. Wenn ich jeden Tag vorführe, wie ich den Anzug an- oder ausziehe, bemerke ich mitunter die wohlgefälligen Blicke, mit denen manche Zuschauerinnen und auch manche Männer im Publikum meinen Körper betrachten.

Ich werde zu regelmäßigen nächtlichen Trinkgelagen meines Mentors mit einigen Kapitänen der anderen Schiffe eingeladen, und man gibt mir das Gefühl, dass ich ein Mann unter Männern bin, und ich höre mir aufmerksam ihre sentimentalen, tränenseligen Geschichten über das Leben auf hoher See an, über Abenteuer in fernen Häfen und Liebschaften und in Kriegen verlorene Gliedmaßen und andere heikle Situationen. Ich muss schwören, nie zu Waffen zu greifen, außer um mich zu verteidigen, stets denjenigen zu Hilfe zu eilen, die auf See in Gefahr sind, nie auf irgendeinem Schiff bestimmte Wörter und Ausdrücke zu verwenden, weil sie Unglück bringen, und jeden Tag mit einem Schluck Rum zu beginnen.

Und so werde ich in die noble Bruderschaft der Fahrensmänner eingeführt, während sich die Landschaft jenseits des Flusstals in endloses Ackerland und Wälder ausweitet, und ich verbringe diese langen Tage meist so glücklich, wie ein Mann nur sein kann.

Wir werden gebeten,
uns zu verpissen

Unser Absturz, als er dann kommt, geht schnell.
Der Captain hat in den vergangenen zwei Wochen jeden Abend an den Kartentischen des Schiffs verbracht – »Überleg doch mal, wie gut wir dieses Geld für unsere Arbeit gebrauchen können, Dan!« –, und häufig wettet er noch dazu tagsüber mit den Passagieren auf alles Mögliche, sei es, wie viel Zeit wir wohl brauchen werden, um eine bestimmte Brücke oder Sehenswürdigkeit zu erreichen, oder sei es, ob er den Mädchennamen einer verheirateten Frau erraten kann.

Letztere Wette ist zudem eine bewährte Gesprächseröffnung und fester Bestandteil der Verführungstechnik des Caps – »Welche Frau möchte sich denn nicht an das junge Mädchen erinnern, das sie war, bevor eheliche Verantwortung ihren Wahlmöglichkeiten ein Ende setzte?« –, und allem Anschein nach besteht noch immer kein Mangel an Frauen, die sich in den Armen des zuvorkommenden Captain Clarke B. an ihre Jugend erinnern oder zumindest eine kurze Ablenkung von ihren alltäglichen Pflichten erleben wollen. Die meisten von ihnen sind auch bereit, auf die eine oder andere Art für das Privileg zu bezahlen – und wie mit uns vereinbart, behält der Schiffskapitän davon zehn Prozent für seine Mühe ein, zu nicken und zu lächeln und wegzuschauen.

Natürlich sind nicht alle Kundinnen des Captains ohne Begleitung, und ich muss mehr als einmal einen vernachlässigten

Ehemann ablenken, während der Cap mit dessen Gattin einen Ausflug zu irgendwelchen Ruinen oder den romantischen, windumtosten Mauern eines Märchenschlosses oder zu einer anderen, ungestörteren Örtlichkeit macht, und ihm erklären, wie gut es für sie ist, auch mal etwas allein zu unternehmen, wo sie doch so viel für andere tut und praktisch eine Heilige ist und so weiter.

Einem ebensolchen Ehemann – möglicherweise ein recht unbedeutender englischer Lord mit militärischer Erziehung, dessen nervöser und überempfindlicher Gattin seit einer Woche von Captain Clarke B. heimlich der Hof gemacht wird – hat der Cap gerade nach einem sehr langen Kartenspiel und einem sehr langen Abend zehn Pfund abgeknöpft.

»Gut gespielt«, sagt der Captain, als er das Geld einstreicht.

»Oh nein«, sagt der Ehemann ruhig, »*Sie* haben gut gespielt, und ich glaube, ich dagegen wurde übertölpelt. Und das schon eine ganze Weile.«

»Wie wär's mit noch einer Partie?«, schlägt der Captain sehr freundschaftlich vor. »Damit Sie Gelegenheit haben, Ihr Geld zurückzugewinnen?«

»Und was ist mit dem Diebstahl meiner Frau?«

»Ich fürchte, ich kann Ihnen nicht ganz folgen«, sagt der Cap.

»Oh, ich glaube, Sie können mir durchaus folgen. Ich würde meinen, das ist ein Leichtes für Sie.«

»Hören Sie, wenn es um das Geld geht –«

»Es geht um meine *Frau*, Sir!«

Nun ist es heraus, und es gibt kein Zurück mehr.

Die unvermeidliche Folge ist nun mal die, dass die gekränkte Person eine gewisse Satisfaktion verlangt, und da dergleichen in Deutschland ebenso ernst genommen wird wie zu Hause in England, ist im Handumdrehen ein Duell für frühmorgens am folgenden Tag vereinbart worden, und der Cap und ich sind mit dem Schiffskapitän in der Kajüte.

»Diesmal sind Sie eindeutig zu weit gegangen, Clarke«, erklärt der Schiffskapitän. »Bei diesen Leuten muss man sich an Regeln halten.«

Der Cap schwingt derweil in dem engen Raum ein Florett hin und her, um ein Gefühl dafür zu bekommen – »So ein Ding hab ich seit zwanzig Jahren nicht mehr in der Hand gehabt« – und sich seine Angst nicht anmerken zu lassen …

»Außerdem ist das nicht gut fürs Geschäft«, redet unser Gastgeber weiter. »Macht einen schlechten Eindruck, wenn Leute in Duellen getötet werden, weil sie auf meinem Schiff die Ehefrauen anderer Männer gevögelt haben.«

»Und wenn ich gewinne?«, fragt der Cap.

»Tja, ist für mich auch nicht viel besser, weil ich dann einen toten Lord und eine trauernde Witwe am Hals hab.«

»Ah, aber was für eine Frau!«

»Darum geht's aber jetzt nicht, oder?«, sagt der gereizte Kapitän.

»Was schlagen Sie also vor?«

»Ich schlage vor, dass Sie beide sich schnellstmöglich verpissen. Ich werde Sie decken und unsere Weiterfahrt ein oder zwei Tage hinauszögern.«

»Und was ist mit *meiner* Reputation?«, sagt der beleidigte Cap.

»Nun ja, darüber würde ich mir Gedanken machen, aber im Moment habe ich irgendwie völlig vergessen, wer Sie sind, also würden Sie sich bitte *von meinem Schiff verpissen, bevor ich Sie runterschmeiße*!«

Und da wir vermuten, dass er das tun würde, folgen wir seiner Aufforderung und verpissen uns unverzüglich.

Wald

Immerhin fließt der Fluss in diesem Abschnitt durch ein weites Tal, was die Strömung verlangsamt, und obwohl wir so rüde von dem Schiff geworfen wurden, das in den letzten Wochen unser reisendes Zuhause war, können wir unsere Fahrt am nächsten Morgen aus eigener Kraft stromaufwärts fortsetzen, wobei der Cap in seinem Gummianzug paddelt und ich ihm erneut in unserem kleinen Boot folge.

»So sollte es die ganze Zeit sein, was, Dan?«, sagt der Cap zu mir. »Nur du und ich und unter uns das Wasser.«

»Ja, Sir«, antworte ich, »so ist es. Und wahrscheinlich wollten Sie es ja auch von Anfang an so.«

Daraufhin wirft er mir einen Blick über die Schulter zu, unsicher, ob ich einen Hang zum Sarkasmus entwickelt habe oder nicht, und wenn ich ehrlich bin, ist mir das selbst nicht ganz klar.

»Haargenau!«, sagt der Cap und paddelt mit kräftigen, zuversichtlichen Schlägen weiter, und so arbeiten wir uns den Fluss hoch.

Und tatsächlich, angesichts des schönen Sommerwetters und des sanft mäandernden Wasserlaufs könnten die Dinge sehr viel schlechter sein, als sie sind – und sie werden es letztlich auch werden, ob uns das nun gefällt oder nicht –, also sollten wir dieses angenehme Intermezzo genießen, solange wir können.

Tagsüber passieren wir sattes Ackerland und winken erstaunten Bauern und Milchmädchen zu, die uns von den grasbewachsenen Uferböschungen aus beobachten, und nachts kampieren wir auf tief liegenden Feldern und Weiden oder in alten Waldungen. Wir sind jetzt am Rand des berühmten Schwarzwalds, der, wie mir der Cap versichert, eine wilde Gegend voller Wildschweine und Räuber und noch Schlimmerem ist, wenn man danach sucht, deshalb ermahnt er mich, stets auf der Hut zu sein. Doch angesichts dieser friedlichen, idyllischen Landschaft glaube ich kaum, dass uns hier irgendwas passieren kann.

Was sich als gravierende Fehleinschätzung erweist.

An dem fraglichen Tag werde ich in den frühen Morgenstunden neben der schwelenden weißen Asche unseres Lagerfeuers wach, und das dringende Bedürfnis zu pinkeln zwingt mich, aufzustehen, den schlafenden Cap allein zu lassen und etwas tiefer in den Wald zu gehen, in dem wir übernachtet haben.

An einen Baum gelehnt, lasse ich der Natur ihren Lauf und erfreue mich am weichen grauen Licht der Morgendämmerung und dem ersten Vogelgesang, als ich auf der anderen Seite einer Lichtung die Augen und den zottigen Kopf der riesigen, mit Hauern bewehrten Bestie sehe, die mich beobachtet – ob wütend oder neugierig oder hungrig, kann ich nicht sagen – und die mannsgroß zu sein scheint.

Ich weiche langsam von dem monströsen Wildschwein zurück, bete innerlich, dass es mich nicht angreift, wage es aber nicht, mich umzudrehen und wegzulaufen, weil ich fürchte, im Gehirn der Kreatur genau diesen Instinkt zu wecken. Und ich gehe noch immer langsam rückwärts, als ich wieder den Rand unseres Lagers erreiche, daher höre ich die Räuberbande, die den jetzt wachen Captain mit vorgehaltenen Waffen bedroht, ehe ich sie sehe.

Trotzdem bin ich geistesgegenwärtig genug, mich im Unterholz zu verstecken, bevor ich entdeckt werde, und so beobachte ich, wie die drei mit Pistolen bewaffneten Männer den verwirrten Captain fesseln und auf Deutsch grob auf ihn einreden, bevor sie unsere Sachen durchwühlen, um nachzusehen, ob wir irgendwas haben, das zu stehlen sich lohnt.

Mir kommt die Frage in den Sinn, was ich tun würde, falls die Männer beschließen, den Cap zu töten, und ich spiele mit dem Gedanken, in das Lager zu stürmen und ihm zu Hilfe zu eilen, aber da ich unbewaffnet und in der Unterzahl bin und außerdem ein Feigling, entscheide ich mich gegen diese Vorgehensweise.

Außerdem ist mir bewusst, dass der Keiler noch immer irgendwo in der Nähe herumläuft, und ich möchte nichts tun, was ihn anlocken könnte. Ich sitze also in der Falle zwischen zwei Gefahren und tue das, was ich am besten kann: in Deckung bleiben.

Die Männer lassen sich über eine Stunde Zeit, bis sie es aufgeben, auf meine Rückkehr zu warten, aber endlich tun sie es. Die Sonne geht auf, und ich vermute, Räuber möchten ebenso wie Fledermäuse und Eulen und Maulwürfe tagsüber lieber nicht unterwegs sein. Sie schauen sich ein letztes Mal um, und einer von ihnen schlägt den noch immer gefesselten Cap mit dem Knauf seiner Pistole zu Boden, und dann ziehen sie mit ihrer Beute von dannen.

Ich warte zehn Minuten ab, und dann noch mal fünf, und dann stürme ich aus den Büschen hervor, bereit, meine einstudierte Erklärung zum Besten zu geben, dass ich mich im Wald verirrt habe und dann von einem riesigen Keiler verfolgt wurde, der mich fast aufgespießt hätte, während ich zugleich meine Fassungslosigkeit angesichts seiner Situation zeige und frage, was passiert ist und wo die Räuber jetzt sind.

Als ich das blutige Gesicht des Captains sehe, schäme ich mich zutiefst, obwohl mir bewusst ist, dass ich nicht viel hätte tun können und es unsere Lage keineswegs verbessert hätte, wenn wir beide gefesselt worden wären, sondern dass es uns in noch größere Gefahr gebracht hätte, wenn der Keiler oder irgendwelche anderen Tiere uns so vorgefunden hätten.

Als ich die Fesseln des Caps löse, macht er als Erstes eine vollständige Inventur unserer Ausrüstung. Zum Glück ist der Gummianzug noch da, ebenso wie das Boot und der Großteil unserer persönlichen Habseligkeiten.

»Und das Geld?«, frage ich.

Der Cap lässt sich schwerfällig neben das erkaltete Lagerfeuer sinken.

»Alles weg, Dan.«

Wir sitzen beide ein paar Minuten so da, jeder mit seinen eigenen Gedanken beschäftigt, bis ich schließlich entscheide, dass wenigstens einer von uns sprechen sollte, selbst wenn es nicht viel zu sagen gibt.

»Tja«, beginne ich, »wieso sollte sich der Furchtlose Froschmann überhaupt durch materielle Dinge bestimmen lassen?«

Der Captain blickt auf, schnieft einmal.

»Da ist was dran«, pflichtet er mir bei.

»Schließlich wird er von Gefahren beflügelt«, füge ich hinzu, »und von der Herausforderung, den Elementen seinen Willen entgegenzusetzen.«

»Fürwahr«, sagt der Cap.

»Ganz zu schweigen von der wichtigen Aufgabe, Leben auf See zu retten.«

»In der Tat, zweifellos.«

»Und die wissenschaftlichen Möglichkeiten des –«

»Schon gut, Dan, das reicht«, sagt Captain Clarke B. und steht auf. »Packen wir zusammen, was wir noch haben.«

»Das ist ein Wort«, sage ich und mache mich an die Arbeit, denn wir haben noch immer – der Vorsehung sei Dank – eine Verabredung mit einem Wasserfall und keine andere Wahl, als weiterzumachen, selbst wenn wir aufgeben wollten.

Halte dein Herz, oh Wanderer

Und so kommt schließlich ein grauer Morgen, an dem wir die Grenzstadt B. erreichen, wo wir in unserem schlechten Französisch und dem noch schlechteren Deutsch des Caps mit den Grenzposten verhandeln, ehe wir die entsprechenden Gebühren und Schmiergelder zahlen und warten, bis der mit Stacheln bewehrte dicke Schlagbaum, der über dem Fluss liegt, angehoben wird und wir in die Schweiz hineingelassen werden.

»Die mächtige helvetische Eidgenossenschaft!«, erklärt der Cap, sobald wir in dem neuen Land sind, meiner Berechnung nach das fünfte auf unserer Reise.

Doch kaum sind wir in der Schweiz, nimmt die Landschaft einen düsteren, bedrückenden Charakter an. Die engen Täler wirken jetzt bedrohlich, die Klippen werfen riesige Schatten und sehen nicht mehr romantisch aus, sondern finster und beklemmend, und die fernen Berge muten Furcht einflößend an. Schon bald ist jede Stadt, die wir passieren, ein Kurort, und jeder Kurort ist voll mit Kranken und Lahmen und Verzweifelten, von den bleichen Söhnen und Töchtern des Kleinadels bis hin zu den Bergbewohnern selbst, die unter Kröpfen und anderen Krankheiten leiden, und alle hoffen auf Heilung durch das Mineralwasser. In den Gasthäusern und auf den Märkten der Städte, wo wir Station machen, um unsere Vorstellungen zu geben, murmeln die Menschen in fremden Zungen, und über allem scheint eine vage Untergangsstimmung zu liegen.

Dennoch ziehe ich bei jeder sich bietenden Gelegenheit den Anzug an und übe in dem kalten, rauschenden Wasser, versuche, das Unbehagen abzuschütteln, das die Landschaft in mir auslöst.

Der Captain seinerseits bewahrt eine eiserne Ruhe.

In Kneipen und Cafés sehen wir immer öfter die Handzettel, die das bevorstehende große Ereignis ankündigen, mit einem handgezeichneten Bild des Captains in seinem Anzug auf See, wie er auf dem Kamm einer gewaltigen Welle reitet und dabei seelenruhig eine Zigarre raucht, sowie einer Zeichnung des Wasserfalls unter dem Namen »Rheinfall« und weiteren Wörtern in Französisch und Deutsch und anderen Sprachen. Die Handzettel sind Mcinerney zu verdanken, dem Helfer des Captains, der uns vorausgereist ist, wobei sein Mantel wahrscheinlich die ganze Zeit im Wind flatterte, und mit dem wir uns vereinbarungsgemäß schließlich in einem Hotel in P. treffen, wo er an die Krempe seiner Melone tippt und mich von oben bis unten mustert und offensichtlich beeindruckter ist als bei unserer ersten Begegnung.

Während er und der Cap Geschäftliches besprechen, suche ich das Postamt auf, wo ich mehrere Briefe von meinem Bruder vorfinde, die folgenden Wortlaut haben:

Lieber reisender Dan,
wie ist das Leben auf dem Fluss? Hier ist es heiß und so ziemlich wie immer. Ich bin wieder weggelaufen, nachdem ich versehentlich Jim Coopers Boot angezündet habe, nachdem ich Jim Coopers Boot geklaut hatte, was kein Versehen war. Wenn das mit dem Boot nicht gewesen wäre, hätte ich es wahrscheinlich geschafft, aber die haben einen ganzen Suchtrupp nach

mir losgeschickt, damit ich den Schaden bezahle, und jetzt bin ich bis zum Ende meines Lebens verschuldet.

Schick Geld! (Nur Spaß)

Dein Will

An meinen Bruder Dan,

Susan die Pfarrerstochter soll weggeschickt werden! Sie ist dabei erwischt worden, wie sie mit Joseph und Jeremiah Parsons was gemacht hat, was nicht gut war. Joseph und Jeremiah sind am Boden zerstört, obwohl ja nicht sie weggeschickt werden. Susan sagt, ich soll Dich grüßen und dass sie sich an Deine guten Hände erinnert. Ich weiß nicht, was das heißt.

Dein Kamerad Will

Lieber Dan,

Giant Pete der Gastwirt und seine Frau lassen Dich und Captain Clarke B. herzlich grüßen. Ich hab wieder versucht wegzulaufen, und diesmal hab ich das Schwein mitgenommen. Wir hatten draußen im Marschland ein paar schöne Abenteuer, ich und das Borstenvieh, und wir haben uns gut verstanden. Jetzt hab ich mächtig Ärger. Außerdem ist das Schwein gestorben.

Ich vermisse Dich

Will

Hallo, Dan,

ich mache jetzt eine Lehre als Austernzüchter, und die Arbeit ist übel. Sechs Tage die Woche bin ich von frühmorgens bis spätabends draußen, und meine Hände sind ganz kaputt und stinken noch dazu. Aber ich darf so viel fluchen, wie ich will, und auch trinken, und jetzt, wo ich Arbeit habe, gelte ich unter den Mädchen im Dorf als »gute Partie«.

Wie ist Europa so?
Will

An meinen Dan,
ich bin ein »gesuchter Mann«!

Helen Dunning hat sich mit Ada Crook darum geprügelt,
wer von beiden mich heiraten darf, und das ganze Dorf ist
zusammengelaufen und hat zugeguckt. Ada Crook hat jetzt
eine gebrochene Nase, und ich soll ein reicher Mann werden
und für Helen Dunning ein Haus bauen und ihr sechs starke
Jungen und Mädchen schenken.

Ich glaube, mit Austern lässt sich nicht reich werden.
Will
PS: Hast Du meinen Witz mitgekriegt?

An Dan,
also, mein Arm ist mal wieder gebrochen, und Du kannst Dir
denken, wie das passiert ist. Ich weiß nicht, was als Nächstes
kommt. Ich will versuchen, alles zu ertragen.

Ich hoffe, Du hast bessere Nachrichten und dass ich Dich
bald wiedersehe.

Dein Bruder

Um den Schauplatz des Großen Kunststücks aus der Nähe betrachten zu können, hat Mcinerney für uns drei ein Ruderboot
gemietet, und wir nähern uns dem Wasserfall von unten. Die
Route ist gewunden, mit etlichen Flussbiegungen, und ich grü-
bele über die Briefe meines Bruders nach, bis wir um die letzte Biegung kommen und sich uns der furchterregende Anblick
bietet, und schlagartig ist alles andere vergessen.

Trotz des dichten Sprühnebels, der uns rasch bis auf die Knochen durchnässt, ist die Wucht des Wasserfalls erschreckend

offensichtlich, nicht zuletzt wegen des donnernden Lärms, der von den hohen Wänden des Flussbeckens widerhallt, in dem wir uns befinden. Über uns tost der Fluss durch eine enge Schlucht und bildet eine Reihe von entsetzlichen Stromschnellen, in deren Mitte sich ein gigantischer Felsen erhebt. Von dort stürzen die gischtenden Wassermassen über eine Steilkante und in einen gewaltigen Strudel, aus dem gewiss kein Mensch je lebend herauskommen könnte.

Vor dem Schloss, das auf den Klippen oberhalb des Flusses thront, ist ein Seil gespannt worden, um zu verhindern, dass die Schaulustigen während des morgigen Ereignisses scharenweise in die Tiefe stürzen. Ich kann mir nicht vorstellen, dass dieses eine Seil reichen wird. Es scheint, als könnte die Wucht des Wassers die Klippen selbst zum Einsturz bringen und alles – das Schloss, die Bäume zu beiden Seiten, uns drei, die wir in dem Ruderboot sitzen – mit sich reißen.

»Halte dein Herz, oh Wanderer, fest in starken Händen«, sagt Mcinerney, nimmt seine Melone ab und drückt sie sich an die Brust, als wäre er in der Kirche.

Der Captain sieht seinen Helfer an, der die Achseln zuckt und dann seinen Hut wieder aufsetzt.

»Was hältst du davon, Dan?«, fragt der Cap, und ich sage, dass ich beeindruckt bin.

»Ich glaube kaum, dass irgendjemand das überleben kann«, sage ich.

»Nicht irgendjemand«, sagt Captain Clarke B.

Ich pflichte dem bei, und dann wechseln der Cap und Mcinerney wieder einen Blick. Der Cap holt zwei Zigarren aus seiner Tasche, schneidet beide an und reicht mir eine, gibt mir Feuer, als ich mich vorbeuge.

»Du, Dan«, sagt er.

Aha.

Der Rheinfall

In dem Wirtshaus auf der anderen Flussseite mit Blick auf die tosenden Wassermassen, wir drei mit starken Drinks ausgestattet, geht die folgende oder zumindest sehr ähnliche Unterhaltung ungefähr so gut vonstatten, wie Sie wahrscheinlich vermuten:

»Das ist deine Taufe, Daniel«, sagt der Cap. »Wie ich dich beneide! Wenn es eine Möglichkeit gäbe, würde ich das gefährliche Kunststück natürlich lieber selbst vollführen. Wenn da nicht meine Schulterverletzung wäre.«

»Von der Verletzung haben Sie bisher nichts gesagt«, erwidere ich.

»Ich wollte dich nicht beunruhigen. Zumal unsere Gläubiger so viel Geld investiert haben. Ganz zu schweigen von den armen auf See verlorenen Seelen. Sie sind es, denen meine Gedanken vornehmlich gelten. Und die Wahrheit ist, dass du auf dem Wasser geschickter bist als jeder Mann und jeder Junge, den ich je gekannt habe.«

»Wie viele andere hat's gegeben?«

»Meine Güte, Dan.«

»Wie viele?«

In diesem Moment kommt die Kellnerin und bringt uns neue Getränke, sodass wir eine Weile verstummen und es vermeiden, sie und einander anzuschauen, bis sie wieder gegangen ist.

»Fünf«, sagt Mcinerney, der immerhin ehrlich ist.

»Aber die waren nicht *du*, Dan«, fährt unser geschätzter Captain Clarke B. fort. »Du bist der einzig Richtige. Da bin ich mir sicher.«

»Wie viele von ihnen haben überlebt?«, frage ich den Helfer des Caps. Wieder tritt Stille ein, und diesmal nicht wegen der Kellnerin.

»Wenn du es nicht für mich tun willst«, sagt der Captain, »dann denke doch an deinen Bruder. Wenn wir die Nummer nicht machen, ist unsere Tour zu Ende. Was dann? Denkst du, dein Vater nimmt dich wieder auf?«

Ich schaue durchs Fenster auf den schaumigen Fluss unterhalb des Rheinfalls, starre auf das brodelnde Wasser, womöglich auf der Suche nach einem Ausweg, aber eher, weil ich weiß, dass es keinen gibt.

»Die Leute haben dafür bezahlt, *Sie* zu sehen«, sage ich, »nicht mich.«

»Das ist ja das Schöne!«, entgegnet Captain Clarke B. »In dem Anzug wird keiner auch nur Verdacht schöpfen. Und nachdem du den Wasserfall überwunden hast, lässt du dich einfach um die Flussbiegung treiben und landest außer Sicht, wo ich auf dich warte und statt deiner in den Anzug steige.«

»Weil wir dieselbe Größe haben«, sage ich und begreife endlich.

»Das ist alles gut durchdacht«, sagt Mcinerney.

»Anscheinend ist es schon seit Langem gut durchdacht.«

»Ich rate dir, nicht diesen Ton anzuschlagen«, sagt er. »Du könntest nämlich feststellen, dass du weniger Optionen hast, als du meinst.«

Ich schaue den Cap an, der die Hände ausbreitet.

»Wir sind historischen Kräften ausgeliefert«, sagt er. »Wir leben in einer engherzigen Zeit.«

»Sie klingen wie die Witwe Timmermans.«

Seine Antwort ist ein kurzes, hartes Lachen. Und zum ersten Mal, seit ich Captain Clarke B. kenne, sieht er besiegt aus.

»Ich dachte, ich würde etwas in dir sehen, Dan«, sagt er leise.

»Falls ich mich geirrt habe, gebe ich mir die Schuld, nicht dir. Und ich bitte dich aufrichtig um Vergebung.«

Früh am nächsten Morgen drängen sich bereits Menschen auf der Klippe und auch am unteren Ufer des Flusses. Männer, Frauen und Kinder aus aller Herren Länder sind gekommen, um zuzuschauen, wie ich an den Felsen in Stücke gerissen werde, und erwarten das Ereignis voller Spannung. Ich bin übermüdet, habe die Nacht trinkend in der Hotelbar verbracht und versucht, den Mut zur Flucht aufzubringen. Jetzt bleibt Mcinerney die ganze Zeit in meiner Nähe, sodass mir nicht einmal mehr diese Möglichkeit zur Verfügung steht, und wir beide schauen zu, wie Captain Clarke B. in seinem Gummianzug Hände schüttelt und Rechnungen unterschreibt und für Fotografen posiert und von der Presse interviewt wird.

»Was haben Sie eigentlich von dem Ganzen?«, frage ich meinen Begleiter, der sich kurz im Gesicht kratzt.

»Ich weiß wirklich nicht, was ich stattdessen machen könnte, ehrlich gesagt«, antwortet er.

Ein englischer Journalist spricht uns an, der Zuschauermeinungen einholt: »Und wie fühlen Sie sich?«, werde ich gefragt. Ich erwidere, dass es mir schwerfällt, einen Sinn in diesem Abenteuer zu sehen.

Und dann wird es Zeit, zum oberen Rand des Wasserfalls zu gehen und noch rund dreihundert Meter weiter, wo der Cap und ich im Schutz eines Wäldchens, das an den Fluss grenzt, den Tausch vornehmen. Ich ziehe mich aus und reiche dem Captain meine Sachen, der bereits aus seiner Gummikluft gestiegen ist. Als Mcinerney und er mir in den Anzug helfen, zittern meine Hände so stark, dass ich unfähig bin, die Gurte und Schnallen zu schließen.

Ich habe einen Brief an meinen Bruder geschrieben, der nur im Falle meines Todes abgeschickt werden soll, und der Captain nimmt ihn ernst entgegen und steckt ihn in seine Brusttasche. Dann hält mir Mcinerney einen silbernen Flachmann an die Lippen – »Das wird helfen« –, und ich schlucke irgendetwas mit Kräutern Aromatisiertes, das unglaublich stark ist. Und so trete ich aus dem Wäldchen, winke der Menschenmenge am gegenüberliegenden Ufer zu und steige ins Wasser.

Wie kann ich diese grässliche Fahrt beschreiben?

Ich könnte das donnernde Tosen des Rheinfalls erwähnen und wie die Luft in meiner Erinnerung von dem Lärm so stark vibrierte, dass mir fast die Zähne aus dem Kopf fielen – doch sobald ich mit der eng anliegenden Haube im Wasser bin, kann ich eigentlich nur noch das Blut in meinen Ohren rauschen hören und alles andere eher *fühlen*.

Ich könnte erklären, wie ich durch die ersten Stromschnellen navigiere, wie ich das Paddel einsetze, um mal hierhin, mal dorthin zu steuern, geschickt Hindernisse unter und über Wasser passiere, mit allem Können, das ich mir in den vergangenen Wochen angeeignet habe – dabei erinnere ich mich an kaum mehr als an das Gefühl, völlig der Schwerkraft und anderen physikalischen Gesetzen ausgeliefert zu sein.

Vor allem erinnere ich mich an die Worte des Captains, dem Anzug die Arbeit zu überlassen, und an die rasche Erkenntnis, dass ich diesen Kampf unmöglich gewinnen kann, weshalb ich aufhöre, mich zu wehren, und infolgedessen sämtliche Stromschnellen fast mühelos bewältige, vielleicht sogar kurz das Gefühl habe, dass ich das Ganze überleben und noch dazu als Held dastehen werde. Doch dann kommt dieser gewaltige Felsen, der mir kurz vor der Steilkante einen solchen Schlag verpasst, dass ich ins Trudeln gerate, und irgendwie habe ich das Gesicht meines Bruders vor mir und spüre, wie sein Bleisoldat auf mein Herz drückt, und dann sackt die Welt plötzlich unter mir weg, und um mich herum ist nur noch Weiß.

Und eine Stille, die sehr lange andauert.

Der Prinz und
die Prinzessin von B.

Ich erwache mit der Sonne im Gesicht, und es ist warm, und ich liege in einem hölzernen Bett in einem kleinen steinernen Turmzimmer, dessen Wände mit Büchern bedeckt sind, und irgendwo ertönt schöne Musik, die immer wieder aufhört und neu ansetzt. Ich stelle fest, dass ich nackt bin, und frage mich, ob ich tot bin und mich im Himmel befinde. Ich merke, dass mir alles wehtut und mein rechter Arm in einer Schlinge steckt und mein Kopf verbunden ist, und ich wundere mich bei dem Gedanken, dass wir unsere Verletzungen mit ins Jenseits hinübernehmen.

Ich stehe mühsam auf, stelle fest, dass ich noch dazu humpeln muss, und als ich aus dem Fenster schaue, sehe ich den Tag über einer gewaltigen diesigen Landschaft mit Feldern und Wäldern anbrechen, die sich weit unten am Fuß des Berges erstreckt, auf dem wir uns befinden. Dann wickle ich die Decke um mich und beschließe, auf der Suche nach Hinweisen die steinerne Wendeltreppe in der Mitte des Turms hinunterzugehen.

Ich folge dem Klang der Musik und erreiche schließlich den Eingang zu einem großen Saal, der offenbar lange nicht genutzt wurde und sich in einem schlechten Zustand befindet. Spinnweben überziehen alles, hier und da liegen Steinhaufen herum, und aus offenen Truhen quellen Stoffe und Kleidungsstücke und ausrangiertes Kinderspielzeug. Alte Fahnen und Banner hängen an den Wänden, und durch ein Loch im Dach fällt ein einzelner Lichtstrahl auf den Boden, wo ein Reh aus einer Wasserpfütze trinkt.

Das Reh und ich betrachten einander einen Moment lang, überlegen wahrscheinlich beide, wer von uns der Eindringling ist und wer das Recht hat, hier zu sein, ehe eine Bewegung am hinteren Ende des Saals das Tier erschreckt und es davonspringt. Plötzlich sehe ich ein junges Mädchen in einer weißen Tunika und mit einem silbernen Flügelhelm auf dem Kopf, das Pfeil und Bogen sinken lässt und dann gleichfalls aus meinem Gesichtsfeld verschwindet, als es den hallenden Gang hinunterläuft, um seine Beute zu verfolgen.

Also doch tot?

Endlich finde ich die Quelle der Musik in einem anderen Saal. Dieser bietet eine Bühne, auf der mindestens ein halbes Orchester ein sehr lautes Musikstück übt und von einer dicken bezopften Sängerin begleitet wird, die ebenso gekleidet ist wie die geheimnisvolle Bogenschützin.

Und dort am Rand ist auch Captain Clarke B. höchstselbst und lauscht genüsslich der Vorführung, die jedoch erneut unterbrochen wird, und zwar von dem Begleiter des Caps, einem schlanken, nervös wirkenden Mann mit Schnurrbart und einer enormen Menge verwegen pomadisiertem Kopfhaar, der anscheinend unbedingt möchte, dass alles in einem sogar noch überschwänglicheren Stil wiederholt wird, und dies dem Dirigenten des Orchesters überaus lebhaft in einer Sprache erklärt, die möglicherweise Deutsch ist.

Als der Captain mich erblickt, kommt er zu mir, und zu meiner Verblüffung umarmt er mich – aufrichtig, wie es scheint –, sodass ich zusammenzucke.

»An zwei Stellen gebrochen«, sagt er stolz und zeigt auf meinen Arm. »Wie fühlst du dich?«

»Ich bin froh, dass ich noch lebe«, gestehe ich.

»Du musst wieder zu Kräften kommen«, sagt der Captain. »Du warst fast eine Woche lang bewusstlos. Wir dachten schon ...« Und an der Stelle schweigt er kurz. »Ich stehe in deiner Schuld, Dan.«

»Aber wir waren erfolgreich?«

»Die Sache hat prima geklappt«, sagt er und klingt beinahe überrascht, dass wir damit durchgekommen sind, »alles in allem.«

Ich will weitere Fragen stellen, doch da bemerkt mich unser pomadiger Freund und vergisst prompt seine Diskussion mit dem Dirigenten. Er kommt herbeigeeilt und ruft: »Unser geheimnisvoller Gast ist endlich erwacht!«, und dann: »Ist das eine von meinen Decken?«

»Darf ich vorstellen, Mr Daniel Bones, Tollkühner Gehilfe«, sagt der Cap zu dem Mann und dann zu mir: »Daniel, das ist der Prinz von B., Gönner und Förderer der Künste und Wissenschaften und unser großzügiger Gastgeber in der Stunde unserer größten Not.«

Obwohl ich noch nie einem Prinzen begegnet bin, habe ich gerade genug Geistesgegenwart, mich eingehüllt in der Decke zu verbeugen.

»Ach, bitte«, sagt der Prinz, »nennen Sie mich einfach Otto.«

Und ehe ich antworten kann, legt das Orchester wieder los. Nachdem meine Kleidung und ein Gehstock für mich aufgetrieben wurden und man mir meine Verletzungen aufgezählt hat – Arm, Rippen, Kopf, Knie, Knöchel und so weiter –, verbringen wir den Rest des Vormittags mit einer Besichtigung des Schlosses unter Führung des sehr begeisterungsfähigen Prinzen, und ich kann es kaum fassen, dass ich – nun ein berühmter Teufelskerl – jetzt mit dem Hochadel verkehre und dass wir hier Gäste sein werden, bis ich mich von meinen Verletzungen erholt habe.

Der Prinz erzählt uns stolz, dass seine Architekten über zehn Jahre an diesem riesigen Prunkbau gearbeitet haben, was mich zu dem Geständnis veranlasst, dass ich mich zunächst in einer alten Ruine wähnte, nicht in etwas neu Erbautem.

»Genau so soll es sein!«, erwidert der Prinz glücklich wie ein Kind, das sein Lieblingsspielzeug vorführt.

Wir werden durch den Zoo geführt, wo allerlei Tiere, darunter auch Affen und Wölfe, in den Katakomben des Schlosses offenbar frei herumlaufen können – »Eintritt auf eigene Gefahr!«, warnt uns der Prinz vergnügt –, und durch einen überdachten Irrgarten und einen Saal, in dem es durch wundersame Bühnentechnik und Magie scheinbar unentwegt schneit. In einem Raum steht ein gigantisches Modell des Schlosses und seines Umlandes, einschließlich der hohen Berge und der Dörfer unten in der Ebene, wo Bauern und Vieh und andere Tiere detailgenau dargestellt sind, und es ist sogar möglich, durch winzige Fenster in die Häuser zu schauen, wo sich häusliche Alltagsszenen abspielen. In einem anderen Saal mit mottenzerfressenen Wandteppichen, die Szenen der Gralssuche darstellen, sehen wir einige wie mittelalterliche Ritter gekleidete Männer, die offenbar betrunken sind und um Lagerfeuer herumsitzen, in denen sie Stühle und anderes Mobiliar verbrennen. Sie prosten uns zu.

»Wer sind die Leute?«, frage ich den Cap leise, während der Prinz zu den Männern geht und Geld und kleine Geschenke an sie verteilt.

»Schauspieler, größtenteils«, antwortet er.

»Ich hab ein Mädchen mit Pfeil und Bogen gesehen«, sage ich.

»Meine Cousine, die Prinzessin Elisabeth«, sagt der Prinz, der wieder zu uns tritt. »Ich bin ihr Vormund, ob Sie es glauben oder nicht. Sie ist hier bei uns, seit« – an dieser Stelle senkt er

die Stimme zu einem ziemlich dramatischen Bühnenflüstern –
»ihre *Krankheit* begann.«

»Welche Krankheit?«

Dann erfahre ich, dass die Cousine des Prinzen trotz ihrer äußerlichen Erscheinung eine erwachsene Frau ist, dass sie aber an ihrem oder um ihren zwölften Geburtstag herum aufgehört hat zu wachsen, was entweder die Ursache oder die Folge der großen Traurigkeit war, unter der sie jetzt leidet – eine tiefe Melancholie, die sich bislang als unheilbar erwiesen hat, obwohl sie von allen Heilern, Kräuterkundlern und Mystikern in Europa und darüber hinaus behandelt wurde.

»Und deshalb«, erklärt der Cap, »kann sie nicht verheiratet werden.«

Tatsächlich gesellt sich die Prinzessin am Nachmittag zu uns, als wir in einem Saal speisen, der wie eine Bergwiese gestaltet ist, mit Gras auf dem Boden und einer Schäferhütte aus Holz und Wandgemälden von schneebedeckten Gipfeln. Außerdem ist ein Mädchen aus dem nahe gelegenen Dorf mit der Aufgabe betraut worden, sich wie eine Schäferin zu kleiden und drei Schafe zu hüten, die um unsere Füße herumschnuppern. Die Prinzessin ignoriert uns demonstrativ, starrt auf die gemalten Berge, während sie an einem Hühnerbein nagt, aber mir fällt auf, dass sie und der Captain mehr als einmal Blicke wechseln.

Am späten Abend, als ich nicht schlafen kann und das Schloss auf der Suche nach noch mehr Essen durchstreife, stoße ich in einem weiteren Saal erneut auf die zierliche Prinzessin Elisabeth. Vor einem offenen Kamin, der höher ist als ich, wirft sie trotz der hochsommerlichen Hitze alte Bücher in ein loderndes Feuer.

»Glaubst du, ein Mensch kann eine Welt nach seinem eigenen Bild erschaffen?«, fragt sie, ohne sich umzudrehen.

»Mein Freund der Captain würde das bejahen«, erwidere ich.

»Und du?«

»Ich betrachte mich mehr als einen Gefangenen der Umstände.«

Während ich das ausspreche, frage ich mich, ob das noch so stimmt. Doch die Prinzessin reicht mir einen Stapel Bücher, und ich helfe ihr bei der Arbeit.

»Aber ist nicht letztlich unser Geist der Ort, an dem wir unsere gesamte Wirklichkeit gestalten?«, sagt sie. »Was hätten wir denn sonst?«

»Sprechen Sie aus persönlicher Erfahrung?«

»Hat's wehgetan?«, fragt sie, ohne meine Frage zu beantworten. »Als du den Wasserfall hinabgestürzt bist?«

»Ich erinnere mich nicht«, sage ich.

»Und jetzt?«

»Ist nicht so schlimm.«

Prompt wirft sie ein Buch gegen meinen gebrochenen Arm, sodass ich vor Schmerz aufschreie.

»Jetzt tut's weh, ja«, sage ich durch zusammengebissene Zähne.

»Und würdest du sagen, dass der Schmerz nur in deiner Vorstellung ist?«

»Nein.«

»Tja, das ist dann ja wohl eine Lektion in Philosophie«, sagt sie. »Möchtest du die Venus sehen?«

Also folge ich der winzigen Adligen über verschiedene Treppen auf einen der Schlosstürme, wo ein großes Messingteleskop auf die Brustwehr montiert ist – »Mein Cousin benutzt es, um die Mondphasen zu studieren« –, und wir spähen abwechselnd durch das Objektiv in die himmlische Herrlichkeit, haben aber den Abendstern offensichtlich schon verpasst. In der lauen Dunkelheit kann ich die ungeheure Schwere der Berge, wie sie sich von oben zu uns herabneigen, eher spüren als sehen. Nur ihre zerklüfteten Gipfel sind als dunkle Silhouetten vor dem sommerlichen Sternenhimmel auszumachen.

»Er spricht mit den Toten, weißt du«, verrät mir die Prinzessin.

»Aber viele Menschen führen doch Fantasiegespräche«, sage ich und denke daran, wie oft ich mir wünsche, ich könnte mit meinem Bruder reden.

»Nein«, sagt sie. »Den echten Toten. Er hat seinen Lieblingsonkel ausgraben und ausstopfen lassen. Er berät sich mit ihm in einer der Bibliotheken. Ich glaube, er hat das Schloss seit fünf Jahren nicht mehr verlassen.«

»Und was ist mit Ihnen?«, frage ich.

Doch die Prinzessin, die noch immer auf Zehenspitzen durch das Teleskop späht, antwortet nicht.

Welch Glück, in solchen
Zeiten zu leben

Am nächsten Tag müssen der Captain und die Prinzessin Elisabeth und ich früh aufstehen, um der monatlichen Audienz des Prinzen im großen Saal beizuwohnen. Dabei hält unser Gastgeber hinter einem aufgebockten Tisch Hof, während zahlreiche Einheimische, von denen viele die ganze Nacht vor den Schlosstoren gewartet haben, vortreten und ihn bitten, die Rückgabe von gestohlenem Vieh zu veranlassen oder Streitigkeiten zwischen Nachbarn beizulegen oder kranke Kinder zu heilen oder bei überfluteten Feldern oder Missernten zu helfen.

»Die Menschen erwarten tatsächlich, dass ich ihre Ernten garantiere«, übersetzt der Prinz für den Captain und mich, als der nächste Bittsteller vor den Tisch tritt. »Als würden Sie mich für Gott halten.«

Als der Cap nichts dazu sagt, deute ich an: »Wäre es möglich, dass sie um Geld bitten? Damit sie sich etwas zu essen kaufen können?«

»Geht's jetzt also um Geld?«, sagt Prinz Otto verärgert und deutet mit einer ausladenden Armbewegung auf den großen Schlosssaal. »Sehen die denn nicht, was ich alles für sie gebaut habe?«

Als ein Elternpaar mit seinem einzigen Sohn kommt, einem mageren Jungen von fünf oder sechs Jahren mit einem verstümmelten Bein, und der Prinz uns ansieht und fragt: »Sehen Sie?

Was soll ich da machen? Was soll ich da machen?«, denke ich an den Wert seiner goldenen Taschenuhr, die er seit Beginn der Audienz ungefähr alle fünf Minuten konsultiert hat, aber ich sage nichts.

Nach etwa einer Stunde erklärt der Prinz: »Genug!«, und klatscht in die Hände, und die verwirrten Dorfbewohner werden wieder aus dem Saal geführt, und wir erfahren, dass wir nun alle bei einem Versteckspiel mitmachen sollen. Wir bekommen Kostüme zugeteilt – Captain Clarke B. die obere Hälfte einer Rüstung, ich ein Kettenhemd, die Prinzessin etwas, das wie ein bombastisches Hochzeitskleid aussieht – und werden losgeschickt, uns irgendwo im Schloss Verstecke zu suchen, wobei die Prinzessin noch im Weggehen über die Schulter ruft: »Das ist albern, Otto.«

In den folgenden Stunden scheuchen wir uns gegenseitig durch Räume und über Treppen und kreuz und quer durch den scheinbar endlosen Palast. Einmal öffne ich die Tür zu einem Zimmer und sehe drei Männer, die versuchen, einen lebenden Bären in einen Käfig zu bugsieren; ein anderes Mal unterbreche ich eine Gruppe von Schauspielern vor der Schlossküche, die Spiegel, Servierplatten, Kandelaber und sonstiges Silberzeug auf einen Karren laden – bei meinem Auftauchen entscheiden sie, dass es reicht, und verschwinden rasch mit ihrer Beute die Straße hinunter. Mehrmals sehe ich aus einigem Abstand, wie der Captain die Prinzessin in ein neues Versteck führt, sie hinter einen schweren Vorhang oder durch eine Geheimtür manövriert, die durch einen verborgenen Hebel geöffnet wird, eine Hand hilfsbereit auf ihrem Arm oder in ihrem Kreuz, und die beiden sind immer schon verschwunden, ehe ich sie einholen kann.

Der Prinz und ich verstecken uns dann gemeinsam in einem Schrank, beide die Knie an die Brust gezogen, und der Prinz stellt mir aufgeregt solche Fragen wie: »Und war die Fahrt des Captains über den Wasserfall wirklich so furchterregend, wie er sie beschreibt?«

»Mir schlug wirklich das Herz bis zum Hals«, sage ich.

»Und sein erfolgreicher Vortrag an der Universität von C.?«

»Unvergesslich.«

»Und der Überfall im Schwarzwald?«

»Genau, wie Ihnen erzählt wurde, höchstwahrscheinlich.«

»Wir haben Glück, in solchen Zeiten zu leben«, sagt der Prinz, »und einen derartigen Mann zu kennen.«

»Soweit überhaupt ein Mensch einen anderen wirklich kennen kann«, entgegne ich.

Daraufhin sieht mich der Prinz befremdet an, ehe er der näher kommenden Suchmannschaft mit lauter Stimme zubrüllt: »Hier sind wir!«

Am späten Nachmittag, als der Captain woanders im Schloss irgendwas zu erledigen hat, wird mir die Kunstsammlung des Prinzen gezeigt, und die Prinzessin gesellt sich zu uns, während wir durch die Säle mit riesigen Landschaftsbildern und Statuen und Porträts der Vorfahren des Prinzen und Gemälden von Pferden und großen mythologischen Aktfiguren gehen.

»Und natürlich ist meine Cousine ebenfalls eine große Künstlerin«, sagt der Prinz mit Blick auf die Prinzessin.

»Ach«, sagt die Prinzessin, die die Augen niederschlägt, und: »Na ja.«

Dann betreten wir ein Atelier voller Zeichnungen und Fotografien, und alle sind Studien von nackten Männer- und Frauenkörpern, die allein oder gemeinsam oder in Gruppen von drei oder vier oder noch mehr posieren, manche mit irgendwelchen Gegenständen oder bei unterschiedlichen fleischlichen Aktivitäten miteinander, Frauen mit Männern oder Frauen mit Frauen oder Männer mit Männern, in allen Formen und Größen und Farben und allen möglichen Anordnungen, von denen ich mindestens ein paar nicht mal richtig verstehe.

»Die hat alle die Prinzessin gemacht«, erklärt der Prinz mir stolz.

Irgendwie wird vereinbart, dass ich der Prinzessin wegen meines vorzüglichen Knochenbaus und der vielen interessanten Verletzungen Modell stehen soll, und zwei Staffeleien werden aufgestellt, und man bittet mich auf ein leicht erhöhtes hölzernes Podest.

»Und soll ich …?«, sage ich, deute dabei auf mein Kostüm.

»Bitte«, nickt die Prinzessin.

»Alles?«

»Wenn du so freundlich wärst, ja.«

»Wirklich alles?«

Sie zieht ungeduldig eine Augenbraue hoch. Und weil ich meine Gastgeber nicht kränken will und nicht weiß, inwieweit das in diesem Teil der Welt normales Verhalten ist oder nicht, entkleide ich mich und liefere mich nackt dem Augenmerk der kleinen Künstlerin aus.

Während ich gezeichnet werde und die Prinzessin fleißig mit Kohle und Papier beschäftigt ist und offenbar keine Scheu hat, mich so genau zu mustern, wie sie es muss, merke ich, dass ich stolz auf diesen Körper bin, den ich in den letzten paar Monaten entwickelt habe, auf sein Aussehen, seine Kraft, seine Geschicklichkeit, trotz seines derzeit angeschlagenen Zustands. Ich spanne mehrmals meine Muskeln an, um herauszufinden, welche Wirkung das hat, und stelle erfreut fest, dass Teile der Zeichnung wegradiert und neu versucht werden, und ich frage mich, was sie zu Hause davon halten würden und ob Susan die Pfarrerstochter erkennen würde, was sie verpasst. Ich versuche, Prinzessin Elisabeths Gesichtsausdruck zu deuten, kann aber nur ihre gerunzelte Stirn sehen, die vielleicht leicht gerötet ist, während sie sich darauf konzentriert, meine Statur – starke Arme, muskulöse Beine, guter Brustkorb und Bauch und Schwanz – auf Papier zu bannen.

Und dann erklärt der Prinz, der offenbar mit der Arbeit der Prinzessin zufrieden oder davon gelangweilt ist: »Und jetzt ich! Jetzt ich!«

Die beiden sehen sich kurz an, und dann nickt die Prinzessin mit einem resignierten Seufzer und einem eindringlichen Blick zu mir, als wollte sie sagen: *Und das ist beileibe nicht das erste Mal.* Der Prinz zieht sich im Handumdrehen aus und springt auf das Podest, sodass mir kaum Zeit bleibt, meine Kleidung zusammenzuraffen.

Während die Prinzessin ein neues Blatt nimmt und ich mich wieder anziehe, erhasche ich einen Blick auf ihre Zeichnung von mir und stelle stolz fest, dass da wirklich mein Schwanz zu sehen ist, in Bleistift skizziert und lebensgroß. Dann beginnt sie die Arbeit an dem nächsten Bild, und als ich ihrem Blick folge, sehe ich den Prinzen, nackt, Hände auf den Hüften, bereit, gezeichnet zu werden, mit einem strahlenden Lächeln im Gesicht und seinem eigenen kolossalen Schwanz, der steif in einem Winkel von schätzungsweise fünfundvierzig Grad steht, und ziehe mich rasch fertig an und überlasse die beiden sich selbst.

Der Affe

W ir müssen sie retten«, sage ich zu Captain Clarke B., der gerade die gigantische eiserne Armbrust auf der Befestigungsmauer mit einem weiteren speerähnlichen Pfeil lädt und spannt. Anschließend zündet er die Spitze an, die mit einem teergetränkten Lappen umwickelt ist, und sobald der Pfeil brennt, tritt er auf den Auslöser, um das flammende Projektil weit hinab ins Tal zu schießen.

»Ich glaube, der Prinz ist kein guter Einfluss«, schiebe ich nach.

»Interessant«, sagt der Captain, während wir zuschauen, wie der Pfeil den Fluss verfehlt und stattdessen in einem Getreidefeld landet, wo glücklicherweise niemand ist, der getroffen oder angezündet werden könnte. Allerdings breitet sich in dem knochentrockenen Weizen rasch ein Brand aus, der noch tagelang anhält.

Der Cap reicht mir den nächsten übergroßen Pfeil. »Du bist dran«, sagt er.

Ich bin in den paar Wochen, die wir mittlerweile im Schloss sind, wieder zu Kräften gekommen, und wir sind in dieser Zeit Teil des Alltags hier geworden – insofern man bei dem seltsamen Treiben um uns herum überhaupt von Alltag sprechen kann.

Zu den wahllosen Ereignissen, die wir beobachten oder an denen wir teilnehmen, gehören Jagdgesellschaften, bei denen wilde Tiere in den Sälen und Gängen freigelassen und gehetzt werden, mittelalterliche Musikdarbietungen, seltsame asiatische Pantomimen, ausgedehnte Bankette, historisch genau nachgestellte Duelle, Pferderennen sowie Vorführungen von reisenden Impresarios, die die Funktionsweise von Wasseruhren und Dampfmaschinen und anderen mechanischen Apparaten demonstrieren.

Es gibt Wettkämpfe, bei denen Männer und Frauen aus dem Dorf um ein Preisgeld ringen, und Prämien für die schönsten und begabtesten Kinder. Es gibt sogar Vorträge mit anschließender Diskussion von geladenen Fachleuten, die zur erheblichen Belustigung des Caps fast immer durch die unaufhörlichen und meistens belanglosen Fragen des Prinzen durcheinandergebracht werden.

Und jeden Tag verlangt die Prinzessin, dass ich in ihrem Atelier meine Kleidung ablege, damit sie mich wieder aus einer anderen Perspektive zeichnen kann.

Sie zeichnet mich im Liegen und im Stehen und im Gehen. Sie zeichnet meinen gebrochenen Arm und meine verblassenden Blutergüsse und mein schwaches Bein. Sie zeichnet die Narben der Platzwunden in meinem Gesicht. Sie zeichnet mich, wie ich Schwerter und Schilde und andere klassische Requisiten halte oder Helm und Sandalen trage oder biblische Szenen nachstelle. Sie zeichnet mich mit ausgestopften Tieren oder mit Werkzeugen in den Händen oder vor Säulen und Wandteppichen und Gemälden von imaginären Landschaften. Gelegentlich, wenn sie eine Gruppenszene will, zeichnet sie mich zusammen mit anderen Modellen, meistens alte und junge Männer und Frauen aus dem Dorf, die für ihre Zeit bezahlt werden und fassungslos herumstehen, während sie die teuren Vorhangstoffe bestaunen, ehe sie wieder weggeschickt werden, sobald die Prinzessin mit ihnen fertig ist.

Das einzig Beständige ist, dass ich abgesehen von Kopf- und Fußbedeckungen stets nackt Modell stehen muss.

Als ich sie scherzhaft, aber nur halb im Scherz frage, wie es denn vertretbar sein kann, dass sie ihrerseits mich und die anderen Modelle ständig nackt sieht, uns das Gleiche umgekehrt aber nicht gestattet ist, antwortet sie mit einem Lachen.

»Weißt du, was eine Muse ist, Dan?«

Ich antworte, dass ich das nicht weiß.

»Tja, genau das bist du«, sagt sie.

Ich frage mich, ob ich dabei bin, mich in die winzige Prinzessin Elisabeth zu verlieben und sie sich in mich.

»Nun ja, sie ist schließlich eine Frau«, sagt der Captain. »Entgegen allem Anschein.«

»Genau«, sage ich. »Es ist alles da, bloß im Kleinformat. Zumindest gehe ich davon aus.«

»Fürwahr«, sagt der Cap, reibt sich das Kinn und denkt über die Sache nach.

Eines Nachmittags entkommt ein großer Affe aus den Katakomben und entführt ein Kind aus einer Gruppe von Dorfbewohnern, die gerade das Schloss besuchen, und wir werden in bewaffnete Suchtrupps aufgeteilt, um das Tier und seine Geisel aufzuspüren. Anscheinend ist es nicht das erste Mal, dass so etwas passiert.

Schließlich finden wir das alte grauhaarige Geschöpf in einer Ecke der Brustwehr, wo es das panische Kind an sich drückt und fast wie ein trauernder Mensch schreit, weil ihm seine Beute weggenommen werden soll. Aus Furcht, dass das Kind in die Tiefe geschleudert wird, spricht der Prinz sanft auf das Tier ein wie auf einen alten Freund, beschwört es, das Kind loszulassen und das Spiel zu beenden.

»Diese Äffin hat Kinder schon immer geliebt«, flüstert die Prinzessin dem Cap und mir zu, während wir die Verhandlungen zwischen dem Prinzen und der behaarten Entführerin beobachten. »Der Prinz kennt sie, seit er ein kleiner Junge war.«

Dennoch, als die Äffin die Umklammerung endlich lockert und die Arme traurig, beinahe beschämt ausstreckt, um das Kind loszulassen, tritt die Prinzessin rasch vor, hebt ihr Gewehr und tötet das Untier mit einem Schuss in den Kopf.

Während das verstörte Kind weggebracht wird, wirft sich der Prinz auf die wuchtige pelzige Brust seiner toten Freundin und weint untröstlich.

»Man kann nie vorsichtig genug sein«, erklärt die Prinzessin dem schockierten Cap und mir, ehe sie mir das Gewehr in die Hand drückt und wieder die Treppe hinuntergeht.

»Donnerwetter«, sagt der bewundernde Captain, als wir ihr hinterherschauen. »Was für eine formidable Frau.«

Und ich kann ihm nur beipflichten.

Über narzisstische Störungen

Es sind nur noch wenige Tage vor unserer geplanten Weiterreise, und ich bin fast völlig genesen. Jeden Morgen ziehe ich ohne Zuhilfenahme eines Gehstocks meine Runden durch die weitläufige Schlossanlage, um die Muskulatur in meinem Bein wieder aufzubauen. Mein Arm ist zwar noch schwach, aber ich benötige keine Schlinge mehr, und meine sonstigen Wunden und Blutergüsse sind allesamt verheilt, wenngleich ich im linken Augenwinkel leicht doppelt sehe, was mich bis zum Ende meines Lebens als Erinnerung an den Rheinfall begleiten wird.

Prinzessin Elisabeth hat jetzt eine dicke Mappe mit Zeichnungen und Gemälden von mir, und ich habe sogar für eine Reihe von fotografischen Belichtungen Modell gestanden, bei denen ich jeweils minutenlang eine Pose vollkommen reglos halten musste, während die Prinzessin unter der Decke auf der Rückseite der großen Holzkamera hantierte, um meine nackte Gestalt in Form von Chemikalien auf Glas zu bannen.

Ich überlege laut, wie die Abgelichteten auf einigen besonders anstößigen Fotografien der Prinzessin in ihren Posen über den erforderlichen Zeitraum stillhalten konnten, und vermute, dass manche von ihnen zumindest sehr starke Beine gehabt haben müssen.

Die Prinzessin lacht und antwortet: »Möchtest du vielleicht an der nächsten Gruppensitzung teilnehmen?«

Ich verneine verschämt, denke aber, wie gern ich eine dieser Posen halten würde, wenn auch die Prinzessin daran beteiligt wäre, und zwar so lange sie das von mir verlangen würde.

Am späten Nachmittag türmen sich Wolken über der Ebene unterhalb des Schlosses auf, und gegen Abend ist die Luft so schwül, dass wir uns auf die Befestigungsmauern begeben, um der Hitze unten zu entkommen. Der Prinz beordert auch sein Orchester nach oben, das für uns aufspielt, während wir essen, und die musikalische Darbietung ist umso beeindruckender, weil hinter uns schreckliche Berge aufragen und am fernen Horizont die ersten Blitze zucken.

Zumindest wird der Regen, wenn er endlich fällt, die Brände löschen, die während der letzten Tage in den Weizenfeldern gewütet haben.

Unser Gastgeber und der Captain erörtern die wahrscheinliche Route unserer weiteren Reise und die finanzielle Beteiligung des Prinzen daran. Sie reden von Italien und der Adria und allerlei geplanten Heldentaten sowie von den Adeligen und anderen entfernten Verwandten des Prinzen, die wir besuchen oder um Gefälligkeiten bitten könnten.

Mir fällt auf, dass die Prinzessin lustlos in ihrem Essen stochert, also frage ich sie, wann und ob sie bereit wäre, uns anderen dabei zu helfen, den Aufgang der Venus an diesem Abend zu beobachten, und werde für meine Bemühungen mit einem vernichtenden Blick bedacht.

Als drei der Blechbläser vom Blitz getroffen werden, beschließen wir, doch lieber wieder nach unten zu gehen.

Etwa eine Stunde später habe ich den Cap und seinen Gönner bei ihrem betrunkenen Golfspiel in einem der Säle zurückgelassen und liege wach im Bett, als Prinzessin Elisabeth an der Tür zu meinem Zimmer erscheint. Sie trägt ein Nachthemd und ist sichtlich aufgewühlt. Das Gewitter ist endlich losgebrochen, und Regen rauscht vom Himmel. Bei jedem Blitz, der das Tal tief unter uns erhellt, und jedem von den Bergen widerhallenden Donnerschlag muss ich an die biblische Geschichte vom Jüngsten Tag denken.

Ohne ein Wort der Erklärung lädt die Prinzessin sich selbst in mein Bett ein und zieht die Decke hoch bis unters Kinn. Da ich nicht ganz sicher bin, was genau ich als Reaktion darauf sagen oder tun soll, halte ich es für das Beste, gar nichts zu sagen oder zu tun, und so liegen wir beide Seite an Seite im Dunkeln und lauschen dem Gewitter.

»Sie könnten mit uns kommen«, sage ich dann schließlich doch. Ich stelle mir vor, wie wir drei zusammen reisen. Eine echte, lebende Miniaturprinzessin bei unseren Vorstellungen! Und was würden sie wohl zu Hause dazu sagen? Ich überlege, wie das sein würde und wer welche Rolle spielen würde und was es bedeuten würde.

»Wie kommst du darauf, dass ich das möchte?«, sagt sie im Dunkeln.

»Möchten Sie denn nicht gerettet werden?«

»Es gefällt mir hier«, sagt sie. »Schau dir doch an, was ich alles habe.«

»Aber ich liebe Sie«, sage ich daraufhin, weil ich plötzlich das Gefühl habe, dass ich es nicht länger nicht sagen kann.

»Ach, Daniel«, sagt sie mit enttäuscht klingender Stimme. Dann stützt sie sich auf einen Ellbogen.

»Glaub mir«, sagt sie, »das tust du nicht.«

»Woher wissen Sie das?«, frage ich sie.

»Weil ich das kenne«, antwortet sie. »Du bist bloß wegen meines Zustands von mir fasziniert. Es ist nicht das erste Mal. Selbst der Prinz war damals von mir besessen, als er mich gekauft hat.«

»Der Prinz hat Sie *gekauft*?«

»Hast du ernsthaft geglaubt, ich wäre eine echte Prinzessin?«

Ich gestehe, dass ich das geglaubt habe, und sie lacht.

»Meine Familie lebt im Dorf, Dan. Bis zu meinem zehnten Lebensjahr hatte ich ein fast normales Leben. Dann hat der Prinz von mir gehört. Ich glaube, er hat gehofft, ich würde eins von seinen Haustieren. Aber dafür war ich zu schlau.«

»Dann warten Sie also nicht darauf, verheiratet zu werden?«

»Ganz bestimmt nicht. Großer Gott. Damit ich in irgendwelchen feinen Salons verkümmere? Nein, besten Dank. Hier habe ich die Freiheit, meiner Kunst nachzugehen, und die Entschuldigung, dabei in Ruhe gelassen zu werden.«

»Aber dann sind der Prinz und Sie …«

»Er hat eine narzisstische Störung.«

»Was heißt das?«

»Zum Glück kann er nur sich selbst lieben.«

»Er und der Cap haben viele Gemeinsamkeiten«, sage ich.

»Ja, die haben sie, in manchen Dingen«, sagt sie. »Aber nicht in allen.«

Ich sehe sie im Dunkeln an.

»Was soll das heißen?«

»Das Gewitter klingt ab«, sagt sie und steigt aus dem Bett. »Ich sollte gehen. Danke für deine Gesellschaft, Dan. Und dass du für mich Modell gestanden hast. Du warst ein sehr schönes Motiv.«

Sie beugt sich zu mir und küsst mich auf die Stirn.

»Es war mir ein Vergnügen«, sage ich leise, während ich spüre, wie mein Herz zu Staub zerfällt, und ich bin sicher, dass es nie wieder fähig sein wird, irgendwas zu lieben.

Diebesgut

Es ist noch nicht ganz hell, als mich die Hand des Captains auf meinem Mund weckt. Er hebt einen Finger an die Lippen und bedeutet mir, aufzustehen und mich anzuziehen.

»Was ist los?«, frage ich, doch er schüttelt den Kopf, damit ich schweige. Er wartet, bis ich fertig bin, was wegen meines Arms noch immer ein bisschen dauert, und dann folge ich ihm die Treppe hinunter. Keiner von uns gibt einen Laut von sich.

Vor dem Schloss sehe ich im blauen Dämmerlicht einen Pferdekarren, der bereits mit unserer Ausrüstung sowie mit etlichen Kerzenleuchtern und Silbertellern, der einen oder anderen Schmuckkiste und sogar ein paar Gemälden beladen ist. Der Wind ist kühl, als der Cap eine Plane über die Beute zieht und festzurrt.

»Was soll das?«, frage ich.

»Steig auf den Karren, Daniel«, sagt der Captain.

Plötzlich scheint es mir sehr wichtig, dass ich meinen Mann stehe.

»Was soll das?«, wiederhole ich.

Captain Clarke B. beugt sich ganz nah an mich ran, sein Gesicht fast an meinem, und sagt sehr leise: »Steig auf den Karren. Ich sag's nicht noch einmal.«

Also steige ich auf den Karren, und der Captain tut das Gleiche, und wir fahren die Bergstraße hinunter, als die ersten Vögel im umliegenden Wald geräuschvoll den neuen Tag begrüßen.

Während der ersten Stunde unserer verstohlenen Fahrt blicke ich immer wieder über die Schulter, rechne damit, ein Licht in einem der Schlossfenster zu sehen oder einen Reiter auf einem galoppierenden Pferd mit donnernden Hufen, der uns nachjagt, oder Alarmhörner von den Zinnen erklingen zu hören. Schließlich, als ich begreife, dass uns niemand verfolgen wird, sage ich:»Ich hab ihr vorgeschlagen, mit uns zu kommen.«

»Ich weiß«, sagt der Cap.»Sie hat's mir erzählt.«

»Sie war zu gut für Sie«, sage ich, und der Captain lacht grimmig.

»Alle sind zu gut für mich, Dan«, sagt er – und dann, nachdem er sich mir zugewandt hat –,»und sie war nicht besser als alle anderen.«

»Die könnten uns noch immer mit all den Sachen an der Grenze verhaften«, sage ich.

»Wir haben 188-, Dan! Die verhaften niemanden mehr an der Grenze. Überhaupt, er wird nicht mal merken, dass die Sachen fehlen. Wahrscheinlich hätte er uns das alles geschenkt, wenn ich ihn gefragt hätte. Er ist mein Freund.«

»Warum haben Sie ihn dann nicht gefragt?«

Er gibt keine Antwort. Und als wir zu der Kreuzung am Fuß des Berges gelangen, zieht er einen Stoffbeutel hinten vom Wagen und reicht ihn mir. Darin befinden sich zwei Bauernkittel.

»Zieh das an«, sagt er, und ich tue, wie geheißen.

»Ich hab sie geliebt«, erkläre ich.

»Nein, hast du nicht«, sagt er.

»Wieso behaupten das alle?«

»Weil du zu jung bist, um zu wissen, was das heißt. Und außerdem war sie zu alt für dich.«

»Aber nicht zu jung für Sie?«

»Ich habe nichts getan, wozu ich nicht aufgefordert wurde, Dan. Das sollte dir zu denken geben.«

»Hätte der Prinz das auch so gesehen?«

»Die Prinzessin ist nicht das Eigentum des Prinzen. Und deins auch nicht, obwohl du anscheinend glaubst, ein Anrecht auf sie zu haben, wenn du sie liebst.«

»Na, dann sind Sie ja der große Held«, sage ich, und danach schweigen wir uns den Rest des Tages an.

Die Fahrt zum See C. dauert fast drei Tage, und wir versuchen die ganze Zeit, möglichst kein Aufsehen zu erregen, schlafen in Heuschobern und hinter Hecken, als wären wir auf der Flucht, binden Pferd und Wagen jeden Abend möglichst weit weg von der Straße an. Auf dem Karren liegen unsere Ausrüstung und die gestohlene Beute unter der Plane versteckt, aber als wir weit genug vom Schloss entfernt sind, um das gefahrlos tun zu können, schlägt der Cap in ein paar Dörfern die Plane vor Kneipen und Gasthäusern zurück, damit sich potenzielle Kunden das ein oder andere Stück anschauen können.

Nachts schreibe ich im Licht des Lagerfeuers meinem Bruder einen Brief, in dem ich ihm wahrheitsgemäß mitteile, dass ich nicht weiß, was als Nächstes kommt. Ich versichere ihm aber auch, dass ich Pläne habe, um seine und meine Situation zu verbessern, und drücke meine Hoffnung aus, dass er die Kraft findet, weiter durchzuhalten. Ich schreibe ihm nichts von dem Rheinfall oder von der Prinzessin, aber ich verlange und erhalte von dem schuldbewusst aussehenden Captain ein paar kleine Geldscheine, die ich dem Brief beilege, als ich ihn in der nächsten größeren Stadt, durch die wir kommen, zur Post bringe.

Ich beobachte Captain Clarke B. aus den Augenwinkeln, und mir fällt auf, wie unbedeutend er wirkt, während er da in seinem Bauernkittel am Feuer sitzt und das Fleisch von einem gebratenen Kaninchenbein lutscht, und frage mich erneut, wie viel von dem, was wir sind, lediglich die Folge unserer Entscheidung ist, welche Person wir für die Welt darstellen wollen. Aber ich weiß auch, dass er noch immer meine größte Chance ist, für mich und meinen Bruder ein Leben zu gestalten, und dass ich auf Gedeih und Verderb bis zum Schluss dabei sein werde.

Und so fahren wir weiter, meistens schweigend, bis wir schließlich den Ferienort L. erreichen, wo wir unsere Reiseverkleidung ausziehen und im besten Hotel am Platz absteigen, das im Voraus für uns gebucht wurde und wo wir wenigstens baden und die Nacht in guten Betten verbringen können. Der Cap arrangiert über verschiedene Kontaktpersonen, dass der Rest unseres Diebesguts abgeladen wird, und wir beginnen mit den Vorbereitungen für den nächsten Teil unseres Abenteuers.

Eine Woche
wasserbetriebener Wunder

Am nächsten Morgen frühstücken der Captain und ich im Hotelrestaurant, von wo aus man über Rasenflächen und eine japanische Gartenanlage bis zum Seeufer und einem langen, schmalen Kai und dann über den See hinweg zu den etwa acht Kilometer entfernten Bergen auf der anderen Seite blicken kann, und diese Aussicht wäre wahrscheinlich wunderbar, wenn ich nicht so niedergeschlagen wäre.

Draußen auf dem Wasser fahren bereits große Schiffe in der Morgensonne hin und her, und es gibt schwimmende Inseln aus Pontons, auf denen hohe Sprungbretter montiert sind, und riesige Bögen und Schilder und Plakate kündigen in mindestens fünf Sprachen die »Woche wasserbetriebener Wunder« an, die in dem Ferienort stattfinden wird, und sie machen zusätzlich Werbung für nächtliche Seerundfahrten und spektakuläre Feuerwerke und andere Abenteuer, welche Leute anlocken sollen, die weniger vom Leben erschüttert sind als ich.

Meine Stimmung bessert sich nicht, als der Captain einer Sehr Großen Jungen Frau einen Stuhl an unserem Frühstückstisch anbietet, da sie anscheinend nirgendwo sonst einen freien Platz findet. Sie dankt dem Captain und setzt sich zu uns, und wir erfahren, dass sie Miss Edith Williams aus England ist, die derzeit Europa bereist.

»Wir sind entzückt«, sagt Captain Clarke B., prostet ihr mit seiner Kaffeetasse zu und füllt dann eine für sie.

»Und wer sind Sie?«, sagt die Sehr Große Edith Williams zu mir.

Ich überlasse es wie üblich dem Captain, mich vorzustellen.

»Na, das ist doch ein schöner Titel«, sagt Edith Williams. »Und wie ist das Leben als tollkühner Gehilfe, Daniel Bones?«

»Es bekommt mir ganz gut, alles in allem.«

Der Captain erklärt Edith Williams, dass wir *für die Veranstaltungen* in der Stadt sind, und erheitert sie kurz mit ein paar ausgewählten Episoden unserer Reise und erkundigt sich nach ihren Plänen, und ich kann seinem gerissenen Verstand bei der Arbeit zusehen, denn wir haben beide bereits das kostbare Ensemble aus ihrer Kleidung und ihrem Auftreten bemerkt, ganz zu schweigen von ihrer Empfänglichkeit für die Schmeicheleien des Caps, obwohl sie meinem Alter wohl näher ist als seinem.

»Und wie kommt es, dass Sie allein reisen?«, unterbreche ich ihn gereizt.

Sie beugt sich verschwörerisch vor, schaut sich kurz im Raum um und flüstert: »Ich bin Zeitungsjournalistin.«

Dann lehnt sie sich stolz lächelnd zurück, eine Hand auf der Brust, als könnte sie es selbst nicht fassen. »Ich bereise Europa, um in diesen Zeiten potenziell großer Veränderungen ein Gefühl für die politische Stimmung des Kontinents zu bekommen«, erklärt sie.

»Ein nobles Vorhaben«, sagt Captain Clarke B.

»Ja, nicht?«

Mir fällt auf, dass sogar Edith Williams' Haar gigantisch ist. Es scheint, als wäre alles an ihr in einem etwas größeren Maßstab gestaltet als die übrige Welt.

Der Cap und sie unterhalten sich über die Arbeitsweise der Londoner Presse und lassen wechselseitig ein paar Namen fallen, die keiner von beiden kennt, und sie vereinbaren ein Exklusivinterview, das in den nächsten Tagen geführt werden soll. Sie nicken beide, und bei dem Wort »exklusiv« zwinkern und grinsen sie so sehr, dass mir fast auf der Stelle mein Frühstück wieder hochkommt. Doch dann verabschiedet sich unser Gast zum Glück endlich mit dem Versprechen, uns schon bald wiederzusehen.

»Sehr gut«, sagt der Captain, offensichtlich zufrieden mit dem Gespräch.

Doch dann tauchen plötzlich unsere Anzüge und Mäntel tragenden alten Freunde, die Gläubiger des Captains von der Demonstration damals in G. vor tausend Kilometern oder mehr und anscheinend der Grund, warum wir heute in der Stadt sind, mit breit lächelnden Gesichtern und teuren Zigarren an unserem Tisch auf.

»Da schau her. Wenn das nicht der verlorene Sohn ist. Sogar Söhne.«

Der Cap legt seine Serviette über den Teller und steht resigniert auf. Er nickt mir zu.

»Nimm dir den Tag frei, Dan?«, frage ich.

»Nimm dir den Tag frei, Dan«, sagt Captain Clarke B.

Und so bin ich unverhofft mir selbst überlassen.

Der Zufall will es, dass ich nicht mal eine Stunde später jene Edith Williams wiedertreffe, nachdem ich beschlossen habe, die Stadt auf eigene Faust zu erkunden. Ich bin kaum fünfhundert Schritte von dem Hotel entfernt, als ich sie unter einer Art Palme an ein Geländer gelehnt stehen sehe, mit dem Rücken zu dem herrlichen blauen See, noch immer groß, eine Zigarette rauchend, als würde sie solche Dinge andauernd erleben.

»Ach, hallo«, sagt sie lässig.

Ich nicke ihr zu, habe aber nicht vor, stehen zu bleiben.

»Wir sind uns heute Morgen begegnet«, schiebt sie nach, als ich vorbeigehe.

»Bitte«, sage ich so höflich, wie es eben geht, »lassen Sie mich in Ruhe.«

»Um ehrlich zu sein«, sagt sie, drückt ihre Zigarette aus und hastet hinter mir her, »könnte ich Ihre Hilfe gebrauchen.«

Ich gehe weiter, ohne recht zu wissen, wohin ich so eilig will, während sie ausführlich erklärt, dass sie – und wer hätte das heutzutage gedacht? – tatsächlich einen männlichen Begleiter braucht, um die Luftseilbahn des Ortes zu benutzen, die weltweit erste ihrer Art, die zum Kamm der Bergkette auf dieser Seite des Sees hinauffährt und eine spektakuläre Aussicht bietet – »Obwohl diese wegen der Gefahren von Höhe oder geschlossenen Räumen oder irgendwas ähnlich Furchtbarem und Lächerlichem offenbar nicht von *unbegleiteten jungen Frauen* genossen werden darf. Wenn sich jedoch ein zuvorkommender männlicher Bekannter als, sagen wir, Cousin oder sonstigen Verwandten ausgäbe ...«

»Ich bedaure Ihre Unannehmlichkeiten«, sage ich, »aber wie Sie sehen, habe ich einen Termin ...« Ich gestikuliere vage in der Hoffnung, dass sie meine Ausrede fraglos akzeptiert.

Doch dann sagt unsere Edith: »Ich kann Sie bezahlen«, und schon sieht die Sache anders aus.

»Wie viel?«, frage ich.

»Nun ja«, sagt Edith Williams in all ihrer groß gewachsenen Pracht, »was ist denn heutzutage der übliche Preis für einen tollkühnen Gehilfen?«

Also kaufen wir unsere Fahrkarten und steigen in die kleine Gondel, die dann mittels eines langen Kabels vom Boden angehoben wird und uns den Berg hinaufträgt, wobei sie zwischendurch beunruhigend schwankt. Die Aussicht vom Gipfel ist so schön, wie die Leute sagen. Wir beide schauen hinunter auf den See und die Ortschaften an seinem dreißig Kilometer langen Ufer und die vielen Boote auf dem Wasser, das das halbe Land einzunehmen scheint, und meine Stimmung hebt sich unwillkürlich, und das Geld, das Miss Edith Williams mir gibt, tut sein Übriges.

»Ich möchte betonen, dass ich so etwas üblicherweise nicht mache«, erklärt sie, als sie mir die Scheine in die Hand zählt, während der Wind ihre gigantische Frisur zaust.

»Natürlich nicht«, sage ich und stopfe das Geld in meine Hemdtasche.

»Aber ich sollte auch erwähnen, dass ich noch mehr zahlen könnte«, fügt sie hinzu. »Und ich habe vor, im Laufe des Tages den Leuchtturm, das Stadtmuseum, die öffentliche Bibliothek und eine Reihe weiterer Sehenswürdigkeiten zu besuchen.«

»Wenn das so ist«, sage ich, denn ich habe endlich beschlossen, mein Schicksal ab sofort selbst in die Hand zu nehmen, »stehe ich gern zu Diensten.«

»Genau das, Daniel Bones«, sagt Edith Williams, »hatte ich gehofft.«

Die unendlich gesprächige
Edith Williams

S chlammkuren«, sagt Edith Williams, als wir an einer steilen Kopfsteinpflasterstraße vor einem Café mit Blick auf einen Teil des Sees sitzen. Auf dem Wasser nimmt Captain Clarke B. tapfer an einer Miniaturseeschlacht teil und wird aus den Kanonen kleiner dampfbetriebener Schlachtschiffe und Kreuzer beschossen, während er versucht, die schmerzhaften Projektile mit seinem Paddel wegzuschlagen, was immer wieder mit fröhlichen Anfeuerungen und mildem Beifall quittiert wird, den wir selbst hier oben im hoch gelegenen Teil der Stadt hören können.

»Salzkuren. Tonerdekuren. Meerwasser- und Algenkuren. Stromkuren.«

»Stromkuren?«, frage ich.

»Du liegst in einer Wanne. Die lassen elektrischen Strom durchlaufen. Sehr beliebte Behandlung für die eigensinnigen jungen Töchter sehr reicher Männer, denen man ihren Ungehorsam austreiben muss. Es funktioniert nicht, aber der Versuch macht Spaß. Fast so viel Spaß wie die Vibrationstherapie.«

Ich trinke meinen Kaffee, höre Edith Williams zu – der unendlich gesprächigen Edith Williams, der häufig beängstigenden Edith Williams – und habe das Gefühl, den kultiviertesten Tag meines ganzen Lebens zu verbringen (und bedenken Sie, ich habe Zeit mit Prinzen und Prinzessinnen zugebracht).

»Sie scheinen sich da gut auszukennen«, sage ich.

»Ich habe mich informiert, Daniel. Ich habe ein Publikum von sehr wissbegierigen und interessierten jungen Frauen.«

»Genau wie der Captain.«

»Er hat wirklich eine große Anhängerschaft, was?«

Ich spüre das scharfe Messer der Eifersucht.

»Er ist nicht alles, was er zu sein scheint«, entgegne ich.

»Ist das denn überhaupt jemand?« Sie fixiert mich mit einem listigen Blick. »Bist du es, Dan?«

»Ich weiß nicht genau, wer ich bin«, sage ich und bin in dem Moment wenigstens ehrlich. »Oder was wir hier machen.«

Edith Williams zündet sich ihre tausendste Zigarette des Tages an.

»Tja, ich würde sagen, im Moment hilfst du vor allem einem Haufen Waffenschieber.« Dann, als sie meinen Gesichtsausdruck sieht: »Ach, komm schon. Die Miniaturunterseeboote? Das ›Wundersame Torpedoschiff‹? Der Furchtlose-Froschmann-Anzug? Hier findet die größte Rüstungsmesse Europas statt.«

»Aber es gibt doch zurzeit keinen Krieg.«

»Es gibt immer irgendwo Krieg. Und das wird so bleiben, bis wir für die Geschäftswelt eine bessere Möglichkeit gefunden haben, Geld zu verdienen.«

Und dann lässt der schwarz bemantelte Mann an dem Tisch neben uns – und ich frage mich allmählich, wo kriegen die alle diese Mäntel her? – seine Zeitung sinken.

»Sie gehen selbstverständlich davon aus, dass das Volk warten kann, während Sie weiter überlegen«, sagt er zu uns. »Und dass es sich für das Warten entscheidet.«

Dann steht er auf, zieht den Hut und geht zu einem anderen Mann, der an der Straßenecke auf ihn wartet.

»Ich wusste gar nicht, dass die Anarchisten hier auch eine Tagung haben«, ruft Edith ihm nach.

Und ehe sie weitergehen, sieht mich der zweite Mann ganz kurz an, als würde er sich vergeblich fragen, wo er mir schon mal begegnet ist.

Ich dagegen weiß sofort, wo das war.

Am Abend kehre ich ins Hotel zurück, um mir das Gesicht zu waschen und mich zu kämmen, weil ich mit Edith Williams in dem japanischen Garten verabredet bin, wo wir gemeinsam das Spektakuläre Feuerwerk bewundern wollen. Auf dem Gang vor unserem Zimmer kommt mir der Cap zwischen den hängenden Schultern von zweien seiner grobschlächtigen Freunde entgegen, die ihn unsanft festhalten, und durch die offene Tür sehe ich, dass das Zimmer auf den Kopf gestellt wurde, und trotz meines Widerwillens gegen ihn frage ich, was denn passiert ist, und versuche, den dreien den Zugang zum Lift zu versperren.

»Es ist nicht nötig, dass du dich einmischst, Dan«, sagt der Cap bemüht beiläufig und versucht, seine Kleidung zu richten, obwohl er zwischen seinen Angreifern eingequetscht ist, die mich jetzt mustern und überlegen, ob ich eine Gefahr darstelle. Wir stehen uns also gegenüber und taxieren uns gegenseitig.

»Dan …«, sagt Captain Clarke B. »Bitte.«

Unsicher, ob der Cap versucht, mich zu schützen, oder einfach nicht noch mehr vor mir gedemütigt werden will, trete ich zur Seite, und das Trio marschiert weiter den Gang hinunter. Ich schaue ihnen nach, bis sie in den Lift steigen und der Cap mir einen ganz kurzen Blick zuwirft, den ich nicht deuten kann, dann widme ich mich wieder meinen Plänen für die Nacht.

Es ist ein schöner, duftender Abend draußen im Garten, und weil ich schon früh da bin, rauche ich gemächlich eine Zigarette zwischen den Rhododendren und Azaleen und Japanischen Ahornbäumen, die mit hilfreich erläuternden Tafeln versehen sind. An dem Holzsteg stehen die Leute bereits mit Picknickkörben und Decken Schlange für die nächtliche Seerundfahrt. Als ich den Blick über den Garten schweifen lasse, sehe ich verblüfft, wie die sehr hohe Gestalt von Edith Williams im Abendkleid aus einem der Hotelfenster im ersten Stock klettert. Ich beobachte, wie sie vorsichtig herunterspringt und sicher in einigen Büschen landet, warte weiter ab, bis sie sich umschaut und mich endlich halb hinter einer Hecke versteckt entdeckt und zu mir kommt.

»Warum bist du aus dem Fenster geklettert?«, erkundige ich mich.

»Warum versteckst du dich hinter einer Hecke?«, sagt sie, und es ist eine gute Gegenfrage. »Aber schau mal«, redet sie weiter und fördert eine Flasche und zwei Gläser zutage, die sie irgendwie am Körper versteckt hat.

Und so nehmen wir unter einem dunkelnden lila Himmel Platz und bereiten uns auf das Feuerwerk vor, und Edith Williams beugt sich zu mir und küsst mich, und es ist ein guter Kuss, aber ich sage trotzdem »Ähem« und strecke eine Hand aus.

»Ach, du Scheusal«, sagt Edith. Dennoch zählt sie mir weitere Geldscheine in die Hand, die ich in die Tasche stecke.

»Darf ich jetzt vielleicht?«

Ich nicke, und sie nimmt einen kräftigen Zug aus der Flasche, reicht sie mir dann, und ich habe noch nicht geschluckt, da sind ihre Hände schon ganz wunderbar mit meiner Kleidung beschäftigt, und gleich darauf drückt sie mich nach hinten auf den Boden, und wir lachen beide, und als die Flasche leer ist und das spektakuläre Feuerwerk endet, dessen Echo über den See zurückhallt, wo der überfüllte Raddampfer *Juliana* gerade abgelegt hat, bin ich von Edith Williams zwischen den Azaleen herrlich entjungfert worden und habe außerdem noch ein paar nützliche Kunstgriffe gelernt.

Wir liegen zufrieden auf dem Gras ausgestreckt, teilen eine Zigarette, zählen die Sterne und erörtern auch die Möglichkeit eines Preisnachlasses für eine zweite Runde, als der Lichtblitz von der Explosion an Bord des Ausflugsdampfers den Himmel erhellt, was uns beide hochfahren lässt, gerade rechtzeitig, um die Hitze der Schockwelle zu spüren, die das Ufer erreicht.

Was ich tun muss

Das Gesicht, das ich vor Augen habe, als Edith Williams und ich halb bekleidet zurück zum Hotel rennen und die brennende *Juliana* hell strahlend wie ein Weihnachtsbaum in der Dunkelheit des Sees hinter uns versinkt, ist das des Mannes, der in S. versuchte, die Witwe Timmermans zu bedrohen. Derselbe Mann, der später an dem Abend vom Kutscher der Witwe bezahlt wurde. Derselbe Mann, der mich heute vor dem Café nicht wiedererkannte. Derselbe Mann, den ich, da bin ich mir sicher, früher am Abend in der Warteschlange für die Seerundfahrt gesehen habe, mit Mantel und dicker, lederner Aktentasche.

In der Hotelbar, wo allgemeine Panik herrscht und Menschen verwirrt durcheinanderrennen und wo nach Booten gerufen wird, die sich an einer Rettungsaktion beteiligen sollen, und viele Geschichten laut erzählt werden, was passiert sein mag oder auch nicht, und wo es mehr Fragen gibt, als irgendwer beantworten kann, finde ich Captain Clarke B. sturzbetrunken an der Bar, das Gesicht blutig und voller Prellungen von seinem Treffen mit den Gläubigern, blind für alles um ihn herum.

»Der Anzug«, sage ich atemlos zu ihm. »Die Passagiere. Ein Schiff versinkt im See. Eine Rettungsaktion.«

Der Captain wendet den Kopf und sieht mich an, blinzelt träge. Nimmt den Anblick der erröteten Edith Williams und von mir wahr. Versucht zu begreifen, was passiert ist und welche möglichen Auswirkungen es auf ihn hat.

»Menschenleben sind auf See in Gefahr!«, erkläre ich in der Hoffnung, seine durch die Verletzungen und den Alkohol verursachte Benommenheit zu durchdringen.

Und der Cap verzieht angewidert den Mund.

»Sag ihnen, sie sollen eins von diesen Miniaturschlachtschiffen losschicken«, sagt er. »Dann werden sie sehen, was sie davon haben.«

Als er sich wieder seinem Glas zuwenden will, packe ich ihn vorne am Hemd und zerre ihn auf die Beine. Ich weiß selbst nicht genau, was ich vorhabe, aber ich bin plötzlich von einer Wut erfasst, vor der ich sehr lange weggelaufen bin. Auch der Captain scheint sie in mir zu erkennen, ist kurz zwischen Empörung und Besorgnis hin- und hergerissen, entscheidet sich aber in seinem betrunkenen Zustand für Ersteres und schafft es irgendwie, mit einem Arm weit genug auszuholen, um mir eine handfeste Ohrfeige zu verpassen.

Vor lauter Verblüffung trete ich einen Schritt zurück, wodurch der Captain vorwärts stolpert und sein versuchter zweiter Schlag mich komplett verfehlt und der Mann von seinem eigenen Schwung umgerissen wird und der Länge nach hinfällt.

Und dann, nachdem ich kurz alle anderen möglichen Vorgehensweisen erwogen habe, lasse ich ihn einfach liegen und laufe zu unserem Zimmer und dem Anzug und dem, was ich tun muss.

Als ich etwa vierhundert Meter vom Ufer entfernt die ersten Überlebenden erreiche, versuchen bereits einige kleine Vergnügungsboote, sich durch die brennenden Trümmer auf dem Wasser vorzuarbeiten. Ihre Besatzungen rufen Namen und stoßen treibende Wrackteile und Leichen mit langen Haken an. Der Dampfer selbst ist fast vollständig untergegangen, zu sehen ist nur noch der Bug, an den sich fünf oder sechs verzweifelte Männer und Frauen klammern, noch halb im brennenden Wasser.

Und dann höre ich in der flackernden Dunkelheit überall um mich herum Schreie: »Hilfe!« und »Hierher!« und »Vater im Himmel!«.

Als ich so nah wie möglich an die Flammen heranpaddle, entdecke ich einen kleinen Jungen und ein Mädchen in den Armen eines entsetzlich verbrannten Mannes, der es kaum schafft, sie alle drei mithilfe einer gesplitterten Holzplanke über Wasser zu halten. Er ist schwer verletzt und kann mir nur noch die Kinder entgegenstrecken, bevor er selbst untergeht, aber es gelingt mir, die beiden zu packen. Dann paddele ich mit ihnen zu dem nächsten Rettungsboot, rufe »Ho!« und »Achtung!« und reiche sie an Bord, wo sie Decken und ein warmes Getränk bekommen, während ich mich wieder auf den Weg zurück ins Grauen mache.

Als Nächstes finde ich zwei junge Frauen, halb im Delirium, die sich einen ledernen Rettungsring teilen, dann vier weitere Kinder, die von irgendeiner klugen ertrunkenen Seele an ein abgebrochenes Stück des hölzernen Schiffsrumpfs gebunden wurden, und dann noch mehr und noch mehr, und ich bringe sie alle zu den eintreffenden Rettungsbooten – manche kämpfend, andere bereits in ihr Schicksal ergeben; manche mit grässlichen Verletzungen, andere lediglich mit einem Schock. Es stimmt, dass ich sehr viel mehr sterben sehe, als ich retten kann, manche in meinen Armen, und dass die Unterscheidung zwischen denjenigen, die überleben, und denjenigen, die sterben, unmöglich und gänzlich willkürlich scheint.

Glücklicherweise ist der See innerhalb weniger Stunden voller Boote, und außerdem ist zu diesem Zeitpunkt niemand mehr da, der gerettet werden könnte, nur die treibenden Leichen müssen gezählt und die Namen der Untergegangenen erfasst werden, und so hilft man mir in ein kleines Segelboot, und der Skipper reicht mir einen Brandy. Ich will ihn fragen, wie viele gerettet werden konnten und wie viele gestorben sind, aber ich kann mich nicht verständlich machen. Stattdessen klopft mir der Mann nur mehrfach auf die Schulter, schüttelt den Kopf und lächelt und wischt sich auch Tränen vom Gesicht.

Während wir zurück zum Ufer segeln und der Himmel allmählich hell wird, finde ich zwei Zigarren des Caps in der wasserdichten Innentasche des Anzugs, und ich gebe dem Skipper eine und zünde mir die andere an. Als ich nach hinten schaue, kann ich die vielen Boote sehen und die restlichen Flammen, die noch auf dem Wasser brennen, und während die letzten Überlebenden an Land gebracht werden, zieht man die ersten Leichen aus dem Wasser und bahrt sie an Deck auf.

Erst da frage ich mich, wo Edith Williams geblieben ist, nachdem sie aus der Hotelbar verschwand.

Eine Abmachung

Captain Clarke B. schläft tief und fest, liegt bäuchlings und schnarchend inmitten des Chaos unseres Hotelzimmers, als ich zurückkomme, also ziehe ich den öligen, rußverschmierten Anzug aus, lasse ihn neben seinem ausgestreckten Körper liegen und gehe ein paar Stunden spazieren und beobachte, wie die Stadt nach der Katastrophe erwacht.

Eine Kompanie von Soldaten aus der städtischen Kaserne exerziert bereits in hellblauen Uniformen auf dem Marktplatz, obwohl unklar ist, was ihre Kanonen gegen weitere Bomben ausrichten sollen. Am Seeufer sitzen Segler und andere Rettungshelfer vor Cafés, die extra früher für sie geöffnet oder erst gar nicht zugemacht haben, und trinken Hochprozentiges. Dienstfreie Ärzte und Krankenschwestern kommen in dem kleinen Krankenhaus an, um bei der Versorgung der Verletzten zu helfen, und mit Leichen beladene Karren sind entlang der Straße aufgereiht. Ich höre auf, die Körper unter den weißen Tüchern zu zählen, als ich bei hundert bin.

Der Rauchgeruch ist allgegenwärtig.

Als ich schließlich am späten Vormittag ins Hotel zurückkehre, weiß ich nicht, was ich mit mir anfangen soll, und so setze ich mich in das leere Restaurant und bestelle einen Kaffee. Draußen auf dem Wasser sind die Aufräumarbeiten noch immer im Gange, und zahlreiche Schiffe dümpeln um die Stelle herum, wo der Dampfer untergegangen ist. Hunderte Menschen schauen vom Garten und vom Kai aus zu. Alle anderen Veranstaltungen des Tages sind abgesagt.

Nach ein paar Minuten sehe ich die hohe Gestalt von Edith Williams mit ihrem Mantel bekleidet das Restaurant betreten, und ich winke ihr zu. Nur für eine Sekunde huscht ein überraschter – fast panischer – Ausdruck über ihr Gesicht, doch als sie mir gegenüber Platz nimmt, ist er wieder verschwunden.

»Du frühstückst spät«, sagt sie und schiebt die Zeitung, die sie dabeihat, zu mir rüber.

Die Schlagzeile auf der ersten Seite lautet »*Anarchistische Gräueltat*«.

»War eine lange Nacht«, antworte ich.

»Offensichtlich. Hier steht, dass der tapfere Captain Clarke B., ›der berühmte Furchtlose Froschmann, der gerade eine Tour durch Europa macht, über fünfundzwanzig Menschen gerettet hat‹.«

»Er muss sehr zufrieden mit sich sein. Wo immer er auch ist.«

»Im Moment ist er draußen und spricht mit der Weltpresse.«

Ich spüre, wie meine Schultern herabsinken.

»Darin ist er besonders gut«, sage ich.

Edith Williams betrachtet einen Moment lang mein Gesicht, und ihre Miene ist unergründlich.

»Daniel, ich –«

Und dann kommt ein wohlhabend aussehendes Paar mittleren Alters – der Mann in Besitz eines kolossalen Schnauzbarts, die Frau, ebenso groß wie ihr Gatte, mit bombastischem Haar, beide in Reisekleidung, und wahrscheinlich ist das ihre umfangreiche Koffersammlung, die gerade von Trägern mit viel Lärm und Getue durch die Hotelhalle geschleppt wird – auf unseren Tisch zu. Als Edith die beiden erblickt, steht sie auf.

Auch ich erhebe mich und werde Mr und Mrs Herbert Williams aus Leicester vorgestellt, derzeit auf Europareise mit ihren Töchtern Edith und Aster – die achtzehnjährige Edith habe ich ja bereits kennengelernt, offensichtlich, und da kommt auch die zwölfjährige Aster, laut ihrem Vater wie immer ein bisschen verspätet, und sie starrt ihre große Schwester aus zusammengekniffenen Augen an, fragt sich, was sie *nun schon wieder* im Schilde führt …

»Und das ist Daniel Bones«, sagt Edith, sorgsam meinen Blick meidend. »Tollkühner Gehilfe des berühmten Captain Clarke B.«

»Dann haben wir ja mit Berühmtheiten unter einem Dach gewohnt«, lächelt der Große Herbert Williams und schüttelt mir die Hand. »Und wie ist das Leben als tollkühner Gehilfe, Daniel Bones?«

»Ich habe offenbar noch viel zu lernen«, erwidere ich.

»Schreckliche Geschichte mit dem Dampfer.«

»Ja, Sir.«

»Aber wir sollten Gott danken für Männer wie den Captain.«

»Das sollten wir«, sage ich. Und so weiter.

Nach ein paar Minuten in dieser Art wird es für die Familie Williams Zeit zur Abfahrt, und wieder werden Hände geschüttelt, und als Edith meine Hand nimmt, beugt sie sich vor und streift mit ihrem Mund meine Wange und sagt: »Denk nicht schlecht von mir«, und ich merke, dass ich das nicht tue, und zwar nicht nur wegen des Geldes. Und dann sind sie fort, und die Große Edith Williams, Erfinderin ihrer selbst, ist aus meinem Leben ebenso schnell wieder verschwunden, wie ihre spektakulär langen Beine sie in es hineingetragen haben, und ich bin wieder allein.

Ich nehme erneut Platz, um meinen Kaffee auszutrinken, und versuche, den eng gedruckten Artikel in der dünnen Zeitung zu enträtseln, die Edith Williams zurückgelassen hat, aber ich verstehe kein Wort. Daher beschließe ich, einfach auf das Unvermeidliche zu warten, das kurz darauf in Gestalt des heldenhaften Captain Clarke B. höchstpersönlich eintrifft. Er kommt durch die Hotelhalle und in das Restaurant marschiert und trägt, das kann nicht sein, den waschechten Anzug? Tatsächlich, das ist er, angesengt und ramponiert, und der Cap hält sogar das Paddel in der Hand, und sein malträtiertes Gesicht trägt noch zu dem heldenhaften Aussehen bei, während er weitere Fragen von Reportern und örtlichen Würdenträgern und Bewunderern beantwortet, die ihn umringen.

»Und ich garantiere Ihnen allen«, erklärt der Cap, »solange die Gefahr der terroristischen Bedrohung fortbesteht, werden Männer wie ich stets bereit sein, unser Leben aufs Spiel zu setzen.«

Dann nimmt er Fragen entgegen und beschreibt seinen mutigen und furchtlosen Einsatz und seine Traurigkeit darüber, dass er nicht noch mehr retten konnte, und wie es da draußen auf dem Wasser war, und auch, was er als Nächstes vorhat, einschließlich der Gründung einer wohltätigen Stiftung, die den Opfern dieser und anderer Katastrophen auf dem Wasser beistehen soll.

Schließlich blicken seine schamlosen Augen in meine.

Ich hebe meine Kaffeetasse und proste ihm zu.

»Und zu diesem Zweck«, sagt der Captain, ohne mit der Wimper zu zucken, »wird mein tollkühner Gehilfe Daniel Bones, der dort drüben sitzt, gleich zu Ihnen kommen und die Spenden sammeln, die Sie meinen entbehren zu können, damit aus diesem entsetzlichen Ereignis doch noch etwas Gutes hervorgeht. Daniel?«

Ich sehe, wie die Reporter in ihre Taschen greifen, und bin immerhin davon beeindruckt. Aber ich stehe nicht auf.

»Dan?«, sagt Captain Clarke B.

Die verwunderten Journalisten blicken jetzt auch in meine Richtung. Und es gefällt mir nicht besonders, im Mittelpunkt ihrer Aufmerksamkeit zu stehen, und das lässt mich fast schwach werden. Doch ich halte so lange stand, dass der Captain seine Neueinschätzung der Situation abschließen kann.

»Wenn Sie uns zwei zunächst nur für einen Moment entschuldigen würden«, sagt er zu seinem Publikum. »Ich glaube, mein Gehilfe würde gern kurz mit mir hinaus in den Garten gehen, um eine Privatangelegenheit zu besprechen.«

Und weil ich schlau bin und jetzt auch zynisch und weil ich weiß, wie die Welt funktioniert, lasse ich mich darauf ein.

Draußen im Garten reicht Captain Clarke B. mir eine Zigarre und zündet sie für mich an. Auf dem See wird ein großer Teil des zerstörten Dampfers in einem Netz Zentimeter für Zentimeter an die Oberfläche gezogen.

»Ist das der Moment, wo ich meine Forderungen aufliste als Gegenleistung dafür, dass ich den Mund halte?«, sage ich.

»So würde ich es machen«, sagt der Cap.

»Dann will ich einen regelmäßigen Lohn.«

»Einverstanden.«

»Und mehr freie Zeit.«

»Selbstverständlich.«

»Und einen Anteil am Gewinn.«

»Oh, jetzt will wirklich jeder einen Anteil an dem verdammten Gewinn, was?«, schreit der Captain, wirft die Hände in die Luft und geht im Kreis. Aber ich kenne ihn inzwischen gut genug, um ruhig abzuwarten, und schließlich sagt er: »Tja, da musst du dich ganz hinten anstellen.«

»Abgemacht.«

Nachdem das geklärt ist, nehmen wir uns einen Augenblick Zeit, um unsere Zigarren zu genießen.

»Haben die Ihnen sehr wehgetan?«, frage ich.

»Ist mir schon schlechter ergangen«, antwortet er, dann schiebt er nach: »War es schlimm da draußen?«

»Es war schlimm.«

Wir schauen zu, wie die Bergungsmannschaft versucht, das Stück aus Reling und Planken, das sie hochgezogen haben, zu sichern, lauschen ihren fernen Rufen, bis es Zeit wird, unsere Zigarren auszudrücken und wieder hineinzugehen.

Und so kehre ich nicht nach England zurück.

BUCH 2

Dieses ganze herrliche Land

U nd natürlich«, verkündet Captain Clarke B. seinem Publikum, das sich wie üblich größtenteils aus lokalen Adeligen, Repräsentanten aus Wirtschaft und Politik und einigen reichen Urlaubern zusammensetzt, denen es gelungen ist, eine Eintrittskarte für diese Abendveranstaltung in dem kleinen Rathaus zu ergattern, »ist in solchen Momenten keine Zeit, an die eigene Sicherheit zu denken. Ein Mann handelt aus Instinkt, in Jahren des Kampfes gestählt, gelenkt nur von seinem eigenen Siegeswillen. Und allein darauf, Ladys und Gentlemen, kommt es an.«

Als die Worte des Captains von dem kleinen Mann im grauen Anzug ins Italienische übersetzt werden, brandet erneut Applaus auf. Der Bürgermeister, dem außerdem ein erheblicher Teil des örtlichen Tourismusgeschäfts gehört und der an meiner Seite neben der Bühne steht, klatscht begeistert und flüstert »Er ist eine Inspiration« in mein Ohr.

Wir haben uns die letzten zwei Monate an den Ufern der Seen M. und O. und L. und I. und C. entlanggearbeitet. Die Kunde von den Heldentaten des Caps beim »Wunder der *Juliana*« ist vor uns über die Alpen bis nach Italien gereist und hat den Weg für unsere Spätsommertour bereitet. In jeder hübschen palmengesäumten Stadt, in der wir übernachten, findet zu unseren Ehren ein Diner statt, das von der örtlichen Handelskammer ausgerichtet wird, und dem tapferen Captain wird ein weiterer Orden verliehen, und Menschenmassen säumen die Ufer und Brücken, um einen Blick auf den großen Mann zu erhaschen, und es gibt eine Veranstaltung wie die jetzige, auf der der Cap die Geschichte von »diesem schrecklichen Ereignis« mit einprägsamen Details erzählt und sie von Mal zu Mal stärker ausschmückt. Später am Abend hat der Captain manchmal auch die freie Wahl unter reichen Gönnerinnen, und selbst ich komme mitunter in den Genuss einiger willkommener Zuwendungen und habe Gelegenheit, all das zu demonstrieren, was Edith Williams mir auf der anderen Seite der Berge beigebracht hat.

»Aber vergessen wir nicht den Grund, warum ich noch lebe und Ihnen diese furchtbare Geschichte erzählen kann«, sagt der Cap jetzt, und das ist mein Stichwort, den Anzug auf die Bühne zu tragen und dem Cap dabei zu helfen, ihn über seinen Frack zu ziehen, während er den Ablauf erklärt und auf die bemerkenswerten Besonderheiten hinweist und verschiedene Posen einnimmt und unser kleiner Freund übersetzt.

Mittlerweile sind die Vorführungen des Anzugs auf dem Wasser fast zweitrangig und bleiben mir überlassen, da der Captain ständig an gesellschaftlichen Veranstaltungen mit unseren neuen reichen Freunden teilnimmt und immerfort bemüht ist, noch mehr Geld zu sammeln. Wir haben zwar höhere Einnahmen als je zuvor, sind das Geld aber auch genauso schnell wieder los, denn die Gläubiger des Caps oder ihre muskulösen Vertreter vor Ort lassen sich einmal wöchentlich ihren Anteil auszahlen, der fünfundachtzig Prozent von allem ausmacht, was wir verdienen. »Ich war in einer verzweifelten Lage«, erklärt der Cap, als ich ihn frage, warum er sich überhaupt auf so ungünstige Bedingungen eingelassen hat. »Damals erschienen mir fünfundachtzig Prozent von gar nichts kein zu hoher Preis, um meine Arbeit fortsetzen zu können.«

Ich für meinen Teil sorge dafür, dass der Cap mir gleichzeitig meinen wöchentlichen Lohn in kleinen Scheinen aushändigt, die ich in einen von mir selbst geschnittenen Schlitz in meiner Jacke stopfe und in größere Scheine umwechsle, wann immer ich kann. Meinem Bruder berichte ich in regelmäßigen Briefen von unserem wachsenden Vermögen und versichere ihm, dass der Tag naht, an dem ich ihn nachkommen lassen kann. Derweil frage ich in jedem Hotel und Postamt jeder Stadt, durch die wir auf unserer Reise kommen, ob ein Brief für mich da ist, aber seit ich den Rheinfall hinabgestürzt bin, habe ich nichts mehr von ihm gehört.

Als der Captain zum Ende kommt, suchen wir beide bereits das Publikum nach potenziell spendablen Geldgebern ab – die Kleinadeligen, die darauf aus sind, ihre Nützlichkeit in der Welt zu beweisen, die Geschäftsleute mit dem Auge für werbewirksame Mildtätigkeit, die Gattinnen oder Witwen und finanziell unabhängigen Frauen mit einem Hang zu Gefahr und Abenteuer. Und allesamt haben sie Hotelsuiten mit Blick aufs Wasser oder Villen am Seeufer oder farbenfrohe Paläste oben auf den Hügeln und Getränke, die serviert werden wollen, und Gäste, die beeindruckt werden wollen, und Geld, das verspielt werden will, und Zigarren, die an Kartentischen oder in Ledersesseln mit hoher Lehne geraucht werden wollen, wo der stets verlässliche Captain Clarke B. alle bis zum Morgengrauen mit ungemein unterhaltsamen Geschichten in seinen Bann schlägt, und dann werden Versprechungen gemacht und Schecks unterschrieben oder Urkunden übergeben oder Testamente geändert und neu versiegelt oder Juwelen und andere Erbstücke von Hälsen genommen oder aus Schubladen geholt und sanft über den Tisch geschoben oder Beutel voll Geld angeboten und noch mehr.

»Eine neue Welt!«, ruft der Cap dem begierigen Publikum

zu. »Ein neues Jahrhundert, das sicherer ist, unter der Ägide von Wissenschaft und Fortschritt. Nicht wegen Männern wie mir. Sondern wegen Männern und Frauen wie *Ihnen*.«

Und am nächsten Morgen ziehen wir wieder weiter, wofür sich Captain Clarke B. möglicherweise aus dem Bett einer neuen Herzensdame entschuldigen muss – mir ist nicht entgangen, dass keine der Frauen, die gelegentlich *meine* Dienste nutzen, mich je bittet, die Nacht bei ihr zu bleiben –, unsere Ausrüstung bereits verladen für die kurze angenehme Kutschfahrt im Sonnenschein zur nächsten gelb und blau und rosa gestrichenen Stadt. Dort werden wir auspacken und das Ganze erneut veranstalten, vor einer anderen Gruppe von genau den gleichen Leuten, mit demselben vorhersehbaren, begrüßenswerten Ausgang, und manchmal scheint es, als bestünde dieses ganze herrliche Land ausschließlich aus Seen und wir müssten niemals aufhören.

Allmählich frage ich mich sogar, ob der Sommer so weit südlich überhaupt je endet.

Eine Ablenkung

Aber dann kommt schließlich doch der erste kalte Hauch der neuen Jahreszeit.

Wir sind in der Stadt G. angekommen, wo kein Brief meines Bruders auf mich wartet, aber es gibt die üblichen Banden von ähnlich aussehenden Jungen und Mädchen – die Hälfte von ihnen wahrscheinlich jünger als ich, wenngleich Armut ihr Wachstum gehemmt hat –, die uns beobachten, während wir unsere Ausrüstung vor dem blauen Hotel abladen, allesamt dunkeläugig und praktisch in Lumpen gekleidet, und sie versammeln sich später am Tag wieder, als ich alles für meine kurze Vorführung unten am Wasser vorbereite.

Wie ich das schon mehrfach getan habe, werfe ich dem Ältesten von ihnen, den ich für den Anführer halte, eine Münze zu und mache ihm mit Zeichen verständlich, dass er später noch mehr haben kann – »*Molto bene, molto bene*« –, falls sie uns keinen Ärger machen. Die Bande scheint zufrieden und trollt sich, um woanders Unheil anzurichten, und damit ist die Sache offenbar erledigt.

Aber nach meiner Vorführung, als die rund hundert Zuschauerinnen und Zuschauer den schmalen Kiesstrand unterhalb der Promenade allmählich verlassen und ich den Anzug zusammenrolle, taucht derselbe Junge wieder auf, schiebt sich durch die Menge und hält die Münze hoch, um meine Aufmerksamkeit zu gewinnen.

Ich frage: »Was?«, und er beißt auf die Münze, als wolle er demonstrieren, dass sie unecht ist, was sie nicht ist, wie wir beide wissen. Als mich das nicht überzeugt, hält er die Münze zwischen zwei Fingern, bedeutet mir, gut aufzupassen, bedeckt sie kurz mit der anderen Hand und lässt die Münze verschwinden, bevor er sie dicht vor meinem Gesicht scheinbar wieder aus der Luft pflückt. Das amüsiert mich, und ich hebe den Arm, um nach der Münze zu greifen, aber ehe ich michs versehe, ist sie wieder verschwunden, und der Junge zeigt mir seine leeren Hände mit einem komisch überraschten Gesichtsausdruck. Ich passe genau auf, als er seine linke Hand langsam kreisen lässt, dann blitzschnell die rechte ausstreckt, mit den Fingern mein Ohr streift, um mit der Münze wieder zurückzukommen, die er mir überreicht, ehe er in der sich auflösenden Menge verschwindet.

Diesmal bin ich es, der prüfend auf die Münze beißt, aber sie ist wirklich echt und noch warm von der Hand des Jungen.

Und dann schaue ich nach unten und stelle fest, natürlich, dass der Anzug weg ist.

Ich rufe den Leuten zu, den Jungen aufzuhalten, und nehme die Verfolgung auf, drängele mich die Treppe hoch auf die Promenade, wo Spaziergänger in der Nachmittagssonne unterwegs sind und die Straße voller Kutschen und Droschken ist. Ich sehe einen Hinterkopf, der zu dem Jungen gehören könnte, auf der gegenüberliegenden Straßenseite zwischen zwei Häusern verschwinden, und werde beinahe überfahren, als ich ihm nachsetze, doch als ich die kleine Gasse erreiche und mir allmählich denke, dass er bestimmt nicht allein gearbeitet hat, ist er nirgends zu sehen – falls er es überhaupt war.

Den Rest des Nachmittags durchsuche ich die Stadt nach dem Jungen oder irgendwelchen anderen aus seiner Bande, die ich wiedererkennen würde, kann aber keine Spur von ihnen entdecken. Die ganze verbrecherische Horde ist offenbar erst einmal untergetaucht. Schließlich muss ich geschlagen zum Hotel zurückkehren, wo der Captain zusammen mit zwei anderen Männern, einer klein, der andere groß, auf einer Bank am Ufer sitzt, als würden alle drei die Aussicht auf den See genießen.

In Wahrheit ist der Cap dabei, unsere wöchentlichen fünfundachtzig Prozent in einem Stoffbeutel an zwei Angehörige des örtlichen Verbrechersyndikats zu übergeben, mit denen unsere Gläubiger im Vorfeld Absprachen getroffen haben. Der Kleinere der beiden lacht, als ich atemlos und den Tränen nahe stammele, dass der Anzug verschwunden ist, und erkläre, was sich zugetragen hat.

Der Captain wird weiß wie Milch, doch der Mann lächelt und winkt lässig seinem riesigen Kumpan, der den Cap und mich um volle dreißig Zentimeter überragt und trotz des warmen Wetters mit Caban-Jacke und Fischermütze bekleidet ist.

»Gio wird euch helfen«, sagt er, und dann erklärt er seinem kolossalen Kollegen die Lage, und gleich darauf ziehen wir drei – der Riese, Captain Clarke B. und ich – los, um unser Eigentum zurückzuholen.

Gleich als Erstes schnappt sich dieser riesige Gio einen vorbeilaufenden Straßenjungen, hebt ihn an einem Ohr vom Boden, sodass das Kind sich an den massigen Arm seines Häschers klammern muss, damit das Ohr nicht abreißt, und blafft es an. In Todesangst verrät der Junge rasch den Namen einer Straße, und wir machen uns auf den Weg dorthin, wobei unser neuer Freund das jammernde Kind mitzerrt.

Die nächste halbe Stunde oder noch länger werden wir durch ein verwirrendes Labyrinth von Gassen und kleinen Plätzen geführt, wo sich Häuser manchmal so schief zueinanderlehnen, dass es aussieht, als würden ihre Dächer sich berühren. Die Straßen werden mit jeder Biegung immer enger, bis wir schließlich hintereinandergehen müssen, und selbst dann noch streifen unsere Schultern fast die Mauern, und der Gestank der offenen Abwasserkanäle, die zu unseren Füßen verlaufen, ist noch unangenehmer als der übelste Geruch, den ich von der Marsch bei Ebbe zu Hause in Erinnerung habe.

Endlich gelangen wir zur Ruine eines Hauses mit eingefallenem Dach, und als wir hineingehen, wobei der Riese den Kopf einziehen muss, sehen wir die jugendliche Bande zwischen Trümmern auf dem Boden hocken, wo sie sich hitzig bei einem Würfelspiel streitet. In einer Ecke, auf einer Holzpritsche, liegt – Gott sei Dank – der Anzug.

Als unser Freund den kleinen Jungen zu Boden schleudert, blickt die Bande überrascht auf. Alle sind für einen Moment erstarrt und scheinen kurz zu überlegen, ehe sie beschließen, Reißaus zu nehmen, aus Fenstern springen und übereinander stolpern, während sie so schnell wie möglich weglaufen, dicht gefolgt von unserer befreiten Geisel. Alle verschwinden, bis auf den Anführer der Bande, der Junge mit dem Münzentrick. Er wartet, bis seine Gefährten weg sind, steht dann auf und spricht unseren Freund in seinem eigenen lokalen Dialekt an.

Der Riese prustet los, doch der Junge bleibt ruhig.

»Was ist?«, fragt der Cap. »Was will er?«

»Geld«, antwortet Gio. »Weil er Anzug gefunden hat.«

Gio zieht eine kurze Keule aus seiner Jacke, doch der Cap sieht den Jungen an und lächelt beeindruckt.

»Frag ihn, ob er für mich arbeiten will«, sagt er.

Gio blickt erst mich, dann den Cap und dann wieder mich an. Ich zucke die Achseln. Also steckt er die Keule wieder ein und sagt etwas zu dem Jungen, der ein finsteres Lachen ausstößt und den Cap mit zusammengekniffenen Augen mustert. Dann nickt er und sagt laut und deutlich: »Ja.«

Und dafür braucht keiner von uns eine Übersetzung.

Willkommen im Wanderzirkus

E ines muss ich dem neuen Jungen zugutehalten, der Andrea heißt, soweit wir wissen: Er lernt schnell, und er ist
stark. Tatsächlich scheint es, als habe der Cap ihn hauptsächlich wegen seiner Kraft angeheuert, denn in den folgenden Wochen beschränkt sich seine Aufgabe hauptsächlich darauf, mir
bei meiner Arbeit zu helfen und mit mürrischer Miene herum-
zustehen, um jedwede örtliche Kinderbande abzuschrecken,
die dasselbe Verbrechen plant, das ihm und seinen Kumpanen
beinahe geglückt wäre. Und obwohl ich mir Sorgen um meine
zukünftige Position mache und gekränkt bin, weil der Captain
offensichtlich das Vertrauen in mich verloren hat, bin ich ganz
froh über das zusätzliche Paar Hände und die Hilfe beim Tragen und Schleppen.

Anfangs verständigen wir uns durch Deuten und Gestiku-
lieren, doch schon bald lernen wir die einfachsten Ausdrücke
in der Sprache des anderen – *buongiorno* und *buonasera* und
sommozzatore und *quelli persi in mare* – und entwickeln allmählich eine zwar übellaunige, aber effektive Arbeitsbezie-
hung. Am ersten Abend wird unser neuer Gehilfe in unser Ho-
telzimmer eingeladen und darf mit in meinem Bett schlafen,
was dazu führt, dass wir beide die halbe Nacht um Platz auf
der Matratze kämpfen, bis ich schließlich aufgebe und beschließe, lieber in einem Sessel zu schlafen, aber nicht, ohne die Decke mitzunehmen. Letztlich bekomme ich auch dort kaum

Schlaf, ebenso wenig wie er, denn jedes Mal, wenn ich die Augen einen Spalt öffne, um die Lage zu überprüfen, sehe ich, dass er dasselbe tut und mich anstarrt, wachsam wie ein wildes Tier.

Am Morgen, als wir uns beide zum Waschen ausziehen, fällt mir auf, dass er mager, aber muskulös ist, und ich sehe außerdem zahlreiche Narben auf seinem Körper. In einigen davon erkenne ich – da ich selbst auch keine ideale Kindheit hatte – die Spuren von Peitschenhieben und Messerstichen und Brandmale von glühendem Metall. Vermutlich die Folgen eines Lebens auf und abseits der Straßen.

Wir erfahren, dass dieser Andrea wahrscheinlich ein paar Jahre älter ist als ich, dass er keine Ahnung hat, wer seine Eltern waren oder ob er irgendwo Verwandte hat – der Captain überlegt laut, ob Andrea aus Nordafrika stammt –, und dass er zumindest einen Teil seiner Kindheit in kirchlichen Waisenhäusern verbracht hat, aber dort nie wieder hinwill. Abgesehen davon ist er, wie der Cap es formuliert: »Ein unbeschriebenes Blatt – wie die Besten von uns«, und so heißen wir Andrea Del L. offiziell willkommen in unserem Wanderzirkus, indem Captain Clarke B. ihn zum Spaß mit dem Paddel zum Ritter schlägt.

»Können wir ihm vertrauen?«, frage ich den Cap, als wir zuschauen, wie Andrea an jenem ersten Arbeitstag den Anzug auf der Anlegestelle am See untersucht, während wir beide Zigarren rauchen und die Aussicht auf die Berge betrachten.

»Wir können niemandem vertrauen, Dan«, sagt der Captain. »Ich hätte gedacht, das wäre mittlerweile offensichtlich.«

Dann, vielleicht weil ihm die Grobheit seiner Worte klar wird, legt er eine Hand auf meine Schulter.

»Aber wenn du weißt, dass jemand bewusst versucht, dich zu täuschen, weißt du wenigstens auch, wovor du dich hüten musst, stimmt's?«

Und genau das tue ich.

Keine Woche später habe ich zum ersten Mal richtig Anlass, mich zu fragen, wovor genau ich mich im Fall des jungen (wenn auch älter als ich) Andrea hüten sollte.

Der Cap verbringt den Abend mit seinen neuen reichen und berühmten Freunden, sammelt wie immer Spenden, um unsere »wichtige und möglicherweise lebensrettende Arbeit« zu finanzieren. Andrea und ich haben die letzte Stunde damit zugebracht, in der Stadt, wo wir gerade angekommen sind, gelangweilt am Ufergeländer zu lehnen, eine billige Flasche Wein zu teilen und die Positionslampen der vereinzelten Fischerboote zu beobachten, die noch auf dem See unterwegs sind, während hinter uns Urlauber auf der belebten Straße mit Restaurants und Bars promenieren. Nachdem mein Gefährte die letzten Tropfen aus der Flasche getrunken hat, gestikuliert er fragend, ob wir noch eine kaufen sollen, doch ich kehre zur Antwort meine leeren Taschen nach außen. Ich habe weder ihm noch sonst wem von der wachsenden Summe Bargeld erzählt, die ich jetzt in einem Beutel innen in meinem Hemd überall mit mir herumtrage.

Andrea betrachtet mich einen Moment lang, dann nickt er und hebt beide Hände, um »zehn« zu signalisieren, und verschwindet in der Menge. Und wirklich, nach gut zehn Minuten, in denen ich eine Zigarre rauche und an meinen Bruder denke und mich frage, was er von diesem Ort halten würde, ist der Bursche zurück. Er öffnet lächelnd seine Jacke, um mir ein Bündel Geldscheine zu zeigen, das jetzt in der Innentasche steckt.

Er hat außerdem eine Schnittwunde am Kinn und die Anfänge eines dunklen Blutergusses seitlich am Mund.

»Wo hast du das Geld her?«, frage ich, aber er lächelt nur und zuckt die Achseln, als hätte er mich nicht verstanden.

Dann legt er freundschaftlich einen Arm um meine Schultern und führt mich über die Straße und durch ein paar Gassen zu einer kleinen und sehr schummrig beleuchteten Fischerkneipe, wo er nicht nur mir etwas zu trinken spendiert, sondern auch allen drei anderen Gästen, die wir in dem dunklen Nebel aus Pfeifenrauch kaum ausmachen können, und wir verbringen den restlichen Abend damit, uns zu betrinken.

Erst nach der dritten oder vierten Flasche Wein, nachdem unsere Trinkfreunde vier- oder fünfmal gewechselt haben und alle über einen Witz lachen, den ich nicht richtig verstehe, bringe ich den Mut auf, noch einmal zu fragen, wie er an das Geld gekommen ist. Diesmal hält Andrea inne, und seine Augen verdunkeln sich, sodass ich schon fürchte, ich werde mir meinen Weg freikämpfen müssen, bevor die Nacht vorüber ist, doch stattdessen steht er auf, zieht das restliche Geld aus seiner Innentasche und wirft es mir ins Gesicht, und während unsere neuen Fischerfreunde nach den Scheinen grapschen, dreht er sich um und geht.

Doch zuvor habe ich den Griff des Messers gesehen, das er offenbar ebenfalls in seiner Jacke trägt.

Dasselbe wie alle

E in paar Tage später erklärt Captain Clarke B., dass unsere
Tour entlang der Seen zu Ende ist und wir von nun an
weiter nach Süden und landeinwärts fahren werden. Also verabschieden wir uns von der schönen Landschaft, und unsere
Ausrüstung wird erneut auf dem Dach einer gemieteten Kutsche verstaut, und wir unternehmen die zweitägige Reise durch
bewaldete Berge und Felder zu der Stadt M., wo wir erwartet
werden.

Während der Fahrt wird wenig gesprochen. Der Cap erledigt
liegen gebliebene Korrespondenz, darunter zahlreiche Anfragen nach persönlichen Auftritten und signierten Bildern und
Unterstützungserklärungen, während Andrea und ich aus den
Kutschenfenstern Hütten und Bauernhäuser und endlose Bäume betrachten, beide vertieft in unsere eigenen Gedanken über
die Vergangenheit und die Zukunft.

Auf dem Weg in die Stadt gibt es riesige Lager und allüberall Arbeiterkundgebungen und mit Brettern vernagelte Läden
und Büros. Das Wort *sciopero* ist auf jeder Mauer zu lesen. Im
Stadtzentrum sind die Straßen und Plätze staubig und seltsam
still. Obwohl das Jahr vorangeschritten ist, scheinen die mächtigen Steingebäude noch immer die Hitze des Sommers abzu-
strahlen.

Der Kutscher fährt uns zu einer leeren Einkaufsgalerie, wo
der Cap neue Kleidung für Andrea kauft, der bis dahin noch

immer die zerlumpten Sachen getragen hat, in denen wir ihn kennengelernt haben. Beraten wird er dabei von zwei nervösen Verkäufern, die die Rollläden ihres kleinen Geschäfts herablassen, sobald wir gehen, und unsere Schritte hallen von dem mächtigen Eisen- und Glasdach der Galerie wider.

Die Veranstaltung, bei der wir den Anzug vorführen sollen, findet an dem Hafenbecken im Süden der Stadt statt, und der Captain spricht zu einer Gruppe von Geschäftsleuten und Militärs, während ich am Kai den Anzug anziehe, und dann liefert er einen laufenden Kommentar, während ich auf Anfrage in dem öligen Wasser Rollen und andere Kunststückchen vollführe, unter Hindernissen hindurchtauche oder sie umkurve, verschiedene Objekte aufnehme und transportiere und man mit einer Stoppuhr die Zeit misst, die ich brauche, um vorgegebene Strecken zu bewältigen. Wozu das alles gut sein soll, ist mir ein Rätsel. Bei einer Zwischeneinlage soll ich einen vermeintlich ertrinkenden Andrea retten, und wir gehen fast beide unter, weil er die Verzweiflung eines Sterbenden mit zu viel Enthusiasmus spielt, wie mir scheint. Seit der Nacht mit dem Geld hat keiner von uns je wieder davon gesprochen, aber ich frage mich trotzdem, ob er versucht, mir etwas klarzumachen.

Hinterher lädt man uns in den Bürgermeisterpalast ein, wo eine riesige Mahlzeit aufgetischt wird und die Gästeschar sich aus Politikern und noch mehr Armee- und Marineoffizieren und dem einen oder anderen lokalen Herzog sowie einigen Geistlichen zusammensetzt, wobei Letztere Andrea und mich argwöhnisch beäugen und Andrea sie frech angrinst. Sie alle machen geräuschvoll kurzen Prozess mit dem ganzen Wildschwein, das in der Tischmitte thront. Und auch hier sehe ich wieder inmitten der vornehmen und würdigen Gäste die Gläubiger des Caps, jetzt in Leinenanzügen, um dem südlichen Wetter Rechnung zu tragen.

Andrea und ich werden am äußersten Ende der Tafel platziert, möglichst weit weg vom Gastgeber – der Cap sitzt als Ehrengast natürlich auf der rechten Seite des Bürgermeisters –, und ich beobachte, wie Andrea sich Kalbskoteletts und Kartoffeln und frittierten Fisch in die Taschen stopft, wenn er glaubt, dass keiner guckt, und ich überlege, wann ich aufgehört habe, das Gleiche zu tun. Als Captain Clarke B., von einem mächtigen Kronleuchter dramatisch beleuchtet und vollkommen in seinem Element, dieselbe Rede hält, die ich inzwischen Hunderte Male gehört habe, denke ich darüber nach, wie unmöglich es jedem von uns ist, sich selbst je wirklich zu entkommen.

Dann ertönt Lärm von draußen, und wir werden alle hinaus auf den Balkon geleitet und betrachten die gewaltige Menge von Demonstranten – Hunderte? Tausende? Jedenfalls mehr Menschen, als ich je an einem Ort gesehen habe –, die sich auf dem Platz vor dem Palast versammelt hat, alle möglichen Fahnen und Spruchbänder mitführt und irgendwas skandiert.

»Was wollen sie?«, frage ich den Cap, der aus reiner Gewohnheit lächelt und der Menge zuwinkt.

»Dasselbe wie alle«, sagt er aus dem Mundwinkel. »Leider.«

Mir fällt auf, dass die Geistlichen und Herzöge nervös wirken und versuchen, sich in den Hintergrund unserer kleinen Gruppe zu drängen, als wollten sie nicht gesehen werden. Dann gesellt sich der eitle Bürgermeister zu uns auf den Balkon, offenbar in der Absicht, zu der Menschenansammlung zu sprechen, doch die Menge bricht in Buhrufe und Pfiffe aus, sobald sie ihn erblickt, und fängt an, Obst und Brot und überhaupt alles Greifbare in unsere Richtung zu schleudern.

Als eine Apfelsine vom Kopf eines zurückweichenden Industriekapitäns abprallt, sehe ich, wie der Bürgermeister einem der Armeeoffiziere zunickt, der dann einem zweiten zunickt, der wiederum nach drinnen verschwindet, um die Nachricht jemand anderem zu übermitteln, während der Bürgermeister auf dem Balkon bleibt und den Hagel der Wurfgeschosse mit starrem Lächeln die vollen rund dreißig Sekunden über sich ergehen lässt, die verstreichen, bis das Schießen beginnt.

Die streikenden Arbeiter, auf drei Seiten des Platzes von mindestens vier Schützenkompanien umzingelt, haben kaum eine Chance. Ich weiß nicht, wie viele bei der ersten Salve fallen, doch noch bevor die Soldaten nachladen können, rennen die Überlebenden bereits oder schleifen ihre verwundeten Kameraden – darunter auch Frauen und Kinder, während Hunderte mehr blutend auf dem Pflaster liegen bleiben – zu der Treppe am Südende des Platzes, wo ein baumbestandener Park die Möglichkeit zur Flucht bietet. Und wo sie von mindestens fünfzig berittenen Kavalleriesoldaten, die versteckt auf genau diesen Moment gewartet haben, mit gezückten Säbeln angegriffen werden.

Während der Geruch nach Schießpulver und Blut bereits zu uns hinaufdringt, Schreie und Schüsse von den Mauern des Platzes widerhallen, beobachtet der Bürgermeister das Chaos händereibend und fragt uns: »Haben Sie so etwas je schon mal gesehen?«

Ausnahmsweise hat es selbst Captain Clarke B. die Sprache verschlagen.

Nur Andrea, der die Ablenkung des Chaos nutzt, um nicht nur so viel Essen vom Tisch zu klauen, wie er am Körper verstecken kann, sondern auch Besteck und Kerzenständer und sonstiges Silberzeug, scheint das Massaker völlig kaltzulassen.

Allein

Am folgenden hellen, warmen Morgen stehen wir am Ufer eines Kanals am Rande der Stadt, und die jetzt Leinenanzug tragenden Freunde des Caps warten neben der offenen Tür der Kutsche, die uns vom Hotel hergebracht hat. Sie haben bereits unsere gesamte Ausrüstung auf dem Treidelpfad abgestellt und uns befohlen auszusteigen, als der Captain uns mitteilt, dass er uns verlässt.

»Höchstens für ein paar Tage«, erklärt er. »Einige administrative Verpflichtungen im Norden, die unvermeidlich sind. Und allein« – er sieht seine Gläubiger unsicher an – »komme ich schneller voran.«

Er zeigt uns die Reiseroute, die er bereits für die kommenden Wochen ausgearbeitet hat, und die Karte, auf der zu sehen ist, wie der Kanal uns – mich, Andrea, den Anzug und das Boot – weiter nach Süden bis zum Fluss P. führen wird. Von dort können wir dann mit der Strömung gen Osten reisen, vorbei an verschiedenen Orten, wo der Cap sich mit uns treffen wird, um an Vorführungen und anderen geplanten Ereignissen teilzunehmen, wiewohl er zwischendurch immer mal wieder fortmuss, um Geschäftliches zu erledigen. Er weist uns auf Dinge hin, vor denen wir uns hüten sollten, und beschreibt mögliche Situationen, die es zu vermeiden gilt.

»Ich glaube an euch Burschen«, sagt er, und ich kann unmöglich wissen, ob er die Wahrheit sagt oder nicht oder ob er überhaupt den Unterschied kennt. »Und ich weiß, wir sehen uns in sieben Tagen in C. wieder.«

Der Captain sieht seine Gläubiger an, die zustimmend nicken, und dann senkt er die Stimme und beugt sich mit fast so etwas wie echter Besorgnis näher zu uns.

»Und ich rate euch beiden dringend, dann da zu sein«, sagt er.

Und schließlich, nachdem er mir etwas Geld als Vorschuss auf meinen Lohn für Proviant und Sonstiges gegeben hat, überlässt er uns unserem Schicksal – oder wird vielmehr hastig in die Kutsche verfrachtet und davongefahren. Aus dem Fenster wirft er noch einen letzten Blick auf uns und seine Lebensgrundlage, während sie sich rasch entfernen.

Keiner von uns hat in der Nacht davor gut geschlafen – der Captain war schon in den frühen Morgenstunden auf den Beinen, denn in seinem Zimmer neben dem unsrigen herrschte ein reges Kommen und Gehen mit wütenden Stimmen und Türenknallen. Ich sah die blutigen Ereignisse des Tages jedes Mal wieder vor mir, wenn ich versuchte, die Augen zu schließen, und darüber nachgrübelte, wie es sein konnte, dass ich plötzlich zu den Leuten auf dem Balkon gehörte und nicht zu denen unten auf dem Platz. Und selbst Andrea tigerte schließlich bei Tagesanbruch in unserem Zimmer hin und her wie ein gefangenes Tier. Jetzt frage ich mich, was passieren würde, wenn ich mich einfach auf den Treidelpfad setzen und die Augen schließen und es jemand anderem überlassen würde, meine Aufgaben zu erfüllen und die nächste Entscheidung für mich zu treffen. Doch dann legt mir Andrea eine Hand auf die Schulter und nickt und reicht mir den Anzug, und damit hat es sich.

Am ersten Tag auf dem Kanal übernehme ich die Führung, während Andrea mir in dem faltbaren Boot folgt, und nach einer Weile gewöhne ich mich wieder an die meditative Wirkung des Paddels und des Wassers, an das Vorbeiziehen der Landschaft und den hohen Himmel, und ich denke, wie seltsam es ist – wenn auch nicht unwillkommen –, dass ich die Rolle des Captains übernommen habe. Immer wieder blicke ich über die Schulter und rufe aufmunternde Worte nach hinten, weil ich festgestellt habe, dass mein Gehilfe ein schlechter Schwimmer ist und deshalb Angst vor dem Wasser und sogar vor dem Boot hat, und ich erinnere ihn an Dinge, auf die er achten muss, und gebe ihm Ratschläge zur Position des Segels und des Ruders und dergleichen mehr. Dabei wird mir klar, wie sehr ich diese simple Art des Reisens bei all den Annehmlichkeiten und dem ganzen Auf und Ab der letzten Wochen vermisst habe.

Da wir gegen keine Strömung ankämpfen müssen und nur gelegentlich eine Schleuse ein Hindernis darstellt, kommen wir trotz der Nervosität meines Gefährten gut voran. Tagsüber passieren wir Bauernhöfe und Handwerkerhäuschen und Eisenhütten, treffen auf Lastkähne, die Kohle und Stoffe und Vieh und Fisch und Glaswaren vom Süden heraufbringen, und winken den erstaunten Menschen zu, die uns vorbeigleiten sehen, und der nächste Tag und die Tage danach verlaufen ebenso.

Das Wetter ist noch warm, also schlagen wir nachts unser Lager am Kanalufer oder in Wäldchen oder leeren Scheunen auf und halten dabei abwechselnd Wache über unsere Ausrüstung. Und ich behalte auch Andrea im Auge, weil ich noch immer der schlaue Junge bin, der ich immer war, und schlafe mit einer Hand auf meinem Geldbeutel und der anderen auf dem Bootsmesser, das ich aus unserem Gepäck genommen habe. Trotzdem murre ich nicht und stelle keine Fragen, als er einige Male früh am Abend verschwindet und mit geklauten Flaschen Wein und Brot und Käse zurückkommt.

Unsere Gespräche am Lagerfeuer sind aufgrund von Sprachproblemen noch immer recht eingeschränkt, aber wir können uns verständlich machen, und ich erzähle Andrea von den Abenteuern des Caps und was bislang auf unserer Reise passiert ist sowie Geschichten aus meinem eigenen Leben und von meinem Bruder und unserem Zuhause. Ich spreche auch über meine Hoffnungen für die Zukunft, obwohl ich unsicher bin, wie viel davon er versteht. Als ich erkenne, wie wenig er tatsächlich an schulischem Wissen gelernt hat, versuche ich, ihm das zu vermitteln, was ich über Wissenschaft und Geschichte und Geografie und Religion und andere Themen weiß, und beantworte seine Fragen dazu, wie die Welt ist und was sie ausmacht, wobei ich manchmal raten muss, da ich selbst auch nicht mehr viel gelernt habe, seit ich zehn Jahre alt war. Andrea seinerseits lässt sich nur entlocken, dass sein Leben »meistens schlecht« war.

Als wir den Versuch machen, darüber zu sprechen, was wir von dem Balkon in M. aus gesehen haben, merke ich, dass ich selbst in meiner eigenen Sprache nicht vernünftig darüber reden kann, geschweige denn in seiner.

Am Morgen sind wir jeden Tag schon vor Sonnenaufgang wieder draußen auf dem Wasser, und dann paddeln wir bis in die Abenddämmerung hinein, und so durchschiffen wir den gesamten Kanal und erreichen den Fluss P. in weniger als vier Tagen. Die rote Kuppel der Kirche in W., die sich über die flache Landschaft erhebt, ist aus acht Kilometern Entfernung zu sehen, als wir uns ihr am letzten Morgen nähern, und dann bestimmt sie die Szenerie hinter uns, als wir auf einer Sandbank sitzen und unseren Erfolg mit einer Zigarette und einer unrechtmäßig erworbenen Flasche Wein feiern.

Und dann biegen wir in den breiten, schnell fließenden Fluss und steuern gen Osten, auf dem Weg zu unserem nächsten Abenteuer.

Auf dem Fluss P.

Auf dem Fluss P. stellen wir fest, dass die Matrosen ihre Boote im Stehen rudern statt im Sitzen und sich gegenseitig mit Pfiffen begrüßen, und die Fischer fangen riesige Welse in Netzen, die sie von Hütten auf Pfählen ins Wasser senken. Schiffe und Boote aller Größen arbeiten sich den Fluss hinauf und hinunter, und ihre Führer und Besatzungen winken und plaudern mit Andrea, wenn wir vorbeikommen, und fragen, was wir alles gesehen haben.

Am ersten Abend stoßen wir auf das Wrack eines Fischerbootes, das auf einer Sandbank auf Grund gelaufen ist, und beschließen, die Nacht darin zu verbringen, und jagen uns selbst Angst ein, weil wir an die Geister toter Matrosen und Fischer denken. Danach schlafen wir lieber wieder im Freien.

In der Kleinstadt R. fahren wir unter einer Steinbrücke hindurch und werden von einer Gruppe kichernder Schulmädchen auf dem Weg zum Unterricht bejubelt, sodass wir uns fragen, ob wir schon berühmt sind, während uns bei G. der Anblick des dunklen Rückens eines riesigen Tiers in Erstaunen versetzt, das wir beide nicht identifizieren können und das keine zehn Meter von uns entfernt ganz kurz auftaucht.

Ich schreibe einen langen Brief an meinen Bruder, in dem ich ihm schildere, was passiert ist, seit wir die Berge überquert haben, beteuere, wie sehr ich mir wünsche, von ihm zu hören, und ihm das wahrscheinliche Datum unserer Ankunft in V.

mitteile, wohin er eventuelle Briefe schicken sollte. Außerdem verrate ich ihm einige der obszönen italienischen Wörter und Ausdrücke, die Andrea mir beigebracht hat.

Unterdessen bereichert Andrea sein Englisch jeden Tag mit neuen Wörtern, und nicht alle davon wären in feiner Gesellschaft unpassend.

In B. teilen wir unser Lager am Wasser und unser Abendessen mit einer alten Frau und den vier unterernährten Kindern, mit denen sie am Fluss entlangzieht. Ihr Transportmittel ist ein kaputtes Ruderboot, das noch älter aussieht, als die Frau ist, und nur ein dünnes, über den Rahmen geworfenes Tuchsegel bietet ihnen dürftigen Schutz vor den Elementen. Als die Frau am Feuer sitzt, versammelt sie ihre magere Schar – drei Jungen und ein Mädchen – um sich und behandelt die zahlreichen Verletzungen, die sie offenbar alle haben, von blauen Augen und Verstauchungen über Prellungen und Schnittwunden, die sie eigenhändig näht, während die Kinder lauthals jammern.

Andrea übersetzt für mich, während die Frau erklärt.

»Sie kämpfen«, sagt er und deutet einen Faustschlag an, »für Geld.«

»Gegen wen kämpfen sie?«, frage ich.

»Andere Kinder. Gegeneinander. Manchmal Männer. Den ganzen Fluss entlang.«

»Sie kämpfen gegen erwachsene Männer?«

»Auf Volksfesten. Für Geld. Sie hat früher dasselbe gemacht.«

Die Frau zeigt stolz ihre Fäuste, die, wie ich sagen muss, gigantisch sind. Das erklärt ihr zahnloses Lächeln einigermaßen.

»Und ihre Väter?«

Die Frau lacht.

»Es gibt keine Väter.«

Als ich mitten in der Nacht wach werde, nachdem das Feuer

längst erloschen ist, sind zwei der Kinder zu mir unter die Decke gekrochen, um sich zu wärmen. Ich lege die Arme um sie und denke an meinen Bruder und schlafe zufrieden wieder ein.

Am Morgen ist die seltsame Familie verschwunden, bevor wir aufwachen, und ich bin den Rest des Tages traurig.

Zwischen den Städten L. und D. ruft uns der Hauptmann eines kleinen Trupps Soldaten, die von irgendwo nach irgendwo marschieren, ans Flussufer. Während die Soldaten die Gelegenheit nutzen, um zu rauchen und zu plaudern, will der jugendlich wirkende Hauptmann wissen, wer wir sind und was wir vorhaben, obwohl er das offenbar nicht in seiner Eigenschaft als Soldat tut, sondern eher aus persönlichem Interesse, denn er verlangt nicht, dass wir uns ausweisen, sondern möchte von mir die Funktionsweise des Anzugs gezeigt bekommen, und klatscht ehrlich begeistert in die Hände, als ich ein paar Kunststückchen im Wasser vorführe.

»Insegnante«, sagt er zu mir und legt eine Hand auf seine Brust, um deutlich zu machen, dass er über sich selbst spricht, und mit Andreas Hilfe erklärt er, dass er Lehrer ist – oder war, bis er zur Armee ging und das Kommando über diese prächtigen Burschen bekam, und er zeigt auf die Soldaten, die sich inzwischen am Flussufer niedergelassen haben und essen oder Karten spielen und uns freundlich zuwinken, offensichtlich an die Überschwänglichkeiten ihres Hauptmanns gewöhnt.

Mir wird bewusst, dass ich den Anzug soeben zum ersten Mal ohne die Erlaubnis des Caps vorgeführt habe, aber ich tue mein Bestes, um diesem feinen Mann sowohl die Funktionsweise des Anzugs zu erklären als auch den höheren Zweck und größeren Zusammenhang, in dem er betrachtet werden sollte, inklusive der bahnbrechenden wissenschaftlichen Arbeit von Captain Clarke B. und der tragischen Verluste von Menschenleben auf See und weiterer Annäherungen an die übliche Rede des Captains, wenngleich ich nicht so weit gehe, die fröhlich ausruhenden Soldaten um Spenden zu bitten.

»Bravo!«, sagt der Captain, als ich geendet habe, und umarmt mich wie einen Bruder, dann fordert er seine kleine Truppe auf, uns zu applaudieren.

Als wir wieder vom Ufer abgelegt haben, schaue ich noch einmal zurück und sehe, dass der ehemalige Lehrer uns begeistert hinterherwinkt, und ich frage mich, ob er uns unter anderen Umständen nicht lieber begleitet hätte.

Doch in der dritten Nacht gerät unsere Reise beinahe zur Katastrophe.

Wir beenden gerade unser abendliches Essen am Lagerfeuer in einem Wäldchen nur wenige Meter vom Fluss entfernt, als wir laute Stimmen aus der Dunkelheit näher kommen hören, und gleich darauf tauchen zwei betrunkene Polizisten, offenbar auf dem Nachhauseweg nach einem durchzechten Abend, mit geschulterten Gewehren im Licht unseres Feuers auf.

Es beginnt eine bedrohliche Unterhaltung auf Italienisch, die Andrea nicht übersetzt, aus der ich aber deutlich entnehme, dass diese beiden die Absicht haben, uns für irgendein Verbrechen zu verhaften – wahrscheinlich würde Landstreicherei ausreichen –, bis sie auf die geniale Idee kommen, dass wir unsere Freiheit erkaufen können, und das nicht notwendigerweise mit Geld.

Daraufhin sieht Andrea mich an und sagt auf Englisch: »Pack alles zusammen.« Dann sagt er irgendwas zu den beiden Männern, zeigt dabei auf mich und schüttelt den Kopf, bevor er mit den beiden in die Dunkelheit verschwindet.

Während sie weg sind, steige ich rasch in den Anzug und schiebe das Boot in Rekordgeschwindigkeit zum Fluss, um unsere Flucht vorzubereiten, und kaum habe ich es im Wasser, da höre ich den Schrei und sehe Andrea aus dem Wald gerannt kommen. Er springt ins Boot, und wir beide paddeln hastig vom Ufer weg, als einer der beiden Peiniger zwischen den Bäumen hervortaumelt, mit einer Hand seine Hose hochhält und die andere auf den Bauch presst, der dunkel beschmiert ist mit etwas, von dem ich gar nichts wissen will, ehe er mit einem lauten Platschen vornüber ins Wasser kippt.

Er steht nicht wieder auf.

In dieser Nacht halten wir nicht an, sondern wollen unbedingt möglichst weit weg vom Ort des Geschehens gelangen, und so paddeln wir bis zum Morgengrauen, ehe wir einen Tag lang wie gesuchte Verbrecher unter einer leeren Fischerhütte in Deckung gehen und uns hinter angespülten Ästen und Treibholz und anderem angeschwemmtem Zeug verstecken, damit uns niemand vom Fluss aus sehen kann.

»*Criminali*«, sagt Andrea stolz und klopft erst mir und dann sich selbst auf die Brust.

Und das, so scheint es, sind wir jetzt wirklich.

Ein neues Aussehen

Am Abend brechen wir wieder auf und fahren die ganze Nacht, begleitet von Eulen und Fledermäusen und anderen gespenstischen Kreaturen, den Fluss hinunter, bis wir in den frühen Morgenstunden die Stadt C. erreichen und so müde sind, dass wir beide Wahnvorstellungen von Geisterschiffen und ihren Mannschaften auf dem dunklen Wasser haben.

In Ermangelung irgendeines anderen Plans schlafen wir mit unserer Ausrüstung auf einer Bank auf dem Marktplatz ein.

Bei Tagesanbruch wecken uns die Arbeiter, die gekommen sind, um auf dem Platz die Bühne für den später am Tag anberaumten öffentlichen Auftritt von keinem Geringeren als Captain Clarke B. aufzubauen. Nach einigen Erkundigungen finden wir heraus, dass der Captain sich bereits im besten Hotel der Stadt einquartiert hat, wo er eine Suite bewohnt, aber, wie sich herausstellt, für Andrea und mich keine Zimmer reserviert worden sind.

»Ihr seid jung und gesund«, sagt der Captain zu uns, als wir ihn am Vormittag in der Hotellobby treffen. »Noch ein paar Nächte draußen werden zwei so kräftigen Burschen wie euch schon nicht schaden.«

Dennoch umarmt er uns beide stolz und klopft sich anschließend den Staub von dem neuen weißen Jackett, das er passend zu seinem noblen Umfeld zusammen mit Hose und Stiefeln trägt. Er hat sich außerdem Pomade besorgt, seit wir ihn zuletzt gesehen haben, und ein Cape, das ihm theatralisch über eine Schulter hängt. Im Gegensatz dazu sehen Andrea und ich eben aus wie zwei starke Burschen, die eine einwöchige Abenteuerfahrt auf dem Fluss hinter sich haben.

Der Cap hat sich offenbar auch eine Entourage zugelegt, die wir kennenlernen, als wir nach oben in seine Suite eingeladen werden, wo anscheinend seit vierundzwanzig Stunden eine Party im Gange ist. Reich aussehende Männer und Frauen liegen hier und da auf Sofas oder auf dem Fußboden oder sitzen an Tischen in verschiedenen Stadien der Berauschtheit, rauchen Opiumpfeifen oder trinken und spielen endlose Runden Karten. Ein paar kläffende Hunde jagen einander unter den Möbeln, und auf dem Bett ist ein Paar anscheinend eingeschlafen, während sie sich gegenseitig auszogen, denn die Frau ist von der Hüfte aufwärts, der Mann von der Hüfte abwärts nackt.

Hotelangestellte kommen und gehen, räumen Teller und Gläser weg und bringen Nachschub an Essen und Getränken und bekommen vom Captain Trinkgeld, das er von einer Rolle Geldscheine abblättert, während Andrea und ich verschiedenen Grafen und Gräfinnen und Baronen vorgestellt werden, die die neue Freundesgruppe des Captains ausmachen – »Bloß ein paar feine Leute, die ich unterwegs kennengelernt habe« – und die kurz von ihren Beschäftigungen aufblicken, um uns zu begrüßen, weil sie die Möglichkeit in Erwägung ziehen, wir könnten eine neue Form von Unterhaltung sein. Andrea, der ihre Sprache spricht, beantwortet einige Fragen und wird mit ein paar Lachern und dem stolzen Arm von Captain Clarke B. um seine Schultern belohnt.

Ich sage dem Cap, dass mit dem Anzug alles in Ordnung ist.

»Der Anzug«, sagt er, als würde er sich gerade daran erinnern. »Ja. Ja, natürlich. Das habe ich nie bezweifelt, Dan.«

Und dann fragt er, ob es mir etwas ausmachen würde, ihm

etwas zu trinken zu holen, während er ein paar Worte mit meinem jungen Gehilfen hier wechselt, der prompt für ein kurzes Gespräch in eine Ecke bugsiert wird. Ich kann zwar nicht verstehen, was sie reden, aber mir entgeht nicht, dass der Captain meinem Reisebegleiter unauffällig ein paar Geldscheine zusteckt.

Die Vorführung des Anzugs selbst soll noch am selben Nachmittag im Anschluss an den üblichen Auftritt des Caps stattfinden, und müde, wie ich bin, überlasse ich es Andrea, den Anzug zu überprüfen und vorzubereiten, während ich den Schauplatz der Demonstration erkunde, einen breiten Flussabschnitt drei Kilometer zu Fuß außerhalb der Stadt, begrenzt von Weizenfeldern. Als der Zeitpunkt für die Vorführung gekommen ist, versammelt sich das Publikum aus Landarbeitern und Leuten aus der Stadt am Flussufer, und der Captain und seine neuen Freunde fahren in ihren Kutschen vor, doch anstatt auszusteigen, feiern sie weiter ausgelassen mit reichlich Wein und Kartenspielen.

Ich ziehe mit Andreas Hilfe den Anzug an und winke der kleinen Menschenmenge zu, als ich ins Wasser wate und in die Mitte des Flusses paddele, wo ich die üblichen Rollen, Drehungen und andere Tricks vollführen will. Doch schon bald merke ich, dass die Schwimmkammern des Anzugs nicht richtig aufgeblasen sind und ich langsam untergehe. Ich versuche, Wasser zu treten, während ich in die Aufblasröhrchen puste, doch genauso schnell, wie ich Luft in die Kammern pumpe, entweicht sie auch schon wieder, und der nasse Anzug zieht mich unaufhaltsam unter Wasser. Ich hebe eine Hand, um den Leuten am Ufer meine Notlage zu signalisieren, während ich mit dem anderen Arm paddele, um den Kopf über Wasser zu halten, doch das Publikum vermutet, dass das ein Teil der – bislang enttäuschenden – Vorführung ist, und winkt bloß halbherzig zurück.

Derweil sind die Einzigen, die merken könnten, dass etwas nicht stimmt, also Andrea und Captain Clarke B., vollauf damit beschäftigt, mit den neuen Freunden des Caps Champagner zu trinken, und werden wahrscheinlich erst wieder in meine Richtung schauen, wenn es längst zu spät ist.

Letztlich verdanke ich meine Rettung allein dem Einschreiten einiger Feldarbeiter, die, als ich das vierte oder fünfte Mal untergehe und dann nicht mehr auftauche, endlich begreifen, dass ich Probleme habe, und ins Wasser springen und mich ans Ufer ziehen, wo ich aufs Gras gelegt werde und wie ein Fisch auf dem Trockenen nach Luft schnappe.

Da erst bemerken der Captain und seine neuen Freunde, was passiert ist, und sind nicht erfreut.

Am Tag danach und am
nächsten und übernächsten

Natürlich kommt mir der Gedanke, dass es sich um Sabotage handeln könnte. Ich weiß, dass unser neuer Gehilfe alles zu gewinnen hat – nicht zuletzt meinen Lohn – und wahrscheinlich sehr wenig zu verlieren, wenn er meinen Platz in unserem Trio einnimmt. Als ich den Anzug am Abend im Feuerschein genau inspiziere, während Andrea mit dem Cap in seiner neuen Cape-Aufmachung und der übrigen Bagage im Hotel Karten spielt, stelle ich fest, dass sich die Abdichtungen um die inneren Schwimmblasen vollständig gelöst haben – oder entfernt worden sind – und mit Katzendarm und durch Erhitzen des Gummis drum herum repariert werden müssen, damit sie wieder wasserdicht sind, eine Arbeit, mit der ich erst am frühen Morgen fertig bin.

Ich beschließe, den Anzug ab jetzt vor jeder Vorführung selbst gründlich zu überprüfen und meinen Arbeitskollegen noch genauer im Auge zu behalten.

Am folgenden Tag bereiten wir unsere Weiterreise vor, als der Captain verkündet, dass seine neuen Freunde uns einige Wochen lang begleiten werden – »Und ich habe Pläne, Dan, mein Junge«, sagt er zu mir, »große, große Pläne!« –, und so fahren wir in einem Konvoi aus sechs oder sieben Kutschen los, um uns auf den Weg zur nächsten Stadt auf unserer Route und zum nächsten Hotel und zur nächsten Vorführung zu machen.

Wie sich herausstellt, haben die Freunde des Captains auf

der Reise großen Spaß daran, sich während der Fahrt aus Kutschenfenstern zu beugen, um einander und den Leuten, an denen wir vorbeikommen, etwas zuzurufen, oder von Kutsche zu Kutsche Nachrichten weiterzugeben oder Wetten abzuschließen oder Champagnerflaschen rüberzureichen oder manchmal auf die Kutschdächer zu klettern, um zu plaudern oder die vorbeiziehende Landschaft zu genießen oder erschöpft vom Gelage des Vorabends zusammenzubrechen und stundenlang zu schlafen. Wenn wir zwischendurch haltmachen, um die Pferde zu tränken, kommen alle blinzelnd aus den Kutschen getaumelt und wanken herum, als wären sie seit Wochen auf See gewesen, was die Einheimischen begierig ausnutzen, um diesen benommenen Fremden allen möglichen Krimskrams zu verkaufen.

Derweil stoßen die verwirrten Reisenden immer wieder mit mir zusammen und fragen in verschiedenen Sprachen: »Und wer bist du noch mal?«

Und genauso läuft es ab am Tag danach und am nächsten und übernächsten und an jedem der folgenden Tage.

In W. machen wir auf dem Grundstück eines alten Klosters halt, wo ich im Fischteich Rollen und Sprünge und blitzschnelle Drehungen vorführe, während die reichen Freunde des Caps die Einheimischen angrölen und mit Geld um sich werfen.

In B. werde ich – als Teil der ehrgeizigen neuen Pläne des Captains – von einem Gespann Rennpferde, die am Flussufer entlanggaloppieren, durch oder genauer gesagt über das Wasser gezogen, wobei ich auf zwei vom Captain erworbenen Tiroler Skiern aus poliertem Holz balanciere, während seine Entourage Wetten abschließt, wie lange es dauert, bis ich ins Wasser falle.

In F. muss ich ein mit tanzenden Frauen und einer vierköpfigen Musikkapelle gefülltes Boot über die gesamte Länge eines künstlichen Sees ziehen, während die Schaulustigen Feuerwerkskörper anzünden und in meine Richtung werfen.

In G. werde ich an ein sich drehendes Wasserrad geschnallt und ertrinke fast bei der Vorführung der verschiedenen Einsatzmöglichkeiten des Anzugs.

In P. werde ich volle zehn Meter in die Luft katapultiert, nachdem ich eine zweckentfremdete Heurutsche hinuntergesaust bin, um dann einen tadellosen Hocksprung in einen Stausee zu vollführen.

»Fehlt nur noch«, sage ich zum Cap, »dass ich aus einer Kanone abgefeuert werde« – was mir nicht den Lacher einbringt, den ich erhofft habe, sondern meinen Arbeitgeber stattdessen veranlasst, eine Reihe von ernsthaften Erkundigungen nach der Käuflichkeit von Armeegeschützen einzuholen (die zum Glück unser Budget überschreiten).

Und jeden Tag sitze ich wieder in der vordersten Kutsche unserer grotesken Karawane, meistens schweigend, gegen die Tür gequetscht, während der mit seinem Cape angetane Captain Clarke B. über vielerlei Themen vor seinem neuen Hofstaat doziert, von dem sich stets sieben oder acht Mitglieder in der Kutsche drängen, um seine Meinungen zu hören und Geld von ihm zu gewinnen, was in mir die Frage aufwirft, ob er sich in dieser Situation als der König oder der Hofnarr sieht. Und die ganze Zeit bin ich gezwungen, das Pärchen neben mir möglichst zu ignorieren, das sich fast die ganze Fahrt über allen möglichen Varianten eines verstohlenen Liebesspiels widmet – wobei ich für ihre Beschäftigung so unerheblich bin, dass sie meine Anwesenheit wahrscheinlich nicht einmal bemerken.

Dennoch, der Cap scheint mit seinem neuen Platz in der Ordnung der Dinge ganz zufrieden zu sein, auch wenn er für seine wissenschaftlichen Leistungen vielleicht nicht den Respekt erntet, den er wohl seiner Meinung nach verdient, und das Wetter ist warm, und auf niemanden wird geschossen, und obgleich mein Wert in den Augen meines Arbeitgebers allem

Anschein nach gesunken ist, werde ich trotzdem weiterhin bezahlt. Also versuche ich in den nächsten paar Wochen, den Kopf einzuziehen und meine Pflichten zu erfüllen, während wir dem Lauf des Flusses Richtung Osten folgen, unsere Wanderaufführung auf Marktplätzen oder auf Erntefesten oder auf den Anwesen reicher Gutsbesitzer zum Besten geben, wo ich den Anzug demonstriere und immer spektakulärere und unsinnigere Kunststücke vollführe, während der Captain mit Andrea als Übersetzer die Zuschauer unterhält und seine Entourage sich idiotisch benimmt und die Feiereien bis spät in die Nacht dauern und ich meistens allein unter den Sternen schlafe.

Die Jungs vor mir

Aber natürlich kommt bald der Tag, an dem der Cap mich bittet, Andrea in der Benutzung des Anzugs auszubilden – »Und du wirst immer unser wichtigster Mann sein, Dan, das versteht sich von selbst, aber es kann nicht schaden, einen Ersatzmann zu haben, oder?« –, und da begreife ich, was er die ganze Zeit geplant hat und dass ich früher oder später wahrscheinlich ersetzt werde.

Doch was bleibt mir bis dahin anderes übrig, als weiterzumachen?

Am Morgen unserer ersten Übungsstunde hängt Nebel über dem Fluss, und der Tag ist nicht viel anders als der, an dem der Captain mit meiner Ausbildung begann. Ich wecke Andrea früh, was ihm missfällt, da er wieder bis spät in die Nacht mit dem Cap und dessen Entourage gefeiert hat, aber er ist schlau genug, um zu erkennen, welche Möglichkeiten sich ihm eröffnen könnten, wenn er diese neue Fertigkeit gelernt hat, deshalb widersetzt er sich kaum.

Während ich ihm in den schweren Gummianzug helfe, fällt mir plötzlich auf, wie ähnlich wir körperlich gebaut sind – und dann wird mir klar, dass der Cap ihn tatsächlich genau deshalb ausgesucht hat, so wie mich. Ich muss daran denken, wie Mcinerney von den Jungs vor mir gesprochen hat, und frage mich, wie viele es im Laufe der Jahre insgesamt wohl gewesen sind und wie viele noch nach uns kommen werden. Ich frage mich auch, wie viele von ihnen aus eigenen Stücken gekündigt haben und wie viele gefeuert wurden und wie viele gestorben sind oder nach schweren Verletzungen als Krüppel ausgemustert wurden oder einfach am Rand von fremden Städten in fremden Ländern wie diesem zurückgelassen wurden, weil der Captain keine Verwendung mehr für sie hatte oder weil sie zu viele von seinen Tricks gelernt hatten, und ob und wie sie es zurück nach Hause geschafft und was für Geschichten sie danach über ihre Abenteuer erzählt haben.

Nicht zum ersten Mal denke ich über den Mann nach, der ich sein mag, wenn das alles hier vorüber ist, falls ich bis zum Ende durchhalte.

Trotz Andreas Spielernatur gestaltet sich diese erste Stunde aufgrund seiner Angst vor dem Wasser sehr schwierig, weil sein natürlicher Instinkt ihn dazu bringt, gegen mich zu kämpfen. Sobald wir in dem flachen Fluss sind, muss ich ihn mit den Armen stützen, damit er die richtige Position einnimmt, und ihn so festhalten, was einige Male beinahe zu Prügeleien führt, da wir einander misstrauen und ich noch nicht gänzlich den Gedanken verworfen habe, ihn ertrinken zu lassen, um meinen Platz in der Gunst des Captains zurückzuerobern.

»Halt den Rücken gerade«, sage ich zu ihm, wie ich es mal vom Captain gelernt habe, »und den Kopf oben. Überlass dem Anzug die Arbeit. Lass dich vom Wasser tragen.«

Die vorbeipaddelnden Enten und Gänse beobachten uns neugierig.

Schließlich, nachdem er ein paarmal untergegangen und mir dafür beinahe zu Leibe gerückt ist, gewöhnt Andrea sich allmählich an die Situation, und ich kann ihn loslassen und spüre unwillkürlich eine Welle von Stolz, als er schließlich das Selbstvertrauen gewinnt, sich von mir zu entfernen und aus eigener Kraft über das Wasser zu gleiten.

»Gut so«, sage ich zu ihm. »Du hast den Dreh raus«, und ich verstehe, wie sich Eltern fühlen müssen, wenn sie zum ersten Mal begreifen, dass ihr Kind sie irgendwann überflügeln wird.

Von da an sind wir an den meisten Tagen in aller Frühe auf den Beinen, um zu üben, und wir haben den Fluss für uns allein und die Zeit, über die seltsame neue Gefolgschaft des Caps zu reden, von der Andrea offenbar genauso wenig beeindruckt ist wie ich, denn er hat sich für sie etliche italienische Spitznamen ausgedacht, die er mir übersetzt. Sie lauten unter anderem »böser Mann«, »dummer Mann«, »dummer, böser Mann«, »böse Frau«, »lachende Frau«, »böse, dumme lachende Frau«, »Herr Fettarsch« und »Schwanzgesicht«.

Er verrät mir auch, dass er als Nebenverdienst Trinkgeld von ihnen einstreicht und außerdem etwas von den Wettgewinnen einbehält, die er für sie einsammelt – eine Praxis, die ich besonders begrüße, als ich selbst in Konflikt mit den Freunden des Captains gerate.

In der Stadt C., wo ich den besten Schwimmer der Gegend in einem Rennen über ein Stauwehr besiege, feiern der Cap und seine Entourage am Abend wie immer wild und ausgelassen in dem Hotel, wo wir uns alle einquartiert haben. Bis spät in die Nacht herrscht in dem Zimmer, in dem die Party stattfindet, ein Kommen und Gehen von Laufburschen und Dirnen und sonstigen Unterhaltern, doch in den frühen Morgenstunden nimmt alles eine dunklere Wendung.

Ich bin auf dem Weg zu Bett, als ich auf dem Flur vor dem Zimmer etwa sechs oder sieben müde und ängstlich aussehende Kinder bemerke, das älteste nicht größer als mein zehnjähriger Bruder. In meinem gebrochenen Italienisch frage ich die Kinder, worauf sie hier warten, bekomme aber von keinem von ihnen eine vernünftige Antwort. Doch angesichts der späten Stunde und dessen, was ich über die Leute in dem Zimmer weiß, fürchte ich das Schlimmste. Also gebe ich jedem der Kinder ein paar Münzen und sage ihnen, sie sollen nach Hause gehen.

Ich habe gerade das letzte von ihnen verschwinden sehen, als die Tür des Zimmers aufgeht und ein Mann – nennen wir ihn »wütender Mann« – den Kopf herausstreckt. Da er nicht sieht, was er erwartet hat, späht er verwirrt den Flur auf und ab, und als er mich erblickt, werden seine Augen schmal.

Ich breite achselzuckend die Arme aus und setze mein unterwürfigstes Lächeln auf.

Im Gegenzug sehe ich nur mörderische Wut und die versprochene Rache eines verwöhnten, reichen Mannes, die mich eher früher als später ereilen wird.

Strick

Am letzten Tag, bevor Captain Clarke B. sich erneut für ein paar Wochen von uns verabschieden wird, um wieder nach Norden zu fahren, wo er etwas mit seinen Gläubigern zu regeln hat, erreichen wir das riesige Anwesen einer der reichsten Familien in der Region, wo zu Ehren des Caps ein großes Fest stattfinden soll.

Während unser Konvoi die endlos lange Zufahrt zum Haupthaus entlangrollt, fällt mir auf, dass die Arbeiter auf den Feldern von berittenen Männern mit Peitschen und Gewehren bewacht werden, und ich weise die anderen in meiner Kutsche darauf hin, doch da alle damit beschäftigt sind, um Geld zu spielen oder zu trinken oder sich gegenseitig Lust zu bereiten, finden meine Worte nahezu kein Gehör, und ich erspare mir jede weitere Bemerkung dazu.

Am Abend führe ich den Anzug auf dem kleinen Zierteich des Anwesens einem Publikum aus schweigenden Landarbeitern vor, die größtenteils die Köpfe gesenkt halten und Blickkontakt untereinander oder mit anderen vermeiden, während die Männer zu Pferd am Ufer des Sees auf und ab patrouillieren. Dann hält der Captain die übliche Ansprache, in der er von seinem persönlichen Heldenmut »an jenem berühmten und schrecklichen Abend« erzählt, was der inzwischen routinierte Andrea übersetzt – der, wie ich zugeben muss, neuerdings eine schöne Stimme für öffentliches Reden bekommen hat –, ehe der Cap einige würdigende Bemerkungen über die persönlichen Qualitäten der Gutsbesitzer macht sowie über ihre Familiengeschichte in der Region und die vielen guten Dinge, die sie für die Menschen der Umgebung tun. Unsere Gastgeber – Gatte, Gattin und fünf fein gekleidete Kinder – schauen stolz zu.

»Und während wir an der Schwelle dieses neuen Jahrhunderts stehen«, sagt der Cap zu ihnen, »sind es Menschen wie Sie, Menschen mit Weitblick und Willenskraft, bei denen wir Orientierung und Führung suchen«, und so weiter und so weiter.

Nach der Ansprache werden der Captain und seine diversen Anhänger plus persönlichem Übersetzer ins Haus geleitet, wo Zerstreuungen wie Tänzerinnen und Akrobaten und Kartenspiele warten, während ich mich in den Stallungen schlafen lege.

Doch schon bald werde ich gestört von Pfiffen und Schüssen und Hundegebell, und gleich darauf tauchen im Stallhof vier oder fünf berittene Männer auf, die einen jungen Mann und eine junge Frau an Stricken hinter sich herziehen. Bei dem lauten Lärm werden die Türen des Hauses wieder geöffnet, und unser Gastgeber kommt heraus, gefolgt vom Rest seiner lachenden Gäste, darunter der Cap und Andrea, und sie alle schauen zu, wie die zwei geflohenen Hilfskräfte, die gerade wieder eingefangen worden sind, auf die Pflastersteine geworfen und auf ein Nicken des Hausherrn hin mit je zwanzig Hieben ausgepeitscht werden.

Als die Belustigung vorüber ist – und am Ende lacht keiner mehr –, werden die bedauernswerten Hilfskräfte weggeschleppt, und die Feiernden drehen sich um und strömen zurück ins Haus, um zu sehen, was ihnen als Nächstes geboten wird und was danach und auch danach noch.

Andrea, dessen schwarze Augen meinen Blick die ganze Zeit über erwidert haben, nickt mir einmal zu und folgt dann den anderen ins Haus. Und als ich mich wieder schlafen lege, eine

Hand auf meinem Geld, frage ich mich, inwiefern auch wir gekauft und bezahlt sind wie alle anderen auch.

Es ist noch dunkel, als sie mich wiederum ein paar Stunden später aus meinem Strohbett zerren. Zu fünft oder sechst drücken sie mich zu Boden und fesseln mir die Hände auf dem Rücken und binden mir einen Knebel fest um den Mund, sosehr ich mich auch wehre. Trotzdem gelingt es mir, dem einen oder anderen ein blaues Auge zu verpassen und wenigstens einem mit meinem Stiefel die Nase zu brechen, bevor sie mich so niedergerungen haben, dass sie ihren Plan in die Tat umsetzen können.

Ich werde, zum Glück nicht von einem Pferd, über die Pflastersteine und hinaus auf den Rasen vor dem Haus geschleift, während die Gruppe von Grafen und Baroninnen und anderen Kleinadeligen und professionellen Mitläufern kreischt und brüllt und brennende Fackeln schwenkt, als wäre das alles ein großartiges Spiel. Und das ist es wohl auch.

Der Captain, ob per Zufall oder nicht, ist nirgends zu sehen, aber der wütende Mann von dem Vorfall auf dem Hotelflur vor einigen Tagen ist sehr wohl da und beugt sich dicht an mein Gesicht und sagt auf Englisch: »Du musst wieder lernen, wo dein Platz ist.« Und dann wird mir ein Strick um den Hals gebunden, und das andere Ende wird über den Ast eines Baumes geworfen, und ich werde auf die Beine gezogen.

Oben im Haus sehe ich noch überall Licht brennen, und aus den Fenstern schauen weitere Leute dem Spektakel zu, darunter anscheinend auch der Gutsbesitzer und seine ganze Familie, und ich überlege kurz, was die Kinder wohl davon halten, und dann bin ich auf den Zehenspitzen und ringe nach Luft und denke gerade, dass das eine lächerliche Art zu sterben ist, als ich den Schuss höre.

Und auf einmal ist Andrea da, mit einem Gewehr in den

Händen, das er nachlädt, als er in die Mitte der kleinen Menschenmenge tritt, und dann zielt er fast beiläufig nacheinander auf jeden Einzelnen und fragt, was sie von dieser schönen Wende der Ereignisse halten und was sie dagegen tun wollen.

Zu unserem Glück und trotz ihrer Wut kommen sie alle zu dem Schluss, dass es besser für sie ist, nichts zu tun, und so haben wir eine Pattsituation, bis Captain Clarke B. höchstselbst erscheint und »Was geht hier vor?« fragt, aber geflissentlich weder mir noch Andrea in die Augen sieht, und die Gruppe löst sich missmutig auf und trottet zurück zum Haus, und der Spaß ist vorbei. Während der Captain meine Hände losbindet, zielt Andrea mit dem Gewehr auf ihn, und ich frage mich, ob er das macht, weil er fürchtet, die Freunde des Caps könnten zurückkommen, oder ob er speziell dem Cap etwas zu verstehen geben will.

Am nächsten Morgen sind wir drei wieder unterwegs, bevor irgendwer sonst aufgestanden ist und ohne höfliche Verabschiedung durch den Hausherrn oder die Freunde des Caps. Nachdem wir die acht Kilometer zum nächsten Ort schweigend zurückgelegt haben, wird unsere Ausrüstung von der Kutsche geladen, und Andrea und ich bereiten den Anzug und das faltbare Boot vor, um die nächste Etappe der Reise wieder auf dem Fluss zu bewältigen. Captain Clarke B. scheint wieder ganz der Alte zu sein; er zündet sich eine Zigarre an, schüttelt uns die Hände und klopft uns auf die Schultern. Dann sagt er: »Viel Glück, Jungs«, steigt wieder in die Kutsche und macht sich auf seinen eigenen Teil der Reise.

Doch noch ehe er fort ist, wird mir bewusst, dass sich in der Geografie zwischen uns dreien etwas verändert hat, und ich merke, dass mich das stärker beunruhigt, als ich mir erklären kann.

Das Marschland

Andrea und ich fahren seit knapp einer Woche – es könnte genauso gut auch über ein Jahr sein – durch Marschland. Hier draußen gibt es keine Jahreszeiten, jeder Tag beginnt und endet mit dem gleichen wässrigen roten Sonnenauf- und Sonnenuntergang, und die ganze Welt treibt verwaschen irgendwo zwischen dem Himmel und dem endlosen Binnenmeer.

Und wir zwei treiben lächerlich irgendwo in der Mitte des Ganzen, verstehen längst nicht mehr, warum wir hier sind und wohin wir wollen, nehmen nur noch die Gezeiten und den Klang von Wasser und den Schlamm und das Schilf wahr.

Auf der ganzen Reise habe ich mich meiner Heimat nie so nah gefühlt.

In den vergangenen Tagen sind wir nicht nur auf Aalzüchtereien und verlassene Fischerhütten gestoßen, sondern auch auf Schmugglerverstecke und Lager von entlaufenen Zwangsknechten und politischen Kriminellen, die niemand je finden wird, und kein Mensch hat uns gefragt, wer wir sind oder wohin wir wollen oder warum wir hier sind, und wir haben auch niemandem diese Fragen gestellt. Nachts haben wir im Schilf geschlafen, und jeden Tag sind wir weiter unserem Ziel entgegengepaddelt, wo wir den Captain entweder heute oder morgen treffen sollen, je nachdem, wie lange die Reise noch dauert. Und jeden Abend haben wir Feuer angezündet, um den mit Krankheiten verseuchten Odem abzuhalten, der nach Sonnenuntergang über das Marschland strömt und Wechselfieber und Siechtum auslöst, worunter jeder, der am Rande der großen Lagune lebt, zu leiden scheint.

»Malaria«, sagt Andrea zu mir, als wir das Geisterschiff erspähen, das hinter uns aus dem Nebel auftaucht und wieder darin verschwindet, anscheinend ohne Besatzung in der Strömung treibt. Wir sind schon zuvor solchen Schiffen begegnet, auf denen die Krankheit alle an Bord dahingerafft oder so entkräftet hat, dass sie nicht viel mehr tun können, als sich Wind und Wasser zu überlassen, bis das wiederkehrende Fieber vorbei ist. Doch nachdem das mit drei Segeln ausgestattete Fischerboot im Laufe der nächsten Stunde weitere drei Male auftaucht und noch immer auf demselben Kurs ist wie wir, kommt uns der Verdacht, dass wir von den Geistern gezielt verfolgt werden.

Ein kalter Wind weht über das Marschland und streicht durchs Schilf und kräuselt das Wasser, während wir das Tempo verlangsamen, um uns von dem treibenden Schiff einholen zu lassen, fest entschlossen, irgendwie herauszufinden, was genau da an Bord los ist.

Unsere Frage wird beantwortet, als das zusammengeflickte, knarzende, angemoderte Schiff längsseits zu uns geht und der alte Mann, der der Kapitän ist, sich aus seinem Versteck erhebt und eine uralte Schrotflinte mit einer trichterförmigen Mündung auf uns richtet, während er seiner Zwei-Mann-Besatzung, die genauer gesagt aus einem jungen Mann und einem Jungen besteht, mit einem Pfiff signalisiert, aus ihren eigenen Verstecken zu kommen und ihre Waffen auf uns zu richten – bei denen es sich ausgerechnet um Bögen und angespitzte Holzpfeile handelt.

Also machen wir das faltbare Boot wie befohlen an ihrem fest und klettern beide an Bord. Wir stehen auf dem Deck, während die Besatzung uns mit ihren primitiven Waffen weiter in Schach hält und der alte Mann, noch immer die Flinte in der Hand, Andrea befragt, wer wir sind und was wir wert sein könnten.

Ich vermute in dem alten Mann den Vater und in den zwei anderen seine Söhne, und ich meine sogar, eine Ähnlichkeit zwischen den dreien feststellen zu können, ganz zu schweigen davon, dass sie alle gleich gekleidet sind, nämlich praktisch in Lumpen. Der ältere Sohn ist fahrig und nervös, während der jüngere ängstlich, aber entschlossen wirkt, und ich denke unwillkürlich über das Verhältnis zwischen den dreien nach und überlege, ob die Jungen den alten Mann lieben oder respektieren oder schon ihr Leben lang bloß darauf warten, dass er einen Moment von Schwäche zeigt.

Der Mann ist sichtlich fasziniert von dem Gummianzug und sinnt laut auf Italienisch darüber nach, wie viel er dafür bekommen könnte, während ich mir größere Sorgen um das Geld mache, das ich darin versteckt habe, und ich vermute, dass auch Andrea um sein eigenes verstecktes Geld fürchtet. Ich schätze unsere Chancen gegen die Bögen und Pfeile als gar nicht so schlecht ein, möchte es aber nicht unbedingt mit der Schrotflinte aufnehmen, die wahrscheinlich eher explodieren als feuern würde, wenn der Mann abdrückt, aber uns allen dennoch großen Schaden zufügen könnte. Trotzdem ist meine Verärgerung über mich selbst, weil ich mich zum zweiten Mal in einem Jahr von Banditen überfallen lasse – und überdies von einer so schwächlichen Familie, wie die drei es sind –, noch größer als meine Angst, und ich entscheide mich daher zu handeln.

»He«, sage ich zu dem alten Mann, »guck mal da«, dann hebe ich blitzschnell mein Paddel mit beiden Händen und schwinge es, als er den Lauf der Flinte in meine Richtung dreht, nach unten und schlage ihm die Waffe Gott sei Dank aus der Hand. Sie prallt gegen einen der Masten, wo sich mit einem lauten

Knall ein harmloser Schuss löst. Doch mein zweiter Schlag richtet Schaden an, denn ich treffe den Kopf des Kerls mit solcher Wucht, dass er fast abreißt und ihm auf jeden Fall die letzten Zähne herausfliegen, bevor er an Deck zusammenbricht. Wo ich, wie ich zu meiner Schande gestehen muss, weiter auf ihn eindresche und auch nicht aufhöre, als er sich nicht mehr rührt.

Sobald der Kapitän des Schiffs außer Gefecht gesetzt ist, stürzt sich Andrea auf den größeren der beiden Söhne, zieht sein Messer und sticht ihm zweimal in den Arm und einmal in den Oberschenkel, um den Burschen dann übers Schiff zu jagen, bis es dem gelingt, durch einen Sprung über Bord zu entfliehen. Dann kommt Andrea zurück und hält behutsam meinen Arm fest, damit ich nicht weiter auf mein niedergestrecktes Opfer einschlage, drückt mein Paddel nach unten und deutet mit dem Kopf auf den jüngsten Sohn, der entsetzt zuschaut und noch immer mit seinem gespannten Bogen auf mich zielt.

Keuchend strecke ich dem Jungen das Paddel entgegen, an dem das Blut seines Vaters klebt. Der blutüberströmte alte Mann auf dem Boden atmet röchelnd.

Der Junge schüttelt den Kopf.

Doch dann senkt er den Bogen leicht und schießt den Pfeil in das Bein des Alten.

Wie Tiere

Es ist früher Abend, als Andrea und ich, nachdem wir einen weiteren halben Tag unterwegs waren, endlich in der heruntergekommenen Stadt V. ankommen, nur um festzustellen, dass Captain Clarke B. noch nicht eingetroffen ist. Aber in dem kleinen, halb verfallenen Hotel, wo wir uns treffen wollen, ist ein Zimmer für uns reserviert. Der Hotelier mustert uns von oben bis unten, als wären wir zwei Piraten frisch aus der Marsch, und damit liegt er nicht ganz falsch, aber das Zimmer ist im Voraus bezahlt worden, und hier sind wir zwei, in voller Lebensgröße, und an der Rezeption wartet endlich ein Brief von meinem Bruder auf mich.

Wir gehen hinauf in unser klammes Zimmer mit Blick auf einen der vielen stinkenden Kanäle der Stadt, aber auch auf den Sonnenuntergang, der gerade das ganze Zimmer rot anmalt, und ich lese den Brief, während Andrea in der Zinnwanne in der Ecke des Zimmers ein Bad nimmt und irgendein italienisches Lied vor sich hin trällert. Weit draußen auf dem Meer steigen riesige rosa Wolken am Horizont auf.

> Lieber Dan,
> unser Vater ist gestorben. Er hatte einen Unfall auf seinem Boot. Wir haben ihn beerdigt, und ich habe das Geschäft übernommen, was davon noch übrig ist. Ich freue mich, dass Du wohlauf und am Leben bist.

Ich schreibe bald wieder.

Dein Will

Ich lese den Brief mehrmals, ohne benennen zu können, was er in mir auslöst, stehe dann auf und gehe im Zimmer herum. Ich schaue aus dem Fenster auf die Kanalmündung; die Boote kommen zur Nacht aus der Lagune zurück, und die Sonne geht hinter den Spitztürmen und Dächern der Stadt unter, und die ganze Welt steht in Flammen.

Ich frage mich, was die letzten Gedanken meines Vaters waren und ob er sich am Ende das Gesicht meines Bruders oder meines vorgestellt hat oder ob er überhaupt bewusst mitbekommen hat, was mit ihm geschah. Ich frage mich, ob er Angst oder Schuldgefühle empfand oder Erleichterung, weil sein eigenes Leiden endlich vorüber war. Ich frage mich, ob er noch im Sterben alle anderen für seine eigene ungeheure Selbstsucht verantwortlich gemacht hat.

Ich hoffe, er hat gelitten.

Andrea steigt aus der Wanne und singt weiter dasselbe italienische Lied, während er sich abtrocknet, und ich sage ihm, er soll den Mund halten. Er lacht und sieht dann mein Gesicht.

Und dann fängt er an, noch lauter zu singen.

Ich sage wieder, er soll den Mund halten, und natürlich tut er es nicht, sondern kommt stattdessen mit dem Handtuch um die Schultern auf mich zu, singt jetzt aus vollem Halse, die dunklen Augen unverwandt auf meine gerichtet, sein nackter, sehniger Körper halb im Schatten und halb von der untergehenden Sonne erleuchtet wie Bronze. Als er dicht vor mir stehen bleibt, noch immer singend, biete ich ihm eine letzte Chance, sich zu retten, und weil er so dumm und verloren ist wie ich, nimmt er sie nicht an.

Der erste Schlag verblüfft ihn so sehr, dass er rückwärts taumelt, einen Tisch umkippt und in eine schlechte Position zum Kontern gerät, als ich ein zweites Mal zuschlage. Beim dritten Schlag ist er schon halb auf dem Boden, aber da er in diesem Spiel sehr viel mehr Erfahrung hat als ich, beherrscht er ein paar Tricks, die ich nicht kenne, und schafft es, mir einen Tritt zu verpassen, der mir den Atem raubt, sodass er genug Abstand gewinnt, um wieder auf die Beine zu kommen und mir einen blechernen Wasserkrug gegen die Schläfe zu knallen.

Wir bluten jetzt beide und taxieren einander eine Sekunde lang, ehe wir erneut zum Angriff übergehen. Ich habe es inzwischen aufgegeben, irgendwelches Kampfgeschick vorzutäuschen, und verlasse mich stattdessen auf reine Wut, und Andrea begreift, dass er hier vielleicht um sein Leben kämpft. Ich hechte auf ihn und katapultiere uns beide gegen die Wand, von der wir abprallen und einen Glasbilderrahmen mitreißen, und dann stürzen wir beide über die Rückenlehne der Ottomane, während ich versuche, einen Arm um Andreas Hals zu schlingen, um ihn zu würgen.

Als wir auf dem Boden aufschlagen, schiebt er einen Handballen unter mein Kinn und drückt mit aller Kraft meinen Kopf hoch, um mir das Genick zu brechen. Ich spüre den Druck seiner Oberschenkel, die sich um eins meiner Beine geschlungen haben, während er versucht, sich unter mir herauszuwinden, und ich presse mit aller Macht meinen Ellbogen auf seine Brust, damit er bleibt, wo er ist, doch er schafft es, den anderen Arm frei zu bekommen, packt mein Haar und zieht meinen Kopf noch weiter nach hinten. Die Augen voller Blut und den Gestank meines oder seines Schweißes in der Nase, habe ich Zeit, mich zu fragen, welcher Teil von wem von uns zuerst brechen oder knacken oder aus der Gelenkpfanne gezogen oder gerissen wird und was danach wohl passiert.

Und dann ist plötzlich sein Mund auf meinem, natürlich,

oder meiner auf seinem, und wir beißen oder küssen einander, oder vielleicht besteht da ja auch kein Unterschied. Und unsere Arme und Beine und Hände berühren sich überall, als gehörten sie völlig anderen Männern, und ich bin noch immer auf ihm drauf, und ich kann ihn hart an meinem Bauch spüren, und er zerrt an meiner Kleidung, und dann ist auch mein Schwanz in seiner Hand, und dann hat anscheinend keiner von uns in der Angelegenheit noch eine Wahl.

Und so fallen wir übereinander her wie Tiere.

Reich

Am nächsten Morgen erfahren wir, dass Captain Clarke B. durch geschäftliche Angelegenheiten aufgehalten wurde und wir auf ihn warten sollen und er hoffentlich in den nächsten Tagen eintreffen wird und wir uns bis dahin die Zeit nach Lust und Laune in der Stadt vertreiben können. Und weil alles bezahlt ist, frühstücken wir üppig unter dem mürrischen Blick des Hoteliers und rauchen anschließend zur Feier des Tages zwei Zigarren und machen uns dann auf, die Stadt zu erkunden wie ein frischgebackenes Ehepaar, das die die erste Nacht zusammen verbracht hat, ohne ein Auge zuzutun, was wir ja auch beinahe sind.

Während wir die kleinen Straßen und Plätze der versinkenden Stadt erkunden und so tun, als würden uns die berühmten Gebäude und Skulpturen gefallen, zählen wir die Minuten, bis es angemessen ist, in unser Zimmer und ins Bett und zueinander zurückzukehren, und ich bin ständig verwundert, dass niemand angelaufen kommt, um uns entweder zu beglückwünschen oder zu verhaften. Aber anscheinend wirken wir auf alle anderen unverändert und können uns mühelos unter die vielen Touristen mischen, obwohl ich das Gefühl habe, als würde mein ganzes Sein Wärme und Licht ausstrahlen.

Dennoch spüre ich, dass ich rot werde, als wir vor den nackten männlichen Statuen vor dem Dogenpalast stehen, und dränge meinen Gefährten weiter, bevor wir auffallen.

Am Nachmittag liegen wir im Bett, und ich zeichne Andreas Narben mit den Fingern nach – möchte verstehen, glaube ich, wo alles an ihm hergekommen ist. Ich bin erstaunt, wie unterschiedlich wir sind und wie sehr wir uns gleichen.

»Die hier?«

»Messerstecherei.«

»Und die?«

»Noch eine Messerstecherei.«

»Und die?«

»Schüreisen. Von einem Feuer.«

»Und die?«

»Gürtel. Priester. Jetzt tot.«

Er rollt sich herum und macht das Gleiche bei mir, spaziert mit den Fingern über meinen Körper, legt die Fingerspitzen auf jede Narbe und Schwiele und Verfärbung, die er findet, sieht mich mit hochgezogenen Brauen an.

»Brennende Zigarre«, sage ich. »Vater. Austernmesser. Vater. Tontopf. Vater. Angelschnur –«

Er legt seinen Mund auf die lange rote Narbe, pustet darauf, als könnte er Jahre des Schmerzes lindern, einfach so.

»Ein schlechter Vater«, sagt er.

»Mein Bruder war schlimmer dran.«

»Aber trotzdem.«

»Ein schlechter Vater«, pflichte ich bei.

»Tot?«

»Ja«, sage ich, obwohl ich ihm nicht von dem Brief meines Bruders erzählt habe.

Dann schiebt sich seine Hand weiter an meinem Bauch hinunter, erreicht ihr Ziel.

»Und das hier?«

Und wir legen wieder los.

Am Abend gehen wir aus und betrinken uns auf dem bekanntesten Platz der Stadt und überreden irgendwann eine Gruppe von amerikanischen Malern, die am Ende ihrer Sommerreise sind, uns zum Abendessen einzuladen, und erzählen ihnen von unseren Abenteuern. Sie sind ganz begeistert, echte Freunde ihres Landsmanns, des berühmten Captain Clarke B., kennenzulernen, sind aber irritiert, als ich versuche, ihnen die wahre Geschichte von der Katastrophe des Ausflugsdampfers *Juliana* zu erzählen, weil sie meinen Scherz für äußerst geschmacklos halten, und laden uns deshalb nicht mehr wie geplant in ihr Hotel auf weitere Drinks ein.

Am Ende des Abends werden Andrea und ich, nachdem wir auf dem Rückweg zum Hotel falsch abgebogen sind, fast von zwei sehr jungen Freudenmädchen behelligt, und dann, als wir nicht länger warten können, lieben wir uns auf einer schmalen Steintreppe zwischen zwei hohen Gebäuden, bevor ich das meiste von einer Flasche Rotwein wieder auskotze.

Zurück in unserem Zimmer, holt Andrea einen kleinen Stoffbeutel aus seiner Jackentasche. Er schüttelt mit sichtlichem Stolz einen Haufen Schmuck aufs Bett, darunter Ringe, Halsketten, Broschen und Armbänder.

»Was ist das?«, frage ich.

»Von den reichen Freunden des Captains«, erklärt er.

»Hast du das alles gestohlen?«

Er ist kurz gekränkt.

»Ein paar Sachen wurden mir geschenkt«, sagt er.

»Wofür?«

Er sieht mich an, als wäre ich ein Idiot. Und mir wird klar, dass ich einer bin.

»Für dasselbe wie mit mir?«

Er lacht, nimmt meine linke Hand und küsst sie, und ich spüre seinen rauen Bart an meinem Handteller.

»Nein, nicht wie mit dir«, sagt er, und dann schiebt er mir einen Ring auf den Finger, einen schlichten aus Gold. »Du bist nicht reich.«

Ich schließe die Faust, finde es schön, wie der Ring aussieht, und will Andrea auch etwas schenken. Ich denke an den Bleisoldaten meines Bruders, entscheide mich aber dagegen.

»Noch nicht«, sage ich.

Liebe und ungezügelter Ehrgeiz

Den Rest der Woche und bis in die nächste hinein warten wir auf weitere Nachricht vom Captain und feiern währenddessen unsere seltsamen Flitterwochen, ergötzen uns aneinander und unserer Situation, trinken in Bars in der ganzen Stadt neben ahnungslosen Fremden auf unser Glück. Wir fragen beide nicht, was als Nächstes passieren könnte, und wollen auch nicht darüber nachdenken.

Wir mieten ein kleines Boot auf Captain Clarke B.s Rechnung und fahren hinaus, um die Lagune zu erkunden, und ich erzähle Andrea, dass mein Bruder und ich oft die Nachmittage so verbrachten und von den möglichen Welten träumten, in die wir entfliehen könnten. Wir vertäuen das Boot am Schilfufer und gleiten ins Wasser, zunächst in der Absicht zu schwimmen, doch dann nehmen die Dinge eine andere, wenn auch nicht unerfreuliche Wendung. Als wir gerade voll bei der Sache sind, durchbricht ein Delfin oder Tümmler, der einen Schwarm Fische verfolgt, das Wasser und erblickt unser romantisches Treiben, und ich weiß nicht, wer verblüffter ist.

Auf dem Rückweg in die Stadt kommt endlich der Regen, der schon die letzten paar Tage gedroht hat, und zwar mit solcher Macht, dass wir unser Boot ausschöpfen müssen, und wir verirren uns fast im Labyrinth der Kanäle, die durch das Marschland führen, weil wir nicht weiter als zehn Meter in jeder Richtung sehen können.

Als wir zum Hotel zurückkommen, wird aus den Erdgeschossen von Geschäften und Wohnhäusern und Palästen bereits Wasser geschöpft, und die Plätze werden mit Holzbrettern ausgelegt. Unser Hotelier, in Gummigaloschen, versucht mit mäßigem Erfolg, die steigende schlammige Brühe zurück in den Keller zu schieben, der schon völlig unter Wasser steht.

Und so verbringen wir, während die Stadt überschwemmt wird, unsere Tage in unserem Zimmer oder betrinken uns in irgendwelchen Bars, die noch geöffnet haben. Frühmorgens, wenn Andrea noch schläft, verfasse ich etliche Briefe an meinen Bruder, in denen ich mich ebenso nach praktischen Dingen erkundige wie nach seiner Situation und nach Einzelheiten zum Tod unseres Vaters, alles in dem Versuch, mir über meine Gefühle klar zu werden, aber ich schicke keinen einzigen ab. Stattdessen werfe ich sie einen nach dem anderen ins Feuer.

In der Stadt grassiert eine Epidemie von Husten und Erkältungen, weil die Feuchtigkeit sich bei den Menschen in Brust und Nase einnistet, durch Gassen kriecht und Treppen hinauf. Schwarzer Schimmel wächst in Zimmerecken und klettert Wände hoch, und der Geruch nach verrottetem Holz ist allgegenwärtig. Nachts träumen wir, wir wären unter Wasser, und wachen nach Luft schnappend auf. Jeden Tag beim Frühstück sind weniger Leute im Speiseraum, und die Fensterläden des Hotels werden später geöffnet und früher geschlossen, bis der Hotelier sich eines Morgens gar nicht mehr die Mühe macht, sie zu entriegeln.

An diesem Nachmittag treffen wir zufällig einen der amerikanischen Maler in einer kleinen Bar nicht weit vom Hotel. Er ist ein gut aussehender Mann von Mitte zwanzig, der mir wegen seiner melancholischen Ausstrahlung und seiner blauen Augen in Erinnerung geblieben ist, und nachdem er sich förmlich als William T. Baker vorgestellt hat, erklärt er, dass er beabsichtigt, sich sinnlos zu betrinken, ehe er am Abend den letzten Zug aus der Stadt nimmt, und dass wir ihm gern Gesellschaft leisten dürfen.

»Und wo fahren Sie als Nächstes hin?«, frage ich William T. Baker, während wir drei mit Weingläsern auf die Stadt anstoßen.

»Nach Frankreich!«, verkündet er, steht auf und legt sich eine Hand auf die Brust. Dann nimmt er wieder Platz und sagt: »Zu kalt und nass hier zum Überwintern.«

»Sind Sie reich?«, fragt Andrea ohne Umschweife.

»Stinkreich«, sagt unser neuer Freund nickend.

»Ich dachte, alle Künstler wären arm«, sage ich.

»Nur die sehr guten. Wir Übrigen sind auf das Familienvermögen angewiesen. Gibt es hier was zu essen?« – er winkt dem Wirt zu –, »ich sagte, gibt es hier was zu essen?«

Man bringt uns ein Tablett mit Brot und Käse und Aufschnitt, doch unser neuer Freund ignoriert die Kost zugunsten von noch mehr Alkohol. Andrea und ich dagegen essen genüsslich, während wir der Geschichte eines Lebens lauschen, das geprägt ist von unermesslichem Reichtum, von früher Verheißung und Familientragödien und vergeudetem Talent; außerdem von Weltreisen und Abenteuern in exotischen Ländern, von Affären mit schönen, aber labilen Künstlermodellen und Schwindsucht und Herzeleid, von einer spät erblühten, völlig unerwarteten Romanze und Hochzeitsplänen und einem schrecklichen Unfall und einer toten Verlobten und trotz allem von der entsetzlichen Erfordernis, angesichts des riesigen und verständnislosen Universums weiter zu existieren und überdies der Muse zu dienen und so weiter und so fort.

»Auf die Liebe und ungezügelten Ehrgeiz, Gentlemen!«, ruft unser reicher, tragischer Kamerad und hievt sich mühsam auf die Beine, und wir alle trinken darauf, bevor er umkippt.

Als es Zeit wird, uns zu verabschieden, gibt William T. Baker mir seine Visitenkarte, die ich in meine Innentasche stecke, und wir müssen ihm versprechen, ihn besuchen zu kommen, wenn es uns mal an die Riviera verschlägt.

Als wir wieder im Hotel sind, wird uns gesagt, dass unser Freund eingetroffen ist, und wir finden Captain Clarke B. im leeren Speiseraum, wo er im Halbdunkel sitzt. Er trägt einen verdreckten Mantel um die Schultern und sieht aus, als wäre er tagelang unterwegs gewesen.

Er hat eine Augenklappe über dem rechten Auge.

Zuerst scheint er uns nicht zu erkennen und hat Mühe, unsere Fragen zu beantworten, wo er gewesen ist und was passiert ist und warum es so lange gedauert hat, und die dringlichste, was seinem Auge zugestoßen ist. Erst als wir ihm einen Brandy eingeflößt haben und ich frage: »Was ist aus Ihren Reisegefährten geworden?«, scheint sich der Nebel ein wenig zu lichten.

»Sie sind weitergezogen, Dan«, sagt er.

»Wohin?«

»Zur nächsten Person.«

Andrea schlägt vor, den Captain ins Bett zu bringen, und ich pflichte ihm bei. Ich frage den Hotelier nach dem Gepäck des Caps, erfahre aber, dass er ohne welches angekommen ist. Als wir ihm die Treppe hinaufhelfen, bricht sein Fuß durch eine der Holzstufen, die von der Feuchtigkeit fast völlig morsch geworden sind.

»Wieso geht alles kaputt?«, murmelt er.

Wir legen ihn auf sein Bett, und als wir ihm die Stiefel ausziehen, ist er bereits eingeschlafen. Wir decken ihn bis über die Schultern zu und lassen ihn allein.

Draußen vor dem Zimmer spricht Andrea die Frage aus, die auch mir schon durch den Kopf gegangen ist.

»Was ist mit dem Geld?«, sagt er.

Ich war noch nie in Amerika

Der Cap schläft die nächsten vierundzwanzig Stunden durch und macht dann an den drei folgenden Tagen kaum mehr, als in seinem Zimmer zu sitzen und die Wände anzustarren – oder, wenn wir ihn mal aus seinem Zimmer bekommen, die jeweils nächstbesten Wände anzustarren.

Beim Frühstück oder beim Mittag- oder Abendessen im Hotel oder in der Bar gegenüber, als die endlich wieder aufmacht, nachdem die Überschwemmung zurückgegangen ist, sieht er aus wie ein Mann, der ausgehöhlt wurde. Er weigert sich, uns mehr darüber zu verraten, was ihm oben im Norden widerfahren ist und wodurch er ein Auge verloren hat. Mir sagt er lediglich: »Ich habe einen Fehler gemacht, Dan, und ich habe den Preis dafür bezahlt.«

Er ist außerstande, sich an irgendwelchen Gesprächen über unsere kommenden Pläne zu beteiligen oder uns zu sagen, was als Nächstes passieren soll, wenn wir keine haben. Bei der Vorführung, die termingerecht auf dem Canal Grande stattfindet, zeige ich ein paar Tricks und lasse eine Reihe Raketen steigen, doch ohne die begleitende Ansprache von Captain Clarke B. – als wir ihn fragen, ob er mitmachen wird, stiert er bloß vor sich hin – fühlt sich die Veranstaltung schal an, nicht nur für mich.

Abends im Bett überlegen Andrea und ich, was wir seinetwegen machen sollen.

»Wie bekommen wir den alten Captain zurück?«, sage ich.

»Wollen wir ihn denn zurück?«, fragt Andrea. »Vertraust du dem alten Captain?«

»Nein«, gebe ich zu, »aber wenigstens wusste ich, woran ich bei ihm war. Jetzt weiß ich nicht mal mehr, wer er ist.«

Keiner von uns stellt die Frage, die wir nicht beantwortet haben wollen, nämlich was aus uns beiden wird, falls wir ihn zurückbekommen. Aber es fühlt sich plötzlich ungewohnt seltsam an, eng aneinandergeschmiegt dazuliegen, während der berühmte Captain Clarke B. gleich auf der anderen Seite der Wand schläft.

Dennoch bemühen wir uns nach Kräften, den Captain aus seiner niedergeschlagenen Stimmung zu reißen, indem wir mit ihm Ausflüge auf dem Wasser unternehmen und uns die schönen Gebäude und Kunstwerke überall in der Stadt anschauen und auf den berühmten Brücken stehen und so weiter. Eines Abends engagieren wir sogar eine Frau, die ihm ein wenig Gesellschaft leisten soll, weil wir hoffen, das könnte ihm helfen, wieder der Alte zu werden, doch stattdessen werden wir am Ende des Abends von ihr nur dafür gerügt, diesen armen und offenbar kranken Mann zu quälen.

»Vielleicht braucht er einen Jungen«, schlägt Andrea vor, doch keiner von uns beiden glaubt ernsthaft, das könnte helfen.

Nur auf unseren Bootsfahrten in der Lagune scheint der Captain wieder ein wenig der Alte zu werden, denn er entspannt sich und genießt den Wind im Gesicht, während Andrea und ich uns an den Rudern abwechseln.

»Hast du schon mal den Mississippi gesehen, Dan?«, fragt der Captain mich eines Tages, während er eine Hand durchs Wasser gleiten lässt.

»Nein, Sir«, erwidere ich. »Ich war noch nie in Amerika.«

»Nein, natürlich nicht. Ist aber ein schöner Fluss.«

»Habe ich auch gehört.«

»Vielleicht hat er Heimweh«, sagt Andrea in der Nacht, und deshalb besuchen wir am folgenden Abend mit dem Captain eine Wildwestshow, die uns einer von William T. Bakers Freunden empfohlen hat. Leider müssen wir nach der Hälfte der Vorstellung gehen, weil der Cap von seinem Platz aufsteht und in Richtung der als Cowboys und Indianer verkleideten Darsteller schreit: »Lügner! Diese Männer sind Lügner!«

Am nächsten Tag scheint der Captain wieder etwas mehr er selbst geworden zu sein, und er unternimmt sogar nach dem Frühstück ganz allein eine Gondelfahrt, um gleich nach seiner Rückkehr Andrea zu fragen, ob er schon mal im Süden des Landes war.

Andrea verneint, und der Cap erwidert, dass es um diese Jahreszeit dort besonders schön ist.

»Und außerdem«, sage ich in der Absicht, den Captain zu ermutigen, »können wir ja nicht ewig einfach hierbleiben.«

»Aber warum denn nicht?«, fragt Andrea.

Am Nachmittag bekommen wir unsere Antwort, als sich zwei vertraut aussehende Männer in Mänteln und Melonen zu uns gesellen, um mit uns in der ansonsten leeren Hotelbar etwas zu trinken.

»Was geht hier vor?«, frage ich, obwohl ich die Antwort kenne.

Der Cap reibt sich das noch vorhandene Auge.

»In N., im Süden des Landes, soll eine Veranstaltung stattfinden«, sagt er. »Eine sehr gut bezahlte Veranstaltung. Für uns alle. Und diese Gentlemen hier haben … angeboten, würden Sie das so sagen?«

Einer der bemäntelten Männer nickt.

»… angeboten, uns zumindest einen Teil des Weges mitzunehmen, gegen eine sehr kleine Gefälligkeit. Obwohl die Entscheidung, ob ihr mich begleitet, wie immer ganz bei euch liegt.«

Andrea und ich blicken einander an.

»Hatten wir je bei irgendwas die Wahl?«, frage ich den Cap, und er seufzt.

»Jedenfalls, ihr seid zwei prächtige Burschen«, sagt er, »und ich bin stolz, euch beide zu kennen.«

Also begleitet man uns nach oben auf unsere Zimmer, wo wir unsere Sachen packen, und dann werden wir nach unten zum Kanal eskortiert, wo ein kleines Ruderboot wartet, um uns drei an den Rand der Stadt zu bringen, wo wir auf ein Zweimaster-Handelsschiff überwechseln, das in der Lagune vor Anker liegt. An Bord werden wir in unsere winzige Kajüte geführt und aufgefordert, es uns so bequem wie möglich zu machen, während die Besatzung den Anker lichtet, und die Kajütentür wird von außen abgeschlossen, nur für den Fall, dass wir auf dumme Gedanken kommen.

»Wahrscheinlich zu unserer eigenen Sicherheit«, sagt der Cap zu Andrea und mir, womit er niemandem was vormachen kann.

Erst als wir die Sandbänke an der Mündung der Lagune hinter uns gelassen haben und auf offener See sind, wird die Kabinentür aufgeschlossen, und wir dürfen an Deck, wo ein scharfer Wind weht und ein schöner Abendmond am Himmel steht und wir schon kräftig Fahrt aufgenommen haben.

Der Cap spricht kurz mit dem Schiffskapitän, während Andrea und ich uns über die Reling beugen, um das Kielwasser zu beobachten und nach Delfinen Ausschau zu halten. Als ich den Cap erneut frage, wohin wir fahren, sagt er bloß: »Süden.«

Aber wir fahren nicht nach Süden. Jedenfalls nicht zuerst.

Passagiere oder Gefangene

Tatsächlich ist mir klar, als wir uns an dem Abend in unserer Kabine schlafen legen, dass wir nach Osten fahren, wie schon die ganze Zeit, seit wir die Lagune verlassen haben, denn wir folgen der blassblauen Küstenlinie und entfernen uns nie mehr als eine halbe Meile vom Rand des Marschlandes, und genauso ist es am Morgen, als wir aufstehen, und auch noch am nächsten Tag. Im Hafen von T., wo wir am späten Nachmittag haltmachen, werden wir wieder in unserer Kabine eingeschlossen, aber durch unser Bullauge können wir sehen, dass wir eine unbekannte, in zahlreichen Kisten verpackte Fracht an Bord nehmen.

Am Abend sind wir dann wieder unterwegs und folgen der zunehmend felsigen Küstenlinie, die sich zum raueren Meer hin krümmt.

Draußen auf dem Wasser versuchen wir, uns irgendwie die Zeit zu vertreiben, und passen uns, so gut es geht, an unsere neue Lage an. Als Passagiere oder Gefangene – der Unterschied ist auf hoher See auch unter idealen Umständen nicht immer einfach zu erkennen – gibt es für uns kaum mehr zu tun, als der Besatzung beim Steuern des Schiffs nicht in die Quere zu kommen. Es gibt wenig Essen und Briefe, die ich meinem Bruder nicht schreiben möchte, und ich verbringe einige Zeit damit, Andrea zu zeigen, wie man ein paar Seemannsknoten macht, und ich bringe ihm die Namen der Segel und verschiedener Teile des Schiffs und seemännische Grundkenntnisse bei. Wie immer lernt er schnell, und ich merke, dass ich stolz auf meinen Unterricht und auf meinen Schüler bin.

Falls der genesende Cap ahnt, was während seiner Abwesenheit zwischen uns beiden passiert ist, lässt er sich jedenfalls nichts anmerken, und wir hüten uns, ihm oder irgendjemandem sonst Anlass für Fragen zu geben, achten darauf, mindestens einen Schritt Abstand zwischen uns zu halten und uns nur in die Augen zu schauen, wenn wir wirklich allein sind. Nachts liegen wir keusch wie Nonnen in unseren schmalen Kojen – und ich bemühe mich, wie der Captain selbst mal empfohlen hat, nur edle und erbauliche Gedanken zu denken.

Was den Mann selbst betrifft, so bin ich schon zufrieden damit, dass er ein gewisses Maß an Selbstsicherheit wiedergewonnen hat und, jedenfalls in unseren Augen, ein wenig Autorität. Er verbringt seine Tage an Deck damit, den Horizont zu beobachten, und wir befinden, dass die Augenklappe ihm alles in allem ganz gut steht.

Und wir drei werden größtenteils von den Seeleuten ignoriert, die auch untereinander nicht viel reden und sich höchstens mal einen deftigen Witz in einer Sprache erzählen, die keiner von uns kennt. Wenn sie nicht im Dienst sind, spielen sie schweigend Karten oder essen oder schlafen. Selbst das Interesse des Schiffskapitäns an unserem heldenhaften Arbeitgeber beschränkt sich offenbar trotz ihres gemeinsamen Dienstranges nur auf den Wert des Caps als Fracht und auf dessen gelegentliche Versuche, ihn in ein Gespräch zu verwickeln.

Am vierten Tag zieht ein Sturm auf, und Andrea, der noch kein Matrose ist, wird seekrank und muss sich in seine Koje legen, wo ich alle paar Stunden nach ihm sehe und ihm kalte Tücher auf die Stirn lege.

»Ich wünschte, ich wäre tot«, stöhnt er.

»Das geht vorbei«, erwidere ich, »irgendwann.«

»Wie lange?«

»Ein paar Tage.«

»Ich hasse dich.«

Ich wische ihm den Mund ab und drücke ihm einen Kuss auf die rissigen Lippen.

»Nein, tust du nicht.«

In der Nacht legen wir einen weiteren Zwischenstopp ein und ankern vor einer der Aberhundert kleinen Felseninseln entlang der dalmatinischen Küste, während zwei Männer der Besatzung ein Boot zu Wasser lassen und im Schutz der Dunkelheit einige Holzkisten ans Ufer rudern, wie Andrea und ich durch das Bullauge unserer Kajüte beobachten. Bis zum Morgengrauen haben wir das Manöver bei drei weiteren Inseln wiederholt, und die folgende Nacht verläuft ebenso.

»Sind wir jetzt Schmuggler?«, frage ich den Cap, als wir unseren Morgenkaffee an Deck trinken und den ersten Sonnenschein seit über einer Woche genießen.

»Wir sind dieselben Männer, die wir schon immer waren, Dan«, sagt er. Dann fügt er etwas freundlicher hinzu: »Und wir werden nicht dafür bezahlt, Fragen zu stellen.«

Ich frage ihn nicht, wofür genau wir bezahlt werden oder wer uns überhaupt bezahlt, aber ich werde es ohnehin bald herausfinden.

Nachdem wir zwei weitere Tage um die Inseln gesegelt sind und uns auf dieselbe verdächtige Art weiterer zwanzig oder dreißig Kisten entledigt haben, nehmen wir eines Abends unvermittelt Kurs nach Westen und hinaus aufs offene Meer. Wir segeln die Nacht durch und auch den ganzen nächsten Tag, ehe wir kurz vor Sonnenuntergang unser Ziel erreichen, das sich anscheinend genau in der Mitte von Nirgendwo befindet.

Andrea, der seine Seekrankheit endlich überwunden hat, begleitet mich an Deck, um nachzusehen, warum wir angehalten haben, und wir finden den Cap am Bug, wo er den Horizont durch ein Fernrohr beobachtet, das er sich vom Schiffskapitän geborgt hat. Ich kann nirgendwo einen anderen Orientierungspunkt als das endlose Meer selbst ausmachen, doch der Cap reicht mir das Fernrohr und erklärt, wo ich hinschauen soll, und tatsächlich entdecke ich etwa vier oder fünf Seemeilen entfernt im Licht der untergehenden Sonne eine winzige Insel.

»Das ist es«, sagt er zu mir.

»Das ist was?«, frage ich.

Er führt uns wieder unter Deck, wo der Schiffskapitän eine Seekarte auf dem Tisch in der Messe ausgerollt hat. Meiner Aufmerksamkeit entgeht nicht, dass er auch seinen Revolver auf den Tisch gelegt hat.

Captain Clarke B. zeigt uns den Felsen auf der Karte, aus der hervorgeht, dass er am östlichen Ende einer ganzen Kette von Inseln liegt, von denen manche groß genug sind, um bewohnt zu sein, andere sogar noch kleiner als der Gegenstand unserer Erörterung, der allem Anschein nach auch unser Ziel ist.

»Selbst in der Dunkelheit besteht keine Möglichkeit, unentdeckt mit einem Boot hin- und wieder zurückzukommen«, erklärt der Cap. »Deshalb müssen wir den Anzug benutzen.«

»Den Anzug benutzen, um was zu tun?«, frage ich.

Er überhört meine Frage, legt seinen Finger auf eine kleine Bucht und fragt den Schiffskapitän: »Da?«

Der Mann nickt, und der Cap blickt wieder mich an.

»Da erfolgt die Abholung«, sagt er. »Du kannst in ein paar Stunden wieder hier sein.«

»Was soll ich abholen?«, frage ich.

»Wenn du es vor Tagesanbruch wieder zurück zum Schiff schaffst, können wir weg sein, bevor die merken, was passiert ist.«

»Was soll ich abholen?«

Andrea studiert die Karte genauer, liest, was da auf Italienisch steht, blickt dann Captain Clarke B. und anschließend mich an.

»Nicht was«, sagt er. »Wen.«

»Genau«, sagt der Cap und weiht uns schließlich in den ganzen Plan ein.

Eine Nacht
mit neuen Freunden

Draußen auf dem Wasser lege ich die gut eine Seemeile lange Strecke zwischen der Absetzstelle und meinem Ziel, so schnell ich kann, zurück, um auf gar keinen Fall länger als nötig in der mitternachtsschwarzen See zu sein. Es ist kein Mond zu sehen, aber dank des wolkenlosen Himmels kann ich die Inseln am Horizont an den Formen erkennen, die sich vor den Sternen abzeichnen, und mir kommt der Gedanke, dass wir vielleicht die ganze Zeit auf eine Nacht mit genau diesen Bedingungen gewartet haben. In dem dunklen Wasser bin ich vom Ufer aus praktisch unsichtbar, und ich kann selbst kaum meine paddelnden Arme sehen, die mich meinem Ziel näher bringen.

Ehe ich mich auf den Weg machte, hatte der Cap mich vor Haien gewarnt und mir verraten, dass ein heftiger Schlag mit einem Paddel auf die Schnauze alle bis auf die ganz besonders willensstarken unter ihnen verjagen würde.

»Und was ist mit denen, die ganz besonders willensstark sind?«, fragte ich, während Andrea mich sorgfältig überprüfte, Gurte festzurrte und Nähte in Augenschein nahm, ehe er mir den mit der Gummihaube bedeckten Kopf tätschelte, um zu zeigen, dass er mit allem zufrieden war.

»Die sind unberechenbar, fürchte ich«, antwortete Captain Clarke B.

Die und so vieles mehr, dachte ich da.

Aber schon bald erreiche ich den Felsen, den ich suche und

an der dunklen Masse seiner steilen Klippen erkenne, und darüber ragen die Mauern des einzigen Gebäudes auf, das sich an ihn klammert – das Gefängnis.

Während ich um die winzige Insel herum zu der Stelle paddele, die Captain Clarke B. mir auf der Karte gezeigt hat, erkenne ich auch schon bald ein Problem: Die Insel ist, wie mir bereits gesagt wurde, an den Seiten so steil, dass man sie nur auf einem einzigen Weg betreten oder verlassen kann. Dieser Vorteil für die Gefängnisaufsicht stellt jetzt für mich eine Herausforderung dar, denn zwischen mir und der schmalen Natursteintreppe, die ich zu erreichen versuche, patrouilliert ein mit zwei Soldaten besetztes kleines Ruderboot. Sie haben eine Laterne an einer Stange befestigt, um das Wasser abzuleuchten, und kommen zu allem Übel auch noch auf mich zu. Tatsächlich sind sie mir schon so nah, dass ich nicht nur ihre Stimmen hören und den dunklen Tabak riechen kann, den sie in ihren Pfeifen rauchen, sondern auch ihre umgehängten Gewehre sehe.

Mir wird klar, dass ich in sehr großer Gefahr bin, entdeckt zu werden, wenn ich noch länger im Wasser bleibe, und beschließe, unverzüglich einen Landeversuch am Fuße der Klippen zu wagen. Wegen der hohen Wellen brauche ich mehrere Anläufe, um mein Ziel zu erreichen, da ich mit dem ans Ufer rauschenden Meer abwechselnd gegen die scharfkantigen, glitschigen Felsen geworfen und mit dem zurückströmenden Wasser wieder hinausgezogen werde, doch schließlich gelingt es mir, Halt zu finden und mich aus dem Wasser zu hieven.

Als ich über die mit Seegras bedeckten Felsen schleiche, mich so geduckt halte wie nur möglich, damit sich meine Silhouette nicht vor dem Himmel abhebt, nehme ich rasch den entsetzlichen Gestank wahr, doch erst als rings um mich herum wütendes Gebell und zu meinen Füßen hektisches Gewusel ausbricht und Zähne plötzlich nach meinen Knöcheln schnappen, begreife ich, dass ich mein angestrebtes Versteck mit einer Herde Robben teile.

Ohne eine realistische Rückzugsmöglichkeit verpasse ich meinem Angreifer – kein Hai, aber trotzdem – mit dem Ende des Paddels einen Schlag auf die Nase, und er jault auf und schiebt sich in die Dunkelheit davon.

»Tut mir leid, Robben«, flüstere ich, während ich nach einem Plätzchen in ihrer Mitte suche, wo ich mich hinlegen und verstecken kann, während sie entweder versuchen, mich zu beißen, oder wütend aus dem Weg kriechen, »aber wir müssen Freunde werden.«

Vielleicht haben ja die seltsame Beschaffenheit und der Geruch des Gummianzugs sie davon überzeugt, dass ich doch so etwas wie sie sein könnte, denn die Tiere beruhigen sich wieder und dulden mich in ihrer Mitte, und ich beobachte von meinem Aussichtspunkt, wie die Soldaten mit dem Boot am Ufer auf und ab patrouillieren, keine zehn Meter entfernt, aber ohne meine Anwesenheit zu ahnen, während ich die nächsten zwei Stunden nicht nur mit gelegentlichen Belllauten und Bissen an den Unmut meiner Gefährten erinnert werde, sondern obendrein noch das regelmäßige Rülpsen, Pissen und Scheißen der furchtbaren Tiere erdulden muss.

Mir ist außerdem bewusst, dass uns die Zeit davonläuft.

Es ist keine Stunde mehr bis Tagesanbruch, und der schwarze Himmel nimmt bereits eine bläuliche Färbung an, als ich endlich den einzelnen hohen Pfeifton wahrnehme – ganz kurz und leicht zu überhören, wenn man nicht wie ich darauf gelauscht hat –, der mir verrät, dass die Luft rein ist, oder zumindest, dass unsere letzte Chance gekommen ist. Ich verabschiede mich rasch von meinen stinkenden Kumpanen, obwohl mein Versprechen, ihnen zu schreiben, sie weitgehend kaltlässt, gleite wieder ins Wasser und folge dann dem Uferverlauf, bis ich das

Licht der Kerze sehe, mit der die Abholstelle markiert ist, und die dunkle Silhouette eines Mannes ausmache, der allem Anschein nach einen Sträflingsanzug trägt.

Er ist offensichtlich gut instruiert worden, denn er wirft sich, ohne eine Aufforderung abzuwarten, in die erste auslaufende Welle, die ihn geradewegs in meine Arme treibt. Ich streife ihm die Schlinge eines dünnen Fischerseils über die Schultern und unter die Arme, strecke einen Daumen hoch und paddle mit ihm im Schlepptau auch schon wieder, so schnell ich kann, los, um uns vor Tagesanbruch in sichere Entfernung zu bringen.

Wir sind gut zweihundert Meter weit draußen, als ich das Patrouillenboot wieder erspähe, das um die Landzunge herumkommt, jetzt vor dem rasch aufhellenden Himmel deutlich erkennbar, und ich hoffe inständig, dass die Wasseroberfläche noch dunkel genug ist, um uns zu verbergen. Einen Moment lang hat es den Anschein, als würde das Boot in unsere Richtung drehen, aber ich nehme mir nicht die Zeit, darüber nachzudenken, was die Soldaten vorhaben, und höre nicht mal den Gewehrknall, als ein Glückstreffer, wenn es denn einer war, die Schulter des Anzugs durchschlägt, sondern entdecke das Loch im Gummi erst, als wir später am Tag auf dem Schiff alles genau unter die Lupe nehmen.

Die Sonne befindet sich nur noch Minuten unterhalb des Horizonts, als wir das Ruderboot erreichen. Andrea und der Cap ziehen uns an Bord und rudern uns vier zurück zum Schiff, während unser neuer Passagier, ein gut aussehender Mann mit je einem perfekten Schmiss auf jeder Wange, in eine Decke gehüllt die ganze Fahrt über dasitzt und uns schweigend betrachtet.

Wieder an Bord des Schiffs, wird das Ziel unserer Befreiungsmission rasch in die Kapitänskajüte gebracht, während wir drei uns selbst überlassen bleiben, bis wir am Abend in B. auf dem italienischen Festland abgesetzt werden und man uns mitteilt, dass wir weder das Schiff noch seine Besatzung noch den Mann, den wir befreit haben, je wiedersehen werden.

Und so kommt es dann auch fast.

Mit Pferd und Wagen
übers Hochland

Andrea, der Cap und ich brauchen knapp eine Woche für die Reise quer durchs Land von B. nach N. in einem offenen Pferdewagen, den der Captain in der ersten Kleinstadt, die wir erreichen, einem Bauern »fast zum Spottpreis« abkauft.

In den Häfen entlang der Küste herrscht rege Betriebsamkeit: Familien stehen Schlange, um ihr ganzes Hab und Gut auf Passagierschiffe zu verladen, die in den Norden oder Richtung Mittelmeer und weiter fahren, doch sobald wir ins Landesinnere kommen, stellen wir fest, dass das Land so weit südlich seltsam still ist. Stundenlang begegnet uns keine Menschenseele auf den Straßen, und wir sehen leere, verlassene Dörfer und andere, deren einzige Bewohner, die noch die Felder bestellen, alte Leute sind.

»Wo sind denn alle?«, frage ich.

»Kein Geld. Kein Essen«, sagt Andrea. »Nach Amerika ausgewandert.«

»Wo sie zweifellos ihr Glück machen werden«, sagt der Cap stolz. »Wie so viele vor ihnen.«

»Aber Sie nicht«, erwidert Andrea.

Der Cap wirft ihm einen Blick zu, in dem sich Gekränktheit und Resignation mischen, und sagt: »Noch nicht, Andrea, noch nicht«, und schaut dann wieder nach vorn auf die Straße.

In der Nähe der Stadt L., wo die Landschaft zu dem Gebirge hin ansteigt, das die eine Hälfte des Landes von der anderen trennt, stoßen wir auf ein Dorf, das von einer Flut zerstört wurde. Bis zu einer Höhe von gut anderthalb Metern ist alles mit gehärtetem Schlamm bedeckt, aus dem hier und da noch immer Stuhlbeine und Bettgestelle und Bilderrahmen ragen. Keiner von uns erwähnt, was sonst noch unter dem Schlamm sein könnte, während wir haltmachen, um uns umzuschauen. Ein paar nach Essbarem suchende Schweine sind anscheinend alles, was von der einstigen Dorfbevölkerung übrig geblieben ist, und sie nähern sich uns neugierig und dulden meine Zuwendung und lassen zu, dass ich sie hinter den Ohren kraule und ihnen von dem Schwein erzähle, das ich selbst einmal hatte, und lösen in mir eine schmerzliche Sehnsucht nach meinem Bruder Will aus.

Auf der Straße, die aus dem Dorf hinausführt, stoßen wir auf den ältesten Mann, den ich je in meinem Leben gesehen habe. Er sitzt auf einem Schemel und stützt sich auf einen Stock und scheint zuzusehen, wie die Welt an ihm vorüberzieht, doch da er überhaupt nicht auf uns reagiert, könnte er auch blind und taub sein, wenn nicht schon halb tot.

Dennoch springt Andrea vom Wagen, um auf Italienisch mit dem alten Herrn zu reden, und fragt ihn, wie es ihm geht und ob er irgendetwas braucht – nicht dass wir in der Lage wären, ihm viel zu geben –, und die zwei unterhalten sich, wie es scheint, ganz angeregt und lächeln beide viel, obwohl der Mann kein einziges Mal den Blick vom fernen Horizont abwendet und Andrea ihm praktisch ins Ohr schreien muss, um sich Gehör zu verschaffen.

Als er wieder auf den Wagen klettert, nachdem er dem alten Mann zum Abschied den Arm gedrückt hat, sagt Andrea zu uns: »Ein Damm ist gebrochen.« Er reibt Zeigefinger und Daumen aneinander, um »Geld« anzudeuten. »Nicht gewartet. Alle tot, außer ihm. Er wartet nur noch darauf, ihnen zu folgen.«

Er dreht sich um und sieht den alten Mann in der Ferne kleiner werden, bis wir um eine Kurve biegen und er seinem Blick entschwindet. Den Rest des Tages reden wir nicht viel.

Je weiter wir ins Hochland kommen, desto kälter wird uns, und wir legen uns während der Fahrt Decken um die Schultern und über die Knie. Nachts schlafen wir in verfallenen Bauernhäusern, machen Feuer in den ausgedienten Kaminen, um uns warm zu halten und um Wölfe oder wilde Hunde zu verjagen, von denen wir glauben, dass wir sie in der fernen Dunkelheit heulen hören. Dennoch, das eine oder andere Mal, wenn wir sicher sind, dass der Captain schläft, überrede ich Andrea, mit mir in die Nacht zu verschwinden, obwohl wir es nie viel weiter als bis in den Hof schaffen, ehe ich ihn ganz krank und verzweifelt vor Verlangen in meine Arme ziehe und wir unter den eiskalten Sternen übereinander herfallen.

Auf der ganzen Reise werden wir nur ein einziges Mal fast erwischt, als wir eines Nachmittags in einem Korkeichenwald von einer jungen Frau, die eine Ziegenherde hütet, gestört werden und lachend und frustriert zurück zur Straße fliehen müssen, wo Captain Clarke B. noch immer nachdenklich eine Zigarre raucht, während er darauf wartet, dass unser Pferd an einem Bach seinen Durst löscht, und uns fragt, ob wir uns nach unserem schwungvollen Wettrennen nun genug die Beine vertreten haben, und wir können das nur bejahen.

Wir sind noch immer zwei Tage von unserem Ziel entfernt und haben die Berge hinter uns gelassen, als wir auf dem Weg über die Ebenen das erste Mal den mächtigen rauchenden Berg sehen, der außerhalb der Stadt liegt und vor uns aufragt und gewaltige giftige schwarze Wolken hoch in den Himmel steigen lässt.

»Ist der gefährlich?«, frage ich den Cap.

»Oh, ziemlich tödlich nach allem, was man hört«, erwidert

er. »Der letzte Ausbruch hat über hundert Menschen getötet. Es heißt, die Lavaströme waren einfach nicht aufzuhalten.«

Er bringt das Pferd zum Stehen und zündet sich wieder eine Zigarre an, und wir drei lassen den schrecklichen Anblick auf uns wirken.

»Und doch muss man sich einfach fragen, ob es einem Mann, wenn er richtig ausgerüstet und entschlossen genug ist, nicht eines Tages gelingen könnte, durch den Krater zu *schwimmen* –«

»Aber wir haben nicht ...«, setzt Andrea an, »... ich meine, das ist nicht unser Plan?«

Captain Clarke B. lacht.

»Der Vulkan? Nein. Diesmal nicht.«

Er reicht uns beiden eine Zigarre, gibt uns Feuer.

»Wir werden den König kennenlernen, Jungs«, sagt er.

Der König von Italien hat
einen prächtigen Schnurrbart

D er König von Italien hat einen prächtigen Schnurrbart.
Das fällt mir als Erstes auf, als wir in seinem gleichermaßen prächtigen Palast mitten in der Stadt – einem seiner vielen
prächtigen Paläste vermutlich – zu ihm geführt werden. Der
Schnurrbart nimmt sein halbes Gesicht ein, schwingt sich erst
nach unten und dann wieder in die Höhe, ehe er in zwei ge-
lackten Spitzen endet, die gut fünfzehn Zentimeter links und
rechts vom Kopf abstehen. Es ist ein Schnurrbart, der schon
aufgrund der Stunden, die täglich für seine sorgsame Pflege an-
fallen müssen, unmittelbar Respekt einflößt. Es ist die Art von
Schnurrbart, die ich durchaus selbst irgendwann mal gern hätte, wenn ich ganz ehrlich bin.

Aber der König erzählt uns nichts über seinen Schnurrbart,
sosehr der meine Gedanken auch in Anspruch nimmt. Stattdessen erklärt er uns, was es mit dem Prunksäbel auf sich hat, den
er seitlich an seiner eng sitzenden Hose trägt. Die Waffe dient
nämlich nicht nur der Zierde, sondern wurde schon einmal vom
König selbst kurz nach seiner Thronbesteigung wenige Jahre
zuvor sehr wirkungsvoll benutzt, um just in dieser Stadt den
Messerangriff eines Anarchisten abzuwehren.

»Und wissen Sie, wo dieser Mann jetzt ist?«, fragt der König,
als wir drei in einer Schlange stehen mit all den anderen königlichen Besuchern, die an diesem Morgen zu einer Audienz bei
Seiner Hoheit eingeladen sind und nervös mitansehen, wie un-

ser Gastgeber den Säbel aus der Scheide zieht, drei- oder vier-mal die Luft damit durchschneidet und sich daran erfreut, wie herrlich die Klinge das Licht einfängt ...

»Ich hoffe, Sie erzählen es uns, Eure Hoheit«, bittet Captain Clarke B.

»Ha!«, sagt der König und steckt den Säbel zufrieden wie-der weg. »Er liegt in Ketten, und zwar bis an sein Lebensende, in einer Zelle, die so niedrig ist, dass er nicht mal drin stehen kann!«

»Bravo!«, sagt der Captain im Namen von uns allen.

Und dann wendet sich der König mit seinem prächtigen Schnurrbart und seinem getreuen Säbel und seiner schreckli-chen Rache – oder schrecklichen Gnade, je nach Betrachtungs-weise – der nächsten Person in der Schlange zu, und kurz da-rauf sind wir entlassen, um uns den Vorbereitungen für unse-ren öffentlichen Auftritt später am Tag zu widmen.

Wir sind seit gestern Abend in der Stadt, die, wie wir bei un-serer Ankunft feststellen mussten, allem Anschein nach unter militärischer Besatzung steht. Öffentliche Kundgebungen und politische Versammlungen sind verboten, und öffentliche Kund-gebungen gegen das Verbot enden in Straßenkämpfen zwischen Demonstranten und der Polizei. Außerdem stellte sich heraus, dass das Hotel, in dem wir absteigen wollten, wegen Repara-turarbeiten nach einem Brandbombenanschlag geschlossen ist. Drei Stunden lang fuhren wir mit unserem Gepäck auf dem Wagen durch die Straßen, bis wir eine andere Unterkunft fan-den, wo der Captain erst darauf hinweisen musste, dass sein Konterfei auf dem Plakat prangte, welches seine Teilnahme an den öffentlichen Feierlichkeiten anlässlich des Geburtstags des Königs am Wochenende ankündigte, um den Hotelier davon zu überzeugen, dass wir keine anarchistische Terrorgruppe sind, wie er aufgrund unserer verdächtig aussehenden Ausrüstung und unseres ausländischen Akzents und unseres Transportmittels befürchtet hatte.

»Sehen wir etwa aus wie Revolutionäre?«, fragte der Cap am nächsten Morgen laut beim Frühstück, weil er die Kränkung noch immer nicht verschmerzt hatte, und Andrea und ich sahen einander fragend an.

Am Nachmittag besuchen wir den Empfang, auf dem der Cap Ehrengast ist und der auf der mitten in der Bucht vor Anker liegenden königlichen Jacht stattfindet, und ich frage mich, ob wohl irgendeiner der anderen geschätzten Gäste gestern per Pferdewagen in der Stadt eingetroffen ist. Es gibt mehr zu essen und zu trinken, als wir seit etlichen Wochen gesehen haben, und nachdem ich als meinen Beitrag zur Sache eine kurze Vorführung des Anzugs draußen auf dem Wasser zum Besten gegeben habe, schlagen Andrea und ich uns die Bäuche voll, doch ohne uns diesmal die Taschen mit Essensresten zu füllen.

Im Laufe des Festes werden die Gäste dazu eingeladen, die neue gusseiserne Taucherglocke des Königs auszuprobieren, die an einem auf dem Kai errichteten Gerüst hängt und mittels einer Winde bis auf den Grund der Bucht hinabgelassen wird, wo man den sandigen Meeresboden und die vielen Wracks und andere archäologisch interessante Dinge bestaunen kann. Als Andrea und ich an die Reihe kommen, setzen wir uns in das merkwürdige hallende Gebilde, das durch das Wasser in die Tiefe sinkt, gesteuert von einem aufgeregten jungen Franzosen, der an Rädern dreht und tropfende Ventile öffnet, während er das Erlebnis für uns in drei Sprachen kommentiert, obwohl wir ihn beim Lärm der Luftpumpe kaum hören können.

Ein dünner Schlauch verläuft zwischen unseren Füßen und durch die Bodenöffnung der Glocke ins Meerwasser. Durch die dicken Bullaugen können wir sehen, dass das andere Ende des Schlauchs an etwas befestigt ist, das ein riesiger Metallkrebs oder ein anderes gepanzertes Meerestier sein könnte, aber in Wirklichkeit ein Mann in einem schweren Eisenanzug ist, der sich über den Grund der Bucht bewegt und alles inspiziert, was er dort mit seinen großen Klauenhänden entdeckt, während Fische herumschwimmen und ihn ihrerseits inspizieren.

»Die Zukunft der Unterwasserforschung!«, sagt der junge Franzose zu uns, und wer will behaupten, dass er nicht recht hat?

Zurück an Bord der Jacht, schauen wir zu, wie der König – denn da ist er wieder, mit seinem prächtigen Schnurrbart, aber diesmal ohne Säbel – den Berühmten Captain Clarke B. seinen Untertanen vorstellt und sie beide als lebenslange Freunde bezeichnet, obwohl sie sich erst heute kennengelernt haben.

»Ein Mann des Schicksals!«, nennt der König unseren Captain, bevor der seine übliche Rede hält, allerdings etwas würdevoller und melancholischer, als wir das von ihm gewohnt sind, was nur zum Teil an der Augenklappe mit ihren Andeutungen von Krieg und Tragödie und Verlust liegt.

»Er sieht alt aus«, sagt Andrea, und er hat recht.

Dann gibt der König bekannt, dass er beabsichtigt, die Arbeit des Captains im Rahmen seines großen Plans zur Sicherung der Führungsrolle des Landes als Militärmacht im Mittelmeerraum »und vielleicht darüber hinaus« zu finanzieren, was sich nicht so recht mit der erklärten lebensrettenden Mission des Caps vereinbaren lässt, aber das scheint niemanden zu stören, und die zwei Männer umarmen einander unter allgemeinem Beifall.

Durch den Wein lockerer geworden, lade ich Andrea zu einem Spaziergang an Deck ein, um zuzusehen, wie die Abendsterne hervorkommen. Ich bin noch dabei, das Aufregende eines romantischen Beischlafs nur wenige Schritte entfernt von einem richtigen König gegen das Risiko abzuwägen, in flagranti erwischt – und möglicherweise bestraft – zu werden, als ich merke, dass wir nicht allein sind.

Der Helfer des Captains, Mcinerney, taucht mit einem Finger an den Lippen aus dem Schatten auf.

»Wenn euch euer Leben lieb ist, wollt ihr hören, was ich euch zu sagen habe«, flüstert er.

Andrea und ich sehen einander an und fragen uns, ob das ein Scherz ist oder ein Test oder etwas anderes Neues, und dann nicken wir beide Mcinerney wortlos zu.

Nachdem er sich mit einem Rundumblick vergewissert hat, dass wir nicht beobachtet werden, reicht Mcinerney mir ein bebildertes Flugblatt, das Werbung für die Seilbahn macht, die zum Gipfel des Vulkans außerhalb der Stadt fährt. Als wir aufblicken, sehen wir tatsächlich den Berg selbst, der vor dem dunkelnden Himmel über der Bucht aufragt und die Wolken über seiner Spitze mit dem Schein seines feurigen Herzens erhellt.

»Morgen früh, Punkt acht«, sagt Mcinerney. »Kommt allein. Und zu niemandem ein Wort.«

Dann schaut er sich ein letztes Mal um, macht auf dem Absatz kehrt und eilt von dannen.

Mcinerneys Geständnis

Am nächsten Morgen sind wir, um ungelegenen Fragen aus dem Weg zu gehen, schon auf den Beinen, bevor der Captain – der mit dem königlichen Gefolge bis in die frühen Morgenstunden gefeiert hat – aufwacht. Wir nehmen eine Tram durch die Stadt und steigen dann in eine andere um, die zur Seilbahnstation am Fuße des Vulkans fährt. Auf der Fahrt sehen wir uns das Flugblatt an, das Mcinerney mir gegeben hat, und vergleichen die Abbildung mit dem Anblick, der sich uns durch das Fenster bietet.

In der Illustration scheint die Seilbahnlinie schnurstracks den Hang des Vulkans hinauf und geradewegs oben in den Krater zu führen, aus dem Feuer und Rauch in einen leuchtend orangen Himmel quellen. In Wirklichkeit stößt der Berg aber momentan kein Feuer aus, was eine Erleichterung ist, obschon Wolken den Gipfel umhüllen, sodass man sich nicht ganz sicher sein kann.

»Erstaunliche Ausblicke«, übersetzt Andrea. »Achtes Weltwunder. Begeistern Sie Ihre Familie. Entzücken Sie Ihre Frau. Alles zu einem fairen Preis.«

»Dagegen kann wohl keiner was einwenden«, sage ich.

Als wir zu der Station kommen, erwartet Mcinerney uns, als Erkennungszeichen eine Tageszeitung unter den Arm geklemmt, als wäre er mit Melone und Mantel nicht ohnehin unverkennbar. Er hat bereits Fahrkarten bis zum Gipfel für uns drei gekauft, und so steigen wir zusammen in den kleinen offenen Wagen, wo schon drei oder vier andere Touristen sitzen und nervös auf die Fahrt nach oben warten, und dann geht es nach einem Signal des Stationsvorstehers auch schon los.

Die Fahrt den Berg hinauf dauert eine gute halbe Stunde, die wir damit verbringen, entsetzt aus dem Wagen zu starren. Die kahlen, baumlosen Hänge, über die giftige gelbe Rauchwolken wabern, die uns in den Augen brennen, sind wie eine Vision der Hölle. Zum Gipfel hin tauchen immer mal wieder die Gestalten von anderen Besuchern auf, die sich Taschentücher vor den Mund halten. Überall stinkt es beißend nach verdorbenen Eiern oder dem Rauch von hundert Gerbereien.

Ich ertappe Andrea dabei, wie er sich bekreuzigt – »Gewohnheit«, sagt er und lächelt kläglich –, während er über die schauderhafte, zerstörte Landschaft hinweg zu der glitzernden Bucht unter uns blickt und sich wahrscheinlich genau wie ich fragt, wieso in aller Welt wir hier oben sind und nicht da unten, wo Menschen eigentlich hingehören.

An der Gipfelstation steigen wir aus und folgen Mcinerney auf einem schmalen Pfad durch den widerlichen Nebel, bis der sich kurz lichtet und wir auf einmal am Rand eines Abgrunds stehen und dreißig Meter oder mehr in den klaffenden Schlund des Vulkans hinabschauen.

»Großer Gott«, sage ich.

»Oder der andere Bursche«, erwidert Mcinerney.

»Was soll das alles, Mcinerney?«, sage ich daraufhin, bemüht, erwachsen und geschäftsmäßig zu klingen und so, als wäre ich Herr meiner selbst und meiner Umgebung, dabei ist mir wegen der schwarzen Rauchschwaden, die sich aus dem Krater zu uns heraufwinden, und der Hitze, die wir sogar durch die Schuhsohlen spüren, ganz anders zumute.

Mcinerney blickt mich einen Moment lang an, als versuche

er, mich mit dem Jungen in Einklang zu bringen, den er auf dem Bahnhof in London kennengelernt hat, nimmt dann seinen Hut ab, streicht sich mit einer Hand durchs Haar und nickt.

»Die wollen dich umbringen«, sagt er. »Und deinen Freund wahrscheinlich auch.«

»Wieso?« Ich sehe Andrea an, der mit den Schultern zuckt. »Und wer überhaupt?«

»Ihr wisst zu viel«, sagt Mcinerney. »Oder werdet bald zu viel wissen.«

»Aber wir wissen gar nichts.«

»Tja, das ist aber genauso gefährlich, oder?«

»Wirklich?«

Mcinerney seufzt, setzt den Hut wieder auf und steckt die Hände in die Taschen.

»Morgen Nacht wirst du im Schutz der Dunkelheit in den Hafen hinausschwimmen und unter der königlichen Jacht eine Zeitbombe anbringen, die während der Schiffsparade am folgenden Tag hochgehen und den König töten wird.«

»Dann sind wir also *anarchici*!«, erklärt Andrea triumphierend.

»Die Anarchisten sind Amateure«, sagt Mcinerney angewidert.

»Auf welcher Seite stehen wir dann?«, sage ich.

»Ihr steht auf der Seite des Geldes, Dan«, sagt Mcinerney. »Dieselbe Seite, auf der du schon immer gestanden hast. Und im Moment hat das Geld beschlossen, dass es noch mehr Geld machen kann, wenn es diesen speziellen Monarchen loswird, und frag nicht nach dem Grund.«

»Aber die Schuld wird man den Anarchisten in die Schuhe schieben«, begreife ich plötzlich. »Solange niemand mehr da ist, der erklären kann, was wirklich passiert ist.«

»Genau.«

»Wieso erzählen Sie uns das alles?«

»Sagen wir, es war ein Sinneswandel.«

»Und was ist mit dem Cap?«

»Ich bin nicht mehr verantwortlich für den Captain. Oder für irgendwen. Ich bin jetzt mein eigener Herr. Ich wünschte, ich könnte dasselbe über ihn sagen.«

Und bei diesen Worten blickt er sich um, als würde er nach jemand anderem in dem beißenden Nebel Ausschau halten, schüttelt dann jedem von uns hastig die Hand und sagt: »Viel Glück, Jungs.« Er wendet sich ab, geht zurück über den Pfad Richtung Gipfelstation und ist rasch im Dunst verschwunden.

Andrea und ich sehen einander an. »Was sollen wir machen?«, fragt er.

Der Schrei einer Frau erspart es mir, auf die Frage antworten zu müssen.

Auf halbem Weg zur Station hat sich bereits eine Menschenmenge auf dem Pfad versammelt. Als wir dort ankommen, wird einer Frau Trost zugesprochen und mit einem Taschentuch Luft zugefächelt, und einige Leute zeigen hinunter in den Krater, obwohl es nichts mehr zu sehen gibt und auch nichts mehr getan werden kann.

»Sie sagt, sie hat einen Mann hinabstürzen sehen«, sagt Andrea zu mir. »Er ist ... da runtergefallen.«

Und natürlich liegt dort auf dem schmalen Pfad, an der Stelle, wo er in den Krater gestoßen wurde, Mcinerneys Melone.

Während wir dastehen, völlig unfähig, das Geschehene zu ändern oder zu wissen, was wir als Nächstes tun sollen, sehen wir, als sich die treibenden Rauchwolken kurz lichten, wie ein Mann im schwarzen Mantel in den Wagen steigt, der jeden Augenblick nach unten fahren wird. Und er blickt uns an, als wollte er sich vergewissern, dass seine mörderische Tat die beabsichtigte Wirkung erzielt hat.

Als der Wagen losfährt, tippt er sich kurz an den Hut, legt dann die Finger an die Lippen und ist verschwunden.

Die furchtbare Zukunft

Als wir schließlich einsehen, dass wir nicht für immer auf dem Gipfel des Vulkans bleiben können, und mit der Seilbahn wieder hinabfahren, werden wir unten natürlich von drei Männern erwartet, und eine Schusswaffe ist auch im Spiel. Und während der Kutschfahrt zurück in die Stadt werden nicht nur der Plan und meine Rolle darin erläutert, sondern auch die zwangsläufigen und schrecklichen Konsequenzen, falls ich mich weigere oder einen Fluchtversuch mache, bevor ich meinen Part erledigt habe, und alles ist ziemlich genau so, wie der arme alte Mcinerney es prophezeit hat.

Als ich unsere Bewacher darauf hinweise, dass die Konsequenzen für uns anscheinend in jedem Fall zwangsläufig und schrecklich sind, ob wir nun mitspielen oder nicht, werde ich daran erinnert, dass jeder eine Familie hat, irgendwo, und das verschlägt mir die Sprache, und damit hat es sich für den Rest der Fahrt an höflicher Plauderei und spritziger Unterhaltung erledigt.

»Du könntest abhauen«, sage ich zu Andrea, als wir zwei auf dem Fußboden unseres Zimmers in einem Wust aus Bettwäsche liegen, erschöpft von den Schrecken des Tages und von allem, was wir gerade miteinander angestellt haben, um diese Schrecken zu vergessen – was unter anderem bei mir zu einem blauen Auge geführt hat und bei ihm zu einer blutigen Lippe.

»Ich weiß.«

»Niemand würde es dir verdenken.«

»Ich weiß.«

»Ich habe Geld, das könntest du mitnehmen.«

»Ich weiß.«

Ich rolle mich herum und sehe ihn an.

»Woher weißt du von dem Geld?«, frage ich.

»Du bist schlau, aber so schlau nun auch wieder nicht«, sagt er und lächelt dann traurig und legt eine Hand an meine Wange.

Am frühen Abend finde ich Captain Clarke B. unten am Hafen, wo er bei der fortdauernden archäologischen Erforschung der Bucht zuschaut. Zu den Tagesfunden, die ausgebreitet auf dem Dock liegen, wo sie untersucht werden sollen, bevor sie in Kisten verpackt an verschiedene Museen verschickt werden, gehören verrostete Schiffsglocken und zerbrochene Vasen und andere rätselhafte Metallstücke, die meiner Meinung nach den ganzen Aufwand nicht lohnen.

»Wusstest du, dass sie da unten ein zweitausend Jahre altes Schiff gefunden haben«, fragt mich der Captain, »und dass der Wein an Bord noch trinkbar war?«

Ich erwidere, dass mir das nicht bekannt war.

»Ah, aber was würden die Männer, die diesen Wein gemacht haben, wohl von alldem hier halten?«, sagt er, auf das hektische Treiben um uns herum deutend.

Von dem Holzgerüst wird die Taucherglocke für den letzten Einsatz des Tages ins Wasser gesenkt, und Männer wuseln darum herum, kurbeln an einem Räderwerk, das den Kran in Bewegung setzt, und an einem anderen, das die Blasebälge für die Luftzufuhr antreibt. Der panzerartige eiserne Tauchanzug steht etwas abseits zum Trocknen, nachdem er von Algen sauber geschrubbt wurde. Die gläsernen Bullaugen ringsum in dem runden Helm sollen es dem Taucher vermutlich ermöglichen, in alle Richtungen zu sehen, verleihen dem Ding aber das seltsame Aussehen eines riesigen Insekts.

»Das ist die Zukunft, Dan«, sagt der Captain und klopft mit den Knöcheln auf die Brust des Ungeheuers, woraufhin ein dumpfes Scheppern ertönt. »In zehn Jahren werden wir den Boden jedes Ozeans kartografiert haben, und dann gibt es nichts mehr, was wir nicht wissen.«

»Das ist ja wohl das Ziel aller wissenschaftlichen Forschung«, sage ich.

»Meinst du?«

»Sie werden jetzt vom König gefördert«, sage ich. »Sie können also Ihre Arbeit vollenden. Sie haben alles, was Sie wollten.«

Der Captain stößt ein höhnisches Lachen aus.

»Leider ist der König nicht die letzte Instanz«, sagt er.

Wir stehen eine Weile da und tun beide so, als würden wir den Taucheranzug begutachten.

»Werden wir dieses Spiel ganz bis zu Ende spielen?«, frage ich.

»Was willst du von mir, Dan?«, sagt der Cap.

»Ich hatte gehofft, Sie hätten vielleicht noch ein paar letzte Ratschläge für mich.«

»Ich glaube, ich habe für niemanden mehr irgendwelche Ratschläge«, sagt er und wendet den Blick ab, um über die Bucht zu schauen.

Und da steigt wieder das alte Gefühl in mir hoch, was mörderische Wut sein könnte oder mein Herz, das von Neuem bricht.

»Haben Sie überhaupt eine Ahnung, was wirklich vor sich geht?«, frage ich ihn.

»Wir werden nicht dafür bezahlt, Fragen zu stellen.«

»Ja, das haben Sie schon mal gesagt.«

»Wenn du lange genug lebst, Dan«, sagt Captain Clarke B.,

»wirst du feststellen, dass das Leben hauptsächlich darin besteht, immer und immer und immer wieder dasselbe zu tun und
zu hoffen, dass es eines Tages durch irgendein Wunder etwas
bewirken wird.«

Als ich weggehe, starrt er noch immer über das Wasser, wo
die Wellen vermutlich seit Tausenden von Jahren dasselbe tun
und immer noch tun werden, wenn wir alle längst vergessen
sind.

Nicht jeder hat eine Familie

Am nächsten Morgen ist der Cap verschwunden, und er bleibt auch am Nachmittag verschwunden. Bis dahin habe ich festgestellt, dass auch das meiste von dem Geld, das ich unten in meiner Tasche versteckt hatte – es war zu viel geworden, um es in meinem Hemd herumzutragen –, mit ihm verschwunden ist.

Das war's also.

Mit Erlaubnis meiner Bewacher veranlasse ich, dass der Hotelier alles, was von dem Geld noch übrig ist, an meinen Bruder schickt. Ich lege keinen Brief bei. Dann ziehen Andrea und ich los und betrinken uns im elegantesten Café der Stadt und benehmen uns völlig ungebührlich und werden schließlich aufgefordert zu gehen und von unseren neuen Leibwächtern, die die ganze Zeit draußen gewartet haben, zurück zum Hotel eskortiert.

An dem Plan hat sich nichts geändert, und kurz vor Mitternacht kommen sie uns holen.

Wir werden zusammen mit dem Anzug in eine Kutsche verfrachtet und die gut eineinhalb Kilometer zum Hafen gefahren. Ich sitze eingezwängt zwischen zwei Riesen, und Andrea sitzt gegenüber, bewacht von dem dritten, und die ganze Zeit wird mir sicherheitshalber eine Pistole in die Rippen gedrückt.

Während der Fahrt spielt Andrea nervös mit einer Münze, die er zwischen den Fingern bewegt, als versuche er, eine Entscheidung zu treffen. Während unsere Bewacher amüsiert zuschauen, fängt er an, die Münze unsichtbar von einer Hand in die andere zu wechseln und dann ganz verschwinden zu lassen, nur um sie hinter dem Ohr eines unserer Wächter wieder hervorzuholen.

Plötzlich packt der Mann Andreas Arm mit einer Hand, während er ihm mit der anderen die Münze abnimmt und in die Tasche steckt.

Als er wieder loslässt, blickt Andrea ihn an und lächelt.

»Nicht jeder hat eine Familie«, sagt er.

Dann stößt er die Tür auf und springt aus der fahrenden Kutsche und ist im Nu im Labyrinth dunkler Straßen verschwunden.

Die Kutsche kommt nach ein paar Metern zum Stehen, und der Bewacher, dem er entwischt ist, will aussteigen und Andrea verfolgen, doch der Riese, der das Sagen hat, schüttelt den Kopf und schlägt aufs Dach, und wir setzen die Fahrt fort.

Als wir am Dock ankommen, ziehe ich den Anzug an und steige dann hinunter ins Wasser, wo die Bombe, die ungefähr so aussieht wie ein kleiner Torpedo mit Zeitzünder, zu mir herabgelassen wird. Dann nicke ich meinen Bewachern zu und paddele über die Bucht zu der Jacht hinüber.

Das Wasser ist warm, und ich frage mich, ob das von irgendeinem geologischen Prozess herrührt, der mit dem Vulkan zu tun hat, oder einfach daher, dass die Abwässer von der Stadt direkt in die Bucht gepumpt werden. Ich komme gut voran, und als ich mich nach nur einer halben Stunde dem königlichen Schiff nähere, paddele ich, so leise ich kann, für den Fall, dass zufällig jemand mit guten Ohren an Deck ist. Am Schiffsrumpf angekommen, befestige ich die Bombe mittels eines Schraubmechanismus an zwei Metallnieten und befasse mich dann mit dem Zeitzünder, den ich so einstellen soll, dass die Detonation in sechs Stunden erfolgt, was meinen Auftraggebern reichlich Zeit lässt, die Stadt zu verlassen und sich meiner zu entledigen, wie es ihnen beliebt.

Stattdessen stelle ich den Zünder auf fünf Minuten ein, paddele dann, so schnell ich kann, von der Jacht weg und hoffe inständig, dass Andrea es geschafft hat, seinen Teil der Abmachung einzuhalten, und mit einem Boot auf dem Wasser wartet, um uns aus der Bucht und weit weg zu bringen.

Doch draußen in der Bucht ist nirgends ein rettendes Boot zu sehen, und mir wird rasch klar, dass wir es jetzt, selbst falls er noch rechtzeitig bei mir ist, verdammt schwer haben werden, uns in Sicherheit zu bringen. Und die Zeit verstreicht weiter, und ich suche das dunkle Wasser verzweifelt nach irgendeinem Hoffnungszeichen ab.

Und dann, als ich schon glaube, dass es aus mit mir ist, dass ich entweder in die Luft gesprengt oder wieder geschnappt werde und Mcinerney wahrscheinlich in den Krater des Vulkans folge, erscheint meine Rettung aus der Tiefe in Form des monströsen eisernen Taucheranzugs, der die Oberfläche des Wassers durchbricht wie ein prähistorisches Meeresungeheuer. Ich habe kaum genug Zeit, mich zu fragen, welcher Mechanismus dahintersteckt, vermute aber den Einsatz irgendwelcher luftgefüllter Tanks, da werde ich auch schon von den Klauen des Ungeheuers gepackt und genau in dem Moment unter Wasser gezogen, als die Bombe explodiert.

Wieder nach Frankreich

Als ich am Bug des Passagierdampfers stehe, der das Mittelmeer durchquert, kommt mir der Gedanke, dass dieses Meer in seiner Mitte, wo wir gerade sind, tatsächlich so unglaublich blau ist, wie man sagt. Und dass es sich so stark von der kalten und erbärmlichen Wasserfläche unterscheidet, an der ich aufgewachsen bin, dass es etwas völlig Andersgeartetes sein könnte, und dass die englische Sprache nicht genug Wörter hat, um zu beschreiben, auf wie vielfältige Weise es sich unmöglich um die gleiche Art von Gewässer handeln kann.

Und während ich das alles denke, beobachte ich Delfine, die auf unserer Bugwelle reiten und auf eine Art aus dem Wasser springen, wie es noch kein Delfin je neben irgendeinem Boot gemacht hat, auf dem ich als Junge mitgefahren bin, und ich frage mich, wie diese Geschöpfe die Welt erleben und was sie davon halten und wie es wohl wäre, sich ihnen anzuschließen.

Und dann kommt Andrea zu mir und schlingt von hinten seine Arme um mich und legt sein Gesicht an meinen Hals auf eine Art, die einen wunderbar lustvollen Schauer durch mich hindurchjagt, vermischt mit dem unbestreitbaren Kitzel, bei so einer Umarmung erwischt zu werden.

»Wie fühlt es sich an, tot zu sein?«, flüstert er mir ins Ohr.

»Ich bin früher schon mal tot gewesen«, sage ich. »Es ist längst nicht so schmerzhaft, wie ich es in Erinnerung habe. Schau dir die Delfine an.«

»Hab sie schon gesehen.«

»Aber hast du sie wirklich *gesehen*?«, frage ich.

»Ich habe sie gesehen«, sagt er und küsst mich erregend auf den Mund, da draußen auf dem Deck und womöglich vor den Augen aller, die es vielleicht sehen wollen. Und ich erwidere den Kuss.

Die Fahrt nach Frankreich über die Inseln Sardinien und Korsika dauert vier Tage, und bei jedem Halt kaufen wir die neuesten französischen und italienischen Zeitungen, um die Fortsetzungsgeschichte von dem gescheiterten Attentat auf den italienischen König durch anarchistische Terroristen zu verfolgen. Es gibt Augenzeugenberichte der schrecklichen Ereignisse von unseren sehr guten Freunden, den Brüdern Carmagnolle aus Marseille, Erfinder, die neben ihrem patentierten Tiefseetaucheranzug und ihrer Taucherglocke abgebildet sind, deren Inneres ich jetzt sehr gut kenne. Es gibt auch kühne Zitate vom König persönlich, der seine Möchtegernmörder öffentlich herausgefordert hat, sich einem Zweikampf mit ihm zu stellen, zu einem Zeitpunkt und an einem Ort ihrer Wahl.

Nicht erwähnt werden die eigentliche Verschwörung oder die Verschwörer, aber es gibt eine Zeichnung von dem heldenhaften Captain Clarke B. selbst, der als verschollen gilt und für tot gehalten wird, und soweit wir wissen, müssen unsere Bewacher jetzt von der Annahme ausgehen, dass ich bei der Explosion getötet wurde. Dennoch werfen wir immer wieder Blicke nach hinten, rechnen fast damit, dass unser Schiff verfolgt wird, und jedes Mal, wenn neue Passagiere an Bord kommen, ziehen wir unsere Mützen tief ins Gesicht.

Die übrige Zeit verkriechen wir uns in unserer Kabine und lieben uns stundenlang, unfähig, unser Glück zu fassen, oder gehen mit Schals um die Gesichter an Deck spazieren oder sitzen auf Liegestühlen mit Winterdecken bis hoch zum Mund gezogen und tun so, als würden wir die Sonne genießen wie ein älteres Ehepaar, und denken, dass wir sehr viel Schlimmeres sein könnten.

Es ist ein strahlender, kalter Morgen, als wir im Hafen der berühmten französischen Stadt N. anlegen und mit unserem Gepäck, das lediglich aus zwei Schultertaschen und dem Froschmann-Anzug besteht, von Bord gehen. Das faltbare Boot befindet sich wahrscheinlich noch heute in den Ställen des Hotels im italienischen N.

Am Zollschalter zeige ich eines der Empfehlungsschreiben vor, die ich noch bei mir habe, und auch den Anzug als Beweis, und anscheinend werden wir nicht unbedingt als eine Gefahr für das Wohl der Republik betrachtet, denn wir werden durchgenickt und gehen weiter zum Droschkenstand. Von dort lassen wir uns in die Berge oberhalb des Hafens fahren, wo die schönen Alleen von prächtigen Häusern gesäumt sind, und schon bald stehen wir auf den Eingangsstufen einer rosa Villa und hoffen, dass wir die richtige Adresse haben.

Nach einigen Debatten an der Tür und der Übermittlung von Nachrichten ins Haus und wieder zurück und der Vorlage von Beweisen, dass wir tatsächlich die sind, die wir zu sein behaupten, werden wir durchs Haus auf die Terrasse geführt, wo unser mutmaßlicher Gastgeber – gescheiterter amerikanischer Maler, Weltreisender, Verschwender des Familienvermögens und Weiterlebender angesichts des riesigen und verständnislosen Universums und so weiter und so fort – in seinem teuren Pyjama frühstückt.

»Also, ich hab nicht damit gerechnet, euch schon so bald wiederzusehen, Jungs«, sagt William T. Baker, der gerade ein Glas Brandy in seinen Kaffee kippt. »Aber hereinspaziert.«

Die Art von Menschen, die sich solchen Menschen anschließt

W illkommen also in unserem neuen Leben. Oder wenigstens in unserem neuen Leben über die folgenden Wochen, in denen wir uns in der Welt unseres sagenhaft reichen Freundes und seiner gleichfalls sagenhaft reichen Bekannten und allem, was dazugehört, einnisten.

Jeder Tag beginnt am späten Vormittag mit einem Katerfrühstück für Andrea und mich auf der zuvor erwähnten Terrasse, bei dem uns der Hausherr Gesellschaft leistet oder auch nicht, je nachdem, ob er mal wieder auf einer Party die Nacht durchgezecht hat und deshalb noch gar nicht im Bett gewesen ist – oder einen seiner regelmäßig vergeblichen Versuche unternimmt, vor Mittag aufzustehen und den Tag in seinem Atelier zu verbringen.

An jenem ersten Tag, als unser Gastgeber uns durch das Haus führt, ist das Atelier der Raum, den er uns mit dem größten Stolz zeigt. Er präsentiert uns jedes seiner unvollendeten Gemälde – »farblich stimmungsvoll, aber nicht unbedingt impressionistisch« –, als wären sie alte Freunde. Weil ich kein Idiot bin, verrate ich ihm nicht, dass ich schon mal in einem Künstleratelier gewesen bin, noch dazu in einem, das mit sehr viel besseren Arbeiten gefüllt war als dieses, darunter auch zwei oder drei recht spektakuläre Aktzeichnungen von Ihrem Erzähler höchstpersönlich.

Zumindest Andrea ist ehrlich beeindruckt, in Gegenwart eines richtigen Künstlers zu sein, wenn auch eines Künstlers, für den die Malerei in erster Linie Vorwand und Rechtfertigung dafür ist, sich jeden Nachmittag zu betrinken.

Während wir uns beim Frühstück gegenseitig den Toast reichen oder die Butter oder die Marmelade oder die Milch und unsere schmerzenden Köpfe schonen, können wir die Aussicht auf die wunderschöne Stadt und das glitzernde blaue Meer dahinter betrachten und die milde Luft genießen, die sich hält, obwohl die Jahreszeit gewechselt hat, und uns an den Vögeln im Garten erfreuen, und wir werden von einer seltsamen Hoffnung für unsere Zukunft erfüllt. Trotz etlicher leerer Gästezimmer im Haus stand nie infrage, dass Andrea und ich unsere Nächte zusammen verbringen. Stattdessen wurde am Tag unserer Ankunft ungefragt ein prachtvolles Doppelzimmer mit einem riesigen Bett für uns hergerichtet, was uns klarmachte, dass wir so akzeptiert werden, wie auch immer wir sind, ohne dass das Thema auch nur angesprochen wird.

Und auf dem Tisch vor uns liegen stets die Tageszeitungen, die inzwischen, wie wir zu unserer Freude feststellen, allesamt über neue Skandale und Gewalttaten berichten und die Ereignisse vergessen haben, an denen wir beteiligt waren. Es finden sich keinerlei Meldungen über den Verbleib oder weitere Abenteuer von Captain Clarke B. Stattdessen können wir erfahren, wer so alles in der Stadt ist und was diese Leute vorhaben und wie das kommentiert wird, und obendrein die Wettervorhersage für den jeweiligen Tag lesen, die stets positiv ausfällt. Vielleicht überlegen wir, einen Ausflug in die Wintergärten zu machen, oder ich schreibe einen Brief an meinen Bruder, bis unser Gastgeber erscheint und verkündet: »Die Muse hat mich wieder besiegt, Jungs!«, und schon werden Flaschen geöffnet, und es wird Wein dekantiert, und wir machen uns gemeinsam auf zu dem fabelhaften Abenteuer eines weiteren Tages und Abends mit wunderbaren und interessanten Ereignissen und Menschen, darunter Dichter und Maler und Schriftsteller und ihre Förderer sowie die Art von Menschen, die sich solchen Menschen anschließt – zu denen jetzt irgendwie auch Andrea und ich zählen.

Vorerst muss ich bei keiner Darbietung auf dem Wasser auftreten, und es finden auch keine Vorführungen statt, und der Furchtlose-Froschmann-Anzug ist über eine lebensgroße Modellpuppe im Atelier drapiert. Stattdessen verdienen Andrea und ich unseren Unterhalt, indem wir einfach wir selbst sind. Indem wir für alle etwas Neues und Interessantes zum Angucken sind und indem wir unseren neuen Freunden spannende und glaubwürdige Geschichten von unseren Abenteuern und tragischen Kindheiten erzählen und indem wir die Geschichten ständig ein bisschen weiter ausschmücken und indem wir für Gespräche und Geselligkeit zur Verfügung stehen und vielleicht für die Verheißung auf mehr, falls es sich ergeben sollte, und indem wir nach Bedarf bis in den frühen Morgen aufbleiben oder nicht aufbleiben und dann trotzdem, und egal, ob uns danach ist, bereit sind, am nächsten Tag aufzustehen und alles noch einmal zu machen.

Und weil es, wie Andrea und ich sehr wohl wissen, weitaus schlimmere Arten gibt, sein Brot zu verdienen, finden wir beide, dass wir alles in allem im Moment sehr glücklich sind.

Der Vorfall mit der Uhr

Und dann kommt der Tag, an dem ein Ausflug zu einer Burgruine irgendwo in den Bergwäldern oberhalb der Stadt geplant wird.

An dem fraglichen Nachmittag wird unsere Gruppe – bestehend aus Andrea, mir, unserem Gastgeber und etwa fünfzehn anderen ausgewählten Gästen, die meisten von ihnen reiche Engländerinnen und Engländer, aber auch ein paar Franzosen – in eine Reihe von offenen Kutschen verfrachtet, die uns durch die Pinienwälder zu einer gut eineinhalb Kilometer entfernten Stelle unterhalb der Ruine bringen, wo bereits zahlreiche andere Kutschen stehen.

Als alle, beladen mit etlichen Weidenkörben voller Essen und Getränke, den Trampelpfad hochstapfen, den Hunderte Touristen vor uns gebahnt haben, fällt mir auf, dass Andrea sich sehr gut mit einer der reichen Engländerinnen versteht – die ich als Stammgast auf den Partys unseres Gastgebers wiedererkenne – oder sie sich jedenfalls mit ihm.

Derweil reden die anderen Gäste aufgeregt über die derzeitige Welle von politischen Attentaten in aller Welt, ein Thema, an dem ich mich wohlweislich lieber nicht beteilige.

»Und es heißt, derselbe Mann sei auch in die Morde an dem russischen Zaren *und* dem amerikanischen Präsidenten verwickelt –«

»Wurde aber nie gefasst –«

»Ganz zu schweigen von dem versuchten Attentat auf Königin Viktoria –«

»Nein, ausgeschlossen!«

»Doch! Ein Graf! Das beweisen die Schmisse ...«

Draußen vor der Burg, die auf einer Waldlichtung steht, hofft eine herumlungernde Schar von Kindern aus der Gegend darauf, Trinkgelder von Touristen einzuheimsen, die nach dem Weg fragen oder Hilfe beim Tragen von Sachen oder Unterhaltung brauchen, und sie sind noch da, als wir nach einer kurzen Besichtigung der Ruine zurückkommen, um in der warmen Spätherbstsonne unser Picknick zu genießen.

Während ich beobachte, wie sie um etwas zu essen betteln, frage ich mich, ob eines von ihnen glauben würde, dass Andrea und ich genauso gut an ihrer Stelle hätten sein können oder dass wir immer noch da landen könnten.

Irgendwann am Nachmittag, während alle essen und trinken und entspannt miteinander plaudern, gehe ich in den Wald, um mich zu erleichtern, und habe gerade meine Hose wieder zugeknöpft, als ich hinter mir ein Geräusch höre. Ich drehe mich um und sehe die Frau, die fast den ganzen Tag mit Andrea geredet hat, und sie betrachtet mich neugierig, während sie aus einer Flasche Wein trinkt.

»Ich glaube, dein Freund mag keine Frauen«, sagt sie.

»Er ist nun mal altmodisch«, sage ich.

»Und was ist mit dir?«

»Wie lange stehen Sie schon da?«, frage ich sie. Jetzt fällt mir ein nächtliches betrunkenes Gespräch zwischen uns über die Emanzipation von Frauen ein, bei dem ich überwiegend nur zugehört habe. Falls sie mit dem Mann verheiratet ist, von dem ich glaube, dass sie mit ihm verheiratet ist, dann ist sie gut zwanzig Jahre jünger als er – womit sie noch immer mindestens fünfzehn Jahre älter ist als ich, aber dafür nicht weniger schön.

»Lange genug, um ein paar Momente deiner Aufmerksamkeit verdient zu haben, würde ich sagen«, erwidert sie.

»Und die haben Sie jetzt.«

Sie tritt vor und bietet mir die Flasche an, und ich nehme einen Schluck, denn was bleibt mir anderes übrig?

»Ich hatte eventuell etwas anderes im Sinn«, sagt sie.

Glücklicherweise oder nicht werden wir von Lärm und Geschrei aus Richtung der Burgruine unterbrochen.

Als wir unter den Bäumen hervortreten, sehen wir, dass einer der Engländer, den ich tatsächlich als Ehemann dieser Frau erkenne, einen der Straßenjungen verfolgt, der herumrennt und mal hierhin, mal dorthin ausweicht, während Andrea versucht dazwischenzugehen und alle anderen – unsere Gruppe, die übrigen Kinder, einige Burgbesucher – belustigt zuschauen.

»Meine Uhr!«, schreit der Mann. »Der kleine Scheißer hat mich bestohlen!«

Schließlich kann Andrea die beiden trennen. Er hebt einen Finger, um den tobenden Engländer zu beruhigen, und wendet sich an den Jungen, der jetzt tapfer seinen Mann steht.

»Hast du ihm die Uhr gestohlen?«, fragt Andrea den Jungen auf Englisch.

Der Junge schüttelt den Kopf.

»Ist doch klar, dass er lügt«, sagt der Mann. »Prügle es aus ihm raus!«

Dann sagt Andrea etwas auf Französisch oder Italienisch zu dem Jungen, und der kneift die Augen zusammen, schüttelt aber wieder den Kopf.

»Sind Sie sicher, dass Sie sie nicht verloren haben?«, fragt Andrea den Engländer.

»Du hast doch zig Uhren, Harry«, sagt die Frau, mit der ich vorhin aus dem Wald gekommen bin – Mrs Henry Colbert, wie mir wieder einfällt.

»Ich *kauf* dir eine neue Uhr, Harry«, ruft unser Gastgeber lachend.

»Ich hab die verdammte Uhr nicht verloren«, sagt der Geschädigte wütend. »Glaubt ihr alle etwa diesem« – er deutet auf Andrea –, »diesem *Bauern* eher als mir?«

Unbehagliches Schweigen entsteht, und ich sehe, wie Andrea seine Möglichkeiten abwägt. Er sagt leise etwas zu dem Jungen, der die Stirn runzelt, ehe er auf Andreas Hand schaut, die er seltsam angewinkelt vor sich hält.

Dann nickt der Junge verstehend, und Andrea verpasst ihm eine klatschende Ohrfeige, sodass der Junge ins Taumeln gerät und unser englischer Freund mit einiger Genugtuung »Bravo!« ruft.

Der Junge hält sich vor Schmerz die Wange, starrt Andrea aber weiterhin trotzig an, der dann den Arm ausstreckt und *wie von Zauberhand* eine Münze hinter dem Ohr des Jungen hervorholt und sie ihm gibt, was bei allen Umstehenden fröhliches und erleichtertes Lachen auslöst.

»Keine Uhr«, sagt Andrea mit abschließender Bestimmtheit zu Henry Colbert und geht dann weg, überlässt es ihm, zu entscheiden, ob der Gerechtigkeit Genüge getan wurde oder nicht.

Am Abend kehren alle in der Absicht zum Haus zurück, so lange zu trinken, bis der Alkohol aus ist oder die Sonne aufgeht. Henry Colbert ist noch immer verstimmt wegen seiner verschwundenen Uhr, und nachdem er zwei Stunden Trübsal geblasen hat, geht er früh nach Hause und nimmt seine junge Frau mit, wodurch er mich davor bewahrt, mit dem weiterzumachen, was auch immer da zwischen uns beiden im Wald passiert ist. Außerdem gilt es, neue Leute kennenzulernen und Geschichten zu erzählen und zu hören und faszinierende Augenblicke zu beobachten oder zu erleben, so beispielsweise das Füllen eines ganzen Zierteichs mit nackten, ausgelassenen

Nymphen jeden Alters, jeder Größe und jeden Geschlechts und obendrein mit einer ganzen Reihe von erschrockenen Karpfen.

Gegen Morgen gehen Andrea und ich endlich ins Bett, nachdem wir den ganzen Tag kaum ein Wort gewechselt haben, und sind zu betrunken und erschöpft, um jetzt noch viel daran zu ändern, obwohl wir einen kurzen und halbherzigen Versuch unternehmen.

Erst am nächsten Morgen beim Frühstück schiebt er mir die Uhr über den Tisch zu.

»Die steht dir sowieso besser als ihm«, sagt er.

Was als Nächstes kommt

Als es das erste Mal geschieht, ist Andrea weniger überrascht als ich, denn aus seiner Zeit mit den Freunden des Caps und höchstwahrscheinlich auch aus seinem Leben davor weiß er besser, wie diese Menschen denken und funktionieren.

Wir haben wieder eine lange Nacht hinter uns, waren zu zehnt, einschließlich Mrs Henry Colbert, aber ohne ihren Mann, im Casino und haben mehr Geld verloren, als einer von uns nachgehalten hat. Zurück im Haus, werde ich aus irgendeinem Grund aufgefordert, meinen Körperbau zur Schau zu stellen, und ich nehme zum Vergnügen der anderen Gäste mitten im Wohnzimmer eine Reihe von halb nackten athletischen Posen ein und stehe schließlich auf einem Couchtisch, ohne Hemd, und spanne unter allgemeinem Beifall die Muskeln an, und dann warten alle gespannt darauf, was als Nächstes kommt.

Nun, als Nächstes kommt eine Mischung aus Opium und irgendeiner anderen mysteriösen orientalischen Wurzel, die in einer silbernen Pfeife feierlich herumgereicht wird und die in Verbindung mit dem Wein und dem Whisky und allem anderen bewirkt, dass die andere Seite des Raums plötzlich anfängt, sich vor meinen Augen ganz weit zu entfernen und den Rest der Welt mitzunehmen.

Und dann verliert sich alles einschließlich meiner selbst für eine Weile in einem Nebel, obwohl ich registriere, dass sich die anderen um mich herum gegenseitig entkleiden, und irgendwer zieht auch mir den Rest meiner Kleidung aus, und wir gehen in ein anderes Zimmer, das lächerlich dekoriert ist wie etwas aus Tausendundeiner Nacht, und dann ist da nichts mehr, bis ich zu Sinnen komme und merke, dass ich im Liebesakt mit einer dunkeläugigen Mrs Henry Colbert bin, und wir klammern uns aneinander wie Schiffbrüchige, und es sind möglicherweise auch noch ein paar andere Leute bei uns, sodass schwer zu sagen ist, wer was genau mit wem macht. Ich weiß, dass sich irgendwann eine der Nymphen aus dem Zierteich beteiligt und entweder unter mir oder auf mir ist sowie ein Mann, den ich nie zuvor gesehen habe und der etwas mit mir macht, wovon sich mein Magen verkrampft und mir die Luft wegbleibt, bevor ich schließlich ganz das Bewusstsein verliere.

Doch als ich am Morgen aufwache, liegt nur noch Mrs Henry Colbert neben mir und sagt: »Tja, du bist wirklich eine schöne Ablenkung, nicht wahr?«

»Bin ich das?«

»Ich warte schon seit einer Stunde darauf, dass du aufwachst.«

»Und dein Mann ...?«

»Sagen wir, er ist geschäftlich unterwegs.«

»Ist er das?«

Doch Mrs Henry Colbert ist plötzlich zu beschäftigt, um weitere Fragen zu beantworten.

Nachdem wir wieder fertig sind und Mrs Henry Colbert zufrieden ist, entschuldige ich mich und schleiche voller Schuldgefühle und Angst zurück in unser Zimmer, wo ich von einem lachenden Andrea begrüßt werde, der mich fröhlich aufs Bett wirft, mich festhält und sagt: »Sieh bloß zu, dass du beim nächsten Mal bezahlt wirst, du Idiot«, bevor auch er sich mit mir vergnügt.

Und ja, jetzt wollen alle etwas von mir.

Tatsächlich gibt es zahllose »nächste Male«, und nicht bloß mit Mrs Henry Colbert. Im Laufe der folgenden Tage werde ich gebeten, an ähnlichen Situationen mit einer ganzen Reihe von Freunden und Freundinnen unseres Gastgebers teilzunehmen, darunter scheinbar tugendhafte englische Ehefrauen und Ehemänner, wilde französische Dichter und Dichterinnen, irische Malermodelle und sogar ein paar amerikanische Bühnenschauspieler, die alle zunächst die silberne Pfeife als Ausrede brauchen, um sich diese Ausschweifung zu erlauben – allerdings nicht Mr Henry Colbert, der sich immer verabschiedet, bevor die Lustbarkeiten anfangen, und auch nicht unser Gastgeber, der, wie wir bald feststellen, lieber in einem Sessel sitzt und alles aus einigem Abstand beobachtet, Drink in der Hand, zufrieden damit, dass seine Gäste sich amüsieren, aber anscheinend ohne selbst durch irgendetwas in dem Treiben erregt oder erfreut zu werden (»Ach«, sagt er melancholisch zu mir, »es ist schon lange her, dass mich überhaupt irgendwas *erfreut* hat …«).

Ein- oder zweimal ist auch Andrea dabei, aber wir merken, dass das für uns beide verwirrend ist, und beschließen daher, diesen seltsamen Teil unseres ohnehin schon seltsamen Lebens getrennt zu halten und uns gegenseitig nicht zu viele Fragen zu stellen, sondern nur unsere wöchentliche Ausbeute an geschenkten Armbändern, Ringen, Halsketten und sonstigem Schmuck zu vergleichen. Und sogar die eine oder andere Taschenuhr.

Ganz gleich, auf wie viele von William T. Bakers enge oder entfernte Bekanntschaften ich mich einlasse, mir fällt schon bald auf, dass ich am nächsten Morgen irgendwie stets in Mrs Henry Colberts Armen erwache. Und es ist ebenfalls Mrs Henry Colbert, mit der ich hin und wieder zu Mittag esse, unten in der Altstadt, was ich Andrea aus irgendeinem Grund verschweige.

»Und dein Mann …?«

»Mein Mann und ich«, sagt Mrs Henry Colbert und trinkt einen Schluck von ihrem Kaffee, »haben eine Vereinbarung getroffen.«

»Weiß er das?«, frage ich.

»Wir haben eine Abmachung. Obwohl ich mir nicht immer sicher bin, dass er sie versteht. Sagt dir die Bezeichnung Vorzeigefrau etwas?«

Ich nicke.

»Nun denn. Ich bin seine Trophäe für ein von Erfolg geprägtes Leben. Das genaue Abbild davon.«

»Und was ist deine Belohnung?«

»Das hier«, erwidert sie lachend und deutet auf das Café und das blaue Meer draußen, bevor ihre dunklen Augen auf mir verharren und mich erröten lassen wie einen Schuljungen.

»Meine Herkunft ist nicht anders als deine, Dan«, sagt sie. »Sie liegt bloß länger zurück. Und folglich kann ich sie klarer sehen.«

»Glaubst du, ich sehe meine Herkunft nicht klar?«

Mrs Henry Colbert zieht die Nase kraus.

»Ich glaube, du musst erst mal aufhören, vor ihr wegzulaufen«, sagt sie.

Am selben Abend gewinne ich zufällig fünfhundert Franc im Casino und gebe sie gleich wieder aus, indem ich allen dort Drinks spendiere, bevor ich mich erneut im Haus in dem lächerlichen Zimmer mit der Tausendundeine-Nacht-Dekoration wiederfinde, mitten in einer sich windenden Masse von Menschen, die ich nicht mal erkenne.

Am nächsten Morgen legt mir selbst unser Gastgeber nahe, ich sollte die Dinge vielleicht eine Weile etwas ruhiger angehen.

Aber das tue ich nicht.

Ein schlechter Schwimmer

Falls es in dieser Stadt überhaupt je Winter wird, so haben wir es jedenfalls noch nicht erlebt, obwohl das Jahr schon weit fortgeschritten ist. An einem weiteren strahlend blauen Tag lädt William T. Baker uns und die Hälfte der ausländischen Bevölkerung der Stadt zu einem üppigen Picknick am Strand ein, und die Sonne tanzt so schön auf dem Wasser, dass wir wahrscheinlich alle Gefallen daran finden könnten, wenn wir nicht zu sehr unter den Folgen des übermäßigen Alkoholgenusses der letzten Nacht zu leiden hätten.

Ich schwitze unter einer Decke in einem Liegestuhl, während Andrea versucht, sich nützlich zu machen, indem er dem Personal dabei hilft, Getränke und Brot und Käse aufzutischen, damit wenigstens einer von uns den Eindruck macht, wir wären unseren Unterhalt wert.

Und da sind auch Mr und Mrs Henry Colbert, er gekleidet wie zu einem sonntäglichen Mittagessen, sie makellos unter einem weißen Schirm. Mrs Henry Colbert und ich haben unsere heimlichen Lunch-Verabredungen in letzter Zeit auf Besuche in Museen und Kunstgalerien und Ähnlichem ausgedehnt, obgleich weder sie noch ich das, was wir da sehen, wirklich zu schätzen wissen oder verstehen. Außerdem haben wir unsere Abenteuer mit den Silberpfeife-Leuten um alle möglichen seltsamen Personen und zunehmend beängstigende Praktiken erweitert. Und obwohl ich nicht genau weiß, wie ich das nennen soll, was zwischen uns vor sich geht, weiß ich doch, dass es nicht nichts ist und dass es dafür irgendwann eine Art Abrechnung geben muss.

Wir nicken uns zur Begrüßung zu, und Henry Colbert zeigt auf die einheimischen Familien, die ihren arbeitsfreien Sonntag genießen, indem sie im flachen Wasser herumplanschen, und sagt: »Ein bisschen spät im Jahr, um schwimmen zu gehen, finde ich.«

»In der Tat«, sage ich und proste ihm mit der Weinflasche zu, aus der ich immer mal wieder einen Schluck nehme, woraufhin er mir einen seltsamen Blick zuwirft.

Als der Tag voranschreitet und immer mehr Menschen zu dem Fest dazukommen, bis der ganze Strand einem kleinen England gleicht – und ich immer mehr trinke –, ertappe ich mich dabei, dass ich bei meinem öffentlichen Flirt mit Mrs Henry Colbert größere Risiken eingehe, indem ich zum Beispiel zu oft über ihre Scherze lache und höfliche Unterhaltungen unterbreche, die sie mit anderen führt, und außerdem ihrem Mann gegenüber immer unverschämter werde, bis Andrea mich schließlich beiseitenimmt und mich leise bittet, mich zu mäßigen.

Dennoch habe ich irgendwann eine Decke um die Schultern gebunden wie ein Cape und halte Hof, erfreue alle willigen Zuhörer mit Erzählungen von meinen Abenteuern in und auf dem Wasser, darunter auch die Episode, wie ich ein Attentat auf den König von Italien verhinderte und so weiter, und mitten in irgendeiner Schilderung meines Wagemuts steige ich auf einen der hölzernen Picknicktische, die am Strand aufgestellt sind, und nehme mit im Wind flatterndem Cape eine heldenhafte Pose ein.

Und dann bricht der Tisch zusammen, und ich falle.

Als ich auf dem Kieselstrand liege, höre ich jemanden sagen:

»Seht euch das an.« Weil ich vermute, dass ich gemeint bin, ignoriere ich die Stimme, doch dann sagt sie: »Seht doch«, und ich setze mich auf und schaue mich um.

Unten, direkt am Wasser, ist eine aufgeregte Gruppe von Menschen, die zeigen und irgendwas auf Französisch schreien, und einige Männer waten in ihren langen Hosen hinaus in die Wellen, aber anscheinend sind keine fähigen Schwimmer darunter, die die größeren Brecher überwinden und zu den zwei Kindern gelangen könnten, die von der kräftigen Strömung hinausgezogen worden sind und verzweifelt versuchen, die Köpfe über dem kalten Wasser zu halten, und in großer Gefahr sind zu ertrinken.

Mir kommt in den Sinn, dass irgendwer irgendwas tun sollte.

Und dann sehe ich, dass Andrea, der sich das Hemd ausgezogen hat, schon ins Meer rennt. Unter den Blicken der Menge kämpft er sich seinen Weg durch die starken Wellen, um zu den Kindern zu gelangen, wird zurückgeworfen und kämpft erneut und schafft es schließlich zu ihnen und nimmt die beiden in die Arme.

Zu spät fällt mir wieder ein, was für ein schlechter Schwimmer er ist, und ich schaue zu, wie er versucht, sich und die Kinder über Wasser zu halten, und dann untergeht.

Zum Glück sind jetzt genug Leute im Wasser, um eine Art Menschenkette zu bilden, und auf diese Weise, einander an den Händen haltend, kommen die Einheimischen so nah an Andrea und die beiden Kinder heran, dass einer ihn am Kragen packen kann, als er wieder auftaucht und nach Luft schnappt, was vermutlich sein letzter Atemzug gewesen wäre, und so werden die drei langsam wieder an Land gezogen.

Als ich mich durch die Menge dränge, liegt Andrea ausgestreckt auf den Kieseln, die Augen geschlossen. Ich knie mich neben ihn, um festzustellen, ob er noch atmet, was zu meiner

Erleichterung der Fall ist, und flüstere ihm »Es tut mir leid« ins Ohr.

Er schlägt die Augen auf und blickt zu mir hoch, bemerkt die Decke, die noch immer wie ein Cape um meine Schultern hängt.

»Du siehst aus wie er«, sagt er.

Später dann, als unsere ganze Feiergesellschaft in das Haus von irgendwem oben in den Bergen umgezogen ist und munter weitergetrunken hat, fragt mich Henry Colbert schließlich wütend, ob ich seine Frau an diesem Abend nicht lange genug umgarnt habe, und ich begehe den törichten Fehler, ihn öffentlich demütigen zu wollen, indem ich ihm vorschlage, er solle das vielleicht selbst mal probieren.

Sichtlich gekränkt, stürmt er kurz aus dem Raum, aber als ich mich gerade wieder umdrehe, um das Gespräch mit seiner Frau fortzusetzen, die jedoch meines Verhaltens überdrüssig geworden ist und anscheinend selbst hinausgegangen ist, kommt er mit einer finsteren Absicht wieder, und die Leute weichen zurück, weil sie gesehen haben, was er in der Hand hat, und dann keuchen einige überrascht auf, als er einen Dienstrevolver hebt und ihn wenige Zentimeter vor mein Gesicht hält.

»Na?«, fragt er mich. »Hast du mir gar nichts zu sagen?«

Ich schüttele den Kopf so ruhig und langsam, wie ich nur kann.

»Und jetzt?«, sagt Henry Colbert und drückt die Mündung des Revolvers gegen meine Nase.

Aus dem Kreis, der sich rasch um uns gebildet hat – und ich weiß nicht, ob die Leute ehrlich um mein Wohlergehen besorgt sind oder eher gespannt und neugierig, was als Nächstes passiert –, taucht erneut Mrs Henry Colbert auf.

»Weg mit der Waffe, Henry«, sagt sie und klingt eigentlich recht gelangweilt.

»Ich lass mich von dir nicht mehr zum Narren halten, Clare«, sagt Henry Colbert über seinen ausgestreckten Arm hinweg, schwenkt dann den Revolver auf die Umstehenden, was ein allgemeines Aufkeuchen und jähes Zurückweichen des Kreises um uns herum auslöst, »und auch nicht von euch anderen Schlangen, ganz gleich, was ihr denkt«, ehe er die Waffe dramatisch auf seine verärgerte Frau richtet.

Gleich darauf geht der Revolver los, und Mrs Henry Colbert sinkt zu Boden, die Hände an den Hals gepresst, wo sich ihr hochgeschlossenes Kleid rasch verfärbt, und ein paar Frauen fallen in Ohnmacht, und Henry Colbert schreit entsetzt: »Was hab ich getan?«, und versucht prompt, sich die Waffe in den Mund zu stecken – wird aber, schon wieder, von Andrea gerettet, der ihn packt und mithilfe einiger anderer Gäste zu Boden ringt.

Die Sonne geht auf, als wir endlich aus dem Krankenhaus zurückkehren, wo Mrs Henry Colbert, schwer, aber nicht lebensbedrohlich verletzt, die nächsten zwei Wochen unter einem falschen Namen gepflegt werden wird, ehe sie und ihr Gatte vor einer womöglich komplizierten Rechtslage fliehen und endgültig nach England zurückkehren werden. Während Andrea und ich uns in unserem Zimmer ausziehen, bemerke ich das Päckchen auf der Kommode, das ich für meinen Bruder gepackt habe, versandfertig, mit einem neuen Satz Bleisoldaten darin, und mir fällt ein, welchen Tag wir haben.

»Frohe Weihnachten«, sage ich und will Andrea umarmen, doch er stößt mich weg, und als ich erneut versuche, ihn zu küssen, versetzt er mir einen solchen Faustschlag in den Magen, dass ich zusammensacke.

Als ich aufblicke, sehe ich, dass Andrea mit beiden Händen einen Revolver hält – ja, sogar damit auf mich zielt –, und ich habe gerade noch Zeit für den Gedanken *Da ist der also geblie-*

ben, als hinter mir auch schon eine Vase explodiert und ich begreife, dass soeben eine Kugel dicht an meinem Ohr vorbeigeflogen ist und die nächste bald folgen könnte und dass die mich nicht so leicht verfehlen wird.

»Warum wollen heute alle auf mich schießen?«, schreie ich.

Und dann taucht William T. Baker an der Tür auf und sieht das Chaos und den Revolver in Andreas Händen. Wir mustern einander, als würden wir jetzt erst erkennen, dass keiner von uns eine Ahnung hat, wer die anderen in dieser kleinen Szene eigentlich sind oder was sie gemacht haben oder was sie wollen.

»Ich gebe euch eine halbe Stunde, dann lass ich die Polizei holen«, sagt unser Gastgeber.

Also packen Andrea und ich, Weihnachten hin oder her, unsere Sachen ein, darunter auch den alten Froschmann-Anzug und unsere Tasche mit gestohlenem oder geliehenem oder geschenktem Schmuck, und William T. Baker erlaubt uns, noch ein paar Sandwiches für unterwegs zu schmieren, und dann verabschieden wir uns von dem vertrauten Haus.

Und als wir die Straße hinunter zurück Richtung Altstadt gehen und von dort wer weiß wohin, vorbei an den Villen, die wir nie wieder von innen sehen werden, darunter auch der weitläufige, ehemals von Mr und Mrs Henry Colbert gemietete blaue Palast, wird mir klar, dass wir kein Geld haben.

Und so werden wir aus dem Paradies vertrieben.

BUCH 3

Die einzigen noch
lebenden Söhne

Ein kalter Wind pfeift, und es liegt Schnee in der Luft, obwohl der rostfarbene, steinige Boden noch frei ist, als wir auf der Suche nach einem Schlafplatz und etwas Warmem zu essen über einen Ziegenpfad zu der von Mauern umgebenen Stadt St. S. hinabsteigen. Es ist noch nicht spät, aber wir sehen schon Lampen, die in den Fenstern der gelb verputzten Häuser entzündet werden, und als wir näher kommen, können wir riechen, dass Essen gekocht wird. Am Rand der Stadt fragen wir zwei Jungen, die an diesem kalten Abend irgendeine Besorgung zu erledigen haben, nach dem Weg zu einem anständigen Gasthof, und sie schicken uns in die richtige Richtung, obwohl sie uns angucken, als wären wir zwei Verrückte, die gerade aus den Bergen gewankt kommen, was nicht allzu weit von der Wahrheit entfernt ist.

Wir wandern bereits seit fast einem Monat durch das harte, leere Land.

Unser vager Plan, der tatsächlich so vage ist, dass wir ihn nur ein einziges Mal besprochen haben, lautet, es irgendwie bis zum Ärmelkanal zu schaffen, und in Ermangelung eines anderen Ziels wahrscheinlich nach England zurückzukehren. Aber da es in den Bergen schneite, als wir N. verließen, waren wir gezwungen, die ersten Wochen nach Westen zu gehen statt nach Norden, weil wir sonst riskiert hätten, auf irgendeinem unzugänglichen Pass zu erfrieren, und seitdem bewegen wir uns grob weiter in diese Richtung, stapfen über Feldwege und Viehpfade und manchmal nur der Nase nach, während wir versuchen, dem schlimmsten Winterwetter auszuweichen. Mehr als einmal saßen wir in Schneestürmen fest, wenn wir zu hoch in die Berge geraten waren, und folglich habe ich eine nahezu neurotische Fixierung auf verschiedene Methoden der meteorologischen Vorhersage entwickelt. So achte ich beispielsweise besonders auf die Farbe des morgendlichen Eises auf Dorfteichen und die Tonlage der Krähenschreie auf den gefrorenen Feldern und den Schmerz in meinem Arm an der Stelle, wo er gebrochen war, und das Geräusch von knackenden Zweigen.

Es geht also vorläufig weiter nach Westen.

Die ersten Sterne zeigen sich am Abendhimmel, und irgendwo läutet eine einsame Glocke, als wir den leeren Marktplatz erreichen und an einer Seite den Gasthof sehen und hineingehen, um mit dem Wirt zu verhandeln und ihm unsere Lage zu erklären und zu versuchen, eine Einigung für die Nacht zu erzielen.

In den letzten Wochen haben wir unser Essen und unsere Unterkünfte in Hotels und Privathäusern bezahlt, indem wir Stück für Stück den Inhalt unserer mit Schmuck gefüllten Tasche verkauften (Mr Henry Colberts Taschenuhr habe ich aus sentimentalen Gründen behalten), oder manchmal auch, indem wir kleinere Stücke direkt gegen Zimmer und warme Mahlzeiten eintauschten. Wenn wir durch einen Weiler, ein Dorf oder eine Stadt kommen, breiten wir unsere Waren auf dem Marktplatz aus oder auf der Theke des Dorfgasthofs oder auf Türschwellen und Fensterbänken, und wir beschreiben ihre schönen Verzierungen oder exotische Herkunft oder die Wirkung, die sie auf Angehörige des anderen Geschlechts haben werden.

Wir haben uns eine Geschichte ausgedacht, der zufolge wir die einzigen noch lebenden Söhne einer reichen, durch die

Trunksucht des Familienoberhauptes vernichteten Familie sind. Dieses Ungeheuer von Vater ist geflohen, nachdem er den Brand legte, der die Familienvilla zerstörte und unsere übrigen Geschwister tötete, und wir verfolgen den Mann schon über den halben Kontinent hinweg, finanzieren uns, indem wir diese wenigen kostbaren Familienerbstücke verkaufen, mit dem einzigen Ziel, Rache zu nehmen für die kleine Yvette und für Isabelle und Clothilde und Claude und für den armen süßen Paul.

»*Et notre chère, chère maman*«, fügt Andrea feierlich hinzu, und wir neigen beide den Kopf.

Inzwischen sind uns unsere französischen Sprüche in Fleisch und Blut übergegangen, und wir können fast, ohne Luft zu holen, Ausdrücke wie *montre de poche* und *collier en argent* und *bon prix* und *tempête de feu* und *perte de vie catastrophique* vom Stapel lassen. Und auch wenn unsere Auftritte nicht an das Niveau von Captain Clarke B. heranreichen – obwohl ich zugeben muss, dass ich einige seiner rhetorischen Kunstgriffe übernommen habe –, sind sie gut genug, um uns immer mal wieder Unterkunft und Verpflegung einzubringen.

Diesmal ist der Wirt einverstanden, zwei besonders schöne Ringe, die einst die hübschen Finger eines sehr reichen, aber nur mäßig erfolgreichen englischen Dichters zierten, als Bezahlung für eine Übernachtung anzunehmen, was angesichts der Tatsache, dass der Gasthof anscheinend an diesem Abend vollkommen leer ist, ein sehr gutes Geschäft für ihn darstellt. Im Preis inbegriffen sind außerdem zwei Teller dünne Suppe, in der Bohnen und irgendwelche zähen Fleischstücke schwimmen, und eine Flasche Wein und die Möglichkeit, ein paar Stunden am Kamin zu sitzen und unsere Finger und Zehen zu wärmen. Nicht jedoch, wie sich herausstellt, das Frühstück am nächsten Morgen, das wir neu aushandeln müssen und das uns einen weiteren Ring kostet, für den wir etwas alten Käse und

Brot und Wasser bekommen, was uns nicht sonderlich für einen weiteren Tag draußen auf der kalten Straße stärkt, besonders nach einer Nacht, die wir unter einer einzigen verlausten Decke auf einer harten, dünnen Matratze verbracht haben.

Aber uns bleibt keine andere Wahl, als weiterzuziehen, und so brechen wir auf, obwohl wir an einer schwarzen Katze auf einem Fensterbrett vorbeikommen, die sich die Pfoten leckt und somit einen weiteren Temperatursturz ankündigt, und dunkle Wolken sich hinter uns zusammenbrauen. Gegen Mittag haben wir zwischen den kümmerlichen, mit verkrüppelten Bäumen bedeckten Bergen zu unserer Rechten und endlosen Weinfeldern zu unserer Linken erneut gut neun oder zehn Kilometer zurückgelegt, und eine weitere, hoffentlich gastfreundlichere Stadt liegt noch acht Kilometer entfernt.

Anders ausgedrückt: Wir schlagen uns durch.

Und unser altes Leben scheint in ferner Vergangenheit zu liegen.

Vielerlei glückliche
und unglückliche Ausgänge

D a wir wenig anderes zu tun haben, als Tag für Tag in die
endlose kalte Landschaft zu starren, die wir durchqueren,
unterhalten wir uns ausführlich über alles Mögliche.

Wir versuchen, uns die Namen der Länder und Städte in Erinnerung zu rufen, durch die wir gekommen sind, sowie Figuren aus Märchen und der Bibel und jeden Menschen, dem wir
je begegnet sind. Wir erzählen einander Geschichten aus unserer Kindheit, was wir erlebt haben und wie wir zu denen wurden, die wir sind. Ich beschreibe Andrea Schiffsuntergänge und
Schmuggelfahrten und seltsame Kreaturen, die an Land gespült
wurden, und den Winter von 186-, als die Hälfte des Dorfes
innerhalb einer Woche erfror. Außerdem schildere ich etliche
Abenteuer und Missgeschicke meines Bruders Will mit vielerlei glücklichen und unglücklichen Ausgängen, einschließlich
niedergebrannter oder untergegangener oder anderweitig zufällig zerstörter Dinge, und ein paar Sachen lasse ich mir spon-
tan einfallen, die nicht passiert sind, aber hätten passieren können oder sollen und die meinen Bruder als eine noch größere
Persönlichkeit erscheinen lassen, als er ohnehin ist. Im Gegenzug erzählt Andrea mir, wie er innerhalb und außerhalb verschiedener krimineller Banden und kirchlicher Waisenhäuser
aufwuchs, und macht deutlich, was ihm lieber war, und er erzählt von Erdbeben und davon, wie er Freunde sterben sah und
sich mit Diebstahl durchschlug, und von einer Katze, die er mal

hatte, deren Namen er mir aber nicht verraten will, weil das Unglück bringt.

»Was ist aus der Katze geworden?«, frage ich.

»Jemand hat sie totgeschlagen«, sagt er, und dann will er nicht mehr darüber reden und grübelt den Rest des Tages vor sich hin.

Ich erzähle ihm, dass man uns in Dover wahrscheinlich als Helden feiern wird, weil wir das Leben des Königs von Italien gerettet haben, und dass wir mit der Freiheit meines Dorfes belohnt werden und dass ich wahrscheinlich Susan die Pfarrerstochter heiraten werde und wir drei, sie, Andrea und ich, als zwei Ehemänner und eine Ehefrau zusammen in einem von mir gebauten Haus leben werden, mit einem Garten voller Schweine – das heißt, falls sie nicht schon mit Jeremiah und Joseph Parsons zusammengezogen ist.

Andrea verzieht das Gesicht.

»Vielleicht finde ich auch noch eine Frau für dich«, sage ich, und da muss er lachen.

Nur ein einziges Mal erwähnt einer von uns etwas, das mit unseren Wochen bei William T. Baker und seinen Freunden zu tun hat, und zwar an dem Tag, als wir zwei Stunden lang versuchen, einen einsamen, flügellahmen Fasan zu fangen, der aussieht, als ergäbe er eine herrliche, über dem Feuer gebratene Mahlzeit für zwei verfrorene und müde Reisende. Als wir die fruchtlose Verfolgungsjagd schließlich aufgeben und das arme verstörte Tier der Gnade der örtlichen Füchse oder Wölfe überlassen und uns im kalten Sonnenschein atemlos an einen Zaun setzen, sagt Andrea eher zu sich selbst: »Ich wünschte, ich hätte den Revolver behalten.«

Eines Morgens begegnet uns auf der Straße hinter der Stadt V., wo wir im Austausch für eine Halskette, die möglicherweise mal einer Gräfin gehörte, die Nacht im Haus einer alten Frau verbracht haben, eine Prozession von Nonnen, die auf die Stadt zugehen, während ihr Atem in der kalten Luft Wolken bildet und sie sich mit kurzen Lederpeitschen, die aussehen, als würden sie in der frühen Morgensonne blitzen, abwechselnd über beide Schultern schlagen.

»Was machen die da?«, frage ich.

»Sie glauben, sie büßen für ihre Sünden«, sagt Andrea. »Und für unsere. Und die der übrigen Welt.«

»Nutzt das was?«, frage ich.

»Ich hab schon für meine Sünden gebüßt«, antwortet Andrea mit einiger Überzeugung.

Als eine der Nonnen auf der vereisten Straße ausrutscht und hinfällt, halten die anderen inne, um ihrer gestrauchelten Schwester auf die Beine zu helfen und sie nach Verletzungen abzutasten, und sie wischen den Frost von ihrem Gewand und beruhigen sie. Und dann setzen sie alle ihre Prozession und ihre Selbstgeißelung fort, ob nun für sie selbst oder für uns alle.

»Was ist mit meinen Sünden?«, frage ich.

Doch Andrea ist bereits vorausgegangen, und ich muss ihm hinterhereilen.

Schließlich kommt der Tag, an dem wir unser letztes Schmuckstück verkaufen, und da wir uns noch immer mitten in diesem weiten und schrecklichen Land befinden und kein Ende des Winters in Sicht ist, müssen wir unsere Taktik ändern.

Zuerst versuchen wir, unsere Übernachtungen bei Bauern und in Gasthöfen und Häusern zu verdienen, indem wir uns als Handlanger und Heber und Träger von Sachen und Hüter von Tieren anbieten. Aber die Ernte ist schon seit Monaten eingefahren, und die Schafe und Kühe sind von den Bergweiden herunter und sicher in ihren Ställen, und bis zu den Reparaturarbeiten im Frühjahr ist es noch lange hin, deshalb beschränken die meisten Menschen ihr Leben den Winter über auf das Notwendigste und igeln sich ein, und wir haben nur wenig Erfolg.

Wir überlegen, uns mit Diebstählen über Wasser zu halten, machen uns aber rasch klar, dass es hier draußen kaum etwas Lohnenswertes zu stehlen gibt und dass wir außerdem nie und nimmer ungeschoren davonkämen, weil wir beide als Einzige auf den Straßen unterwegs und meistens schon von Weitem zu sehen sind.

Und so sind wir gezwungen, uns stattdessen auf andere Art anzubieten.

Das erste Mal ist ausgerechnet mit einem herumreisenden Bibelverkäufer. Ein Mann, der sich, wie er Andrea und mir zumindest erzählt, als er uns an der Theke eines kleinen und ansonsten leeren Gasthauses zum Trinken einlädt, nach den vielen Tagen auf der Straße einfach nur einsam fühlt, so weit weg von seinem Zuhause und seiner liebevollen Frau und seinen vielen liebevollen Kindern und noch dazu mitten im Winter, und was ist überhaupt dagegen einzuwenden, dass ein Mann in einer kalten Nacht wie dieser ein Bett mit Freunden teilt, um sich zu wärmen, denn nur darum geht es, und da wäre es nur richtig, dass er für alles bezahlt, einschließlich unserer Zeit, und falls sich irgendetwas anderes ganz natürlich aus der körperlichen Nähe von drei netten Burschen wie uns zusammen im Bett ergeben *sollte*, tja, dann wäre das nichts anderes als das, was junge Männer in den Jahren, bevor sie heiraten, ohnehin miteinander tun, und völlig natürlich und hat noch niemandem geschadet, hab ich nicht recht?

Und natürlich geben wir ihm recht, und das obendrein in drei verschiedenen Sprachen.

Die Stadt der Toten

Eines Nachmittags führt uns die schmale Straße, auf der wir seit Tagen unterwegs sind, in eine leere Kleinstadt, wo alle Häuser verschlossen und still sind und nur ein paar herrenlose Hunde auf der Straße herumschleichen.

Als wir zu dem verlassenen Marktplatz kommen, sehen wir gedruckte Plakate an den Mauern der Gebäude hängen. Wir wollen uns gerade eines genauer ansehen, als die Tür der Kirche auf der anderen Seite des Platzes aufgeht und ein Mönch in brauner Kutte heraustritt. Bei unserem Anblick winkt er uns, ihm zu folgen, ehe er eine steile, schmale Gasse hinaufhastet.

Und weil wir müde und hungrig und durchgefroren und auch neugierig sind, folgen wir ihm den Berg hinauf.

Der Mönch ist uns ein gutes Stück voraus, und wir haben Mühe, ihn nicht aus den Augen zu verlieren, während er, ohne langsamer zu werden, zwischen den eng stehenden Häusern mal hierhin, mal dorthin abbiegt, bis er schließlich sein Ziel erreicht und vor einem großen, weiß getünchten Gebäude mit metallenen Türen auf uns wartet. Sobald wir bei ihm sind, zeigt er auf eine Holztrage, die an der Mauer lehnt, und signalisiert uns, dass wir unsere Rucksäcke ablegen und die Trage aufheben und ihn begleiten sollen, und ehe wir irgendwas sagen können, ist er schon hineingeeilt. Also tun wir wie geheißen, packen jeder ein Ende der Trage, betreten unsicher das Gebäude und folgen dem Mann einen langen Flur hinunter.

Noch ehe wir durch die Doppeltür am Ende des Flurs treten, können wir bereits das Grauen riechen, das uns im Innern dieser behelfsmäßigen Krankenstation erwartet. Es ist der Gestank von Essig und Kalk und auch von glimmendem Weihrauch und brennenden Kräutern und Gewürzen, und unter alldem liegt etwas Süßliches und Schauderhaftes und völlig Unverkennbares.

Und dann ist da der kahle, gekalkte Raum mit einem einzelnen Abfluss in der Mitte des Bodens und Bettreihen zu beiden Seiten mit den Toten oder Sterbenden darin. Manche werden von den Gefährten des Mannes versorgt, der uns hergebracht hat, während andere Ordensbrüder den Boden mit eimerweise Wasser und langen, steifen Besen schrubben. Zwei der Mönche heben einen eng in ein weißes Laken gewickelten Körper auf die Trage, die wir halten, und segnen ihn rasch, und dann werden wir mit unserer schrecklichen Last zum Glück wieder hinausgeschickt.

Dort können wir kurz Luft holen, ehe wir einem anderen Mönch wieder den Berg hinunter folgen, wo ein mit noch mehr eingewickelten Körpern beladener Fuhrwagen steht, und wir dürfen unsere Lieferung erleichtert auf den Haufen kippen, bevor der weggekarrt wird.

Und dann haben wir Zeit, uns benommen auf eine Bank unter einem der gedruckten Plakate zu setzen, zu dem wir uns umdrehen, um es zu lesen, und das, wie nicht anders zu erwarten, vor dem Choleraausbruch warnt, der die Stadt verwüstet hat.

Aber schließlich bekommen wir etwas zu essen, und man bietet uns ein Bett für die Nacht und auch für die folgenden Nächte in dem Kloster an, das auf halber Höhe in die Felswand oberhalb der Stadt gebaut ist.

Wir bekommen jeder eine kleine Zelle mit einem schmalen Bett – bis zu diesem Moment haben wir seit Wochen nicht mehr getrennt geschlafen – und werden eingeladen, mit den anderen Ordensbrüdern zu essen, doch ansonsten können wir ganz nach Belieben tun und lassen, was wir wollen. Die Mönche sind jeden Tag schon im Morgengrauen auf den Beinen und gehen nicht lange nach Einbruch der Dunkelheit schlafen, und sie verbringen ihre Tage im Kloster größtenteils mit Beten oder Lesen oder, wenn sie praktischere Dinge tun wie essen oder die gefrorene Erde im Garten bearbeiten, damit, den anderen beim Lesen oder Beten zuzuhören.

Wir machen uns nützlich, hacken und stapeln Holz und tragen Essen auf, und ich erledige einige Reparaturen, richte schiefe Küchenregale, hänge Türen neu ein und leime Schemel und bessere Räder an Karren aus und dergleichen mehr – weil ich noch immer der Sohn meines Vaters bin, mir selbst und ihm zum Trotz.

Als wir das erste Mal gebeten werden, bei den Gruben mitzuhelfen, in denen man die Toten der Stadt stapelt, ehe sie mit Pech begossen und angezündet werden, müssen wir den Rest des Tages immer wieder brechen, weil wir den öligen Rußgestank einfach nicht aus der Nase bekommen, sosehr wir uns auch bemühen. In der reglosen Luft hängt die schwarze, fettige Rauchfahne stundenlang über dem Rand der Stadt wie ein Zeichen des Weltuntergangs.

»Die gute Nachricht ist, dass der Ausbruch durch unsere Abgeschiedenheit wahrscheinlich begrenzt bleibt«, sagt Bruder Stephen – der betagte Mönch, den man beauftragt hat, sich um uns zu kümmern –, als wir drei uns bei Kerzenlicht in der Klosterbibliothek über Philosophie und Religion unterhalten.

»Gelobt sei der Herr«, sagt Andrea ironisch.

»Nun ja«, sagt der Mönch, »immerhin hat Er euch zwei in der Stunde der Not zu uns geführt, nicht wahr?«

»Er und unsere vier gesunden Füße.«

»Wenn das so ist«, sagt unser Freund und hebt seinen Becher mit Wasser, »trinken wir auf eure Füße.«

Und selbst Andrea kann darauf nicht *nicht* trinken.

»Und was ist mit Ihnen?«, frage ich.

»Er wartet hier auf den Weltuntergang«, sagt Andrea mit Blick auf den Mönch. »Wie sie alle.«

»Ich würde es nicht ganz so ausdrücken«, entgegnet Bruder Stephen. »Sagen wir, ich wurde berufen.«

»Wie zu einer Art Gralssuche?«, frage ich.

»Ich weiß nicht, ob –«

Mir kommt plötzlich ein Gedanke. »Was, wenn *wir* auf einer Gralssuche sind?«, sage ich. »Andrea und ich?«

»Seid ihr das?«

»Oder vielleicht einer Pilgerfahrt.«

»Was denn nun?«

»Wo ist der Unterschied?«

»Mal überlegen«, sagt Bruder Stephen, und dann holt er eine Zigarre hervor, zündet sie an – das erste Mal, dass ich das bei ihm sehe – und bläst ein paar Rauchkringel in die Luft, die ihm offenbar gefallen. »Grob gesagt, weiß man auf einer Gralssuche genau, wonach man sucht, aber nicht unbedingt, wohin man geht« – weitere Rauchkringel, nachdenkliche Betrachtung der Zigarre –, »während man auf einer Pilgerfahrt genau weiß, wohin man will, aber nicht, was man unterwegs finden wird. Macht das Sinn?«

Ich nicke und wünschte, ich hätte auch eine Zigarre.

»Bei der Gralssuche geht es um das Erreichen eines Ziels«, fährt er fort. »Wohingegen eine Pilgerfahrt eher im Zusammenhang mit der Reise und der Erfahrung betrachtet werden sollte – Entbehrungen und Leiden und Demut vor Gott und dergleichen mehr. Um es möglichst klar auszudrücken, könnte man sagen, dass eine Gralssuche selbstgefälliger Unfug ist. Weshalb sich auch meistens junge Männer darauf einlassen.«

»Aber wäre es nicht möglich, dass das eine in das andere übergeht?«, frage ich. »Könnte es sein, dass jemand sich auf eine Gralssuche macht, die letztlich zu einer Pilgerfahrt wird?«

»Das ist nicht auszuschließen«, sagt Bruder Stephen.

»Und was«, sagt Andrea, nimmt dem Mönch die Zigarre aus dem Mund und pustet ihm ein paar schöne Rauchkringel mitten ins Gesicht, »war es bei Ihnen?«

Und darauf hat unser Freund keine Antwort.

An jenem Abend bleiben Andrea und ich noch länger auf und diskutieren bis in die frühen Morgenstunden in seiner Zelle. Ich versuche, ihn zu überreden, mich in sein Bett zu lassen, weil es schon zwei Monate her ist, dass wir zusammengelegen haben – oder an eine Wand gedrückt standen oder einander über einen Tisch gebeugt haben und so weiter –, ohne dass noch jemand anders beteiligt war und es außerdem um Geld oder eine Unterkunft für die Nacht ging. Aber als ich versuche, ihn spielerisch niederzuringen, rammt er sein Knie in mich hinein und schickt mich zu Boden.

»Niemals hier an diesem Ort«, sagt er. »Hast du verstanden?«

Schmollend bejahe ich und gehe traurig zurück in mein eigenes Bett, wo ich bis zum Morgengrauen wach liege und mich frage, was aus meinem Bruder geworden ist und was wohl mit uns Übrigen in dieser Welt und der nächsten geschehen wird.

Ein fragwürdiges Leben

Dennoch, es gibt Tage, an denen ich einen gewissen Frieden finde.

Das einfache Leben, in dem ich Dinge hole und trage und repariere, sagt mir anscheinend zu, und eigentlich sollte mich das nicht wundern. Jeden Morgen zerschlage ich das Eis auf dem Wassereimer und wasche mir das Gesicht, und dann gehe ich hinaus in den Garten, um den wässrigen Sonnenaufgang zu beobachten. Ich lausche sogar den Gebeten und Lesungen, wodurch ich mich fühle, als ob ich wieder in der Schule wäre und mich von der Pfarrersgattin belehren ließe. Und es gibt zwar kein Schwein, dem ich meine Sorgen erzählen könnte, aber dafür zwei alte, Eier legende Hühner im Garten, mit denen ich mich in Erinnerung an zu Hause anfreunde. Ich mache es mir zur Angewohnheit, sie in meine Zelle mitzunehmen, damit sie es nachts warm haben, was ihnen anscheinend gut gefällt, und sie weigern sich nicht mal, neben mir im Bett zu schlafen, was man von einigen meiner anderen angeblichen Freunde nicht behaupten kann.

Als der Choleraausbruch allmählich abebbt, wird unsere Arbeit in der Stadt zu einem Aufräumeinsatz. Beamte treffen ein, um Berichte zu schreiben und Zeugen zu befragen, darunter auch die wenigen Überlebenden, und Verwandte tauchen auf, um Ansprüche auf verlassene Häuser und deren Inventar geltend zu machen. Der Handel setzt von Neuem ein, und der Gasthof am Marktplatz macht wieder auf, um die Besucher zu bewirten.

Ich begleite Bruder Stephen auf seinen Rundgängen, bei denen wir nicht nur Überlebenden und Untersuchenden gleichermaßen geistigen Beistand bieten, sondern auch, falls erforderlich, zwischen verfeindeten Erben und anderen Personen vermitteln, die Ansprüche auf verwaisten Besitz stellen.

»Anscheinend hat einer der jüngeren Brüder Gefallen an deinem Freund gefunden«, verrät mir Bruder Stephen, als wir dabei sind, die am Marktplatz aufgehängten Plakate abzureißen.

»Er ist sehr beliebt«, sage ich.

»Mag sein, aber wir haben ein Keuschheitsgelübde abgelegt. Was du auch tun müsstest, wenn du einer von uns werden wolltest.«

Darauf sage ich nichts.

»Ist das etwas, das du in Erwägung gezogen hast?«, fragt er.

»Ich habe bisher ein fragwürdiges Leben geführt«, sage ich, während ich weiterarbeite.

»Spielt es eine Rolle, wer du früher warst?«

»Wer ich war oder was ich getan habe?«

»Vielleicht ist das ein und dasselbe.«

»Taten können verziehen werden«, sage ich. »Der Charakter eines Menschen ist schwerer zu vergeben.«

»Ich glaube nicht, dass Er so denkt«, sagt Bruder Stephen und deutet mit dem Daumen gen Himmel.

»Ihn hab ich auch nicht gemeint«, sage ich. »Außerdem habe ich anderweitige Verpflichtungen.«

»Und doch bist du hier.«

»Und doch bin ich hier.«

»Welche Schlussfolgerung sollen wir also daraus ziehen?«, fragt der Mönch.

Am selben Abend kommt Andrea in meine Zelle, als ich

mich gerade schlafen legen will, und setzt sich auf das Fußende meines Bettes, sehr zum Ärger meiner beiden Hühnerfreundinnen, und ich merke ihm an, dass er nicht gekommen ist, weil er seine Meinung geändert hat.

»Hier gibt es kein Leben für uns«, sagt er schließlich.

»Und was, wenn es für mich nirgendwo sonst ein Leben gibt?«, erwidere ich.

Er denkt darüber nach.

»Du kannst ein Leben mit mir haben«, sagt er.

»Und was für ein Leben wäre das?«, frage ich ihn. »Eines, in dem wir ständig vor uns selbst weglaufen?«

»Du bist der Einzige, der wegläuft, Dan«, sagt er. »Ich weiß, wer ich bin.«

»Und was glaubst du, wer du bist?«, entgegne ich mit einem gehässigen Unterton, obwohl ich nicht weiß, ob ich ihn oder mich selbst frage.

Er steht auf und geht, dreht sich aber in der Tür noch einmal um und sieht mich an.

»Die vielen Menschen aus dem Dorf, die gestorben sind«, sagt er, »vergiss nicht, dass Gott auch das getan hat.«

Es ist noch dunkel, als Andrea mich wach rüttelt. Ich habe ausgerechnet vom Cap geträumt, und im ersten Moment frage ich mich, ob Andrea seine Meinung über die romantischen Möglichkeiten dieses Ortes geändert hat, doch dann nehme ich den säuerlichen Geruch von Blut an ihm wahr, und sofort bin ich hellwach und setze mich auf.

»Was hast du getan?«, frage ich, und er legt mir einen Finger auf die Lippen, damit ich still bin.

»Falls du mir traust«, sagt er, »musst du dich jetzt anziehen.«

»Was hast du getan?«

Da zeigt er mir das Messer, und selbst in der Finsternis kann ich sehen, dass es dunkel beschmiert ist und sein halber Ärmel ebenso.

»Ich hab ihn gewarnt«, flüstert er. »Aber er wollte einfach nicht aufhören.«

»Ist er tot?«

»Noch nicht.«

So leise ich kann, streife ich im Dunkeln meine Kleidung über und nehme meinen Rucksack, und dann treten wir beide hinaus auf den kalten, steinernen Korridor. Im dämmerigen Hof vergewissern wir uns, dass in keinem der Fenster Licht angeht. Ich stelle den Rucksack ab.

»Wir sollten wieder reingehen und helfen«, sage ich.

»Nein«, sagt Andrea und hebt den Rucksack wieder auf.

»Aber was, wenn sie ihn noch retten können?«

»Dann wird Gott ihnen helfen«, erklärt er. »Aber sie werden mich trotzdem zu Gefängnis verurteilen. Oder Schlimmerem.«

Leise hebt Andrea den hölzernen Torriegel. Ich suche erneut die dunklen Fenster ab, hoffe tief in meinem feigen Herzen auf den warmen Lichtschein einer aufflackernden Kerze oder einen verzweifelten Schrei oder den Klang einer Alarmglocke oder irgendwas anderes, das uns aufhalten könnte.

Aber nichts dergleichen geschieht.

»Kommst du mit, oder bleibst du?«, fragt Andrea mich.

Die wissenschaftlichen
Eigenschaften gefrorener Luft

Der Schneesturm, der uns die letzten achtundvierzig Stunden verfolgt hat, holt uns endlich ein, als wir gerade glauben, die Bedrohung der Berge und des Bergwetters endgültig hinter uns gelassen zu haben.

Nachdem wir fünf lange, schweigende Tage durchs Land gewandert sind und Straßen und Dörfer und überhaupt alles, was die Gefahr einer Festnahme birgt, gemieden haben, sind wir in das weite Tal des Flusses R. hinabgestiegen. Seit unserer Flucht aus dem Kloster haben wir in Wäldern und verlassenen, halb zerfallenen Bauernhäusern geschlafen, fast ohne ein Wort miteinander zu reden oder etwas zu essen. Die Temperatur ist so tief gesunken, dass Vögel aus den Bäumen fallen.

Wir sind höchstens sieben oder acht Kilometer von der Stadt G. entfernt, die wir umgehen wollen, um dann die andere Talseite hinaufzusteigen, als der Sturm über uns hereinbricht – Andrea kann gerade noch »Sieh dir das an«, sagen – und die Welt binnen einer Minute um uns herum versinkt.

Inmitten der wirbelnden Unermesslichkeit gefangen, können wir ringsum nicht weiter als ein paar Schritte sehen, und kurz darauf ist auch die Straße verschwunden, von einer dicken Schneeschicht bedeckt, sodass nur unsere sich rasch füllenden Fußabdrücke uns einen flüchtigen Anhaltspunkt liefern, in welche Richtung wir gehen. Als wir begreifen, was passiert ist, sind wir bereits weit von unserem Kurs abgekommen und stolpern orientierungslos durch etwas, das ein Feld oder eine Weide oder gar ein offenes Waldstück sein könnte. Der treibende Schnee geht uns schon fast bis zu den Knien und legt sich auf Arme und Schultern, und wir haben keine Ahnung, welche Richtung wir einschlagen sollen, wissen nur, dass wir sterben werden, wenn wir stehen bleiben.

Endlich – Minuten oder Stunden später, es ist schwer, selbst das auch nur zu schätzen – bemerken wir etwas, das wie die aufragende Kontur einer gewaltigen und geisterhaften Kathedrale aussieht, die sich langsam in dem Schneegestöber abzeichnet und uns Schutz verheißt. Als wir uns näher herankämpfen, wird uns klar, dass irgendeine täuschende Spiegelung oder Brechung oder eine andere wissenschaftliche Eigenschaft der gefrorenen Luft unsere Fähigkeit beeinträchtigt, Entfernungen abzuschätzen, und dass die Erscheinung in Wahrheit bloß ein kleines Wäldchen ist. Doch selbst das kommt uns nach der heulenden weißen Leere, die uns umgibt, wie eine Erlösung vor, und so bleiben wir stehen, um uns an die Baumstämme gelehnt auszuruhen. Zwischen den Bäumen entdecken wir ein kleines hölzernes Kruzifix, was Andrea bitter auflachen lässt.

»Wahrscheinlich sind wir keinen Kilometer von einer richtigen Stadt entfernt, wo wir in Sicherheit wären«, sage ich zu ihm.

»Wenn wir sie bloß sehen könnten.«

Diese Erkenntnis tröstet ihn nicht.

»Ich spür meine Zehen nicht mehr«, sagt er und macht Anstalten, sich in den Schnee zu setzen. Mir fällt auf, dass auch seine Lippen blau sind.

»Wir müssen in Bewegung bleiben«, sage ich, während ich seinen Arm packe, um ihn hochzuziehen, doch er schüttelt meine Hand ab.

»Wo sollen wir denn hin?«

Ich rufe ihm wütend in Erinnerung, dass er der Grund ist,

warum wir das Kloster verlassen mussten, und ein Teil von mir bereut die Bemerkung fast augenblicklich, und ein anderer Teil von mir nicht, und ich mache mich auf seine Erwiderung gefasst, dass ich der Grund bin, warum wir das Haus von William T. Baker verlassen mussten, und ich somit sehr viel mehr Schuld an unserer derzeitigen verzweifelten Lage trage als er, selbst wenn man meine Verantwortung bei all unseren früheren Fehlschlägen außer Acht lässt. Aber er schweigt.

»Wir sterben, wenn wir hier draußen bleiben«, sage ich.

»Und was, wenn das von Anfang an der Plan war?«, entgegnet Andrea.

»Dann hab ich einen besseren.«

»Du klingst wie er.«

»Was ist daran so schlecht? Er hätte nie zugelassen, dass ihm das passiert.«

»Er war einverstanden, dass sie dich töten, Dan. Und mich.«

Von jäher Wut erfasst, verpasse ich ihm einen Faustschlag, der kaum sein Kinn streift, mich aber in den Schnee stürzen lässt, wo ich vor Scham kurz mit dem Gedanken spiele, mit dem Gesicht nach unten liegen zu bleiben. Als ich wieder auf die Beine komme, sehe ich das Messer in Andreas Hand, und töricht, wie ich bin, schätze ich die Situation falsch ein und ergebe mich dem, was als Nächstes passieren wird, weil es so vertraut ist.

Doch stattdessen drückt mir Andrea das Messer in die Hand, und ich frage mich, ob die Angst, die er in meinen Augen sah, sein langmütiges Herz endlich gebrochen hat.

Er zieht meinen Arm nach vorne, bis die Spitze der Klinge gegen seinen Bauch drückt.

»Ich wäre für dich gestorben«, sagt er.

»Es tut mir leid«, sage ich und lasse das Messer fallen.

Und dann lacht Andrea.

»Worüber lachst du?«, schreie ich ihn an, begreife, dass ich in der langen Zeit überhaupt nichts gelernt habe.

»Über alles«, lautet seine sanfte Antwort. »Schau dich um.«

Und ich schaue mich um und sehe, dass die Luft sich geklärt hat und die Abendsonne das Tal beleuchtet und wir keine achthundert Meter von der Stelle entfernt sind, an der wir waren, als der Sturm losbrach, und da ist die Stadt.

»Ich geh nach Hause, Dan«, sagt Andrea dann.

Ich lache ihn unter Tränen aus, und er lacht und muss dann ebenfalls weinen.

»Lass mich gehen«, sagt er, und dann schließt er mich in die Arme und küsst mich auf die Stirn.

Und dann geht er von mir davon, in Richtung der Stadt, ohne sich noch einmal umzudrehen.

Ich stehe noch immer dort, als ich bemerke, dass es dunkel wird und die ersten Sterne zum Vorschein kommen.

Ein Tanzbär

U nd da ich keine andere Wahl habe, als in Bewegung zu bleiben, wenn ich nicht im Schnee erfrieren will, ziehe ich also allein weiter – in Richtung Norden, trotz der Gefahr noch schlechterer Wetterbedingungen –, den Kopf gesenkt und Stofflappen um die Füße gebunden, um den Verlust meiner Zehen zu verhindern.

Ich gehe durch Schnee und Graupel und gefrierenden Nebel ebenso wie durch wunderbar stille Tage, an denen es scheint, als wäre die Welt stehen geblieben und ich der einzige noch auf ihr lebende Mensch. Ich gehe, bis das Wetter endlich umschlägt und der Schnee von tagelang andauerndem kaltem Regen abgelöst wird, der die Straßen in Schlamm und die Felder in Sümpfe verwandelt und die Flüsse anschwellen lässt und ihre Ufer mitreißt. Eines Morgens sehe ich eine Herde von zwanzig oder dreißig Kühen, die anscheinend unbeirrt einen breiten Fluss hinunterschwimmt. Etwa zweihundert Meter flussaufwärts begegne ich dem Bauern, der sie wütend in einem notdürftig zusammengeflickten Ruderboot verfolgt.

Nachts schlafe ich in Scheunen oder unter Büschen auf möglichst hohem Grund, damit ich nicht selbst im Fluss wieder aufwache. Gleichwohl leere ich eines Abends zwei gestohlene Flaschen Wein und schlafe leichtsinnigerweise unter einer Brücke ein, wo ich Schutz vor dem Regen gesucht habe, und als ich am nächsten Morgen erwache, bin ich im Fluss und treibe stromabwärts, und allein die Tatsache, dass ich mit dem Rucksack auf dem Rücken eingeschlafen bin, in dem der zusammengerollte Froschmann-Anzug steckt, in dessen Falten noch genug Luft gefangen ist, um mich über Wasser zu halten, bewahrt mich vor dem Ertrinken.

Ich schaffe es ans Ufer und krieche im Regen die schlammige Böschung hinauf, wobei sich meine schon halb zerfallene Kleidung endgültig auflöst, bis ich fast nackt und zitternd im Wald liegen bleibe. Als ich in dem nassen Laub wieder zu Atem komme, wird mir nicht nur mein Zustand bewusst, sondern auch das Schicksal, das mich wahrscheinlich erwartet, wenn ich nicht handele, also packe ich in Ermangelung einer Alternative den Anzug aus und entrolle ihn und steige hinein, und so, endlich warm und trocken, schlafe ich wieder ein.

Von da an trage ich den Anzug wie eine zweite Haut, schlafe im Freien wie ein Tier und trotte langsam die Straßen und Wege des Landes entlang, spüre die befremdeten Blicke, die mir folgen, bin aber zu erschöpft, um an mehr zu denken als den Umstand, dass ich wenigstens trocken bin.

In einem Dorf namens B. überredet mich eine Gruppe betrunkener Bauern für einen Franc zu einer Vorführung des Anzugs im strömenden Regen vor einem Wirtshaus, als wäre ich ein Tanzbär. Doch mein Publikum ist bald gelangweilt und beschließt, mich zusammenzuschlagen und im Schlamm liegen zu lassen.

Immerhin darf ich das Geld behalten.

In G., selbst betrunken und in lallendem Englisch über die Wichtigkeit der Lebensrettung auf See dozierend, führe ich die Funktionsweise des Anzugs einer Gruppe Markthändler vor, die mich mit einem kleinen Geldbetrag und beschädigtem Gemüse belohnen, damit ich auch ja verschwinde, wenn ich fertig bin.

In dem Weiler Le D. mühe ich mich eine Stunde lang im Schlamm ab, um das Rad eines Fuhrwerks frei zu bekommen, das von zwei älteren Fräulein gefahren wird. Sie bezahlen mich mit einer Lammkeule und dem Versprechen, mich in ihre Gebete einzuschließen, bieten aber nicht an, mich mitzunehmen.

Und dann, am Rand der Stadt F., wo ich an einer Gruppe Schulkinder vorbeikomme, die mich mit Steinen bewerfen und dann kreischend wegrennen, als ich mit ausgestreckten Armen hinter ihnen hertaumele, schlammverkrustet wie der Prager Golem, werden der Anzug und ich beauftragt, ein prämiertes Schwein zu retten, das in eine sechs Meter tiefe Jauchegrube gefallen ist, und mein Würdeverlust ist vollkommen.

Unter meiner Anleitung binden die Einheimischen mir einen Strick um die Taille und lassen mich in das stinkende Loch hinab, wo ich zwanzig Minuten lang in der zähflüssigen Jauche herumschwimme und das panische Tier zu packen versuche, wobei ich die fürchterliche Brühe unfreiwillig einatme und manchmal auch verschlucke, bis es mir gelingt, ein Seil um den Bauch des Geschöpfs zu schlingen. Dann halte ich das Tier in den Armen und flüstere ihm beschwichtigende sinnlose Worte ins Ohr, während wir beide wieder hinauf in die Welt gehievt werden, und wir plumpsen mit Scheiße bedeckt und froh, am Leben zu sein, auf den matschigen Boden, von wo aus ich in den verregneten Himmel starre, während das Schwein mir das Gesicht ableckt.

Dann bezahlt man mich mit ein paar Münzen und dem Vergnügen, aus der Stadt gejagt zu werden, verfolgt von einem Hagel aus Steinen und verfaultem Gemüse, um mir sicheres Geleit zu geben.

Ich bin wahrlich im Stand der Gnade.

Woran ich mich erinnere

Aber da ich noch immer ein letztes Ass im Ärmel habe oder, genauer gesagt, ein letztes bisschen Glück, bin ich nach dieser endlosen Wanderung endlich aus dem Teil des Landes heraus, in dem alle Flüsse nach Süden Richtung Mittelmeer fließen, und habe den Punkt erreicht, an dem sie sich stattdessen nach Norden wenden, was mir an dem Tag klar wird, als ich versehentlich eine glitschige Uferböschung hinab und ins Wasser falle, mich entkräftet von der Strömung mitnehmen lasse und die Richtung registriere, in die sie mich zieht.

Die Folge ist, dass ich selbst in meinem geschwächten Zustand bald wieder in der Lage bin, auf dem Wasser zu reisen, mich von der Strömung in Richtung meiner fernen Heimat tragen zu lassen – und des Ortes, der meiner vagen Erinnerung nach zwischen mir und ihr liegt und den ich mir zum Ziel erkoren habe –, ohne dass ich groß eingreifen muss, außer gelegentlich meinen Kurs mit dem Paddel zu korrigieren.

Und so treibe ich dahin, gleite durch Städte und Dörfer, halb verhungert und oftmals nicht wissend, ob ich schlafe oder wache. Hin und wieder hält man mich für den Kadaver eines Tiers oder eine Wasserleiche, und dann werde ich durch die Stangen von Schiffern gestört, die mich anstupsen, um festzustellen, ob ich das eine oder das andere bin, und dann wieder wache ich auf, weil ich gegen Brückenpfeiler oder Flussufer stoße, während Fische an den Säumen meines Anzugs knabbern.

Ich treibe Tage und Nächte hindurch, merke manchmal kaum den Übergang von einem zum anderen und nehme noch weniger die sich verändernde Landschaft auf meinem langsamen Weg Richtung Norden wahr. Und während ich dahintreibe, kommt es mir vor, als würde ich Teil des Flusses, und meine Gedanken driften hin und her, und ich lasse sie nach Belieben wandern, erinnere mich an längst beiseitegeschobene oder vergessene Dinge.

Ich erinnere mich an den Tag, an dem ich auf meinen zweijährigen Bruder Will aufpassen sollte und ihn verlor, während ich ein experimentelles Erkundungsspiel mit Susan der Pfarrerstochter spielte, das wir beide nicht hätten spielen sollen, und ich ihn stundenlang suchte, mich aber schließlich in der Hütte versteckte, die mein Vater für das Schwein gebaut hatte, weil ich mit Sicherheit glaubte, mein Bruder wäre ertrunken. Letztendlich fanden wir den kleinen Jungen schlafend in einem der Betten im Pfarrhaus, wo er den ganzen Nachmittag gewesen war, aber ich wurde trotzdem für den Ärger verprügelt und nahm die Strafe freudig an, so erleichtert war ich, meinen Bruder wiederzuhaben.

Und ich erinnere mich an die Nacht, in der das alte Gasthaus auf der Landzunge niederbrannte, was nicht lange nach der Geburt meines Bruders gewesen sein kann, und das ganze Dorf half mit, das Feuer zu bekämpfen. Die Leute bildeten eine Menschenkette und schafften eimerweise Wasser vom Strand heran, doch als sie allmählich begriffen, dass der Kampf aussichtslos war, liefen sie stattdessen *in* die Flammen hinein, um wenigstens so viel Schnaps wie möglich aus dem brennenden Haus zu retten, mit der Folge, dass die gesamte Einwohnerschaft eine Woche lang betrunken war, so auch George Cooper der Schöne, dem das Gasthaus gehört hatte und der seinen Geschäftsrivalen Giant Pete wegen dessen mutmaßlicher Rolle

bei dem Brand zu einem Kampf herausforderte, den sich ausnahmslos alle aus dem Dorf begeistert ansahen und der damit endete, dass George Cooper der Schöne nicht mehr schön
war.

Und ich erinnere mich an die Prügelei zwischen Joseph und
Jeremiah Parsons' Vater Thomas und dem Iren Jack Callaghan
aus dem übernächsten Nachbardorf; sie rauften sich einen ganzen Tag lang die Hauptstraße rauf und runter unter Einsatz von
Messern und Holzbalken und Tauen und Fischernetzen und
bewarfen sich irgendwann sogar mit ihren eigenen Schuhen.

Und ich erinnere mich an die Prügelei zwischen Susans Vater Reverend Pritchard und seinem besten Freund, dem Reverend Green, der übers Wochenende aus London zu Besuch war;
Auslöser war irgendeine biblische Streitfrage, und obwohl sich
beide streng an gewisse Regeln hielten, wurden am Ende sieben
gebrochene Knochen gezählt.

Und ich erinnere mich an die Prügelei zwischen Giant Petes
Frau, Mrs Giant Pete, und ihrer Cousine Iris nach dem Tod ihrer Mutter aus Anlass der Frage, wer das Bett der alten Dame
behalten sollte, und an die Prügelei zwischen Little Pete und
Davey Cooper, die stattfand, weil die Umstehenden sie einfor-
derten, obwohl keiner der beiden sie wollte, und beide mussten weinen, als Davey Cooper gewann, und dann schworen sie,
dass sie sich nie wieder prügeln würden, und das taten sie auch
nicht.

Und ich erinnere mich an jede einzelne der fünfundfünfzig
verschiedenen Prügeleien, die ich mit Jungen und Mädchen und
auch mit erwachsenen Männern hatte.

Und ich erinnere mich daran, dass mein Vater sich früher
oder später mit so ziemlich jedem Mann im Dorf und in den
meisten anderen Dörfern im Umkreis von fünfzehn Kilometern prügelte und auch mit mir und mit meinem Bruder und

wie wir mit den anderen Dorfkindern mitgelacht haben, wenn wir unsere Verletzungen im Laufe der Jahre verglichen.

Und dann ertappe ich mich bei der Frage, warum mein Vater so war, wie er war, und mir wird wieder bewusst, dass er tot ist, und ich traure auf meine eigene seltsame Art, erinnere mich an sein kratziges Kinn und sein seltenes Lachen und daran, dass er uns zumindest ernährt hat, und wie gut er alles reparieren konnte, was ihm in die Hände kam, und dass seine eigene Kindheit genauso schlimm gewesen sein muss wie unsere, wenn nicht noch viel schlimmer.

Und so reise ich in einer Art Traum die rund hundertsechzig Kilometer bis zu der kleinen Stadt F., die nicht weit südlich der französischen Hauptstadt liegt, und als ich mein Ziel endlich erreiche und aus dem Wasser steige, von Kopf bis Fuß mit Wasserpflanzen und Algen und Schleim bedeckt, bin ich wahrlich mehr eine Amphibie als ein Mensch, und während ich durch die Straßen der Stadt wanke, fallen Frauen bei meinem Anblick in Ohnmacht, und kleine Kinder rennen kreischend davon.

Berichte von einem Verrückten
auf freiem Fuß

W ie sich herausstellt, ist das Haus kleiner, als ich erwartet habe, und liegt an einer reizlosen Straße hinter einer hohen Steinmauer mit Eisentor, wohin man mich schickt, als ich ein paar überraschte Menschen, die in der Stadt unterwegs sind, nach dem Weg frage.

Nachdem ich mich bemerkbar gemacht habe, warte ich vor dem Tor darauf, dass meine Botschaft weitergegeben wird, und werde kurz darauf von einer argwöhnischen Haushälterin hereingelassen, die meine seltsame Aufmachung studiert und mich in ein bescheidenes Wartezimmer führt, wo ich die Holzdielen volltropfe, während sie die Tür von außen abschließt, um mich daran zu hindern, durchs Haus zu toben.

Ich betrachte das schlichte Holzmobiliar und die verstaubten Gemälde von fernen Ländern an den Wänden und frage mich, ob ich einen weiteren Fehler gemacht habe.

Und dann wird die Tür wieder aufgeschlossen, und die in strengem Schwarz gekleidete Witwe Timmermans kommt ins Zimmer und bleibt bei meinem Anblick jäh stehen.

»Clarke?«, sagt sie.

Um sie bloß nicht zu enttäuschen, recke ich die Brust vor und setze ein breites, strahlendes Lächeln auf.

»Oh, Daniel …«, sagt sie.

Und dann tritt sie vor und umarmt mich trotz des tropfenden, schleimbedeckten Anzugs.

Am Abend, nachdem ich fast zwei Stunden in der Badewanne gelegen habe, während meine Gastgeberin sich um verschiedene geschäftliche Dinge kümmerte und man für mich Kleidung gefunden hat, die früher dem verstorbenen Mr Timmermans gehörte, und der Froschmann-Anzug weggebracht wurde, um gewaschen zu werden, erzähle ich der Witwe beim Abendessen in dem bescheidenen Esszimmer eine bereinigte Version meiner Abenteuer der vergangenen Monate.

Ich verschweige ihr meine Beziehung mit Andrea und die Befreiung des Gefangenen aus dem Inselgefängnis und das meiste aus unserer Zeit als Gäste von William T. Baker und unsere Verwicklung in das gescheiterte Attentat auf den König von Italien und was mit Mcinerney passiert ist und Genaueres über unseren Aufenthalt in dem Kloster. Wir fragen uns gegenseitig nach dem Cap, aber ich erfahre, dass sie sogar noch weniger über seinen Verbleib weiß als ich, da sie nichts mehr von ihm gehört hat seit unserem ereignisreichen Aufenthalt am See C. und dem Untergang der *Juliana* – »und das auch nur aus den Zeitungen« –, was mich ziemlich erleichtert.

»Ich dachte, wegen Ihrer Kleidung ... dass Sie vielleicht –«

»Nein«, sagt die Witwe. »Die ist nicht wegen Clarke. Trotz des Geldes, das er mich gekostet hat.«

»Ich wusste nicht, dass Sie hier sein würden«, sage ich und habe fast das Gefühl, als müsste ich mich für den Captain entschuldigen, »in diesem Haus. Ich hab mich nur erinnert, dass Sie von etlichen Anwesen geredet haben.«

»Tja, jetzt sind es weniger«, sagt sie, »wie sich herausstellt.«

Dann kommt die Tochter der Haushälterin ins Zimmer, um der Witwe leise etwas ins Ohr zu flüstern, und nach einem kurzen Wortwechsel auf Französisch wirft meine Gastgeberin die Hände in die Luft und sagt: »Na dann, führ ihn herein.«

Und so begrüßt die Witwe, nachdem sie sich bei mir für die

Unterbrechung entschuldigt hat, diesen neuen Gast, der sich Monsieur Arnaud Soundso nennt, der hiesige Polizeichef und ein recht freundlich dreinblickender Mann mittleren Alters. Er hält seinen Hut in den Händen, als er eintritt, und bedauert die späte Stunde und erkundigt sich nach der Gesundheit der Witwe und schüttelt mir dann die Hand.

Dem anschließenden Gespräch kann ich nur teilweise folgen, doch die Witwe übersetzt die wichtigsten Punkte für mich. Dazu zählen die hehre Pflicht des Polizisten, Berichten von einem Verrückten auf freiem Fuß nachzugehen, der in der Stadt herumläuft und sich nach dem Haus der Witwe erkundigt hat – »Ich glaube, er meint dich, Daniel« –, sowie seine generelle Verantwortung für das Wohlergehen aller Mitglieder seiner Gemeinde, seien sie nun Franzosen oder Ausländer – »Und damit meint er mich« –, und die, so muss betont werden, gilt ungeachtet jeglicher finanzieller Engpässe, in denen sich gewisse Gemeindemitglieder, sicherlich nur vorübergehend, derzeit möglicherweise befinden – »Und das meint er mit ziemlicher Sicherheit ironisch«.

Als ich an der Reihe bin, mich vorzustellen, bestätige ich alles, was die Witwe dem Polizeichef über mich erzählt, was den Vorteil hat, größtenteils wahr zu sein, wenn auch ein wenig selektiv: Ich bin der Gehilfe des hochverehrten Captain Clarke B., und ich war tatsächlich in der Nacht des berühmten *Juliana*-Wunders dabei, und ich bin Engländer (»Oh, wie schade«), und ich bin dem König von Italien begegnet und dem Prinzen von B. und so weiter. Die Witwe fügt hinzu, dass ich für einige Tage Gast in ihrem Hause sein werde, woraufhin ich nicke, sodass man mich höchstwahrscheinlich öfter in der Stadt sehen wird, wenngleich nicht, wie ich feierlich schwören muss, in dem Froschmann-Anzug, der auf keinen Fall ohne die vorherige Genehmigung der örtlichen Polizei und speziell die Einwilligung unseres verbrechensbekämpfenden Freundes hier in der Öffentlichkeit gesehen werden wird, das versichere ich.

Am Ende des Verhörs oder der dezenten Warnung oder des höflichen Besuchs, oder was auch immer gerade stattgefunden hat, verabschiedet sich der Polizeichef mit Verneigung und Handkuss von der Witwe, schüttelt mir dann erneut die Hand und küsst mich auf beide Wangen und verspricht, stets zu unseren Diensten zu sein. Und dann ist er fort, und die Witwe erklärt, sie ziehe sich zurück, weil sie von dem vielen Gerede Kopfschmerzen bekommen habe, dankt mir aber für meine Gesellschaft und sagt, sie freue sich darauf, unser Gespräch morgen fortzusetzen.

Und so kommt es, dass ich mich erneut unter dem Dach und dem Schutz der Witwe Timmermans bettfertig mache.

In dem Zimmer, das man mir zugewiesen hat, nehme ich den Bleisoldaten meines Bruders heraus und lege ihn ins Regal und daneben die Taschenuhr von Mr Henry Colbert und daneben den Ring, den Andrea mir mal geschenkt hat, und ich frage mich, wie weit ich gekommen bin und wer ich bin und was als Nächstes geschehen wird.

Wenige Minuten nachdem ich ins Bett gestiegen bin, schlafe ich ein und träume nicht.

Mehr oder weniger ruiniert

Am nächsten Tag ist der Himmel strahlend blau, und Frühling liegt in der Luft, und so gehen wir nach dem Frühstück in die Stadt, um mir eine besser sitzende Garderobe zu kaufen als die des – sowohl kleineren als auch beleibteren – einstigen Mr Timmermans. Offensichtlich haben sich meine gestrige Ankunft und deren nähere Umstände herumgesprochen, denn etliche Leute bleiben auf der Straße stehen und zeigen nicht gerade unauffällig auf mich, während andere Passanten uns anstarren.

Im Warenhaus der Stadt kommt es zu einer kurzen Auseinandersetzung mit einer Verkäuferin – nach dem, was ich mit meinen bescheidenen Französischkenntnissen verstehe, scheint es um die Kreditwürdigkeit der Witwe zu gehen –, ehe ein Abteilungsleiter hinzugerufen und die Sache bereinigt und die Verkäuferin in Tränen aufgelöst nach Hause geschickt wird, was mich wieder mal veranlasst, darüber nachzudenken, auf wessen Seite ich jetzt eigentlich stehe.

Als wir zum Haus zurückkehren, steht auf der Straße davor ein Fuhrwerk, das gerade mit Möbeln und Kleiderkisten und gerahmten Kunstwerken beladen wird, und Männer laufen hin und her, um noch mehr aus dem Haus zu holen.

Plötzlich ruft die Witwe: »Das nicht!«, und eilt hin, um zu verhindern, dass ein Gemälde, das ich wiedererkenne – es ist das mit den japanischen Wellen –, ebenfalls verladen wird. Es folgt eine kurze Konfrontation, ehe die Möbelpacker das Bild wieder herausgeben und die Witwe es an den Busen gedrückt zurück ins Haus trägt.

Auch im Innern des Hauses geht einiges vor sich: Zwei gut gekleidete Männer sind dabei, Stühle und Tische und Anrichten und Sofas zu taxieren und die jeweils gewünschten Stücke mit Kreide zu markieren. Ich folge der Witwe die Treppe hinauf in das Arbeitszimmer, wo sie die Tür abschließt, das japanische Bild dann rasch aus dem Rahmen löst, die Leinwand aufrollt und in einem kleinen Safe verstaut.

Dann nimmt sie an ihrem Schreibtisch Platz, setzt eine Brille auf und beginnt verzweifelt, einen Stapel Briefe durchzusehen.

»Aber was, wenn die den ganzen Safe mitnehmen?«, frage ich, und sie hält inne und lacht spitz und stößt dann einen Schluchzer aus, ehe sie tief durchatmet.

»Was hat das alles zu bedeuten?«, frage ich.

Die Witwe nimmt die Brille wieder ab und überlegt kurz, eine Hand an der Stirn. Dann geht sie zu einer Kommode und holt ein kleines gerahmtes Bild hervor, das sie mir gibt. Es zeigt einen jungen Mann, nicht viel älter als ich, den ich sofort wiedererkenne, nicht zuletzt aus den Zeitungsartikeln.

»Aber das ist —«

»Jemand, dem ich helfen wollte«, sagt die Witwe.

»Ist das Ihr Sohn?«, frage ich, und sie sieht mich an, beeindruckt von meinem Scharfsinn.

»Nicht meiner. Jedenfalls nicht mein leiblicher. Er stammt aus der ersten Ehe meines verstorbenen Mannes.«

»Aber ich war da«, sage ich. »In jener Nacht auf dem See. Er war es.«

»Ja.«

»Wussten Sie, woran er beteiligt war? Was die vorhatten?«

»Natürlich nicht, Daniel!«, schreit sie jäh, ehe sie die Fassung zurückgewinnt. »Ich kannte seine Überzeugungen, selbstverständlich. Und ich habe mit ihnen sympathisiert. Aber er war … wir haben ihn vor langer Zeit verloren.«

»Er hat noch immer Ihr Geld genommen. Ich habe gesehen, wie Ihr Kutscher ihm was zugesteckt hat.«

»Ich konnte ja wohl schlecht den Sohn meines Mannes im Stich lassen, oder?«

Mir fällt ein, was Mcinerney mir auf dem Vulkan über die Verschwörung hinter dem Attentatsversuch auf den König von Italien erzählt hat.

»Wurde er noch von anderen bezahlt?«, frage ich.

Sie sieht mich befremdet an.

»Soweit ich weiß, war er rechtschaffen«, sagt sie. »Ob er für weniger rechtschaffene Leute gearbeitet hat …« Sie winkt ab.

»Seine Rechtschaffenheit hat viele Menschen das Leben gekostet«, sage ich und erinnere mich wieder lebhaft an jene Nacht und die Flammen auf dem Wasser und die Menschen. »Seine Rechtschaffenheit und Ihr Geld.«

»Mein Geld hat für vieles bezahlt, Daniel«, sagt sie. »Unter anderem auch für dich.«

Und das verletzt mich zu Recht.

»Weiß der Polizist Bescheid?«

»Er ahnt, dass meine Situation etwas suspekt ist, glaube ich. Ich weiß nicht, wie viel er tatsächlich von der Sache *weiß*. Ich habe viel Geld ausgegeben, um meinen Namen aus den Zeitungen herauszuhalten. Und mich selbst aus dem Gefängnis. Aber wie du ja siehst, hatte das gewisse Konsequenzen.«

Von unten hören wir die Rufe der Möbelpacker.

»Wie schlimm ist es?«, frage ich.

»Nun ja, ich bin mehr oder weniger ruiniert«, antwortet die Witwe. »Eher mehr als weniger. Ich bin von Leuten übervorteilt worden, die in so etwas besser sind als ich und die genau wissen, wie man eine derartige Situation ausnützt. Was ich wahrscheinlich auch verdient habe, ich weiß. Kurzfristig kann ich auf das, was noch da ist, einschließlich dieses Hauses, ein paar weitere Kredite aufnehmen. Aber meine Zukunft sieht nicht besonders ...« – und als sie an dieser Stelle nach dem passenden Wort sucht, hören wir den lauten Knall von etwas Großem und Teurem, das irgendwo im Haus fallen gelassen wird – »... verheißungsvoll aus.«

Es dauert einige Stunden, bis die Gerichtsvollzieher ihre Arbeit beendet haben, und danach ist sowohl die Atmosphäre als auch die Nutzbarkeit des Hauses stark eingeschränkt. Etliche Zimmer sind nun bar aller Möbel, andere enthalten kaum mehr als einen vereinzelten Stuhl oder Beistelltisch. Die Witwe besänftigt ihre Haushälterin, indem sie ihr und ihrer Tochter zwei Monatslöhne im Voraus bezahlt, und bekommt im Gegenzug einen Küchentisch und zwei Stühle geliehen, für die sie die Leihgebühr ebenfalls vorab bezahlt.

Unser Freund der Polizeichef kommt vorbei, um herauszufinden, was passiert ist, und spaziert traurig mit der Zunge schnalzend durch das halb leere Haus, bevor er der Witwe die Unterstützung der gesamten örtlichen Polizei anbietet, falls sie in dieser schweren Stunde irgendwie zu Diensten sein kann. Dann treffen die Anwälte ein, und die Hausherrin muss zurück an die Arbeit, und der Polizeichef und ich bleiben allein zurück und gehen hinaus in den Garten, wo er mir eine Zigarre anbietet und für mich anzündet.

»Eine beeindruckende Frau«, sagt er, und ich kann ihm nur beipflichten.

»Dennoch, solche Dinge sind Prüfungen, nicht wahr?«

Auch dazu nicke ich.

Dann sagt er etwas, das ich nicht verstehe, ehe er mit zwei

Fingern auf seine Augen zeigt und dann auf meine Brust, was keiner Übersetzung bedarf. Und dann schüttelt er mir die Hand und küsst mich nicht auf beide Wangen und geht seines Weges.

Ein Double

A m Abend, nachdem die Witwe und ich eine wortkarge Mahlzeit an dem geborgten Küchentisch eingenommen haben und die Haushälterin und ihre Tochter nach Hause gegangen sind, mache ich Feuer im Wohnzimmer, und wir setzen uns beide auf den Boden und trinken eine gute Flasche Rotwein aus dem Keller. Um uns herum liegen Bücherstapel, die zuvor in Vitrinenschränken untergebracht waren, und an den Stapeln lehnen gerahmte Drucke und Gemälde, die von den Gerichtsvollziehern verschmäht worden sind.

»Tja«, sagt die Witwe und prostet mir zu. »Das ist das wahre Leben, oder? Ich hoffe, es war deine Reise wert.«

»Es übersteigt noch immer alles, was ich mir vor einem Jahr hätte erträumen können«, antworte ich wahrheitsgemäß.

»Dann musst du mir vielleicht das eine oder andere beibringen, wie ich meinen Möglichkeiten entsprechend leben kann.«

»Ich denke, der Cap wäre entsetzt, das zu hören«, sage ich.

»Clarke würde mir empfehlen, entsprechend den Möglichkeiten von jemand anderem zu leben.«

»Trinken wir also auf den Captain«, proste ich ihr zu, und dann leere ich mein Glas und stehe auf.

»Wo willst du hin?«, fragt die Witwe.

»Sie haben gesagt, Ihr Geld hat für mich bezahlt«, sage ich, breite dann theatralisch die Arme aus und füge hinzu: »Also bitte, hier bin ich.«

»Was soll das, Daniel?«

»Benutzen Sie mich«, sage ich.

»Ich weiß nicht –«, setzt sie an, dann: »Oh.«

Denn ich habe schon begonnen, mich zu entkleiden, ziehe mein Hemd aus, das sie bezahlt hat, und meine Schuhe, die sie ebenfalls bezahlt hat, und meine Hose ebenso und auch meine Unterwäsche, bis ich nackt im Wohnzimmer stehe, damit sie sich in Ruhe meine kräftige Brust und die starken Arme anschauen kann, meine stattlichen Beine und meinen festen Hintern sowie meinen einsatzfähigen Schwanz.

»Ich kann guten Service mehr oder weniger garantieren«, sage ich. »Und obwohl ich schwerlich über Captain Clarke B.s Wissen und jahrelange Erfahrung in esoterischen asiatischen Praktiken verfüge, habe ich doch Empfehlungen von etlichen Angehörigen der englischen Oberschicht vorzuweisen, die ausnahmslos mit meinen Diensten zufrieden waren.«

Ich sehe ihr an, dass sie mich jetzt ernst nimmt. Sie wägt die Situation lange ab und lässt ihren Blick ungeniert über mich wandern, und ich erkenne, dass sie nicht unbeeindruckt ist. Dann steht sie ebenfalls auf und macht einen Schritt auf mich zu.

»War das von Anfang an dein Plan?«, fragt sie mich und hebt eine Augenbraue.

»Der Altersunterschied zwischen uns ist gar nicht so groß«, erwidere ich.

»Ha! Und zumindest dafür danke ich dir.«

»Ich stehe zu Ihren Diensten«, sage ich, nehme ihre Hand und lege sie flach auf meine Brust. »Haben Sie das nicht verdient?«

Sie nimmt ihre Hand nicht weg, sondern sieht sie an und bewegt sie sacht auf meiner Brust, wie um zu prüfen, dass wir beide real sind.

»Vielleicht hab ich das ja wirklich verdient«, sagt sie. Dann dreht sie ihre Hand um und streichelt meine Brust mit ihrer Rückseite, und ich schließe die Augen.

Und dann lacht sie leise und sagt: »Zieh dich wieder an, Dan.«

Ich öffne die Augen, und als die Witwe meinen enttäuschten Gesichtsausdruck sieht, legt sie ihre Hand an meine Wange.

»Ich kann dir versichern, dass ich das Angebot zu schätzen weiß«, sagt sie zu mir, »und es ist gut möglich, dass ich in irgendeiner langen, kalten Nacht bereue, es abgelehnt zu haben. Aber ich glaube, ich kann eine bessere Verwendung für dich finden als das.«

Ich setze mich wieder ans Feuer, gekränkt und beschämt.

»Kleidung?«, sagt sie.

Während ich meine Hose wieder anziehe – ein Vorgang, bei dem die Witwe freundlicherweise den Blick abwendet und mir den Rücken zukehrt –, fällt mir eines der gerahmten Bilder auf. Es zeigt ein gemaltes Porträt von keinem anderen als Captain Clarke B. höchstpersönlich, der in seinem Froschmann-Anzug posiert, das getreue Paddel an seiner Seite. Im Hintergrund sind die berühmten Sehenswürdigkeiten der französischen Hauptstadt zu sehen, darunter einige ihrer neuesten grandiosen Bauprojekte.

Als ich mich fertig angezogen habe, gehe ich hinüber und hebe das Bild auf.

»Was ist das?«, frage ich.

Die Witwe, die sich von mir abgewendet hatte, dreht sich wieder um und betrachtet das Bild.

»Das ist letztes Jahr gemacht worden, um für eine geplante Veranstaltung zu werben«, sagt sie. »Im Zuge der *Exposition Universelle* im nächsten Monat. Clarke sollte irgendein Kunststück vorführen.«

Ich studiere das Bild, halte es ein wenig von mir weg. Es ist kein schlechtes Porträt des Mannes und lässt einiges von seiner Persönlichkeit und Haltung erkennen, wenngleich die Details des Anzugs einiges zu wünschen übrig lassen. Und es bringt mich auf einen Gedanken, den ich kaum auszusprechen wage.

»Was, wenn das noch immer stattfinden könnte?«, frage ich.

»Die Veranstaltung?«, sagt die Witwe. »Dann würde ich bestimmt eine hübsche Menge Geld einnehmen. Es gibt jedoch ein grundlegendes Problem: Uns fehlt ein furchtloser Froschmann.«

»Aber haben wir nicht schon einen«, frage ich, »genau hier?«

»Aha«, sagt sie. »Tja, wenn das so ist, dann fehlt uns *Der* Furchtlose Froschmann.«

»Uns fehlt der Captain, ja«, sage ich. »Aber wir haben den Anzug. Und die Idee. Was, wenn der Furchtlose Froschmann mehr nie war?«

»Die Leute kaufen keine Eintrittskarten, um eine Idee zu sehen, Daniel«, sagt die Witwe. »Nicht mal eine mit dir in der Hauptrolle – bekleidet oder nicht.«

»Wenn die Idee stark genug ist, vielleicht doch«, sage ich. »Wenn man ihnen genug Grund liefert, daran zu glauben. Zum Beispiel mit einer Vorführung, die spektakulär genug ist. Hat der Captain nicht immer behauptet, nichts sei stärker als der menschliche Wille? Wenn er sich nur durch die Kraft des Glaubens an sich selbst neu erfinden konnte, dann können wir doch bestimmt seinen Geist heraufbeschwören, wenigstens für einen kurzen Moment.«

»Glaubst du wirklich, du könntest das?«

»Ich weiß, dass ich es kann. Und deshalb ist es schon fast gelungen.«

Ich merke, dass sie sich allmählich für die Idee erwärmt.

»Und außerdem«, fahre ich fort, »muss doch eigentlich keiner wissen, dass ich *nicht* Captain Clarke B. bin, oder? Ich habe ihn früher schon gedoubelt und ein zahlendes Publikum genarrt. Und es wäre ein Leichtes, mir einen Schnurrbart wachsen zu lassen.«

»Der Gedanke hat eine schöne Ironie an sich«, stimmt sie lächelnd zu. »Sein größter Betrug, und er würde nicht mal wissen, dass er ihm geglückt ist.«

»Es ist das Mindeste, was er mir schuldet«, sage ich. »Und was ich ihm schulde.«

Sie tritt näher an das Bild heran.

»Aber um was für ein Kunststück soll es gehen?«, fragt sie.

»Überlassen Sie das ruhig mir«, erwidere ich, denn das Bild selbst hat mir schon eine Idee geliefert. Und dann halte ich inne, weil mir noch etwas Wichtiges eingefallen ist.

»Ich werde ein Cape brauchen«, sage ich.

Das Los der Gattin
eines Provinzpolizisten

Und so fangen wir an, unseren Plan umzusetzen.
Wir fahren mit dem Zug in die Hauptstadt, um mögliche
Schauplätze auszukundschaften und uns mit kommerziellen
Geldgebern und örtlichen Beamten zu treffen, die überrascht,
aber keineswegs desinteressiert auf unsere Idee reagieren. Eins
muss ich der Witwe Timmermans lassen: Sie versteht es, Türen zu öffnen und Leute zu bestechen und diejenigen zu bezau-
bern oder zu begeistern oder unter Druck zu setzen, die bezaubert, begeistert oder unter Druck gesetzt werden müssen, und
das alles gelingt ihr noch dazu im Handumdrehen.

Bei jeder Versammlung stelle ich mich als Captain Clarke B.s
Gehilfe vor und erkläre, dass der große Mann selbst mit seiner
bedeutenden wissenschaftlichen und lebensrettenden Aufgabe viel zu beschäftigt ist, um an derlei kleineren logistischen
Besprechungen teilzunehmen, versichere die jeweiligen Zuhörer aber dennoch des großen Interesses, das der Cap an alldem
hat, und beteure, dass ich ihm von ihrer eminenten Hilfsbereit-
schaft berichten werde.

Im Stadtzentrum ertappe ich die Witwe dabei, wie sie sehn-
süchtig in die Fenster der Hotels und Bars und Restaurants
blickt, in denen sie, wie ich vermute, früher nächtigte und
trank und speiste.

»Die werden Sie bald wieder mit offenen Armen empfangen«, sage ich.

»Aber vielleicht will ich dann nicht mehr von ihnen empfangen werden«, erwidert sie.

Da ich während meiner entsagungsreichen Reise den Fluss hinunter erheblich an Gewicht und Muskelmasse verloren habe, verordne ich mir ein tägliches körperliches Übungsprogramm, begleitet von dem heroischen Versuch, der Witwe die Haare vom Kopf zu essen. Nachdem sie die Einladung des Polizeichefs zum Abendessen angenommen hat, erlaubt er mir im Gegenzug, wieder mit dem Froschmann-Anzug zu trainieren, und so paddele ich jeden Morgen und Nachmittag endlose Strecken auf dem Fluss, was die Einheimischen ungemein interessiert und amüsiert und die Kinder entzückt, die in das kalte Wasser springen und versuchen, neben mir herzuschwimmen.

Abends studiere ich die Pläne, die die Witwe nicht gerade preiswert für mich erstanden hat, und versuche, mir jeden Zentimeter meiner möglichen Route einzuprägen, und dann übertrage ich die Erinnerungen aus dem Kopf in meine Muskeln, zähle die wahrscheinliche Anzahl von Paddelschlägen zwischen den verschiedenen erforderlichen Manövern, während ich mit einem Tuch um die Augen, das meine Konzentration fördern soll, in einer vollen Badewanne sitze. Ich schreibe meinem Bruder, dass er mich noch vor dem Ende des kommenden Monats zu Hause erwarten kann und dass ich mich wahnsinnig darauf freue, ihn endlich wiederzusehen, und frage mich, ob er sich an so manches lustige Abenteuer aus unserer Kindheit erinnert, das mir in letzter Zeit wieder eingefallen ist, und versichere ihm, dass es sehr viel Schlimmeres gibt, als entweder Helen Dunning oder Ada Crook zu heiraten.

Und wir sehen mit an, wie das Haus der Witwe weiter Stück für Stück vor ihren Augen geleert wird, bis wirklich nichts mehr übrig ist als ein paar geliehene Möbel und nackte Wände.

An dem Abend, als die Witwe bei Monsieur Arnaud zum

Essen eingeladen ist, fleht sie mich an, sie sozusagen als ihre Anstandsdame zu begleiten. Ich deute an, dass ihm wohl kaum ein Diner zu dritt vorschwebt, aber sie entgegnet, dass ich ja genau deshalb mitkommen soll, und so stimme ich schließlich zu.

Falls der gute Polizeichef enttäuscht ist, als wir zu zweit sein kleines Haus betreten und klar wird, dass er den Abend nicht allein mit der Witwe Timmermans verbringen wird, so ist er galant genug, es sich nicht anmerken zu lassen. Er hat Hähnchen im Topf zubereitet, seine Spezialität, auf die er zu Recht stolz ist, und es gibt mehr als genug für uns drei und auch ausreichend Raum in seiner kleinen Küche, sodass wir zu dritt an dem Tisch Platz nehmen können.

Die beiden verbringen den Abend damit, über Politik und über Krieg und Religion und noch eine Reihe weiterer Themen zu diskutieren, bei denen sie durchweg unterschiedlicher Meinung sind, was aber ihren Gesprächsfluss nicht hemmt, und ich gebe es rasch auf, ihnen folgen zu wollen. Als sie mir endlich ihre Aufmerksamkeit zuwenden, frage ich den Polizeichef, ob er je verheiratet war, und die Witwe übersetzt meine Frage und seine Antwort.

»Seine Frau ist gestorben«, sagt sie. »An Krebs. Vor fünf Jahren.«

Dann erzählt er uns beiden von der wunderbaren Frau, mit der er verheiratet war, die seinen Aufstieg bei der Polizei unterstützte und ihm fünf gesunde Kinder und viele glückliche Erinnerungen schenkte und nie etwas dafür verlangte oder sich je über ihr Schicksal beklagte.

»Und wer von uns kann mehr verlangen?«, sagt er fast so, als fordere er uns zum Widerspruch heraus.

»Wir nicht«, pflichten die Witwe und ich ihm bei.

»Und was ist mit Ihnen?«, fragt Monsieur Arnaud mich.

Ich gebe zu, dass meine Karriere und vielerlei Abenteuer mich zu sehr in Anspruch genommen haben, um groß an die Suche nach einer Ehefrau zu denken, und er nickt, hat Verständnis für einen jungen Mann, der versucht, seinen Weg in der Welt zu machen.

»Aber warten Sie nicht zu lange«, sagt er, und ich verspreche, seinen Rat zu beherzigen.

Als die Witwe und ich schließlich zurück zu ihrem Haus oder dem, was davon noch übrig ist, gehen, lassen wir den Abend Revue passieren.

»Sie könnten es erheblich schlechter treffen«, sage ich.

»Ich weiß«, sagt sie.

»Und im Moment bieten sich Ihnen nicht gerade zahllose andere Möglichkeiten«, rufe ich ihr in Erinnerung.

»Auch das weiß ich«, sagt sie.

»Und falls ich scheitere, ist das Los der Gattin eines Provinzpolizisten gar nicht so schlecht«, schiebe ich nach.

Daraufhin bleibt sie stehen und legt ihre Hand auf meinen Arm.

»Du darfst nicht scheitern, Dan«, sagt sie. »Schwör mir, dass du nicht scheiterst.«

Also schwöre ich es.

Von Dichtern und Bankräubern

In den letzten Tagen vor dem Ereignis verlegen wir unsere Operationsbasis in die Hauptstadt selbst und quartieren uns in einem billigen Viertel in einer kleinen Pension ein, wo die Witwe zwei Zimmer vorab in bar bezahlt und dann zu mir sagt: »Und damit ist so ziemlich die letzte Reserve aufgebraucht.«

In Erwartung der großen Ausstellung und auch des bevorstehenden neuen Jahrhunderts scheint die Stadt sich von Grund auf selbst zu erneuern. Täglich entstehen neue Straßen und Plätze aus den Ruinen der vergangenen Dekade, und es sind gewaltige Bauarbeiten im Gange, um glänzende neue Schienenstränge und Avenuen und Kanäle anzulegen. Und über allem ragt der grässliche, riesige, halb fertige Eisenturm auf wie ein entsetzlicher Traum.

Auf der großen Ausstellung selbst sind Menschen zu Hunderttausenden herbeigeströmt, um sich Vorführungen der jüngsten technologischen und militärischen Neuheiten anzuschauen, darunter Musterhäuser mit sanitären Anlagen und zeitsparende elektrische Apparate und Modelle von futuristischen Booten und Zügen und Fluggeräten und Präsentationen von archäologischen und kulturellen Objekten aus der ganzen Welt und seltsame und exotische Tiere und Wildwestshows mit Cowboys und ein echtes afrikanisches Dorf, das in mühsamer Kleinarbeit hertransportiert und auf der Place du T. wiederaufgebaut worden ist, sogar mit echten Bewohnern.

Es gibt Zirkusnummern und politische Debatten und Ring-
kämpfe und Reden und Vorträge von berühmten Entdeckern
und Wissenschaftlern und Philosophen und künstlerische Vi-
sionen von der besseren Welt, die uns im kommenden zwan-
zigsten Jahrhundert erwartet, wenn Krieg und Hunger und
Krankheit und Elend ein Ende haben und alle Menschen auf
immer und ewig zum gegenseitigen Wohl leben werden.

Und hier und da sind die Plakate zu sehen, die das neueste
tollkühne Bravourstück des berühmten Furchtlosen Frosch-
manns höchstselbst, Captain Clarke B., ankündigen – und ach,
wie sehr hätte er es genossen, bei alldem dabei zu sein –, das ein
nie da gewesenes Höchstmaß an Mut und Können verlangt und
mit einem erheblichen Risiko für Leib und Leben einhergeht,
unter gefährlichen Bedingungen, *die man wahrhaft mit eigenen Augen gesehen haben muss*, und für das sämtliche Eintrittskarten im Vorverkauf bereits vergriffen sind.

Am Tag bevor das fragliche Ereignis stattfinden soll, sind die
Witwe Timmermans und ich nach einem letzten Probedurch-
lauf auf dem Weg durch das Menschengedränge zurück zu unserer Unterkunft, als vom Tisch eines voll besetzten Straßen-
cafés ein lauter Ruf ertönt.

Wir drehen uns um und sehen einen jungen Mann, der uns
aufgeregt zuwinkt und in dem ich den Bürgermeisterssohn aus
der Stadt A. wiederkenne, wo wir unseren ersten Tag in Frankreich verbracht haben, wenngleich er sich inzwischen einen
verwegenen Schnurrbart und einen bedrohlich hohen Hut zugelegt hat. Er hat einen Arm um die Schultern einer sehr jungen Frau gelegt, die mit an seinem Tisch sitzt und anscheinend
ebenso fröhlich betrunken ist wie er.

»Der tollkühne Gehilfe ist in die Hauptstadt gekommen«,
verkündet er, »genau wie ich ihm empfohlen habe!«

Ich verbeuge mich und stelle die Witwe vor und gratuliere

unserem jungen Freund dazu, dass auch er es hierhergeschafft hat, worauf er mir dankt.

»Und bist du jetzt Dichter oder Bankräuber?«, frage ich ihn.

Er lacht und lädt uns auf ein Glas an ihren Tisch ein, worauf wir uns aus Höflichkeit einlassen, und ich erkundige mich nach den Eltern des Mannes und den vielen Geschäftsinteressen seines Vaters einschließlich der Zahnpulverfabrik, und wir unterhalten uns über die begeisterte Stimmung in der Stadt und die bevorstehende todesmutige Heldentat des Caps – der junge Mann bringt daraufhin den Trinkspruch »Auf Männer des Willens!« aus –, während die junge Frau eine Zigarette nach der anderen raucht und zwischendurch nervös mit den Fingern auf dem Tisch trommelt, bis die Witwe sachte den Arm ausstreckt und eine behandschuhte Hand auf ihre legt.

»Er hat gesagt, er würde mit mir zu den Affen gehen«, sagt die junge Frau.

»Ich weiß«, sagt die Witwe sanft. »Das tun sie immer.«

Als wir uns verabschieden wollen, winke ich dem Kellner, doch plötzlich sind schrille Sirenen zu hören, und das Menschengedränge auf der Straße teilt sich, um einem mit fünf oder sechs Polizisten bemannten Pferdewagen Platz zu machen, der um die Ecke gerast kommt und zwei Reiter verfolgt, die sich Taschentücher vors Gesicht gebunden haben und an deren Sätteln offenbar Geldsäcke hängen. Während Leute ängstliche Schreie ausstoßen, sagt der Bürgermeisterssohn: »Ich bitte um Verzeihung«, tippt sich an den Hut, steht dann auf und holt innen aus seinem Mantel eine Pistole hervor, mit der er zwei Schüsse auf den Polizeiwagen abfeuert, was den Kutscher veranlasst, einen so heftigen Schlenker zu machen, dass er seitlich in ein Schaufenster kracht. Daraufhin kommt der vordere Reiter direkt vor uns gerade so lange zum Stehen, dass unser Freund sich hinter ihm auf das Pferd schwingen kann, ehe die beiden davongaloppieren, wobei der Bürgermeisterssohn weiter in die Richtung der verunglückten Polizisten schießt.

Anschließend herrscht fassungslose Stille, nur unterbrochen vom Stöhnen der Polizisten, die aus dem zerstörten Wagen kriechen, bis die junge Frau aufsteht und schreit: »Pascal, du verdammtes Arschloch, nicht schon wieder!«

Mirakel, Meisterwerk
und Monument

Nachdem ich am Tag des eigentlichen Ereignisses in etwa so gut geschlafen habe, wie unter den gegebenen Umständen erwartbar, bin ich schon vor dem Morgengrauen auf den Beinen und beschließe, die rund sechs Kilometer zum Ort des Geschehens allein zu Fuß durch die Stadt zu gehen, anstatt abzuwarten und in einer Droschke mit der Witwe hinzufahren, die ohnehin die Nachwirkungen eines feuchtfröhlichen Abends mit einigen neuen Geldgebern ausschläft, in dessen Verlauf sie zwei von ihnen zu einem Absinth-Wetttrinken herausforderte, das sie überzeugend, aber wahrscheinlich zu einem gewissen persönlichen Preis gewann.

Die Stadt ist noch dunkel, und die Straßen werden von Pferdeäpfeln gesäubert und abgespritzt, ehe der morgendliche Verkehr einsetzt, und zumindest für eine kurze Weile riecht der Tag nach Gelegenheit und Hoffnung. Er riecht auch nach Regen, was mir möglicherweise Probleme bereiten könnte, obwohl das Barometer in der Hotellobby, das ich auf dem Weg nach draußen konsultiert habe, klares Wetter prognostizierte.

Eine kleine Bühne ist am Schauplatz errichtet worden, und da ich sonst nichts zu tun habe, ziehe ich den Froschmann-Anzug an, den ich mitgenommen habe und zu dem das neue Cape gehört, das die Witwe für mich wie das Sternenbanner von Captain Clarke B.s Heimatland gestaltet hat, nur um meine Verkleidung noch überzeugender zu machen. Dann sitze ich gut zwei Stunden lang da, streichele meinen neuen Schnurrbart und rauche zwei Zigarren, weil ich wieder Gefallen daran gefunden habe, und auch, weil der Cap dafür bekannt ist, und schaue zu, wie die Welt erwacht.

Um neun Uhr am Morgen ist eine recht ansehnliche Menschenmenge zusammengekommen, um sich die Vorführung anzusehen, und die Witwe ist trotz ihres phänomenalen Katers eingetroffen und bezaubert die Gruppe von Lokalpolitikern und Geldgebern und Journalisten im VIP-Bereich, und so steige ich auf unsere kleine Bühne und halte in meinem besten Französisch meine auswendig gelernte Ansprache, die ich im Folgenden grob übersetze:

»Werte Mitbürgerinnen und Mitbürger dieser schönen Stadt und der Welt«, beginne ich, wobei ich versuche, den Akzent des Captains möglichst überzeugend nachzuahmen, »in diesem Moment stehen Sie und ich, ob Sie sich dessen bewusst sind oder nicht, über einem der größten technologischen Wunder dieses und jedes anderen Zeitalters.«

An dieser Stelle schweige ich kurz, damit sie einen Moment darüber nachdenken und im Geist die geografischen Gegebenheiten durchgehen und sich Keller oder Krypten oder unterirdische Höhlen vorstellen, und ich sehe ihnen an, dass sie überlegen, wovon ich eigentlich rede –

»Denn nur wenige Meter unter unseren Füßen«, fahre ich fort, »unter Ihren Füßen, Sir, und Ihren und, ja, selbst unter den Ihren, Madam, liegt ein Mirakel der hygienischen Wissenschaft, ein Meisterwerk der hydrologischen Architektur, ein Monument des unermüdlichen Willens der Menschheit, ihre Lebensumstände zu verbessern. Ich spreche natürlich von dem kürzlich verbesserten Kanalnetz, das sich unter den Straßen der Stadt erstreckt und jetzt jeden einzelnen ihrer Bürger zu jeder Tages- und Nachtzeit vor den Gefahren dieser überbevölkerten neuen Ära bewahrt, da es den einzigen Schutzwall zwischen Ihrer wunderbaren Hauptstadt und der steigenden Flut menschlichen Unrats bildet, für die jeder unter Ihnen verantwortlich ist und die diese Stadt zu verschlingen drohte.«

Tja, jetzt hat der Gegensatz zwischen meiner vornehmen Ausdrucksweise und der krassen Realität von Pisse und Scheiße ihr Interesse geweckt, und ich bemerke, dass die offene Erörterung von Dingen, die normalerweise unerwähnt bleiben, eine leise Welle der Erregung auslöst.

»Und zu Ehren dieser technischen Errungenschaft«, rede ich weiter, »werde ich heute von just dieser Stelle aus die gesamte Länge des neuesten Teils der Kanalisation durchschwimmen, wobei ich ab der Hälfte der Strecke dem erst kürzlich vollendeten Haupttunnel folgen werde, *dem größten seiner Art auf der ganzen Welt*, um meine Fahrt schließlich durch den Abfluss in den Fluss S. zu beenden, ein Geniestreich, den noch kein Mensch je zuvor gewagt hat.«

Oh, das gefällt ihnen ...

»Unterwegs werde ich mancherlei von Menschenhand geschaffene Hindernisse bewältigen müssen, darunter Schleusen mit reißender Strömung, Fallrinnen, Engstellen, Röhren, Wehre, Wasserfälle und andere vielfältige Mechanismen, die dazu dienen, den Unflat der Stadt reibungslos und gleichmäßig und sicher zu transportieren – und das sind lediglich die Gefahren, *von denen wir wissen*, denn wer kann schon sagen, welchen anderen fremden und aufregenden Bedrohungen ich *dort unten* trotzen muss – nur geschützt durch diesen patentierten wasserfesten Anzug ...«

Und dann lasse ich mich über den Anzug aus, wie Sie es bereits zahllose Male gelesen haben, sodass ich Sie nicht erneut damit behelligen muss, um dann, weil mein Publikum es erwartet, meine diversen Abenteuer (sprich: die des Caps) auf der ganzen Welt zu schildern, ehe ich mit ein paar weiteren Sätzen über die Verheißung des kommenden Jahrhunderts und die wunderbaren Menschen der französischen Hauptstadt ende und für das Ganze mit höflichem Applaus belohnt werde.

Und dann ist der Zeitpunkt gekommen, und ich nicke der Witwe zu, die daraufhin den zwei wartenden Arbeitern ein Zeichen gibt, welche sogleich durch die Menschenmenge nach vorne kommen, in den Händen lange Metallstäbe, mit deren Hilfe sie das unauffällige Eisengitter anheben, das sich die ganze Zeit unter den Füßen der Leute befunden hat, und somit den Eingang zur Unterwelt öffnen.

Ich steige von der Bühne und lasse mich mit einem Winken in das Loch hinunter, stelle die Füße auf die Metallleiter, die in die Kanalisation hinabführt, und winke dem Publikum noch ein letztes Mal zu, bevor ich meinen Abstieg in die Dunkelheit beginne.

Doch kurz bevor das Gitter wieder heruntergelassen wird, ertönt ein Schrei, und ich recke den Kopf wieder aus dem Loch, um zu sehen, was passiert ist, und eine junge Frau kommt angelaufen und reicht mir – ein hübscher theatralischer Einfall der Witwe, auf den selbst Captain Clarke B. stolz gewesen wäre – eine einzelne Rose und drückt mir obendrein einen Kuss auf die Wange. Den Umstehenden entfährt vor Rührung ein kollektives »Ahh!«, als dächten sie alle plötzlich zurück an eine Zeit, in der sie ihre eigenen einsamen Reisen antreten mussten, ob nun metaphorisch oder real, und nur die Erinnerung an den Kuss eines geliebten Menschen sie begleitete, ungeachtet der Tatsache, dass ich diese junge Frau nie zuvor gesehen habe.

Und dann ziehe ich den Kopf erneut ein und mache mich an den Abstieg, und über mir höre ich, wie das schwere Eisengitter mit einem lauten Scheppern wieder geschlossen wird, und ich bin allein.

Die Unterwelt

D ie erste Stunde meiner Fahrt verläuft so ereignislos, wie ich gehofft hatte. Der Geruch ist weniger schlimm als erwartet, und außerdem bin ich nach meiner einwöchigen Vorbereitung inzwischen daran gewöhnt. Das Wasser fließt schnell und ist einigermaßen sauber, zumindest in diesem Teil des Systems, und durch die oben in regelmäßigen Abständen angebrachten Gitter fällt genug Licht herein, um etwas sehen zu können, und während ich so vor mich hin paddele, fallen mir das saubere und symmetrische Mauerwerk und die Deckengewölbe der neuen Tunnel auf und die insgesamt hohe Qualität der Handwerkskunst, die in die Planung und den Bau der ganzen Anlage eingeflossen ist.

Wenn das die Zukunft ist, denke ich, dann wird sie schön.

Natürlich schrecke ich gelegentlich eine Ratte auf, aber nichts Größeres und auch keine Menschen, obwohl mir Gerüchte zu Ohren gekommen sind, dass hier unten ganze Banden von Flüchtigen und Verbrechern hausen sollen, und außerdem Krokodile.

Am späten Vormittag stoße ich auf ein erstes kniffliges Navigationsproblem, als der Tunnel, in dem ich mich befinde, über eine lange, steil abfallende Rinne in einen größeren, sehr viel tiefer gelegenen Zufluss mündet, und mir bleibt keine andere Wahl, als flach auf dem Rücken, das Paddel über den Kopf haltend, die Rinne hinunterzuschießen. Nachdem das geglückt ist, stelle ich fest, dass das Wasser in dem größeren Tunnel schneller fließt, weil etliche andere Kanäle in ihn münden, und so erreiche ich bald das zweite Hindernis – eine Reihe von engen Toren, durch die das Wasser mit erheblicher Wucht und Geschwindigkeit rauscht und vor denen ich etliche Minuten auf der Stelle paddele, ehe ich den Mut aufbringe, mich zurückzulehnen, die Arme anzuziehen und mich vom Wasser schnell hindurchtragen zu lassen.

Kurz darauf stoße ich auf den ersten seltsamen Anblick des Tages.

An der Stelle, wo der neue Tunnel, in dem ich bin, mit einem älteren Gang verbunden ist, wächst ein großer Baum mit einer Krone von mindestens sechs Metern Durchmesser aus dem bröckelnden Mauerwerk. Anscheinend bekommt er hinreichend Licht durch das Gitter weit oben. Aber der Baum trägt kein Laub, sondern etwas, das aus der Ferne aussieht wie Hunderte Lappen, sich jedoch bei genauerem Hinsehen als eine große Anzahl von durchweichten Geldscheinen unterschiedlichen Werts entpuppt, die sich zwar verdreckt, aber ansonsten unbeschädigt in den Baumästen verfangen haben. Ich vermute, dass sie nach einem Überfall oder durch eine andere unerwartete Verkettung von Umständen in die Kanalisation gespült wurden.

Nachdem ich diese seltsame Erscheinung eine Weile betrachtet habe, setze ich meinen Weg fort, aber nicht, ohne mir zuvor alle Scheine zu schnappen, an die ich herankomme, und sie, egal ob verdreckt oder nicht, in den Anzug zu stopfen.

Als es überirdisch so etwa um die Mittagszeit sein muss, bekomme ich allmählich Hunger und halte an und setze mich auf einen schmalen Vorsprung außerhalb des Wassers, um das Wurstbrot zu essen, das ich, gut in Wachstuch verpackt, mitgenommen habe. Beim Essen kann ich ein Rauschen hören, das wie von einem Wasserfall klingt, und als ich meine Fahrt fortsetze, entdecke ich bald die Quelle des Geräuschs. Der Tunnel, in dem ich mich befinde, beschreibt eine Kurve, und ich gelange an den Rand eines kathedralenartigen Gewölbes, schwindelerregend hoch, in dem zahlreiche Zuflüsse in den Hauptabfluss fließen und so eine Reihe von gestuften Wasserfällen bilden, die anscheinend von den höchsten Höhen des gewaltigen Schachts herabstürzen. Als ich vorsichtig über eine eiserne Leiter, die an die Schachtwand geschraubt und mit denselben glitschigen grünen Algen oder Moosen wie alles andere in diesem Bereich überzogen ist, zu dem Becken unten im Schacht hinabklettere, wird mir klar, dass ich schon sehr viel tiefer unter der Erde sein muss, als ich bis dahin dachte.

Am Fuße der Leiter, inmitten der herabtosenden Wasserfälle, führt der neu gebaute Haupttunnel, dem ich für den Rest meiner Fahrt folgen werde, unter einem gut und gern fünfzehn Meter hohen Rundbogen hindurch. Und dort entdecke ich eine Leiche, die blassgrau, aber noch nicht sehr aufgedunsen, mit dem Gesicht nach unten im Wasser treibt und sich in der durch die Wasserfälle verursachten kreisförmigen Strömung dreht.

Aus irgendeinem Grund bin ich plötzlich ganz fest davon überzeugt, dass dieser Leichnam der tote Körper des Captains ist, und obwohl ich keine Ahnung habe, wieso er ausgerechnet jetzt ausgerechnet hier sein sollte, kann ich nicht anders, als hinüberzupaddeln und die Leiche umzudrehen, um mir Gewissheit zu verschaffen. Wie sich herausstellt, fehlt die untere Gesichtshälfte des Mannes – denn es ist ein Mann –, offenbar von einem Gewehrschuss oder einer anderen traumatischen Verletzung weggerissen, obwohl ich schaudernd begreife, dass sie auch einfach von Tieren gefressen worden sein könnte. Wie dem auch sei, es sieht aus, als habe er noch zwei Augen oder hatte sie zumindest zu Lebzeiten, was den Cap ausschließt.

Ich frage mich, ob der Mann ein Mordopfer ist und in die Kanalisation geworfen wurde, um Spuren zu verwischen, oder ob er irgendwo in den Fluss gefallen ist und nie wieder hochkam und schließlich hierher tief unter die Stadt gespült wurde oder ob er vielleicht sogar von eigener Hand starb. Ich frage mich, ob er eine Familie hatte, die noch immer nach ihm sucht, und ob er jemandes Vater oder Bruder oder Sohn war und wer ihn wohl geliebt hat und ob er ein guter oder ein schlechter Mensch war oder eine Mischung aus beidem.

Mir ist klar, dass ich die Leiche unmöglich mitnehmen oder auch nur mit irgendwas beschweren kann, um sie zu versenken, deshalb spreche ich kurz ein stummes Gebet und markiere die Stelle auf meiner Karte und setze dann meine Fahrt fort.

Etwa eine Stunde später werde ich selbst fast zur Leiche.

Auf den letzten paar Kilometern hat sich das langsam fließende Wasser in dem breiten Tunnel allmählich zu einer schlammigen Suppe oder Brühe verdickt, die aus Substanzen besteht, über die ich lieber nicht länger nachdenken möchte, und ich weiß, dass genau aus diesem Grund ein System von parallel rotierenden Propellern quer durch den Tunnel gebaut wurde, um den Schlamm herauszulösen und die Fließfähigkeit der Abwässer zu erhöhen. Ich habe mich gut vorbereitet und weiß daher, dass die Drehgeschwindigkeit der Propeller so langsam ist, dass ich hindurchschlüpfen kann – und als die mächtigen Räder in Sicht kommen, sieht es auch tatsächlich so aus, als wäre das der Fall.

Doch dann steigt der Wasserpegel im Tunnel jäh an – wie ich später erfahre, infolge des starken Regengusses, der mich früher am Morgen beunruhigt hatte –, und auch die Geschwindigkeit der Strömung nimmt zu und mit ihr die der Propeller, und da ich an den vollkommen glatten Wänden des neuen Tunnels keinen Halt finde, versuche ich verzweifelt, gegen den Strom anzupaddeln, dieweil das immer schneller fließende Wasser versucht, mich ins Verderben zu reißen.

Als ich unaufhaltsam in Richtung der rotierenden Apparatur gezogen werde, frage ich mich, ob ich wirklich auf diese Weise von der Welt Abschied nehmen werde und wie man sich an mich erinnern wird und was mein Bruder auf meiner Beisetzung sagen wird und ob Andrea irgendwie dort sein wird, und mir wird klar, dass ich als jemand in die Geschichte eingehen werde, der ich gar nicht bin. Aber wenigstens werde ich nicht kampflos untergehen, beschließe ich.

Im letzten Moment, ehe ich halbiert werde, ramme ich mein Paddel in den rotierenden Propeller, und es stoppt ihn kurz, bevor es zersplittert und mir dabei den Arm bricht, aber der vorübergehende Stillstand reicht mir, um hindurchzuschlüpfen und dem wieder anspringenden Propellerblatt zu entgehen, das meinen Kopf um Haaresbreite verfehlt.

Und gleich dahinter rutsche ich durch eine sich rasch verjüngende steile Rinne dem Licht entgegen, beiße die Zähne zusammen und halte den gebrochenen Arm mit dem anderen an den Körper gepresst, bis ich in einem Schwall zusammen mit dem übrigen herausspritzenden Abwasser ins Freie geschleudert werde und rund drei Meter tief in die dreckige, herrliche S. falle, deren Ufer, wer hätte das gedacht, von staunenden und plötzlich jubelnden Menschen wimmeln.

Und nachdem ich von einigen überraschten Bootsführern aus dem Wasser gefischt und der Menschenmenge übergeben werde, die mich sogleich auf Hunderten Händen zu einem Karren trägt, an dem man mich für die Fahrt zum Krankenhaus festschnallt, wo ich genäht und verbunden und geschient werde, stellt sich heraus, dass ich überlebt habe.

Und die kotbefleckten Geldscheine habe ich auch noch bei mir.

Die Heimreise

Die Heimreise dauert drei Tage, und auch wenn wir nicht im Triumph zurückkehren, so doch immerhin mit einem gewissen Maß an Komfort, da wir den Kanal per Dampfer überqueren statt mit Segel und Paddel, was, wie ich finde, sogar für die formidable Witwe Timmermans ein zu großes Opfer gewesen wäre, selbst unter Berücksichtigung der Tatsache, dass sie jetzt die Managerin eines weltberühmten tollkühnen Abenteurers ist.

Seit der furchtlose Captain Clarke B. offenbar aus dem Reich der Toten zurückgekehrt ist oder aus einem selbst auferlegten Exil oder nach einem Anfall von Gedächtnisschwund oder einer Entführung durch Anarchisten, denen er nur knapp entkommen konnte, oder aus einer kontemplativen Klausur in einem Kloster auf irgendeiner Mittelmeerinsel (diese Version gefällt mir am besten) oder wo auch immer er sich in den vergangenen Monaten aufgehalten hat – was diese Frage betrifft, war die Witwe in ihren Interviews mit der Presse stets aufreizend vage –, kommen immer mehr Angebote für neue Auftritte und Werbeverträge und geschäftliche Möglichkeiten, wie beispielsweise eine Tournee durch Skandinavien, an den herrlichen Fjorden vorbei bis zum Polarkreis, und eine Überquerung des B. zwischen Europa und Asien und eine Fahrt den mächtigen Fluss V. hinunter.

Doch zunächst sind einige Vorführungen in England geplant, und beim Anblick der weißen Klippen, die allmählich aus dem nachlassenden Nieselregen auftauchen, als wir auf dem Schiffsdeck stehen, fragt die Witwe, wie ich mich fühle.

»Alt«, sage ich eingedenk des Schmerzes in meinem erneut gebrochenen Arm und der zahllosen Kilometer und Seemeilen, die ich jetzt auf dem Buckel habe. »Und Sie?«

»Jung«, antwortet sie und legt freundlich eine Hand auf meine Schulter. »Vielleicht jünger, als ich mich je gefühlt habe.«

In Wirklichkeit bin ich aufgeregt und nervös, weil ich meinen Bruder wiedersehen werde, von dem ich seit Monaten nichts gehört habe, und außerdem ziemlich verunsichert bei dem Gedanken, erneut das Dorf zu betreten, in dem ich aufgewachsen bin und dem ich unbedingt entfliehen wollte, und es zum ersten Mal mit den Augen eines neuen Menschen wahrzunehmen. Ich frage mich, und das nicht zum ersten Mal, was Andrea davon gehalten hätte, was er überhaupt von allem gehalten hätte und wo er jetzt wohl ist, und ich hoffe, er ist irgendwie zufrieden mit seinem Schicksal.

Selbstverständlich sind die Witwe und ich uns darüber im Klaren, dass mein Auftreten als der Cap, so überzeugend es auch aus einigem Abstand betrachtet sein mag, niemals einer genauen Prüfung standhalten kann, und deshalb haben wir beschlossen, dass der neue Captain Clarke B. ein Mann ist, der sich sehr verändert hat, regelrecht bescheiden geworden ist durch seine Nahtoderfahrung oder das Exil oder die Entführung oder die Klausur. Zu unserem Glück ist er nun ein Mann, der das Rampenlicht weitaus lieber meidet, als darin zu stehen, und der es vorzieht, seine Taten – und seine neue Managerin, die Witwe Timmermans – für sich sprechen zu lassen, besonders im Umgang mit Angehörigen der Weltpresse.

Und das trägt natürlich zu der geheimnisvollen Aura des Burschen bei und fasziniert besagte Angehörige der Weltpresse und erst recht unsere Geldgeber umso mehr. Aus diesem Grund wird vereinbart, dass der Captain keine der zahlreichen bei uns eingegangenen Einladungen annehmen wird, während seines Aufenthalts in England mit der feinen Londoner Gesellschaft zu verkehren, sondern stattdessen außerhalb der Hauptstadt in einem geheimen Trainingslager wohnen wird, um seine neuerdings gewünschte Privatsphäre zu gewährleisten. Und aus demselben Grund wird er unerkannt einreisen, möglicherweise allein, wahrscheinlich in irgendeiner Verkleidung, vermutlich im Schutze der Dunkelheit und ganz sicher nicht mit einem Passagierschiff, sodass er später am Tag nicht in Dover gesehen wird, wie er zusammen mit der Witwe und mir von Bord geht oder uns zum Zug nach London begleitet oder mit uns in die gemietete Kutsche steigt, als wir die Hauptstadt am nächsten Morgen in östlicher Richtung verlassen, um einen Landstrich aufzusuchen, den in den hohen Herrenzimmern von Marylebone oder den eleganten Salons von Chelsea oder auch nur in den Zeitungsredaktionen der Fleet Street kein Mensch kennt.

»Es scheint, als hätten wir an alles gedacht«, sage ich zu der Witwe, als wir unter den dahinjagenden Schatten von Frühlingswolken durch das weite Land rollen und die Dörfer am Kutschenfenster vorbeiziehen sehen und meinem ehemaligen Zuhause immer näher kommen.

»Es scheint fast so«, pflichtet sie bei.

Aber natürlich liegen wir falsch.

Da bin ich nun

Die Landzunge sieht jedenfalls noch genauso aus wie bei meinem Abschied. Derselbe holprige Feldweg, dieselben armseligen Häuser, dieselben Kiesbänke voll mit umgedrehten Booten und zu beiden Seiten davon das graue Watt.

Auf der Fahrt durch das Dorf passieren wir die Kirche und das Schulhaus und kommen zu Giant Petes Gasthaus, wo die Kutsche hält und unser Gepäck abgeladen wird. Giant Pete und seine Frau sind nirgends zu sehen, aber Little Pete, der mich überhaupt nicht erkennt, vielleicht wegen meines neuen Schnurrbarts, trägt die Reisetaschen der Witwe mit zahlreichen Verbeugungen und Kratzfüßen ins Haus, während die Witwe Timmermans und ich die vierhundert Meter oder so zu meinem alten Zuhause spazieren.

»Es ist nicht nötig, dass Sie mich begleiten«, erkläre ich.

»Nach dieser Fahrt brauche ich frische Luft«, sagt sie und lässt ihren steifen Nacken kreisen. »Und ich gestehe auch, dass ich doch ein wenig neugierig bin.«

Sobald wir den Schutz der Straße verlassen haben, erfasst uns der schneidende Wind, der vom Ästuar heraufweht, und die Witwe muss ihren Hut festhalten, als wir den freien Strand überqueren. Draußen auf dem Wasser trotzen ein paar Boote dem Wetter. Ich zeige ihr die Austernbänke und deute in die Richtung, wo Holland jenseits des Meeres liegt, damit die Witwe sich ein bisschen mehr zu Hause fühlt.

Doch als wir zu meinem Haus oder zu der Stelle kommen, wo es einst stand, sehe ich entsetzt nur noch eine Art Ruine mit durchhängendem Dach, die aussieht, als wäre sie seit Monaten unbewohnt. Das Innere ist leer und stinkt. Fast das gesamte Werkzeug meines Vaters ist verschwunden, und auch die Küche und die wenigen Möbel, die wir hatten, sind geplündert worden. In der Nische, vor der unser Bett stand, finde ich einen der platt gehämmerten Bleisoldaten meines Bruders, doch ansonsten deutet alles darauf hin, dass schon lange niemand mehr hier war. Vor dem Haus hat der Wind meinem Gemüsegarten, den ich so sorgsam aus dem steinigen Boden gegraben habe, restlos den Garaus gemacht.

»Was ist hier passiert?«, fragt die Witwe.

»Vielleicht hat er sich wieder mal aus dem Staub gemacht«, sage ich.

»Sieht so aus, als hätte er sich vor geraumer Zeit aus dem Staub gemacht«, sagt sie.

Als wir zum Gasthaus zurückkehren, bekommen wir unsere Zimmer von Little Pete gezeigt, den ich nicht von der Vorstellung abbringe, ich wäre irgendein reicher Reisender aus London, und wir packen unsere Sachen aus und machen uns frisch und so weiter. Von meinem Zimmerfenster im zweiten Stock sehe ich das Dorf aus einem Blickwinkel, den ich noch nie hatte, und mir fällt auf, wie niedrig und gebückt und klein der Ort in Wirklichkeit ist, der sich unter der Wucht der Elemente duckt. Mir kommt der Gedanke, dass ich in sechzehn Jahren – jetzt schon siebzehn – kein einziges Mal einen Blick in die Zimmer des Gasthauses werfen konnte, denn die waren ausschließlich für Leute mit Geld, also für niemanden aus unserem Dorf, reserviert, bis heute.

»Tja, da bin ich nun«, sage ich vor mich hin, ehe ich nach unten gehe.

Dort sitzt die Witwe Timmermans bereits im Schankraum, wo sie einige Unterlagen bezüglich der nächsten Phase in Captain Clarke B.s auf wundersame Weise wiederbelebter Karriere durchsieht, darunter Einladungen zu Schwimmvorführungen in Seen und Flüssen, die sich in Privatbesitz einiger Lords und anderer Adeliger befinden, und Anfragen wegen Presseinterviews und öffentlicher Auftritte sowie Verträge, laut denen der Cap zahlreiche Produkte von Dosenfleisch bis Herrenmieder anpreisen soll, und das alles für Geldsummen, die ich noch vor wenigen Monaten für unvorstellbar gehalten hätte.

»Tabletten gegen Verstopfung«, sagt die Witwe kopfschüttelnd. »Wässerchen gegen Haarausfall. Stärkungsmittel zur Wiederherstellung der Manneskraft, nicht zu glauben. Wenn ich gewusst hätte, dass ich die ganze Zeit auf einer derartigen potenziellen Goldmine sitze ...«

»Hätten Sie ihm dennoch Vorträge über die Übel des Kapitalismus gehalten«, sage ich.

»Das schon, ja. Aber dennoch: Gott segne dich, Clarke«, sagt die Witwe. »Wo immer du bist.«

Dann erkundigt sich die Witwe bei Little Pete, der versucht, beschäftigt und nützlich zu wirken, während er sich zugleich vor seinen beiden einzigen Gästen versteckt, was es heute Gutes zu essen gibt, und er antwortet, dass es nur ein Gericht gibt, gut oder schlecht, worauf die Witwe erwidert, dass wir mithin zwei Portionen davon nehmen. Und so wird uns etwas von dem Fischeintopf aus der Küche serviert, der tatsächlich so schmackhaft ist, dass ich mich nicht mehr ganz so schuldig fühle, die Witwe so weit weg von der Zivilisation geführt zu haben. Außerdem gibt es im Schankraum ein schönes, knisterndes Kaminfeuer, das die Wirkung des kalten Nordseewindes ausgleicht, der unter der Tür hindurchpfeift, und es gibt einen ganz passablen Weinkeller und keine neugierigen Blicke aus der großen Stadt, die uns auf die Schliche kommen und unseren Schwindel als die froschmannlose Gaunerei enttarnen könnten, die er in Wirklichkeit ist.

Tatsächlich ist heute anscheinend überhaupt niemand da, und als ich gerade Little Pete fragen will, wo denn alle sind, geht die Tür auf, und Giant Pete kommt hereingestürmt, seine offenbar schwangere Tochter im Schlepptau – ich stelle rasch ein paar Berechnungen an, um die Möglichkeit auszuschließen, dass der Cap einen gewissen Anteil an diesem Umstand hat –, und dann ruft er: »Daniel Bones, der Teufelskerl!«, und hebt mich hoch, ehe er meinen Schnurrbart lobt und der Witwe die Hand schüttelt und sie fragt, ob alles zu ihrer Zufriedenheit ist.

Die Witwe bejaht, alles sei in bester Ordnung, und fügt hinzu, das Gasthaus könne sich mit einigen der schönsten Hotels auf dem Kontinent messen, und Giant Pete erklärt, er sei erfreut, das zu hören, und geht dann hinter den Tresen und gießt ihnen beiden zwei große Gläser Gin ein, um auf das Heimatland der Witwe zu trinken, wenngleich er mir keinen anbietet.

»Wir sind selbstverständlich daran gewöhnt, Gäste von Rang und Namen bei uns zu begrüßen«, sagt Giant Pete und prostet der Witwe zu.

»Selbstverständlich«, sagt sie.

»Und nicht bloß den berühmten Captain, wohlgemerkt«, fährt er fort. »Wir hatten hier mal eine Berufsboxerin, die mit einem einzigen Schlag eine Kuh bewusstlos schlagen konnte.«

»Wahrlich ein lobenswertes Talent.«

»Wie hieß noch mal der Schauspieler, den wir letztes Jahr hatten, Maude?«

»Ich weiß nicht, Dad«, sagt seine Tochter missmutig und entschuldigt sich dann, um auf ihr Zimmer zu gehen.

Ohne auf sie zu achten, fragt Giant Pete mich: »Und, Dan, hast du deinen Bruder schon besucht?«

»Ich weiß nicht, wo er ist«, gebe ich zu.

Daraufhin stutzt Giant Pete kurz und wendet sich dann Hilfe suchend an Little Pete, der sich an der Tür herumdrückt, bekommt aber lediglich ein Achselzucken als Antwort.

»Nun ja …«, sagt Giant Pete. »Im Gefängnis, Dan, da ist er. Oben in C. Wir haben gedacht, deshalb wärst du zurückgekommen.«

»Wieso ist er im Gefängnis?«, frage ich und rechne mit einer Geschichte, bei der es um ein gestohlenes Pferd oder Boot oder vielleicht um eine Schlägerei geht oder die womöglich sogar mit dem Zoll und Steuereintreibern zu tun hat.

Nein.

»Weil er doch euren alten Herrn umgebracht hat«, sagt Giant Pete. »Noch dazu in seinem eigenen Boot. Dann hat er den Körper beschwert und über Bord geworfen. Aber die Gewichte haben nicht gehalten, und einen Monat später ist die Leiche angespült worden, mit dem Messer von deinem Bruder noch im Hals.«

»Die glauben, Will hat unseren Vater ermordet?«

»Von glauben kann wohl keine Rede sein, nach allem, was man so hört.«

»Aber … was wollen sie mit ihm machen?«

»Tja«, sagt Giant Pete, leert seinen Gin in einem Zug und stellt das Glas wieder auf den Tresen, »höchstwahrscheinlich werden sie ihn aufhängen, Dan.«

Ein hübsches Brüderpaar

Am selben Abend schreibt die Witwe an ihre Anwälte in London und bittet sie, jemanden herzuschicken, der sich unserer Sache annehmen soll, und ich arrangiere am nächsten Morgen eine Fahrt rauf nach C., um meinen Bruder Will zu besuchen, und versuche bis dahin, von Giant Pete so viel wie möglich in Erfahrung zu bringen, was jedoch nicht viel ist.

Klar ist, dass die Leiche meines Vaters exakt so gefunden wurde, wie der Gastwirt es beschrieben hat, und dass die Polizei danach nicht lange brauchte, um meinen Bruder festzunehmen – »Und er hat gar nicht erst versucht zu fliehen«, sagt George Baines, der behauptet, an dem Morgen dabei gewesen zu sein, und mir für einen Drink seine Version der Geschichte erzählt, die aber nicht viel zum allgemeinen Verständnis der Geschehnisse beiträgt.

Und er ist nicht der Einzige. Tatsächlich ist das Gasthaus bald voll mit Leuten – darunter nicht nur Einheimische –, die behaupten, etwas über die Vorgänge zu wissen, ob nun über die Zeit vor, während oder nach dem fraglichen Ereignis, doch keiner von ihnen kann wirklich nützliche Details liefern. Und natürlich hat niemand im Dorf eine Ahnung, was mit dem Inhalt des geplünderten Hauses geschehen ist – obwohl ich wetten möchte, dass schon eine höchst flüchtige Suche in jedem Haus auf der Landzunge mindestens ein Werkzeug meines Vaters zutage fördern würde.

Im Verlauf meiner Nachforschungen erfahre ich außerdem, was im letzten Jahr sonst noch alles im Dorf passiert ist, und höre etliche einander widersprechende Versionen davon, wer gestorben ist oder schwanger wurde oder geheiratet hat oder weggezogen oder wieder zurückgekommen ist.

Susan die Pfarrerstochter erweist mir sogar die Ehre, mich persönlich über den Ablauf ihres Jahres zu informieren, nachdem sie im Schankraum gegen den Tisch gestolpert ist, an dem die Witwe und ich sitzen, und meinen Versuch unterbrochen hat, sie vorzustellen.

»Ich bin die, die sie dabei erwischt haben, dass sie zwei Brüder vögelt«, erklärt sie der Witwe Timmermans trotzig. »Und ist daran irgendwas falsch?«

»Meiner persönlichen Erfahrung nach, nein«, sagt die Witwe.

Ich stehe auf, fasse Susan sanft am Ellbogen und führe sie Richtung Tür.

»Macht es Ihnen was aus, wenn wir …?«, frage ich die Witwe.

»Ich bitte darum«, sagt sie.

Draußen lehnen wir uns gegen die Mauer des Gasthauses, und Susan zündet zwei Zigaretten an und reicht mir eine.

»Ich dachte, du wärst weggeschickt worden«, sage ich.

»Ich hab mit meinen Eltern eine Vereinbarung getroffen«, erwidert sie.

»Was für eine Vereinbarung?«

»Ich hab Joseph Parsons geheiratet.«

»Ist das der, der mit der bloßen Hand …«

»Nein, das ist der Bruder, Jeremiah.«

»Ach so.«

Weit weg hören wir jemanden herumbrüllen. Eine Schlägerei zwischen Betrunkenen irgendwo. Ein Hund bellt eine Möwe an. Genau wie in guten alten Zeiten. Und dann stößt Susan eine dicke Rauchwolke aus und seufzt.

»Ich glaub, ich hab den Falschen geheiratet, Dan«, sagt sie.

»Na ja, ich kann mir vorstellen, wie dir der Fehler unterlaufen ist.«

»Er ist die ganze Zeit besoffen.«

»Aber das ist ja nicht gerade unüblich hier, oder?«

»Nein, aber er wird bösartig, wenn er getrunken hat.«

»Ah.«

Ich spüre, wie ihre Hand nach meiner greift und unsere Finger sich verschränken.

»Und wo ist er heute Abend?«, frage ich.

»Ach, wer weiß das schon«, sagt sie.

Und dann beugt sie sich vor und küsst mich, wenn auch eher auf eine freundschaftliche Art. Aber der Kuss dauert lange, und ich erwidere ihn auch. Als er endet, lehnt sie sich wieder gegen die Mauer und zieht erneut an ihrer Zigarette.

»Wäre doch spaßig gewesen, wenn aus uns beiden was geworden wäre, meinst du nicht?«, sagt sie.

»Spaßiger, als du ahnst.«

Sie wirft mir im Dunkeln einen Seitenblick zu und kneift die Augen zusammen, als versuche sie, sich an meiner Stelle jemand anderen vorzustellen.

»Was ist da drüben mit dir passiert?«, fragt sie. »Du hast dich verändert.«

»Zum Guten?«

»Ich weiß nicht«, sagt sie. »Und ich bin noch nicht sicher, ob es zu dir passt.«

»Liegt es am Schnurrbart?«, frage ich.

Am nächsten Morgen stehe ich früh auf, um die Kutsche nach C. und dem burgähnlichen Gefängnis dort zu nehmen, wo ich feststelle, dass ich mir mit meinem Geld mühelos ein Gespräch mit dem Häftling William Bones erkaufen kann, das in einem kleinen gefliesten Raum mit einem Holztisch und zwei Stühlen sowie einem Wärter stattfindet.

Als sie meinen kleinen Bruder hereinführen, ist sein Anblick für mich ein Schock. In der Gefängniskluft und mit den Händen in Ketten kommt er mir größer und muskulöser vor, als ich ihn in Erinnerung habe, und sein Gesicht wirkt kantiger. Er hat einen Bluterguss an der Wange und eine geschwollene Lippe und ein erst halb abgeheiltes blaues Auge. Es ist schwer zu sagen, ob es an seinen Verletzungen liegt oder bloß daran, dass ich ihn ein Jahr nicht gesehen habe, aber er wirkt älter und auch härter – was unter den gegebenen Umständen wohl unausbleiblich ist.

Dennoch, als er sich an den Tisch setzt, ist er es, der zu mir sagt: »Mensch, du hast auch schon mal besser ausgesehen.«

Lächelnd halte ich meinen eingegipsten Arm hoch.

»Ich dachte, wir könnten ein hübsches Brüderpaar abgeben«, sage ich. »Aber deiner ist anscheinend wieder in Ordnung.«

»Das ist ein Jahr her«, sagt er und deutet dann auf unsere Umgebung. »Ist viel passiert in der Zeit. Inzwischen rauche ich sogar.«

Prompt holt er einen Tabakbeutel hervor und fängt an, sich eine Zigarette zu drehen.

»Das sehe ich.«

»Du weißt, dass er es verdient hatte, Dan«, sagt er, ohne aufzublicken. »Und noch Schlimmeres.«

»Ich weiß.«

»Wenn du da gewesen wärst –«

»Auch das weiß ich.«

»Hör mal«, sagt er, als der Wärter sich vorbeugt, um ihm die Zigarette anzuzünden, »weißt du noch, wie wir Bill Drapers Boot geklaut haben, aber nur mich haben sie dafür drangekriegt?«

»Warum hast du es mir nicht geschrieben?«, frage ich ihn.

»Hab ich«, sagt er und pustet Rauch aus. »Aber die letzte Adresse, die ich von dir hatte, war ein Hotel in V., in Italien.«

»Aber das Geld, das ich dir geschickt habe …«

»Welches Geld?«, entgegnet er. »Ich bin seit November hier drin, Dan. Die einzigen Geschenke, die bei mir angekommen sind, waren Kuchen von Helen Dunning und Ada Crook. Und Davey Cooper hatte angeboten, sich eine Pistole zu besorgen und mich rauszuholen, aber dann hat er sein Bein verloren.«

»Wie hat er denn sein Bein verloren?«

»Ach, du kennst doch Davey Cooper.«

Er lässt die Handgelenke kreisen, versucht, den Druck der Ketten etwas zu lockern.

»Mrs Pritchard die Pfarrersfrau kommt einmal die Woche und liest mir aus der Bibel vor. Das ist ein gewisser Trost. Manchmal bringt sie Susan mit. Erinnerst du dich an viel aus der Bibel, Dan?«

»In Frankreich wäre ich beinahe Mönch geworden«, sage ich. Ich erzähle ihm nichts von meinem Erlebnis mit dem reisenden Bibelverkäufer. Die Dinge sind ohnehin schon kompliziert genug. Daraufhin sieht Will mich lange an, als wollte er mich taxieren und mit dem Menschen in Einklang bringen, den er früher kannte.

»Wir besorgen dir einen Anwalt«, sage ich, und er nickt. Er drückt seine Zigarette aus und beginnt sogleich, sich wieder eine zu drehen.

»Brauchst du sonst irgendwas?«, frage ich.

»Na ja, ich fänd's ganz schön, hier rauszukommen, bevor sie mich aufhängen«, sagt er. »Wäre gut, wenn du das arrangieren könntest.«

»Das ist die Grundlage unseres Plans, ja«, sage ich.

»Susan hat nach dir gefragt«, sagt er.

»Ich weiß.«

»Du könntest es noch immer sehr viel schlechter treffen.«

»Ich werd's mir merken.«

Als er die Tränen in meinen Augen sieht, schiebt er die Hände über den Tisch und tätschelt meine.

»Ich bin froh, dass du wieder hier bist«, sagt er.

»Ich auch«, lüge ich.

Die logistischen Details

Es herrscht eine schwere Dünung auf dem grauen Wasser, als ich das Boot von Giant Charlie, dem Vetter von Giant Pete, ausleihe, um mit der Witwe hinaus zu der alten Festung zu fahren, die vor der Küste liegt, und wir haben die vier Seemeilen dorthin kaum begonnen, da sieht meine Passagierin schon fast so grün aus, wie Andrea in meiner Erinnerung einmal aussah.

»Eigentlich sind wir hier schon mehr in der Nordsee als im Ästuar«, erkläre ich ihr, um mich für die rauen Bedingungen und unser schwankendes kleines Boot zu entschuldigen. »Und es kann noch sehr viel schlimmer werden.«

»Aber kannst du es schaffen?«, fragt sie, als wir uns dem riesigen runden Steinbau nähern, der sich einsam aus den Wellen erhebt. Seine Mauern sind noch immer mit verrosteten Kanonen gespickt, die den Zugang zum Fluss und somit zum Land selbst bewachen.

»Mit dem Anzug und ein bisschen Glück mit dem Wetter?«, sage ich. »Ja.«

»Und wenn wir kein Glück haben?«

»Dann muss ich allein auf den Anzug vertrauen.«

Wir arbeiten schon seit vor unserer Abreise aus Frankreich an dem Plan für das nächste Kunststück des Caps, konnten aber erst in den letzten Wochen anfangen, uns mit den logistischen Details zu befassen, wie beispielsweise den eigentlichen

Schauplatz erkunden, den ich seit meinen Kindheitstagen nicht mehr besucht habe, und Werbemaßnahmen organisieren.

»Und die Festung wird auch mit Sicherheit menschenleer sein?«, fragt die Witwe und versucht vergeblich, sich die Haare aus dem Gesicht zu streichen, die in dem heftigen Wind unter ihrer Mütze entwichen sind.

»Die steht seit einem halben Jahrhundert leer«, sage ich. »Sie wurde gebaut, um Napoleons Flotte daran zu hindern, den Fluss hochzusegeln, und die Gefahr besteht schon seit siebzig Jahren nicht mehr.«

Dieselbe Geschichte über die Festung erzähle ich auch den Geldgebern, mit denen die Witwe und ich uns treffen, als wir für einen Tag mit der Kutsche nach London fahren und alle zusammen in einem noblen Hotel mit Blick auf einen noch nobleren Park Tee trinken, und ich tue so, als wäre ich stellvertretend für den Cap beleidigt, sobald die versammelten Geschäftsleute seine Fähigkeiten infrage stellen.

»Er schafft das«, sage ich mit Nachdruck. »Da können Sie sich ganz sicher sein.«

»Und was ist mit persönlichen Auftritten?«, fragen sie. »Presseterminen? Vorträgen? Einer Rede im Parlament?«

»In seinem Anzug: ja«, antwortet die Witwe ihnen. »Ohne seinen Anzug: nein.«

Dann werden Notizen gemacht, die in rechtsgültige Verträge einfließen sollen, und es werden Treffen vereinbart und rundum Hände geschüttelt, und man verständigt sich darauf, die Frage der fünf aufeinanderfolgenden Auftritte im Londoner Palladium bei einer späteren Zusammenkunft näher zu erörtern.

»Und jetzt, Gentlemen, würde ich gern wissen«, fährt die Witwe fort, »ob Sie sich bereits Gedanken über die strategische Platzierung Ihrer Produktnamen *auf dem eigentlichen Froschmann-Anzug* Gedanken gemacht haben?«

Leider sind die Treffen mit den Anwälten meines Bruders nicht so gut verlaufen wie die mit den Geldgebern, denn bei ihnen geht es um kleinste juristische Details und Präzedenzfälle und andere komplizierte Dinge, die meinen Horizont übersteigen. Unterm Strich sieht es wohl so aus, dass die Beauftragten der Witwe ihr Möglichstes tun und dass solche Dinge Zeit brauchen und dass wir Geduld haben müssen, aber auch, dass dies aufgrund der Beweislage und Wills glatter Weigerung, die Tat zu leugnen, kein unproblematischer Fall ist.

Ich verspreche, meinem Bruder bei meinem nächsten Besuch im Gefängnis von alldem so viel zu übermitteln, wie ich kann, doch ich bin entschlossen, es ihm in einem positiveren Licht darzustellen.

Unterdessen haben die Witwe und ich uns an unser Hauptquartier bei Giant Pete gewöhnt und auch an das Dorfleben, an dem wir notgedrungen teilnehmen, einschließlich Arbeit und Freundschaften und Klatsch und Tratsch und Streitereien und der gelegentlichen kleineren Gewalttaten oder Racheakte. Susan die Pfarrerstochter hat sich rasch mit uns verbündet, weil sie glaubt, dass die Witwe eine ideale Mentorin und möglicherweise ihre Fahrkarte hinaus in die Welt ist. Mit großem Eifer versucht sie, sich als Botin und Organisatorin und Mädchen für alles nützlich zu machen, während sie gleichzeitig beteuert, was für ein tolles Trio wir doch sind. Ich denke, auch die Witwe sieht einen gewissen Wert in ihr, und das nicht nur wegen ihrer unglücklichen ehelichen Situation.

Doch die Tatsache, dass Susan die Anwesenheit ihres Gatten umso weniger erdulden muss, je mehr Zeit sie mit uns verbringt, entgeht niemandem, schon gar nicht dem alten (achtzehnjährigen) Herrn selbst, der es schafft, sich bei Giant Pete sowohl Hausverbot als auch einen Schlag von dessen riesiger Pranke einzuhandeln, nachdem er die Witwe Timmermans im betrunkenen Zustand öffentlich beleidigt und mich außerdem bedroht hat.

Giant Pete selbst ist von der Witwe sichtlich angetan und erklärt, dass wir beide fortan seine Ehrengäste sind (glücklicherweise sind wir derzeit auch die einzigen Gäste) und seine persönlichen Dienste in allen Belangen und zu jeder Tages- und Nachtzeit in Anspruch nehmen können, was bei seiner Frau nicht sehr gut ankommt – obgleich niemand, so betont er, *ihr* Verhalten vergessen hat, als Captain Clarke B. im Dorf war.

Und als Gegenleistung für seine Gastfreundschaft unterhalte ich Giant Petes Kunden jeden Abend im Schankraum mit Erzählungen von den Abenteuern des Caps in Europa und anderswo, wobei ich manchmal kleinere Kurzauftritte meiner Wenigkeit einfließen lasse und Neugier auf das nächste gefährliche Kunststück wecke.

»Und du und der Cap, holt ihr den kleinen Will denn nun aus dem Gefängnis?«, fragt Giant Pete.

»Ich denke, das würde wohl sogar die Fähigkeiten des Caps übersteigen«, erwidert die Witwe sanft dem riesigen Gastwirt.

»Und vielleicht sollten wir es den Juristen überlassen, das zu tun, was sie am besten können«, füge ich hinzu.

»Ehrlich gesagt, mit dem Cap würd ich die Chancen von dem Jungen sehr viel höher einschätzen«, sagt Giant Pete.

»Ich werde es ihm ausrichten«, sage ich. »Wenn ich ihn das nächste Mal sehe.«

»Mach das«, sagt Giant Pete. »Und bestell ihm auch, dass wir bereit sind, dem Captain auf jede Weise zu helfen, die er benötigt, egal wo und wann.«

»Das sind seltsame Leute, unter denen du aufgewachsen bist«, sagt die Witwe zu mir, als wir unsere Lage besprechen und dabei bis spät in die Nacht die Unterschrift des Caps auf diversen Dokumenten fälschen.

»Und doch sind es noch immer meine Leute«, erwidere ich.

»Und vertraust du ihnen?«

»Ich glaube, das tue ich, ja«, sage ich zu meiner eigenen Überraschung.

»Gut«, sagt die Witwe Timmermans, »denn vielleicht müssen wir schon bald auf dieses Vertrauen zurückgreifen.«

Europäische Praktiken

Am nächsten Morgen fährt die Witwe bis zum Abend in die Stadt, um noch ein paar Geschäfte abzuwickeln, und ich verbringe den Tag damit, den Anzug und die Gezeitentafeln zum zehnten oder elften Mal zu begutachten und mir den Kopf zu zerbrechen.

Ich komme gerade von einem verregneten Spaziergang im Watt zurück, wo ich über meinen Bruder nachgedacht habe und darüber, was für ihn getan werden kann, wie auch über die bevorstehende Herausforderung und was danach kommen soll – denn jetzt, da die Witwe die Möglichkeiten unseres neuen Geschäftsmodells erkannt hat, glaube ich kaum, dass sie es so bald wieder aufgeben will –, als ich die beiden Männer bemerke, die sich offenbar auf den Weg über die Angel's Road machen wollen. Die ist ein niedriger Steindamm, kaum mehr als ein gepflasterter Steig, der von der Landzunge durchs Watt zu einer der Gezeiteninseln führt.

Ich habe schon seit einigen Tagen das unbestimmte Gefühl, beobachtet zu werden – und nicht bloß von den Augen der neugierigen Dorfbewohner. So bemerkte ich erst kürzlich draußen zwischen den Dünen einen Reiter, der mir anscheinend aus der Ferne mit Blicken folgte und der sein Pferd wendete und davonritt, als ich versuchte, mich ihm zu nähern. Diesmal jedoch bin ich mir meiner Sache sicher und gehe auf die Männer zu, in denen ich Journalisten vermute, die aus London hergekommen sind, um den großen Coup zu landen und die geheimen Trainingsmethoden von Captain Clarke B. aufzudecken, denn der eine trägt eine Kamera mit Stativ auf der Schulter, und die Schuhe der beiden sind für den schlammigen Boden völlig ungeeignet.

»Wenn Sie da rausgehen, werden Sie es wahrscheinlich nicht überleben«, sage ich zu ihnen.

»Und warum wäre das so?«, fragt der Größere der beiden.

»Die Flut kommt«, sage ich und deute über das Watt Richtung Meer. »Ungefähr auf der Hälfte des Weges werden Sie merken, wie schnell das Wasser steigt, und dann werden Sie umkehren. Aber Sie werden es nicht zurückschaffen.«

Sie wechseln einen Blick und nicken einander zu.

»Dann lassen wir es wohl besser.«

»Eine kluge Entscheidung«, sage ich und wünsche ihnen noch einen schönen Tag, denn ich habe eine wichtige Verabredung im Dorf.

In den letzten paar Wochen sind Susan die Pfarrerstochter und ich fast versehentlich, so scheint es, in eine Art freundschaftliches Liebesverhältnis gerutscht. Oder zumindest in eine Reihe von täglichen fleischlichen Begegnungen, die in meinem Zimmer bei Giant Pete stattfinden – und gelegentlich auch in dem Bett, das sie mit Joseph Parsons in ihrem kleinen Cottage teilt, wenn er draußen auf See ist, was den Abläufen einen gewissen verbotenen Reiz verleiht, wie ich zugeben muss.

»Du hast ein paar Tricks gelernt, die ich dir nie beigebracht habe«, sagt sie an diesem dunklen Nachmittag zufrieden zu mir, als wir in meinem Bett liegen, allmählich wieder langsamer atmen und den Regentropfen auf dem Dach lauschen.

»Danke«, sage ich und überlege, mit welchen anderen europäischen Praktiken ich sie überraschen könnte, bevor wir miteinander fertig sind.

»Jeremiah vögelt noch immer grottenschlecht, obwohl ich mir alle Mühe gebe«, sagt sie. »Aber er ist lieb.«

»Du meinst Joseph.«

»Nein, Joseph kann vögeln. Er ist bloß kein besonders netter Mensch.«

»Oh«, sage ich. »Ich wusste gar nicht, dass du noch immer ...«

»Du bist derjenige, der die Frau eines anderen vögelt, Dan«, sagt sie leichthin. »Ich finde, du hast nicht das Recht, mich oder überhaupt irgendwen zu verurteilen.«

»Das stimmt«, bestätige ich.

»Übrigens, meine Mutter hat dich und die Witwe heute Abend zum Essen eingeladen. Zusammen mit Joseph und mir. Und womöglich auch noch Jeremiah.«

»Wird das nicht ein ziemlich seltsames Zusammentreffen?«

»Höchstwahrscheinlich«, sagt Susan. »Aber was ist hier bei uns denn nicht seltsam?«

Und so kommt es, dass wir, als die Witwe von ihren Tagesgeschäften zurückgekehrt ist und wir das Wichtigste besprochen haben, bei dem Reverend und Mrs Pritchard einen unbehaglichen Abend verbringen, in dessen Verlauf ich zahlreiche Fragen zu meiner Europareise beantworte und die unselige Lage meines Bruders erörtere und viel darüber erfahre, was die hochherzige Mrs Pritchard alles unternommen hat, um ihm zu helfen. Ich finde außerdem eine mögliche Antwort auf die Frage, wo das Geld und die anderen Sachen geblieben sind, die ich meinem Bruder geschickt habe, denn ich bemerke eine Reihe französischer Bleisoldaten, die mir bekannt vorkommen und jetzt das Regal über dem Schreibtisch des Reverends zieren, und erfahre, dass sie ein verspätetes Weihnachtsgeschenk von seiner außergewöhnlich großzügigen Gattin sind.

Und schließlich prügeln sich Joseph und Jeremiah Parsons,

die schon die ganze Zeit miteinander gestritten haben – sodass sie glücklicherweise von mir und Susans Hand auf meinem Oberschenkel abgelenkt waren –, in der Gasse hinter dem Haus, was den Abend hübsch abrundet.

Als die Witwe und ich in den ansonsten leeren Schankraum des Gasthauses zurückkehren, erwarten uns dort die beiden Gentlemen, die ich früher am Tag für Journalisten gehalten habe, sowie ein dritter Mann, den ich ebenfalls wiedererkenne und der lächelt, als er mich sieht, und die Witwe und mich mit einer Handbewegung an ihren Tisch einlädt, wo bereits zwei zusätzliche Weingläser für uns bereitstehen.

»Wir sind froh, dich unter den Lebenden zu sehen, Dan«, sagt der Mann, als wir uns setzen. »Wir waren alle sehr erstaunt, als wir aus den Zeitungen von deiner Glanzleistung in P. erfuhren. Hast du den Captain auch hier irgendwo versteckt?«

Er bückt sich demonstrativ und späht unter den Tisch.

»Ich hab den Cap seit Italien nicht mehr gesehen«, antworte ich wahrheitsgemäß.

»Dann hat er sich also wirklich zur Ruhe gesetzt?«, sagt der Mann. »Wenn das so ist, musst du derjenige sein, der zur Festung Gallow rausschwimmt. Tja, soll uns nur recht sein.«

»Lassen Sie mich raten«, sage ich. »Sie wollen, dass jemand sie in die Luft jagt.«

»Ha, nein. Diesmal nicht. Tatsächlich möchten wir, dass du uns als Erstes bei einem Angriff auf die Gegenseite hilfst. Ein kleiner Einsatz oben bei den friesischen Inseln. Natürlich nur, falls du nicht zu beschäftigt bist.«

»Welche Gegenseite?«

»Es gibt immer eine Gegenseite, Dan«, sagt der Mann, während er der Witwe und mir Wein einschenkt. »So, wie immer ein Krieg kurz bevorsteht.«

»Und wieso sollte ich Ihnen helfen?«

»Nun, weil du uns gehörst. Genügt das fürs Erste? Und das ist der Anfang einer möglicherweise äußerst fruchtbaren Zusammenarbeit.«

»Ich schulde Ihnen gar nichts. Ich bin nicht der Captain.«

»Doch, das bist du, Dan«, sagt der Mann und prostet uns zu. »Das bist du, seit du dich entschieden hast, den Anzug anzuziehen.«

»Wir haben viele Freunde in diesem Dorf«, sagt die Witwe Timmermans ruhig. »Wenn wir wollen, sorgen die dafür, dass Sie nicht mehr lebend hier rauskommen.«

Der Mann zuckt mit den Achseln.

»Wir sind austauschbar. Es würden andere Männer wie wir kommen. Das sollten Sie doch am besten wissen, Frieda.«

Daraufhin starre ich die Witwe an, und sie schlägt schuldbewusst die Augen nieder.

»Ich könnte abhauen«, sage ich.

»Und deinen Bruder dem Galgen überlassen? Nie im Leben.«

Ich nehme mein Weinglas und leere es in einem Zug.

»Es scheint, als hätten Sie an alles gedacht«, sage ich.

»Sieht ganz so aus«, sagt der Mann, und die Schmisse auf seinen Wangen heben sich, als er lächelt, »nicht wahr?«

Ausnahmslos Taugenichtse

Es ist ein strahlender Frühlingsmorgen, als ich das nächste Mal in die Kutsche steige, um meinen Bruder zu besuchen, diesmal in Begleitung von Mrs Pritchard, und auf den jetzt trockenen Straßen kommen wir gut voran.

Dennoch gelingt es der Pfarrersfrau, mir während der gesamten Fahrt zu erläutern, wie ungeheuer enttäuscht sie von ihrer Tochter Susan ist, für die sie so große Hoffnungen hatte und die noch immer zu gut für die Männer in unserem und den umliegenden Dörfern ist, trotz aller gegenteiligen Beweise.

»Die Männer bei uns sind alle gleich, Dan«, erklärt sie mir. »Nichts gegen dich und deinen Bruder. Aber schau, wo er gelandet ist.«

Ich stimme ihr zu, dass wir wirklich ausnahmslos Taugenichtse sind, die zu viel trinken und fluchen und sich auf seltsame Abenteuer einlassen und unser Bestes tun, um jede Gelegenheit zu verpfuschen, die sich uns bietet.

»Nun«, sagt Mrs Pritchard überrascht, aber dankbar, so einen aufgeschlossenen Zuhörer gefunden zu haben, »ja.«

Ich frage sie nicht, wo das Geld geblieben ist, das ich meinem Bruder geschickt habe, und auch nicht nach dem rätselhaften Satz Bleisoldaten aus Frankreich.

Am Gefängnis angekommen, ist es diesmal nicht Geld, sondern die Respekt gebietende moralische Kraft von Mrs Pritchard, die uns Einlass verschafft, und ich werde von ihrem Sog mitgezogen, als sie durch die hallenden Gänge rauscht. Sobald mein Bruder in den kleinen Raum geführt wird, entlässt sie den Wärter, indem sie zu ihm sagt: »Sie können sich jetzt zurück- ziehen«, und umarmt den Häftling und besteht dann darauf, dass wir gemeinsam beten, ehe wir anfangen.

Während des Gebets schiele ich zu Mrs Pritchard und Will hinüber, und als ich sehe, dass ihre Augen fest geschlossen sind, bin ich unwillkürlich gerührt. Mit geschlossenen Augen sieht mein Bruder trotz der Umgebung und der Umstände wie der mutige kleine Junge aus, den ich in Erinnerung habe. Seit mei- nem letzten Besuch ist er erneut geschlagen worden und scheint ein paar Zähne verloren zu haben. Seine zum Gebet gefalteten Hände sind zerschrammt und die Fingerknöchel aufgeplatzt, was darauf hindeutet, dass er nicht nur eingesteckt, sondern auch kräftig ausgeteilt hat.

Als die Liturgie vorbei ist, erkundigt sich Mrs Pritchard nach Wills Gesundheit und seiner Ernährung und dem Alltag im Gefängnis und dem Ausmaß seiner jüngsten Verletzungen.

»Ach, Mrs Pritchard, da hab ich als Kind schon Schlimmeres erlebt«, sagt Will und zwinkert mir zu.

»Und hast du vielleicht schon irgendwelche Freundschaften geschlossen?«, fragt seine freundliche Vernehmerin.

»Dafür ist das hier eigentlich nicht der richtige Ort«, ant- wortet er.

»Du bist ein tapferer Junge, William«, sagt Mrs Pritchard, »und du musst darauf vertrauen, dass der Herr einen Plan für dich hat.«

»Das versuche ich auch, ehrlich«, sagt er. »Und vielleicht fängt er ja auch an, sein Vertrauen in mich zu setzen, und zwar bald.«

Als ich an der Reihe bin, etwas zu sagen, erzähle ich Will den neuesten Dorfklatsch, obwohl ich die Situation mit Susan natürlich unerwähnt lasse, und erläutere ihm den derzeitigen Stand unserer Pläne – »Das heißt die Pläne *des Captains*«, schiebe ich Mrs Pritchard zuliebe nach – für die nächste Vorführung.

»Die See da ist tückisch«, stellt Will fest. »Weißt du noch, wie wir fast ertrunken sind, als wir versucht haben, in die Festung einzusteigen?«

Ich wechsle rasch das Thema und rede über die jüngsten Entwicklungen in seinem Fall und versuche, alles möglichst positiv darzustellen, aber es ist nicht zu bestreiten, dass die Dinge sehr viel langsamer vorangehen, als uns lieb ist, und ich kann ihm kaum einen zeitlichen Rahmen für deren Lösung nennen. Es bricht mir das Herz, als ich die Enttäuschung im Gesicht meines Bruders sehe.

»Der Herr wird's richten«, sagt Mrs Pritchard.

»Ich hoffe, er beeilt sich«, entgegnet Will und ringt sich hauptsächlich meinetwegen, so glaube ich, ein müdes Lachen ab.

Als es Zeit wird zu gehen, umarmt er mich und hält mich sehr lange fest, ehe er sich räuspert und Auf Wiedersehen sagt.

Am nächsten Tag fahre ich allein nach London, um die Gläubiger des Caps in ihren Büros aufzusuchen und lautstark eine Audienz bei ihnen zu fordern.

Ich werde in einen holzvertäfelten Sitzungssaal geführt, wo sich ein untergeordneter Mitarbeiter der Organisation geduldig anhört, was ich zu sagen habe.

»Und wieso sollten wir uns darauf einlassen, Ihnen zu helfen?«, fragt er mich, als ich meinen Fall vorgetragen habe.

»Wenn mein Bruder stirbt«, sage ich, »was habe ich dann überhaupt noch zu verlieren?«

Dann wende ich mich um und gehe, lasse ihn mit diesem Gedanken allein.

Quitt

Der Sturm tobt schon seit fast einer Woche, und alle im Dorf sind gereizt. Auf der ganzen Hauptstraße kommt es immer wieder zu lautstarken Streitigkeiten und hysterischen Ausbrüchen und Zerwürfnissen und Prügeleien selbst zwischen uralten Freunden, und Joseph und Jeremiah Parsons versuchen inzwischen, sich bei immer sorgfältiger vorbereiteten Überfällen gegenseitig umzubringen. Während der Wind unter den Türen und um Fenster herum pfeift, verbringen Giant Pete und seine Frau ihre ganze Zeit im Gasthaus damit, sich entweder gegenseitig anzubrüllen oder sich geräuschvoll zu versöhnen. Oft schaffen sie es nicht mal in ihr Schlafzimmer, ehe sie sich leidenschaftlich in die Arme sinken, bis es schließlich zur Gewohnheit und vernünftig wird, lieber anzuklopfen, bevor man irgendeine geschlossene Tür im Gasthaus öffnet, einschließlich der der Vorratskammer.

»Manche Leute haben schon Windwahnsinn als Verteidigung für den Mord an ihrem Ehepartner angeführt«, schreit Giant Pete Mrs Pete an.

»Mord?«, schreit sie zurück. »Die würden mir einen Orden verleihen!«

Ein eigenartiger Schaum, der von den Wellen hochgepeitscht wird, hängt draußen im Watt an den Astern und Strand-Soden, oder er löst sich in großen Klumpen und hüpft über den Kies. Bei Flut erreicht das Wasser beinahe die Hauptstraße, und etliche Schiffe, die sowohl legale als auch illegale Fracht geladen haben, laufen im Ästuar auf Grund oder gehen unter. In der Kirche wettert Reverend Pritchard in apokalyptischen Predigten gegen die Unzüchtigen und diejenigen, die falsch Zeugnis ablegen, was, wie mir auffällt, sehr schön auf seine Tochter und seine Frau zutrifft.

Selbst Susan ist recht grüblerisch geworden, was sie jedoch nicht daran hindert, unsere täglichen Treffen einzuhalten, bei denen wir vom heulenden Wind begleitet werden. Nach einem besonders fantastischen Beischlaf denkt sie laut darüber nach, wie es wäre, es mit mir, Joseph und Jeremiah gleichzeitig zu treiben, aber eingedenk meiner Zeit in Südfrankreich und deren Folgen lehne ich das Angebot höflich ab.

Das unaufhaltsam schlechter werdende Wetter droht auch, sich auf unsere geplante Vorführung auszuwirken, denn die gewaltigen Wellen machen es unmöglich, Probedurchläufe auf dem Wasser zu machen oder auch nur gefahrlos näher als dreißig Meter an die Festung heranzukommen. Dennoch, der Umfang der mit unseren Geldgebern abgeschlossenen Verträge bedeutet, dass eine Absage uns wahrscheinlich erneut komplett ruinieren würde, ganz zu schweigen von den Kosten für die gemieteten Boote und die Begleitmannschaft und die Vereinbarungen mit der Presse und die diversen Schmiergelder, die an andere interessierte Kreise gegangen sind.

Und so setzen wir unsere Vorbereitungen fort.

Ich verbringe die Nacht vor dem Ereignis größtenteils auf der Landzunge und helfe Männern aus dem Dorf dabei, das vom Sturm teilweise abgerissene Dach auf Colin Wrights Haus zu sichern. In der Dunkelheit können wir uns über das Donnern der mächtigen Wellen und das Heulen des Windes hinweg kaum verständigen, aber ich bin erstaunt, wie gut mir die Arbeit und die Gesellschaft tun.

Als ich zum Gasthaus zurückkomme, sind fast alle Lampen ausgeblasen, und Giant Pete läuft die Treppe rauf und runter, um sie wieder anzuzünden, deshalb dauert es einen Moment, bis ich den neuen Gast bemerke, der im Halbdunkel an einem Tisch sitzt, in ein wasserdichtes Cape gehüllt. Doch dann steht er auf und wendet sich mir zu, und ich sehe die Augenklappe.

»Hallo, Dan«, sagt der Cap, als ich auf ihn zugehe, und weiter kommt er nicht, denn ich verpasse ihm einen schönen rechten Haken, der ihn niederstreckt.

»Tja«, sagt er vom Boden aus, »das hab ich dann wohl verdient.«

Ich strecke eine Hand aus und helfe ihm auf die Beine, beschließe dann jedoch, ihn erneut zu schlagen, diesmal mit meiner Linken, und er fällt wieder hin. Er versucht nicht, sich zu wehren, selbst als ich einen Hocker aufhebe, fest entschlossen, ihm damit das Gesicht einzuschlagen, also stelle ich den Hocker wieder hin.

»Bist du fertig?«, fragt er argwöhnisch.

»Fürs Erste«, sage ich.

Ich helfe ihm abermals auf und bugsiere ihn an den Tisch und setze mich ihm gegenüber.

»Ich hab von deinem Bravourstück in der Kanalisation von P. gehört«, sagt er, während er sich das Kinn reibt. »Muss ziemlich spektakulär gewesen sein.«

»Sind Sie deshalb zurückgekommen?«, frage ich. »Um mal wieder den Ruhm einzuheimsen?«

»Tja, ich will ja nicht spitzfindig sein, aber anscheinend heimst im Moment doch wohl du den Ruhm meines Namens ein.«

»Ich denke, den habe ich mir verdient«, entgegne ich. »Und das sogar, ohne das Geld zu berücksichtigen, das Sie gestohlen haben.«

Er greift in die Reisetasche unter seinem Stuhl und holt einen vollen Geldbeutel hervor, den er mir über den Tisch zuschiebt.

»Sind wir jetzt quitt?«, fragt er.

Ich schiebe den Geldbeutel zu ihm zurück.

»Und wer klärt die Dinge mit Ihren Gläubigern?«

Daraufhin werden seine Augen schmal.

»Was hast du mit denen vereinbart?«, fragt er.

»Dass ich für sie arbeiten werde«, sage ich. »Solange sie mich haben wollen. Falls ich den morgigen Tag überlebe.«

»Und im Gegenzug?«

»Im Gegenzug holen sie meinen Bruder aus dem Gefängnis und retten seinen Hals.«

»Und was passiert, wenn du morgen nicht überlebst?«

»Sie holen ihn raus und bringen ihn zu mir, bevor die Vorführung anfängt«, erkläre ich. »Weil ich nämlich schlau bin, schon vergessen?«

»Ich bin beeindruckt«, sagt er.

»Warum sind Sie hier?«, frage ich.

Er studiert mich einen Moment lang, als würde er mich zum ersten Mal seit sehr langer Zeit richtig sehen. Vielleicht ist es das erste Mal überhaupt. Dann öffnet er erneut seine Reisetasche und entrollt eine Seekarte auf dem Tisch. Ich erkenne sie sofort.

»Ist das da die Festung?«, fragt er und zeigt auf den bekannten Punkt.

»Sie können eine Karte genauso gut lesen wie ich«, sage ich.

»Stimmt. Und ich kann auch die Zeitungen lesen. Also: senkrechte Mauern, keine Mole, keine Anlegestelle, seit die alte vor Jahren eingestürzt ist. Und rund zehn Meter hohe Wellen in einer Nacht wie dieser?«

»So ungefähr.«

»Aber du denkst, ein Mann könnte dahin schwimmen und

zur Brustwehr hochklettern und eine Rakete abschießen, zum Beweis, dass er es geschafft hat?«

»So soll es ablaufen.«

Er blickt auf und lächelt und mustert mich erneut.

»Lass mich das machen, Dan«, sagt er.

Ich lache ihm ins Gesicht.

»Um Ihren Thron zurückzuerobern?«

»Oder mich endgültig von ihm zu verabschieden.«

»Ein letzter Triumph?«, sage ich. »Und dann können Sie sich glücklich zur Ruhe setzen?«

»Wenn du willst.«

»Nein.«

»Na dann, wenn dir das lieber ist: Lass mich das machen, weil ich nicht will, dass du stirbst.«

»Und was soll Sie an meiner Stelle retten? Ihre unermüdliche Willenskraft?«

»Entweder die oder reines Glück.«

»Oh, das haben Sie, keine Frage«, sage ich.

Ich stehe auf und gehe zur Theke, und da Giant Pete nicht in Sicht ist, gieße ich mir ein Glas Rum ein und dann auch eins für den Cap, und ich stelle es auf den Tresen, sodass er zu mir rüberkommen muss.

»Ich habe deine erfundene Geschichte über meine klösterliche Klausur gelesen«, sagt er und trinkt einen Schluck, »oder war es eine Entführung?«

»Es gab mehrere unterschiedliche Versionen«, antworte ich.

»Willst du wissen, wo ich gewesen bin?«, fragt er.

Ich zucke mit den Achseln.

»Ich hab ein Schiff nach New York bestiegen«, sagt er. »Selbstverständlich wollte ich so weit weg wie möglich. Aber ein Teil von mir wusste auch, dass ich Nutzen aus der Erfahrung ziehen könnte. Eine Vortragsreise. Andere vor den Gefahren einer Europareise warnen. Irgend so was in der Art. Weil ich gut beim Publikum ankomme. Ich war schon eifrig dabei, Pläne zu schmieden, als wir die Azoren erreichten. Aber dann hab ich das Schiff verlassen und bin nicht wieder an Bord gegangen.«

Er leert sein Glas und bedeutet mir, ihm erneut einzuschenken.

»Der einzige Plan, den ich hatte, war vielleicht der, mich zu Tode zu saufen. Und als das nicht klappte, wollte ich das Geld in den Kneipen am Hafen verspielen, aber ich hab immer nur noch mehr gewonnen. Ich habe sogar versucht, es zu verschenken, aber irgendwie hat es immer seinen Weg zu mir zurückgefunden. Und so habe ich mich schließlich gefragt, ob ich nicht dazu bestimmt war, doch noch eine letzte heroische Tat zu vollbringen. Eine letzte große Vorführung. Und dann, eines Morgens, als ich mein Schicksal und meinen mal wieder verkaterten Kopf verfluchte, sah ich den Zeitungsartikel über die gefährliche Glanznummer in Paris, und da wusste ich, dass das Schicksal noch etwas für mich bereithielt.«

»Sind Sie fertig?«, frage ich ihn verärgert.

»Ich habe meinen Teil gesagt, ja.«

Dann sehen wir uns an, und ich habe keine Ahnung, was als Nächstes passieren wird. Doch in dem Augenblick geht die Tür auf, und da ist die Witwe Timmermans, die von dem Sturm wach geworden und heruntergekommen ist, um sich einen Schlummertrunk zu holen.

»Hallo, Hase«, sagt der Cap.

Pläne

In dieser Nacht findet niemand viel Schlaf, doch zumindest bei der Wiedervereinigung von Captain Clarke B. und Witwe Timmermans kommt einige Freude auf, als sie sich schließlich im Morgengrauen gemeinsam für eine Stunde zu Bett begeben. Zuvor sind wir drei zusammen mit Giant Pete, der hereinkommt, als der Cap gerade mit Fug und Recht von der Witwe angeschrien wird, bis in die frühen Morgenstunden damit beschäftigt, einen Plan auszuhecken und immer wieder durchzugehen, ihn zwischen uns hin und her zu reichen und umzudrehen, um nach möglichen Löchern darin zu suchen.

Und am Morgen sind wir alle schon wieder früh draußen im Sturm unterwegs und kümmern uns um unsere jeweiligen zugewiesenen Rollen und Aufgaben. Der Cap und ich sollen den Anzug inspizieren und das Barometer begutachten und uns dann mit Giant Petes anderem Vetter treffen, dem berüchtigten Giant Arthur, um uns ein paar Boote anzuschauen, während die Witwe mehrere Treffen mit Geldgebern und Geschäftspartnern und Pressevertretern hat.

Der Regen, der ein paar Tage lang aufgehört hatte, ist mit Macht zurückgekehrt, und zusammen mit dem Wind und der Flut lässt er die Hochwasserlinie am späten Vormittag bis zu den Türschwellen der meisten Häuser ansteigen. Als ich Susan in ihrem kleinen Cottage besuche, steht sie noch mit einem Besen bewaffnet in der Haustür und schaut zu, wie sich das Wasser zurückzieht. Sie blickt misstrauisch, als könnte es jeden Moment wieder die Richtung wechseln, und scheint bereit, es irgendwie abzuwehren, falls es das tun sollte. Und ich halte es sogar für möglich, dass ihr das gelingen würde.

Als wir fertig sind, nackt in ihrem Ehebett liegen und sie auf dem Rücken ausgestreckt eine Zigarette raucht und ich mal wieder darüber staune, wie sehr sich der Körper einer Frau von dem eines Mannes unterscheidet und wie sehr sie sich alle vermutlich voneinander unterscheiden, mache ich ihr das Angebot.

»Heirate mich«, sage ich.

»Ich bin schon verheiratet«, erwidert sie, »und außerdem, wir lieben uns nicht.«

»Stimmt«, bestätige ich, »aber wir sind gute Freunde. Und im Bett passen wir sehr gut zusammen.«

Sie sieht mich schief an.

»He, du bist nicht schlecht, Dan, aber du bist kein Davey Cooper.«

»Ich denke, du verstehst trotzdem, was ich meine.«

»Kann ich es mir durch den Kopf gehen lassen?«, fragt sie.

»Natürlich«, sage ich. »Aber bis zum Ende des Tages brauche ich eine Entscheidung.«

Und dann sehe ich durchs Fenster, dass der Himmel dunkler wird, und Joseph Parsons kommt wahrscheinlich bald nach Hause, obwohl ich bezweifle, dass er heute draußen auf See einen guten Tag hatte, das heißt, falls er sich nicht einfach schon morgens irgendwo mit einer Flasche verkrochen hat. Also küsse ich Susan die Pfarrerstochter, Mrs Joseph Parsons, auf den Mund und auf ein paar andere Stellen, was uns wieder in Fahrt bringt, und als wir dann fertig sind, mache ich mich auf den Weg.

Als ich im Regen mit dem Captain auf dem Holzsteg hinter Giant Petes Gasthaus stehe, hat sich das Wasser so weit zurückgezogen, dass das kleine Boot gut drei Meter unter uns liegt. Draußen im Watt suchen selbst die Vögel Schutz vor dem Wetter. Ich gestehe, dass mir Zweifel kommen und ich unserer geplanten Operation mit großen Bedenken entgegensehe, doch der Cap legt seine Hand auf meine Schulter, gibt mir eine Zigarre und zündet sich selbst eine an, und wir rauchen, obwohl es sich im windgepeitschten Regen etwas schwierig gestaltet, aber es lenkt mich ein bisschen ab.

Wir gehen die diversen zeitlichen Abläufe durch und wiederholen die Punkte auf der Karte, die wir beide auswendig gelernt haben, und die Vorkehrungen für das, was hinterher passieren wird, und die Ausweichtreffpunkte und so weiter.

»Das ist die einzige Möglichkeit, sie uns vom Hals zu schaffen, Dan«, sagt der Cap.

»Ich weiß.«

»Und außerdem, stell dir vor, was wir hinterher alles zu erzählen haben.«

»Ich weiß.«

»Mal abgesehen davon, dass es unter den gegebenen Umständen das Richtige ist.«

»Unter den gegebenen Umständen«, bestätige ich. »Ja.«

»Falls du Zweifel hast, denk daran, was uns stark macht, Dan.«

»Willenskraft?«, sage ich und werfe die durchnässte Zigarre weg. »Oder Glück?«

Captain Clarke B. lächelt traurig.

»Ich wollte sagen, ›Liebe‹.«

Und dann umarmen wir uns und gehen getrennte Wege, unserem jeweiligen Schicksal entgegen.

Als die Kutsche, in der ich mit Giant Pete und zwei von

Giant Arthurs Männern sitze, die Kreuzung auf halbem Weg zwischen unserem Dorf und der Stadt C. erreicht, ist es schon dunkel, und draußen auf dem Ästuar steigt die Flut wieder. Der Kutscher hält wie vereinbart neben einer Baumgruppe, und wir warten im Regen auf die Ankunft der anderen Kutsche, und tatsächlich taucht sie kurz darauf aus der Dunkelheit auf und hält knapp zehn Schritte von uns entfernt.

Durch den Regen hindurch sehen wir zwei bemantelte Männer aussteigen. Einer hat eine Laterne, die er im Kreis schwenkt, wie man uns angekündigt hat.

»Zeigt ihn uns«, rufe ich aus unserer Kutsche, und das verwirrte Gesicht meines Bruders wird ans Fenster gedrückt.

»Wir wollen ihn ganz sehen.«

Also wird Will herausgeholt und steht verängstigt und frierend im Matsch, noch immer in Gefängniskluft und Ketten, je ein Mann rechts und links von ihm und ein weiterer oben auf der Kutsche, alle mit Pistolen, die jetzt auf Will zielen.

»Zufrieden?«, ruft einer der Männer.

Ich merke, dass mein Mund trocken ist, und versuche mir vorzustellen, was Andrea in dieser Situation gemacht hätte, und spüre erneut den Schmerz, ihn verloren zu haben.

»Zufrieden?«, ruft der Mann wieder.

»Sehr zufrieden«, bringe ich heraus, und dann warte ich ein paar Sekunden ab, in denen absolut nichts passiert.

»Sehr zufrieden«, rufe ich noch einmal, genau in dem Moment, als die übrigen Männer von Giant Arthur zwischen den Bäumen auf der gegenüberliegenden Seite der Kreuzung hervorkommen und das Feuer auf die Bewacher meines Bruders eröffnen und im Handumdrehen alle drei erschießen, und dann auch noch den Kutscher, denn in ihrer Branche kann man gar nicht vorsichtig genug sein.

Und dann umarme ich meinen überraschten Bruder, der

heute schon seinen zweiten Hinterhalt erlebt, nachdem er zuvor während seiner hastig arrangierten Verlegung in ein anderes Gefängnis befreit worden ist, und wir setzen ihn in unsere Kutsche und schieben die andere von der Straße und in die ansteigende See, und dann machen wir, dass wir zurück zum Dorf kommen, wo Giant Arthurs bestes Schiff auf uns wartet, wohl wissend, dass der Cap die ganze Zeit über irgendwo draußen in der Dunkelheit gegen den schrecklichen Wellengang um sein Leben paddelt.

»Ich gebe zu, ich verstehe es noch immer nicht ganz«, sagt Giant Pete zu mir, während ich in der Kutsche, die über den zerfurchten, schlammigen Weg rumpelt, meinen schlotternden Bruder in den Armen halte, eine Decke um seine Schultern gelegt.

»Was denn?«, sage ich.

»Soweit eure Geldgeber und die Weltpresse wissen, versucht der Captain gerade, raus zur Festung zu schwimmen.«

»Ja.«

»Dabei war doch von Anfang an geplant, dass du dich für ihn ausgibst, und die Gläubiger des Caps glauben noch immer, dass dem so ist.«

»Richtig.«

»Aber jetzt ist in Wahrheit der Captain da draußen und tut so, als wäre er du, der so tut, als wärst du er …«

»Stimmt genau, ja.«

»Also wer«, sagt Giant Pete, »ist denn nun der echte Furchtlose Froschmann?«

Noch mal: auf Wiedersehen

Im Dorf ist das Wasser schon höher gestiegen als am Morgen, und bis zum Gezeitenwechsel wird es noch weiter steigen. Ein paar Häuser draußen in Strandnähe sind schon weggespült worden, darunter auch die Überreste unserer alten Hütte, und vier weitere werden die Nacht nicht überstehen. Fünf Leben werden mit ihnen enden, darunter auch das des unglückseligen Davey Cooper, einbeiniger Meister des Liebesspiels, der leider in dieser Geschichte keine größere Rolle spielen konnte. Was schade ist, denn Sie hätten ihn gemocht, glaube ich.

Während Will und die Witwe Timmermans zu dem dampfgetriebenen Fischerboot von Giant Arthur geführt werden – immerhin der Stolz seiner Schmugglerflotte –, mache ich mich auf die Suche nach Susan der Pfarrerstochter, doch in ihrem Cottage finde ich bloß ihren Mann, betrunken und mit dem Gesicht nach unten in der Küche, die sich bereits mit Wasser füllt. Nachdem ich ganze zwei Minuten lang vergeblich versucht habe, Joseph Parsons zu wecken, indem ich ihn rüttele und ohrfeige, beschließe ich, dass er für sich selbst sorgen kann, und überlasse ihn seinem Schicksal.

Als ich mich durch die jetzt knöchelhohen Wellen kämpfe, ist mir bewusst, dass ich nur noch wenig Zeit habe, bevor das Boot ohne mich ablegt. Bei Susans Eltern ist niemand zu Hause, und die Kirche und die Schule sind verschlossen.

Schließlich finde ich die Gesuchte in dem Haus, das Jeremiah Parsons sich noch immer mit seinen Eltern teilt, denn sie ist dorthin gegangen, um ihm zu sagen, dass sie ihn viel mehr liebt als seinen Bruder und lieber mit ihm verheiratet wäre, und um ihm vorzuschlagen, dass sie ein paar der europäischen Tricks ausprobieren könnten, die ich ihr gezeigt habe.

Vor der Haustür versichere ich ihr, dass ich mich für sie freue, und das tue ich wirklich, aber ich schlage vor, die ganze Familie sollte vielleicht darüber nachdenken, aufs Dach zu klettern, solange das noch geht.

»Noch mal: auf Wiedersehen, Daniel Bones«, ruft sie mir nach, als ich durch das Hochwasser davonwate. »Du warst kein schlechter Mann.«

Als ich endlich den Steg erreiche, ist das Boot fast so hoch wie das Dach des Gasthauses, das dahinter aufragt, und Giant Arthur persönlich steht mit seinen Männern am Steuer, bereit zum Ablegen. Genau in dem Moment, als sie mich an Bord ziehen, bricht der Holzsteg zusammen, und unter Bedingungen, in denen kein vernünftiger Schiffskapitän in See stechen würde, schwenken wir hinaus auf das Ästuar. Auf unserem Weg Richtung offene See passieren wir die zahlreichen gemieteten Boote mit Geldgebern und Presseleuten an Bord, die jetzt verzweifelt versuchen, zurück in den Hafen oder überhaupt irgendwie in Sicherheit zu kommen.

Und dann, endlich, als ich gerade überlege, ob die ganze Operation nicht von vornherein zum Scheitern verurteilt war, erspäht Giant Arthur das, was unsere ungeübten Augen nicht sehen konnten, und er ruft: »Da ist sie, Jungs!«, und tatsächlich taucht die riesige weiße Festung wie zur Bestätigung, dass sie real ist, aus der Dunkelheit und der tosenden See auf, um gleich wieder in den Wellen zu verschwinden.

Kurz darauf sehen wir sie wieder, jetzt sogar näher, und diesmal erblicken wir die unwahrscheinliche Gestalt eines Mannes oben auf der Brustwehr, vom Schein einer Leuchtfackel erhellt.

»Er hat's geschafft!«, schreit Giant Arthur.

Und so scheint es wirklich, denn die Gestalt schießt eine Rakete in den Himmel, obwohl keine Presseleute oder unabhängige Schiedsrichter mehr da sind, um den Erfolg des Caps zu bestätigen, und die Rakete sich rasch im nächtlichen Sturmhimmel verliert.

»Was macht er denn jetzt?«

Wir drei schauen zu, wie Captain Clarke B. – denn wer sollte es sonst sein? – die Arme ausbreitet und sie den Elementen entgegenreckt, doch es ist unmöglich zu sagen, ob er mit dieser Pose seinen endgültigen Sieg über das Schicksal feiert oder sich der Vorsehung ergibt, die ihn endlich eingeholt hat.

So oder so, in der Erinnerung ist es kein unschönes Bild von ihm, falls es das letzte sein sollte, das ich von ihm habe, und in den Monaten und Jahren danach werde ich schließlich froh sein, dass ich da war und es sehen konnte – sehen konnte, wie er ein letztes Mal allen Widrigkeiten trotzte, auch denen, die er selbst unaufhörlich gegen sich aufgetürmt hatte, ehe die riesige Welle, noch höher als die Festung selbst, über ihn hereinbricht und alle Spuren mitreißt, die davon künden könnten, dass er je da war.

Enden

Wir warteten wie geplant dort in der schrecklichen aufgewühlten See, suchten das Wasser mit Lampen ab und riefen trotz des ohrenbetäubenden Donnerns der Wellen in die Dunkelheit hinein, so lange wir konnten und weit länger, als nötig war, um Captain Clarke B. für verloren zu erklären. Schließlich befand selbst Giant Arthur, dass es zu gefährlich war, länger zu bleiben, und er sagte, wir könnten nichts mehr tun, es sei denn, wir hätten Lust, uns zu dem Cap auf den Grund des Meeres zu gesellen. Und er selbst, sagte er, würde sich lieber dagegen aussprechen.

Also versammelten wir uns, so gut es ging, in der Schiffskajüte, in die sich selbst die Witwe tapfer von unter Deck hochkämpfte, und mein Bruder beeindruckte alle mit ein paar schönen Worten aus der Bibel über das Werden und Vergehen des Menschen, die er mit Mrs Pritchard der Pfarrersfrau studiert hatte, und mir fielen ein paar Zeilen aus Psalm 37 ein, dass die Rechtschaffenen ihr Leben unter Gottes Obhut verbringen werden, obwohl ich keine Ahnung hatte, wer von uns zu diesen Rechtschaffenen gezählt werden konnte, außer vielleicht Will. Und danach rauchten wir alle gemeinsam eine Zigarre in Gedenken an den Captain und warfen ihm eine zweite ins Meer hinterher.

Und dann nahmen wir Kurs auf Holland, wie ich meinem Bruder versprochen hatte, dass wir es eines Tages tun würden, fuhren die Nacht und den nächsten Tag hindurch, bis wir die holländische Küste erreichten, wo wir drei – die Witwe Timmermans, mein Bruder und ich – im grauen Morgenlicht mit einem Ruderboot an Land geschmuggelt und unsicher in die donnernde Brandung vor dem Strand in S. entladen wurden, wo, wie mir einfiel, der Cap mich mal zu einem Wettschwimmen herausgefordert hatte, vor ungefähr hundert Jahren.

»Tja, er war schon immer ein Idiot«, sagte die Witwe, als wir auf dem nassen Sand standen und zusahen, wie das Boot sich zurück durch die Brecher kämpfte.

Als ich dazu schwieg, fügte mein Bruder ein leises »Amen« hinzu, und damit ließen wir diesen Teil unseres Lebens für immer hinter uns.

Von der kleinen Stadt an der Küste fuhren wir mit unseren paar Taschen per Zug zu dem jetzt größtenteils mit Brettern vernagelten Haus der Witwe in D., wo wir uns für ein paar Tage verkrochen und unsere nächsten Schritte vorbereiteten. »Ich hab nicht gewusst, dass Leute so wohnen«, gab mein Bruder zu, als ich ihm das Zimmer zeigte, das wir uns teilen würden, und ich erwiderte: »Oh, du hast ja keine Ahnung …«

An jenem ersten Abend erklärte die Witwe während eines Essens bei Kerzenschein, bestehend aus allem, was wir noch in der Vorratskammer finden konnten, dass sie vorhatte, ihre verbliebenen Geschäftsanteile zu liquidieren, einschließlich ihres restlichen Immobilienbesitzes in Europa, und eine Weile aus ihrem alten Leben zu verschwinden.

»Wohin wollen Sie denn?«, fragte Will, der in den letzten zwei Tagen schon eine starke Zuneigung zu unserer formidablen Freundin gefasst hatte.

»Ich denke, ich werde die Welt bereisen, Will«, erwiderte sie. »Mir scheint, ich schulde ihr ein paar Gefälligkeiten als Gegenleistung für alles, was sie mir geschenkt hat.«

Damals ahnten wir nicht, wie viel die umfangreiche Kunstsammlung der Witwe tatsächlich wert war oder welche revolu-
tionären Umtriebe sie in den folgenden Jahren überall in Europa und Afrika finanzieren würde oder welche Legenden sich
um die Berühmte Witwe Timmermans, Radikale, Abenteure-
rin, gelegentliche Waffenschieberin und Vorkämpferin für die
Rechte der internationalen Arbeiterschaft, ranken würden, bis
sie schließlich im Alter von sechzig Jahren während der gescheiterten russischen Revolution im Januar 190– erschossen
wurde und ein Begräbnis bekam, das fast einen internationalen
Zwischenfall provoziert hätte.

Will und ich hingegen erstanden mit dem Geld, das die Witwe uns gab, einen kleinen Lastkahn, um damit gewerbsmäßig
Dinge und Menschen von hier nach dort zu bringen, und wir
wurden Schiffsführer auf den Kanälen und Flüssen des Kontinents, transportierten Kohle zu den nebligen mittelalterlichen
Städten Belgiens, schipperten Passagiere auf Pilgerfahrt die R.
in Frankreich hinunter, fuhren gelegentlich Leute den romantischen Rh. entlang und manchmal auch über den C. See und
dann und wann nach Italien, und obgleich es uns noch nicht
gelungen ist, Andrea zu finden, suchen wir nach wie vor nach
ihm. Wir sind sogar noch weiter gereist, haben den E. befahren
und den T. und sogar die ganze D. und den V., und wir sind
noch immer dabei.

Was den Furchtlosen Froschmann betrifft, der, wie Giant
Pete klarmachte, entweder Captain Clarke B. gewesen sein mag
oder ich selbst oder vielleicht jemand ganz anderer, nun, der ist
offiziell zusammen mit dem Cap gestorben.

Aber.

Aber ich weiß aus sicherer Quelle, dass keine zwei Jahre nach
dem Tod des Captains in dem großen Sturm eine neue Tou-
ristenattraktion auf Coney Island, New York, eröffnet wurde.

Ein Wasserpark mit etlichen aufregenden Sensationen, darunter besondere Rutschen und Rinnen und Röhren und Wasserfälle, durch und über die die Besucher in Tonnen und Booten und speziellen, nur für diesen Zweck entworfenen Gummianzügen gleiten können, alles zum Eintrittspreis – sowie eine stündliche Vorführung von waghalsigen Kunststücken des im Park wohnenden Teufelskerls, die beim Publikum Spannung und Aufregung und Staunen auslösen, wie der Inhaber, ein gewisser Captain *Paul* B., persönlich garantiert.

Und ich habe noch immer vor, ihn dort zu besuchen, irgendwann.

DANK

Ich danke Hayley Webster, Richard Smyth, Julia Silk,
Helen Garnons-Williams, David Southwell,
Amber Burlinson und immer Arthur, Emma und Stan
(besonders für die Tauchglocke!).

»Mit Kommissar Liewe Cupido, der ›Holländer‹ genannt, hat Mathijs Deen eine ungewöhnliche und großartige Ermittlerfigur geschaffen. … Der Autor hat die Gabe, die Wetterbedingungen, das Klima, die See so zu beschreiben, dass man die Nordsee zu riechen meint bei der Lektüre.« *NDR Kultur*

Mathijs Deen
DER HOLLÄNDER
Roman
Aus dem Niederländischen
von Andreas Ecke

272 Seiten,
gebunden mit Schutzumschlag
und Lesebändchen
€ 20,– [D]
ISBN 978-3-86648-674-4

Der zweite Fall für Kommissar Liewe Cupido

Vor der Nordseeinsel Amrum stößt das niederländische Bergungsschiff *Freyja* auf ein seit 1950 verschollenes Wrack am Meeresgrund – und auf einen toten Taucher, der mit Handschellen daran festgekettet ist. Kommissar Liewe Cupido vermutet, dass es sich um einen Racheakt handelt. Je näher er dem Täter kommt, desto mehr wird er in einen Fall verwickelt, in dem Väter und Söhne versuchen, einander zu beschützen, bis zum Äußersten.

»Der Autor als Echolot menschlicher Abgründe; er taucht mit uns hinab in den Marianengraben unserer Seele!«
3sat Kulturzeit

Mathijs Deen
DER TAUCHER
Roman
Aus dem Niederländischen
von Andreas Ecke

320 Seiten,
gebunden mit Schutzumschlag
und Lesebändchen
€ 22,– [D]
ISBN 978-3-86648-701-7

»Allein dem Jungen durch seine eigenen Beschreibungen in der geistigen Entwicklung zu folgen, ist atemraubend …
Das eigentliche Wunder an *Die Himmelskugel* ist die Sprache, der Ton, die Denkweise, die Jalonen für Angus gefunden hat.« *Frankfurter Allgemeine Zeitung*

Olli Jalonen
DIE HIMMELSKUGEL
Roman
Aus dem Finnischen
von Stefan Moster

544 Seiten,
gebunden mit Schutzumschlag
und Lesebändchen
€ 26,– [D]
ISBN 978-3-86648--609-6

»Der fantasievolle Finne Olli Jalonen
führt uns wieder ins London des
späten 17. Jahrhunderts und verbindet
Forschungsgeschichte mit einer aben-
teuerlichen Biografie.« *Norr*

London, 1688: Der junge Angus steht als Forschungsgehilfe
in den Diensten des Universalgelehrten Edmond Halley. Aus
ärmlichen Verhältnissen auf der Insel St. Helena kommend,
die ihn von einer solchen Position nicht einmal haben träumen
lassen, ist er dankbar für den Platz in Halleys Leben und
Forschen, das sich aktuell auf die Welt unter Wasser richtet.
Und doch spürt Angus, dass der Zeitpunkt näher rückt, da er
aus dem Schatten seines Lehrmeisters treten muss.

Olli Jalonen
DIE KUNST, UNTER WASSER
ZU LEBEN
Roman
Aus dem Finnischen
von Stefan Moster

528 Seiten,
gebunden mit Schutzumschlag
und Lesebändchen
€ 28,– [D]
ISBN 978-3-86648-679-9